EVA FRANTZ

DIE TOTE IM EIS

aufbau taschenbuch

Eva Frantz, geboren 1980, wuchs in einem Vorort von Helsinki auf. Sie arbeitete als Radiomoderatorin für den öffentlich-rechtlichen Rundfunk in Finnland, ehe sie sich ganz dem Schreiben widmete. Sie wohnt mit ihrem Mann und drei Kindern in Esbo, Finnland. »Die Tote im Eis« ist ihr erster Roman im Aufbau Taschenbuch. Mehr zur Autorin unter www.evafrantz.com

Leena Flegler arbeitet als freie Übersetzerin aus dem Schwedischen und Englischen. Sie übertrug unter anderem Romane von Niklas Natt och Dag, Karin Smirnoff und Denise Rudberg ins Deutsche.

Nachdem ein Eisbader an einem frühen Dezembermorgen auf eine schreckliche Überraschung im Wasser stößt, nimmt die Kommissarin Anna Glad die Ermittlungen im Fall Boel Westman auf. Doch wenn der Tod der Fotografielehrerin lediglich ein Unfall war, warum hat die Tochter der Nachbarn noch nach dem ermittelten Todeszeitpunkt jemanden in Boels Wohnung gehört? Während die finnische Kleinstadt sich auf die Feierlichkeiten des Luciafestes vorbereitet, bekommen Anna und ihre Kollegin Märta eine alte Videokassette zugespielt. Könnten die Aufnahmen einer Luciaprozession von vor 30 Jahren der Schlüssel zur Aufklärung des Falles sein? Bald jedoch muss Anna feststellen, dass die Antworten nicht einzig in der Vergangenheit liegen, sondern sich die Geschichte von damals unmittelbar vor ihren Augen zu wiederholen droht …

EVA FRANTZ

DIE TOTE IM EIS

Ein Fall für Anna Glad

Kriminalroman

Aus dem Finnlandschwedischen
von Leena Flegler

atb aufbau taschenbuch

Die Originalausgabe unter dem Titel
Den åttonde tärnan
erschien 2018 bei Schildts & Söderströms, Helsinki.

This work has been published with the financial
support of FILI – Finnish Literature Exchange

FINNISH
LITERATURE
EXCHANGE

MIX
Papier | Fördert
gute Waldnutzung
FSC® C083411

ISBN 978-3-7466-3982-6

Aufbau Taschenbuch ist eine Marke
der Aufbau Verlage GmbH & Co. KG

1. Auflage 2023

www.aufbau-verlage.de
10969 Berlin, Prinzenstraße 85

Umschlaggestaltung und Motiv www.buerosued.de, München
Satz Greiner & Reichel, Köln
Druck und Binden CPI books GmbH, Leck, Germany

Printed in Germany

Ihr Mund ist so trocken, dass es wehtut, zu atmen. Die Nase ist verstopft und ihr Hals ganz steif. Die Augen aufzuschlagen, kostet sie enorme Kraft.

Wo ist sie überhaupt?

Fahles Licht fällt über eine schwarze Sofalehne. Das Leder der Armlehne klebt an ihrer Haut, sie ist verschwitzt, gleichzeitig ist ihr eiskalt. Sie muss sich aufsetzen. Schafft sie das?

Kaum dass sie sich bewegt, sich herumwälzt und hochstemmt, verschwimmt alles. Sie muss kurz innehalten und hält den Blick auf ihre Knie gerichtet. Erst nach einer Weile klart er auf.

Sie ist allein, meint aber, irgendwo aus der Nähe ein Schnarchen zu hören. Es ist ein großer Raum mit bodentiefen Fenstern und Jalousien. Abgesehen von drei Sofas und einem Glastisch ist das Zimmer unmöbliert. Sie hat all das schon mal gesehen, doch bei Tageslicht kommt es ihr fremd vor.

Sie trägt lediglich T-Shirt und Unterhose. Was soll das? Wo ist ihre Jeans?

Auf dem Glastisch Weinflecken und überall Kippen. Vereinzelte Bilder vom Vorabend. Sie weiß noch, dass sie auf diesem Sofa saß. Die anderen waren auch da, sie haben lautstark Lieder mitgesungen – »Don't Worry Be Happy«, immer und immer wieder. Sie war tatsächlich ziemlich happy, das weiß sie ebenfalls noch. Happy und betrunken.

Aber wo sind die anderen?

Trotz weicher Knie kommt sie auf die Beine. Vor dem Tisch liegt ein kaputtes Glas. Vorsichtig steigt sie darüber hinweg, um sich nicht die Fußsohlen zu zerschneiden.

Sie muss aufs Klo. Da drüben müsste die Toilette sein.

Erst jetzt entdeckt sie auf einem Haufen am Boden ihre hellblaue Levi's, die so teuer war. Sie hat ewig darauf hingespart, bevor sie bei Anttila zuschlagen konnte. Sie nimmt sie mit, als sie den Raum verlässt. Ihre Socken scheinen zusammengeknüllt in den Hosenbeinen zu stecken.

Das Schnarchen wird lauter. Ein Stück weiter den Flur hinunter ist eine Tür angelehnt, und verstohlen wirft sie einen Blick hinein. Da liegt ein Mann, mit dem Rücken zur Tür und nur mit einer glänzenden Unterhose bekleidet. Der Rücken ist haarig und mit Leberflecken übersät. Sie hat keine Ahnung, wer er ist, will es aber auch gar nicht wissen.

Sie geht an mehreren Türen vorbei, die alle geschlossen sind, meint jedoch, weiteres Schnarchen zu hören.

Wo ist noch mal das Klo? Allmählich wird es dringend. Da!

Sie schlüpft durch die Tür und schließt hinter sich ab. Ihr Slip ist klebrig, und es ziept, als sie ihn hinunterstreift. Kaum dass sie pinkelt, brennt es so heftig, dass sie um ein Haar laut aufschreit.

Auf dem weißen Slip entdeckt sie rotbraune Flecken. Hat sie etwa …? Nein, das muss Blut sein. Aber für ihre Tage ist es doch noch zu früh?

Es pulsiert in ihrem Kopf, und sie gerät in Panik. Sie lehnt sich an den großen, weiß lackierten Klopapierhalter, versucht, sich im Schritt abzutrocknen, doch das Papier ist rau und kratzt und tut fürchterlich weh.

Warum weiß sie nicht mehr, was am Abend zuvor passiert ist? Wie betrunken war sie denn bitte? Und weshalb sind alle anderen weg? Weshalb haben sie sie dort auf dem Sofa liegen gelassen? Und warum blutet sie?

Erst nach einer Weile schafft sie es, sich die Jeans anzuziehen. Der Saum tut im Schritt höllisch weh. Sie verzichtet darauf, die Jeans zuzuknöpfen, schließt die Toilettentür auf und taumelt den Flur entlang. Sie muss sofort von hier weg.

1
SONNE, DIE SCHEINT NICHT MEHR

Donnerstag, 7. Dezember

Roland Ström war Frühaufsteher. Nicht auf diese erbärmliche Art wie gewisse andere Leute in seinem Alter, die frühmorgens aufwachten und sofort aufs Klo mussten, ausgedörrt und bang, und die nicht mehr einschlafen konnten, weil sie ständig nur an den Tod dachten.

Nein, Roland wurde einfach früh wach, stand beschwingt auf, um den Tag zu nutzen, sommers wie winters, werktags wie wochenends. Am liebsten begann er den Tag mit einem Bad im Meer. Dahingehend war der Winter sogar seine Lieblingsjahreszeit. An einem Julimorgen in neunzehn Grad warmes Wasser zu steigen, war schließlich keine Heldentat. Es war nicht mal sonderlich erfrischend. Nein, nichts kam dem Gefühl gleich, wenn einen eiskaltes Wasser umspülte, während die Luft noch viel kälter war. Jedes Mal, wenn er anschließend die Leiter hoch und an Land kletterte, war es, als wäre er wie neugeboren. Roland liebte dieses Gefühl. In derlei Momenten war er am lebendigsten. Wenn man es klischeehaft ausdrücken wollte, fühlte er sich nach jedem Winterbad glatt vierzig Jahre jünger.

Vor dem Bad musste man sich nur ordentlich aufwärmen, indem man beispielsweise einen strammen Spaziergang machte. Roland setzte lange Schritte, nahm die Arme dazu und sah seinen Atemwölkchen hinterher, die zum schwarzen Himmel emporstiegen. Wunderbar, dass der Winter in diesem Jahr so früh Einzug gehalten hatte. Manchmal musste man bis nach Neujahr warten, ehe es anständig kalt wurde.

Üblicherweise hatte Roland um sechs Uhr morgens Umkleide und Eisloch für sich. Der Verein hatte einen Windschutz errichtet sowie eine Wärmematte und eine Pumpe bereitgestellt, die dafür sorgte, dass das Eisloch nicht zufror. Er musste sich also bloß umziehen und ins Wasser steigen.

Mit einer gewissen Irritation stellte er fest, dass in der Damenumkleide Licht brannte. Wie bitte? Gab es da wirklich irgendein altes Weib im Verein, das noch früher wach war als er? Das hatte er ja noch nie erlebt – und das ausgerechnet am Morgen nach dem Nationalfeiertag! Alle Frauen, die Roland kannte, dürften am Vorabend vor dem Fernseher gesessen, sich den Empfang des Präsidenten angesehen und sich über die Kleider und Schnittchen ereifert haben. Sie alle würden heute bestimmt ausschlafen.

In der Vereinshütte war es still. Roland stampfte absichtlich fest auf, als er über den Flur zwischen Damen- und Herrenumkleide ging. Wenn dort drüben jemand wäre, würde die Person sich doch wohl zu erkennen geben und den Kopf durch die Tür stecken und grüßen, wenn sie nicht gerade splitterfasernackt wäre. Zumindest könnte sie »Guten Morgen« rufen. Sofern sie ihre Sinne beisammenhätte. Das war ja nicht mehr bei allen alten Frauen der Fall.

Er spitzte die Ohren. Es war mucksmäuschenstill.

Ah ja, anscheinend hatte da jemand geschludert, war abends noch eisbaden gewesen und hatte vergessen, das Licht auszuschalten. Darüber musste Roland nun wirklich nicht länger nachdenken.

Behände zog er sich aus, stieg in seine Badehose, in die Badeschuhe und streifte sich die dicken Handschuhe und die Wollmütze über. Dann warf er sich das Handtuch über die Schulter und marschierte nach draußen. Nur nicht den Schlüssel zum Umkleideraum vergessen – nicht dass man hinterher nur in Badehose in der Kälte ausgesperrt war. So etwas passierte immer wieder mal, hatte Roland gehört.

Es war wirklich ein majestätischer Wintermorgen, fast wie auf einer Weihnachtskarte. Es schneite leicht, graublau und knisternd erstreckte sich vor ihm die Bucht, und alles war still und leise. Nur die Pumpe unten im Wasser brummte vor sich hin, doch auch die verstummte, als Roland die Zeitschaltuhr an der Wand einstellte. Wenn die Pumpe lief, war das Eisbaden kein Vergnügen. Nach zehn Minuten würde sie von allein wieder anspringen. Bis dahin hätte Roland ausreichend Zeit im Wasser gehabt und wäre fertig. Obwohl er ein erfahrener Eisbader war, blieb er zu dieser Jahreszeit nie länger als eine gute halbe Minute im Wasser.

Draußen rund um den Windschutz und den Leiterabstieg war es stockdunkel, bis hierher reichte die Lampe an der Außenwand der Hütte nicht, doch Roland legte wie immer sein Handtuch auf die schmale Holzbank und den Schlüssel zur Umkleide ordentlich obenauf.

Dann holte er ein paarmal tief Luft, packte das Geländer mit beiden Händen und stieg die Sprossen ins eiskalte Wasser hinab.

Teufel auch, war das kalt! Aber es war die Überwindung wert – das hier war das echte Leben.

Noch während er die ersten verkrampften Schwimmzüge machte, stieß er im Wasser gegen etwas.

Komisch. Hier war es mindestens drei Meter tief. Hatte sich irgendein Bauteil der Pumpe gelockert? Das war schon mal passiert, fiel Roland wieder ein, und er streckte die Hand aus.

Nein, das dort war etwas Größeres. Irgendwie weich und hart gleichermaßen … Fühlte sich nicht nach einem Maschinenteil an.

Erst als Roland in im Wasser treibende Haare griff, dämmerte ihm, was dort im Eisloch lag.

Polizeioberkommissarin Anna Glad war bereits wach, wenn auch kein bisschen ausgeruht, als das Telefon klingelte. Heutzutage bekam bei der Polizei am Unabhängigkeitstag wohl niemand mehr frei. Überall liefen sie Gefahr, dass irgendeine »vaterländische« Veranstaltung in einen fremdenfeindlichen Tumult ausartete. Hier in der Kleinstadt war es zwar ruhig geblieben, aber in Helsinki war es erwartungsgemäß zu Auseinandersetzungen in der Nähe des Präsidentenpalasts gekommen. Aus dem ganzen Land waren Kräfte einbestellt worden, die sich hatten bereithalten müssen, und auch Anna selbst war bis 23 Uhr im Dienst gewesen. Als sie endlich zu Hause gewesen war, hatte sie nicht einschlafen können. Bei all dem Thermoskannenkaffee … Aber heute würde sie davon noch viel mehr brauchen, weil dieser Arbeitstag anscheinend einen Blitzstart erforderte.

Ein Frühaufsteher, der unten an der Timmerviken eisbaden wollte, hatte eine Leiche im Eisloch entdeckt. Mehr wusste Anna derzeit noch nicht.

An sich war es erstaunlich, dass solche Sachen nicht häufiger passierten. Immer mehr Leute gingen diesem hirnverbrannten Eisbaden nach, das angeblich so gesund und erfrischend sein sollte. Allein bei der Vorstellung klapperten Anna die Zähne, als sie in Richtung Timmerviken fuhr. Die Badestelle lag nur eine Handvoll Kilometer vom Stadtkern entfernt. Sich so etwas Grässlichem auszusetzen, wie mitten im Winter ins Meer zu hüpfen, war doch im Leben nicht gesund, sondern klang eher lebensgefährlich – und womöglich war diese arme Teufelin im Eisloch der nicht mehr lebende Beweis dafür. Falls sie denn eine Eisbaderin gewesen war. Genauso gut konnte sie verunglückt sein. Es gab schließlich Leute, die den Nationalfeiertag gern mit ordentlich Alkohol feierten. Dass sie an Mittsommer absoffen, war fast schon eher Regel denn Ausnahme. Am Unabhängigkeitstag war so etwas eher ungewöhnlich, aber man wusste ja nie.

Hinter der blauen Holzhütte, in der die Umkleiden untergebracht waren, parkte ein Rettungswagen, ein Stück dahinter ein schwarzer Transporter, und als Anna gerade aussteigen wollte, bremste Märta Hanssons Skoda neben ihr ab.

»Morgen! Schicke Frisur!«, rief Märta ihr munter zu.

Brummelnd warf Anna einen Blick auf ihr Spiegelbild im Autofenster. Sie sah aus wie eines dieser dänischen Trollfigürchen, die sie als Kind gesammelt hatte. Sie angelte ihre Mütze aus der Jackentasche, setzte sie auf und sah prompt einen Hauch professioneller aus. Sie musste sich endlich angewöhnen, zu Hause in den Spiegel zu gucken, bevor sie sich auf den Weg machte, selbst wenn Eile geboten war. Neidisch beäugte sie Märtas wippenden Pferdeschwanz, der hin und her schaukelte, als die

Kollegin hangabwärts vor ihr her die Hütte umrundete und auf die Badestelle zuhielt.

»Verdammt schöner Morgen«, sagte Märta. »Ich war gerade mit den Skiern auf dem Weg nach draußen, als sich die Zentrale gemeldet hat. Dachte, ich könnte vor der Arbeit noch eine Runde drehen, aber dann probiere ich es eben heute Abend.«

»So ist es manchmal.« Anna versuchte nicht mal, mitfühlend zu klingen.

Es war immer noch dunkel, doch die Sicherheitskleidung des Bergungstrupps blitzte ihnen vom Steg entgegen. Sie stellten gerade einen Scheinwerfer auf, vermutlich um zu sehen, wo genau die Leiche lag – sofern sie noch da war, immerhin ging Strömung durch die Timmerviken, schoss es Anna durch den Kopf.

Die Tür zur Umkleide schlug mit solcher Wucht auf, dass sie zur Seite springen musste, als ein Mann in Taucherausrüstung nach draußen trat.

»Schau einer an«, platzte es aus ihr heraus. »Wie bist du denn so schnell hierhergekommen, Brinkmann?«

»Ich wohne nur ein paar Hundert Meter entfernt«, antwortete Felix Brinkmann mit einem schiefen Grinsen.

Felix war Berufstaucher und schon zigmal ausgerückt, wenn die Rettung Unterstützung bei Todesfällen durch Ertrinken brauchte. Jetzt marschierte er zielsicher den Steg entlang in Richtung der Rettungskräfte, die hierhin und dorthin zeigten und einander Dinge erläuterten.

»Wir müssen den Windschutz abbauen, wenn wir die Leiche bergen wollen«, sagte gerade einer von ihnen.

Die Tür zur Hütte ging abermals auf, und ein alter Mann spähte heraus.

»Äh, hallo … Ich heiße Roland Ström. Ich hab den Notruf gewählt.«

Er versuchte, selbstbewusst zu wirken, doch das blasse Gesicht sprach eine andere Sprache.

Anna und Märta stellten sich vor.

»Vielleicht gehen wir besser ins Warme, damit ich Ihnen ein paar Fragen stellen kann«, schlug Anna vor.

Bestenfalls würden sie den Mann in der Hütte beschäftigen können, bis die Leiche geborgen wäre. Deren Anblick wollte Anna ihm lieber ersparen.

Roland Ström nickte folgsam.

»Ich sehe mal nach den anderen«, sagte Märta.

Roland verschwand nach drinnen und ging durch eine Tür, an der ein Schild mit einem muskelbepackten Sonnenanbeter hing. Anna warf einen Blick auf die Tür gegenüber, an der ein ähnliches Schild mit einer kurvigen Bikiniträgerin hing. Dort fiel Licht durch den Türspalt.

»Haben Sie in die Damenumkleide geguckt?«, wollte sie von Roland wissen.

Er sah sie empört an.

»Natürlich nicht!«

»Setzen Sie sich, ich bin gleich bei Ihnen.«

Sie schob die Tür mit der Bikinifrau auf. Dort war niemand, allerdings hingen an einem Haken an der Wand eine dicke weinrote Jacke mit pelzbesetzter Kapuze und eine schwarze Thermohose. Auf der Bank lag ein Stapel akkurat zusammengelegter Kleidungsstücke. Eine gestreifte Baumwollunterhose lag zuoberst.

Die Sachen konnten eigentlich nur dem Opfer gehören.

Eine Handtasche war nirgends zu sehen, deshalb suchte Anna die Jackentaschen nach einem Handy oder einem Portemonnaie ab, das ihr Hinweise zur Identität des Opfers geben könnte. Nichts.

Die Türen zu den beiden Umkleideräumen waren nur angelehnt, und Roland, der sich auf eine Bank bei den Herren gesetzt hatte, schien zu ahnen, worauf Anna aus war.

»Gucken Sie ins Logbuch«, rief er herüber.

»Logbuch?«

»Da müsste irgendwo ein Block herumliegen.«

Anna sah sich um, und tatsächlich lag auf einem Tischchen neben der Tür ein abgenutzter Spiralblock samt Stift.

»Wie funktioniert das hier, Roland?«

»Wer immer hier baden kommt, trägt sich mit Datum, Uhrzeit und Namen ein. Dient der Vereinsstatistik. Wenn da ein Vereinsmitglied im Eisloch liegt, dann hat es sich erst ins Logbuch eingetragen.«

Anna blätterte durch den Block. Die Seiten waren voller Daten, Namen und Uhrzeiten, und hier und da stand eine scharfe Ermahnung: *Wischt den Boden auf, wenn ihr euch umgezogen habt, da liegt überall Sand!*

Der letzte Eintrag schien vom Vorabend zu stammen. Um 23.15 Uhr hatte sich jemand eingetragen, dessen Name schwer zu entziffern war. Boll? Nein, vielleicht Boel? Boel West… irgendwas.

Anna blätterte zurück und entdeckte denselben Namensschriftzug noch auf diversen anderen Seiten. Anscheinend war diese Boel W. des Öfteren hier gewesen. Dem Logbuch zufolge war sie häufig spätabends zum Baden gekommen.

Roland Ström seufzte und veränderte seine Sitzposition. Er sah gleichermaßen nervös und ungeduldig aus.

»Also gut, Roland. Wären Sie so freundlich und könnten mir erzählen, was passiert ist, als Sie heute früh hierherkamen?«

Anna zückte ihren Notizblock.

Roland kam immer frühmorgens her. War so gut wie immer der Erste vor Ort, hatte abgesehen von dem Licht, das in der Damenumkleide brannte, nichts Nennenswertes bemerkt und auch nicht weiter darüber nachgedacht, bis er auf die Leiche im Wasser gestoßen war.

Er hustete und schüttelte erschüttert den Kopf. Mit einem Nicken forderte Anna ihn auf fortzufahren.

Es war schwer zu sagen, wie lange das Team auf dem Steg dafür brauchen würde, die Leiche zu bergen. Anna hoffte, dass sie schnell fertig würden, damit sie Roland nach Hause schicken konnte. Außerdem würde es schon bald hell werden. Da würden die Leute garantiert bemerken, dass unten am Badesteg etwas im Gange war. In den letzten Jahren kam es immer häufiger vor, dass die Sicherung eines Unfallorts und ganz normale Ermittlungsarbeit über irgendjemandes Instagram-Account live gesendet wurden. Die Leute hielten sich allesamt für Nachrichtenagenturen – es war schlichtweg irrsinnig, wie gedankenlos manch einer sein konnte.

Anna stellte weitere Fragen zum Winterbadeverein und zu Rolands Tagesablauf, allerdings eher, um Zeit zu schinden, denn um ihm weiter auf den Zahn zu fühlen.

»Wie viele Mitglieder hat der Verein?«

»Das dürften gut hundert sein, allerdings sind bei Weitem nicht alle aktiv. Aber man muss Mitglied sein, um einen Schlüssel zu kriegen, und ich meine, dass wir mal einhundertzwanzig bestellt haben.«

Roland wusste überdies zu berichten, dass die Mehrzahl der Mitglieder ältere Damen waren und er als Mann in der Minderheit war. Aber er sei seit 2008 nicht mehr erkältet gewesen, verkündete er stolz, und das nur dank des Eisbadens.

Anna fragte sich, ob Roland sein Hobby nach dem heutigen Morgen beibehalten würde. Aber vielleicht war er auch nicht so leicht einzuschüchtern.

Nach einer Weile klopfte es an der Tür, und Märta trat ein.

»Sie bringen sie jetzt weg.«

Anna bat Roland Ström, noch kurz in der Umkleide zu warten, und folgte Märta nach draußen.

Auf dem Steg sammelte Felix Brinkmann gerade sein Equipment ein, während die Kolleginnen und Kollegen von der Rettung mit der Trage soeben den Parkplatz erreichten.

»Darf ich?«, fragte Anna, als die Trage in dem dunklen Transporter verschwunden war.

Eine Frau – dem Namensschild zufolge Kirsi – trat zur Seite, und Anna stieg in den Wagen.

»Wiederbelebungsmaßnahmen wären zwecklos gewesen«, erklärte Kirsi. »Wir bringen sie ins Bezirkskrankenhaus, damit Agneta Eriksson sie obduziert.«

Anna beugte sich vor und war überrascht. Aus irgendeinem Grund hatte sie mit einer älteren Person gerechnet, doch Boel W. – sofern sie es denn war – konnte kaum älter als vierzig geworden sein. Anscheinend hatten der altmodische Vorname und Rolands Aussage, die meisten Vereinsmitglieder seien ältere Damen, Anna zu voreiligen Schlüssen verleitet.

Die Frau hatte schulterlange Haare, die trocken womöglich ins Rötliche geschimmert hätten. Sie trug einen sportlich geschnittenen Badeanzug und an den Händen so etwas wie Gummihandschuhe.

»Sie hatte auch Badeschuhe an, aber die sind abgegangen, als wir sie herausgezogen haben«, erklärte Märta, die Annas Blick gefolgt war.

»Ja, baden wollte sie auf jeden Fall. Ich meine, sie ist nicht versehentlich unter Wasser geraten.«

»Nein, sieht nicht danach aus.«

Eine Zeit lang standen beide stumm da und betrachteten die Frau auf der Bahre. Falls es sich wirklich um diese Boel handelte, die um kurz nach 23 Uhr hatte baden gehen wollen, hatte sie fast sieben Stunden lang im Wasser gelegen, überschlug Anna, und das bei Temperaturen, die nur einen Hauch über dem Gefrierpunkt lagen.

»Komisch«, murmelte sie, »dass die Strömung sie nicht mitgenommen hat.«

Im selben Moment kam Felix an dem Transporter vorbei. »Da unten im Wasser ist eine Pumpe, die das Eisloch offen hält. Ich nehme an, die hat auch dafür gesorgt, dass die Leiche in Richtung Steg gedrückt und nicht in eine andere Richtung mitgerissen wurde.«

»Wissen wir schon, wer sie ist?«, fragte Märta.

»Ihre Kleidung liegt in der Umkleide, aber ich habe keine persönlichen Sachen gefunden, die uns einen Hinweis geben könnten. Eine gewisse Boel Westman oder Westland hat sich gestern Abend in ein Heft da drin eingetragen. Das ist derzeit alles, was wir haben.«

»Ist das nicht komisch? Dass jemand herkommt und gar keine Sachen dabeihat? Nicht mal einen Schlüssel?«, hakte Märta nach. »Auf dem Steg lag auch nichts, kein Handtuch, nichts … Aber das könnte natürlich ins Wasser geweht sein.«

Anna nickte, ließ jedoch das fast violette Gesicht der Frau nicht aus den Augen. Märta hatte recht, diese Frau war eindeutig in der Umkleide gewesen, die laut Roland sonst immer verschlossen war. Nur wo war der Schlüssel? Vielleicht war er wirklich ins Wasser geweht worden.

»Ich gehe die Kleidung noch einmal durch. Womöglich habe ich etwas übersehen. Aber Roland Ström darf jetzt nach Hause gehen, oder?«

»Na klar.«

Anna kehrte zu Roland Ström zurück, bedankte sich für seine Hilfe und vergewisserte sich, dass sie die richtigen Kontaktdaten hatte für den Fall, dass sie ihn noch einmal befragen müsste. Sie nannte ihm den Namen eines Seelsorgers, falls er mit jemandem über die Ereignisse sprechen wollte, doch Roland schüttelte bloß den Kopf, klaubte seine Sachen zusammen und machte sich auf den Heimweg.

Anna ging erneut hinaus auf den Steg und betrachtete nachdenklich die vielleicht zehn Quadratmeter große Öffnung im Eis. Der Himmel wurde allmählich heller. Der Windschutz, den der Bergungstrupp abmontiert hatte, lag am Ende des Stegs und sah aus wie eine umgekippte riesige Reispapierlampe.

Mit dem Handy in der Hand gesellte sich Märta zu ihr.

»Ich habe im Register eine Boel Westman gefunden, Jahrgang 1972. Könnte sie das gewesen sein? So sieht ihr Facebook-Profil aus.«

Anna beäugte das Foto einer ernst dreinblickenden Frau mit Brille und rötlichem Haar, das sie sich oben auf dem Kopf zusammengezwirbelt hatte.

»Sieht ihr definitiv ähnlich.«

»Dann wurde sie 45 Jahre alt. Vielleicht hatte sie einen Herzfehler? Denn sonst würde so ein junger Mensch doch nicht beim Eisbaden sterben – erst recht nicht, wenn er das regelmäßig gemacht hätte.«

Anna biss sich nachdenklich auf die Lippe. Obwohl sie persönlich nichts vom Eisbaden hielt, war es schon bemerkenswert: Natürlich konnte eine gesunde, durchtrainierte Person nach nur wenigen Minuten in so kaltem Wasser sterben, aber laut Umkleide-Logbuch war Boel Westman mehrmals pro Woche zum Baden gekommen. Sie war sicherlich abgehärtet gewesen und hatte gewusst, was sie tat. Warum war sie nicht mehr aus dem Eisloch herausgekommen?

»Könnte sie ausgerutscht sein und sich an der Kante den Kopf angeschlagen haben?«, spekulierte Märta. »Ich hab allerdings keine äußerlichen Verletzungen erkennen können.«

»Darum soll sich Agneta in der Rechtsmedizin kümmern. Falls sie es für angebracht hält, lässt sie die Leiche nach Helsinki ins Labor bringen. Aber fürs Erste sehe ich keinen Grund, warum wir es mit etwas anderem als mit einem Unfall oder gesundheitlichen Ursachen zu tun haben sollten.«

Märta pflichtete ihr bei.

»Hast du eine Adresse von dieser Westman?«, fragte Anna.

»Japp. Sie wohnt ganz in der Nähe – in der Futurica, du weißt schon, in dieser Schule. Die haben teils Internatsschüler, aber anscheinend wohnen dort auch ein paar Lehrer. Vielleicht hatte sie deshalb kein Portemonnaie und kein Handy dabei? Weil sie keinen weiten Weg hatte?«

»Wie, meintest du, heißt diese Schule?«

»Futurica. Die haben sich vor ein paar Jahren umbenannt. Früher war das irgendeine religiöse Einrichtung, glaube ich. Inzwischen gehören sie zum Volksbildungswerk. Liegt nur ein paar Kilometer von hier entfernt auf einer Landzunge.«

»Dann müssen wir dort wohl mal hin. Gehen oder fahren?«

»Wir fahren, sonst friere ich mir noch die Möpse ab!«

»Dann wäre es vielleicht eine gute Idee, die Jacke zuzumachen …«

»Oder sich in ein schickes Auto mit Sitzheizung zu setzen. Komm!«

Rolf Månsson schaltete das mittlere Licht des elektrischen Kerzenleuchters im Fenster ein. Warmes Orangegelb breitete sich in der Küche aus, und er beschloss, auf das Deckenlicht zu verzichten. So war es gemütlicher.

Er goss Wasser in die Kaffeemaschine – eine ordentliche Kanne voll, obwohl er allein war. Die Zeitung lag draußen auf der Fußmatte, und es zog in der Hüfte, als er sich danach bückte und erst im nächsten Moment bemerkte, dass es sich gar nicht um die Zeitung, sondern um Reklame handelte.

Aber klar, am Morgen nach einem Feiertag kam keine Zeitung.

Seine Hüfte schmerzte noch immer, als er in die Küche zurückging.

Ist noch gar nicht so lange her, dass ich gut in Form und im besten Alter war, dachte Rolf leicht verbittert. Und jetzt bin ich ein alter Sack mit knackenden Gelenken. Das ging verdammt schnell.

Rolf hatte einige Monate zuvor nach einem Herzinfarkt in Frührente gehen müssen. Eine Zeit lang hatte er noch mit den Folgen zu schaffen gehabt, inzwischen ging es ihm wesentlich besser, doch an den Gedanken, dass das Leben nie mehr wie früher sein würde, musste er sich erst gewöhnen. Es fühlte sich so ungerecht an. Ausgerechnet er, der immer auf Sport und Ernährung und solche Dinge geachtet hatte! Hatte er kein gesundes, fittes Rentnerleben verdient?

Aber noch hatte er die Hoffnung nicht aufgegeben. Derzeit wartete er auf einen OP-Termin, und wenn alles glattginge, würde er nach dem Eingriff am Herzen wieder vorsichtig trainieren. Ein Halbmarathon würde es wohl nicht mehr werden. Aber er wollte segeln gehen.

Vielleicht im kommenden Sommer? Im Mittelmeer? Kroatien oder Griechenland, irgendwo, wo das Meer türkisgrün war. Weiße Häuser, blaue Stühle mit Korbgeflecht, leuchtend lila Bougainvilleen, die an Mauern emporwucherten, und dieser herrliche harzige Weißwein … Das hatte Rolf sich zum Ziel gesetzt.

Und wenn er mal von der Gesundheit absah, war das Leben jetzt im Advent gar nicht übel. Draußen schneite es und sah aus wie im Bilderbuch, und die anhaltende Dunkelheit im Winter hatte Rolf nie gestört, ganz im Gegenteil, er fand sie gemütlich.

Er tapste zurück in die Küche und schaltete das Radio an. Passend zur Jahreszeit hatte er einen Sender gefunden, der nur Weihnachtsmusik spielte. Peter Jöbacks samtweiche Stimme ertönte, und Rolf machte sich ein paar Butterbrote, knipste schließlich doch das Deckenlicht an und setzte sich an den Tisch.

Nein, ihm ging es wirklich nicht schlecht. Er war am Leben, hatte eine tolle Familie und mit Max einen phantastischen Partner, auch wenn sie nicht zusammenwohnten. Außerdem war bald Weihnachten, und als Rentner konnte Rolf wirklich das Beste aus der Adventszeit machen. Er hatte sich ein paar Weihnachtskonzerte im Kalender notiert, die Weihnachtsfeier im Hort seines Enkels Leo und einen Glögg-Nachmittag mit den früheren Kollegen – nichts Anstrengendes, er würde täglich in sich hineinhorchen und zu Hause bleiben und sich entspannen, falls sich das besser anfühlte. Und vielleicht

Sahnebonbons kochen? Das hatte er seit den Neunzigern nicht mehr gemacht.

Weil keine neue Zeitung gekommen war, schlug er kurzerhand die vom Vortag auf. Er hatte sie nur schnell durchgeblättert, weil Max bei ihm übernachtet und sie am vorigen Morgen noch zusammen gefrühstückt hatten.

Heutzutage stand nicht mehr allzu viel Gutes in der Zeitung, fand Rolf. Es war schon frustrierend: Kürzungen im Gesundheitswesen, eingestellte Bahnverbindungen, ein Schulhaus, das aufgrund von Schimmelbefall abgerissen werden musste, die höchst zweifelhafte Besprechung einer Anthologie und die Meldung, dass der jährliche Lebkuchenhaus-Wettbewerb mangels Interesse abgesagt worden war.

In der Mitte stieß er auf ein längeres Interview mit dem Bürgermeister, der Ende Januar pensioniert werden würde.

Interessiert betrachtete Rolf das breite Grinsen von Kaj-Eric Svartström. Der Mann sah eindeutig abgehalfterter aus als Rolf selbst. Solche Tränensäcke bekam man nur, wenn man zu wenig schlief und zu viel trank. Bestimmt der ganze fade Rotwein bei diversen Empfängen und der eine oder andere Drink nach Feierabend, um all die säuerlichen Kommentare unzufriedener Mitbürger hinunterzuspülen.

Nach eigenen Angaben freute sich Svartström auf mehr Zeit mit der Familie und auf Thailandreisen, und er erging sich in zahlreichen Floskeln über die strahlende Zukunft der Region. Jaja. Der Mann freute sich wohl am meisten darüber, dass die schimmeligen Schulen, die explodierenden Kosten für den neuen Gästehafen und andere Projekte, die sich nicht wie geplant realisieren ließen, ihn nichts mehr angingen. Kaj-Erics private Zukunft war unter Garantie strahlender als die der Region.

Vier Kandidaten hatten sich als Nachfolger in Position gebracht, hieß es in dem Artikel: zwei Männer und zwei Frauen. Nicht schlecht, dachte Rolf, bislang waren es immer nur Männer gewesen, da wäre eine Frau eine willkommene Abwechslung. Riikka Halonen kannte er nur flüchtig, sie war derzeit Wirtschaftsdezernentin der Stadt. Sicher eine tüchtige Frau, auch wenn sie hier und da aneckte.

Jasper Jokela, der jüngste Kandidat, war ihm ebenfalls ein Begriff: ein blonder Mann mit widerspenstigen Haaren und schicker Brille. Jokela trat gern als Veranstalter verschiedener Events in der Stadt in Erscheinung, seien es Konzerte, Märkte oder anderer Budenzauber. Ein leicht anstrengender Typ, dem es an Lebenserfahrung und Bescheidenheit mangelte, der aber trotzdem wahnsinnig selbstgerecht auftrat.

Der Dritte, der sein Interesse an dem Amt bekundet hatte, war ein Unternehmer, der noch nicht lange hier ansässig war: Jimmy Kjellin. Der Name klang vage bekannt, doch Rolf konnte ihn nicht zuordnen.

Die Vierte, eine Frau mit einem Background im Bildungssektor, wurde in diesem Zusammenhang gern als Joker bezeichnet und war Rolf gänzlich fremd.

Na ja. Einer von denen würde also die Geschicke der Stadt lenken, sobald Svartström sich in den Flieger nach Thailand gesetzt hätte.

Rolf überflog die Porträts der vier Kandidaten, und mit einem Mal wurde er wehmütig. Dass eine neue Bürgermeisterin oder ein neuer Bürgermeister gewählt würde, ließ auf hitzige Debatten im Pausenraum des Polizeireviers schließen. Kurz wünschte er sich, er wäre immer noch dabei, könnte dem Flurfunk lauschen und wüsste, was gerade vor sich ging, könnte sich eine eigene Meinung bilden und diese dann in der Schlange vor dem Kaffeeautomaten kundtun, so wie er es sein Arbeitsleben lang getan hatte.

Aber das war jetzt vorbei.

Sein Handy meldete sich, eine Nachricht von Max.

Bin um 17 Uhr fertig. Soll ich etwas mitbringen?

Rolf begnügte sich mit einem emporgereckten Daumen, wie es auch seine Töchter machten. Sie hatten sich über ihn lustig gemacht, weil er früher immer so etwas wie *Alles bestens, Ellen! Gruß, Papa* geschrieben hatte. So fand er es einfach am höflichsten. Trotzdem hatte er irgendwann beschlossen, sich dem Zeitgeist zu beugen. Außerdem war er während seines Klinikaufenthalts so angeschlagen gewesen, dass dieses kleine Daumen-hoch-Symbol doch recht praktisch gewesen war. An Emojis hingegen traute sich Rolf nicht heran. Anscheinend konnten die nämlich versteckte Botschaften enthalten. Als seine Jüngste ihm geschrieben hatte, dass sie eine Prüfung verhauen habe, hatte Rolf ihr ein Smiley geschickt, das mitfühlend heulte, woraufhin die Tochter beleidigt zurückgefragt hatte, warum er sich bitte schön über ihr Elend schlapplachte. Nun ja.

Erst jetzt entdeckte Rolf, dass er eine weitere Nachricht erhalten hatte. Seine Ex-Frau Mia hatte geschrieben.

Komme mit Essen gegen 12 Uhr, bis später!

Seufzend legte Rolf das Handy beiseite. So war es, seit er aus dem Krankenhaus entlassen worden war: Max und Mia und manchmal auch seine älteste Tochter Elvira wetteiferten förmlich darum, wer Rolfs persönliche Florence Nightingale sein durfte.

Dabei war Max derjenige, den Rolf mittlerweile als seinen nächsten Angehörigen betrachtete, auch wenn sie nie zusammengewohnt hatten und wahrscheinlich auch in Zukunft nicht zusammenziehen würden. Zwei separate Haushalte hatten sich für sie bewährt. Wenn einer von ihnen den anderen leid war, fuhr man eben wieder zu sich nach Hause. So ein Arrangement hatte diverse Vorteile, unter anderem kam es zwischen Rolf und Max nur selten zu Streit. Mitunter wollte Max für sich allein sein, und Rolf respektierte das; an anderen Tagen war es andersherum, und daran war auch nichts komisch.

Seine Ex-Frau Mia wiederum hatte nach fünfundzwanzig gemeinsamen Jahren unter ein und demselben Dach einen recht guten Einblick in Rolfs Routinen und Vorlieben. Wenn sie für ihn einkaufen fuhr, kaufte sie mit großer Wahrscheinlichkeit exakt die Sachen, die er gern haben wollte, während Max manchmal recht wunderliche Dinge anschleppte. Als Rolf ihn einmal um einen Leberauflauf gebeten hatte, hatte Max ihm einen Quinoasalat mitgebracht.

Das Anstrengendste war, dass Mia und Max einander nicht ausstehen konnten, was Rolf in eine unangenehme Lage versetzte. Beide wollten schließlich nur das Beste für ihn, aber er konnte angesichts ihrer Sticheleien auch nicht einfach schweigen, ohne dass einer der beiden beleidigt war. Aber er würde mit Mia darüber reden. Immerhin war sie es, die sich zurücknehmen sollte.

Ein weiteres Thema war Weihnachten.

Das erste Weihnachtsfest nach Mias und Rolfs Scheidung hatte sie mit den Kindern und er bei der Arbeit verbracht. Allerdings war dies vor der Geburt des kleinen Leo gewesen. Inzwischen wollten sie beide Weihnachten am liebsten mit ihrem Enkel verbringen, was an sich auch in Ordnung war – nur konnten sich Mia und Max nun mal nicht riechen, und wenn Rolf mit der Familie feiern würde, wäre Max außen vor. Auch keine schöne Vorstellung. Ach.

Rolf seufzte laut in Richtung des verschmitzt lächelnden scheidenden Bürgermeisters in der Zeitung. Svartström freute sich also auf »mehr Zeit mit der Familie«.

Das konnte Rolf von sich selbst eher nicht sagen.

Familie war toll, dachte er. Aber am besten war sie in homöopathischen Dosen.

»Wieso heißt das hier eigentlich Stockudden?«, fragte Anna Glad. »Das sieht doch kein bisschen nach einer Landzunge aus, eher nach einer Insel.«

Sie überquerten die Brücke, die von einem kleinen Parkplatz hinüber nach Stockudden und zur Futurica-Schule führte.

»Ist wohl so ein Zwischending.« Märta Hansson nahm ihr Telefon hoch, auf dem sie eine Karten-App aufgerufen hatte. »Auf dieser Karte hier sieht es nach Insel aus, aber anscheinend kann man im Sommer dorthinüber laufen, ohne nasse Füße zu kriegen. Hängt wahrscheinlich davon ab, wie hoch das Wasser steht.«

Anna warf einen Blick über das Brückengeländer. Unter der verschneiten Eisdecke konnte sie vereinzelt Steine sehen. Die Brücke war etwa fünfzig Meter lang und gerade breit genug für einen Pkw. Am Inselufer stand ein hoher Maschendrahtzaun samt Pforte, die aussah, als wäre sie seit geraumer Zeit nicht mehr geschlossen worden. Jetzt, da so viel Schnee lag, wäre es kaum möglich, sie zuzuziehen.

Anna fragte sich, warum hier überhaupt ein Zaun errichtet worden war. Um Eindringlinge fernzuhalten?

Oder um die Bewohner der Insel am Gehen zu hindern? Als Maßnahme gegen Schulschwänzer?

»Wann wusstest du eigentlich, dass du zur Polizei wolltest?«, fragte Märta aus heiterem Himmel.

Anna war so überrascht, dass sie ins Schlittern geriet.

Typisch Märta – ihren Gedankengängen zu folgen, war nicht immer leicht, und mitunter stellte sie unerwartete und ziemlich persönliche Fragen, mit denen Anna niemals gerechnet hätte.

»Schon als Teenager«, antwortete sie knapp.

Sie hatte nichts gegen die jüngere Kollegin, war aber auch nicht so vertraut mit ihr, dass sie Märta die ganze Wahrheit über ihre schwierige Kindheit und Jugend erzählen wollte, über ihre alkoholkranke Mutter und ihre frühen Begegnungen mit der Ordnungsmacht.

»So früh? Als Teenager hatte ich noch ganz andere Pläne. Von Pilotin bis Podologin war alles dabei, wenn ich mich richtig erinnere«, lachte Märta. »Na ja, und ganz früher wollte ich Fußballerin werden. Aber dann hatte ich Probleme mit der Achillessehne, da war das natürlich gelaufen …«

Schon im nächsten Moment blieb sie so abrupt stehen, dass Anna fast abermals ausrutschte, als sie versuchte, nicht mit der Kollegin zusammenzustoßen.

»Tja, wenn ich an so eine piekfeine Schule gegangen wäre, hätte ich wahrscheinlich mit Vergnügen jeden Blödsinn gelernt!«

Anna blickte an dem klobigen Backsteingebäude empor. Zwei Stockwerke hoch, schwarzes Blechdach. Die Bauweise erinnerte Anna an das alte Kasernengelände am Stadtrand.

»Ich frage mich gerade, ob die Schülerinnen und Schüler ebenfalls in diesem Schloss wohnen oder da drüben in diesen Verschlägen.« Sie zeigte auf ein paar rot gestrichene Hütten, die näher am Wasser standen, wesentlich neuer zu sein schienen als das Backsteingebäude, allerdings nicht sehr malerisch aussahen.

An der Fassade des Hauptgebäudes hingen zwei Schilder, ein altes aus Kupfer, auf dem in zierlichen Lettern »Rektorat« stand, und ein moderneres aus Kunststoff, auf dem ein stilisiertes Sonnenlogo und der Schriftzug »Futurica« prangten. Der Kontrast zwischen Alt und Neu fühlte sich für Anna fast schon ironisch an. Ob das Absicht war?

Märta warf einen Blick auf ihr Handy.

»Hm. Boel Westman scheint genau hier gemeldet zu sein. Gehen wir rein und schauen uns um.«

Sie stemmte die schwere Tür auf, und sie traten über die Schwelle. Die Tür schlug hinter ihnen zu, und einen Moment lang hallte es dumpf in der Stille wider. Einen Augenblick später erschien am rückwärtigen Ende des Eingangsbereichs eine Frau.

»Die Schule ist heute geschlossen«, sagte diese sichtlich verärgert und mit schriller Stimme. »Das Sekretariat ist erst wieder am Montag besetzt.«

»Wir sind von der Polizei«, entgegneten Anna und Märta gleichzeitig, was ziemlich albern wirkte.

Langsam kam die Frau auf sie zu.

»Åsa Kling. Ich bin die Direktorin. Worum geht es denn bitte?«

Anna hoffte inständig, dass Märta den Mund halten würde, damit sie nicht weiter wie zwei Zeichentrickfiguren im Chor antworteten.

»Arbeitet an Ihrer Schule eine gewisse Boel Westman?«

»Ja, sie ist unsere Kunst- und Fotografielehrerin. Keine

Ahnung, ob sie zu Hause ist, aber ihre Wohnung ist im ersten Stock. Ich kann Sie hinbringen.«

»Wann haben Sie Boel zuletzt gesehen?«

»Gestern Abend, glaube ich … Ja, richtig. Mein Mann und ich waren zu einer Feier anlässlich des Unabhängigkeitstags eingeladen, und Boel war da, als wir losfuhren. Wir wohnen in der Wohnung gegenüber.«

»Hat sie erwähnt, ob sie für den Abend irgendwelche Pläne hatte?«

»Nein, oder … Ja, sie wollte wohl noch schwimmen gehen. Das macht sie ständig, jahraus, jahrein, da ist sie total verrückt. Eisbaden – im Meer!«

Åsa Kling kicherte nervös, und Anna holte tief Luft. Das hier lag ihr nicht sonderlich, und sie wünschte sich, sie hätte ihren früheren Kollegen Rolf Månsson dabei. Rolf war ein Meister darin gewesen, auf mitfühlende Art schlechte Nachrichten zu überbringen.

»An der Badestelle unten an der Timmerviken ist eine Frau tot aufgefunden worden. Wir haben Grund zu der Annahme, dass es sich um Boel Westman handelt.«

»Das kann nicht sein.«

Åsa Kling machte auf dem Absatz kehrt und marschierte auf den Treppenaufgang zum Obergeschoss zu. Wortlos gingen Anna und Märta ihr hinterher. Die Rektorin klopfte vehement an eine Tür.

»Boel, mach auf, ich bin's! Mach bitte die Tür auf!«

Keine Reaktion. Stattdessen öffnete sich die Tür gegenüber. Ein Mann trat auf den Flur, dicht gefolgt von einem übergewichtigen Rauhaardackel.

»Was ist denn los, Liebling? Ist etwas passiert?«

»Guten Morgen. Märta Hansson und Anna Glad von der Polizei«, stellte Märta sie beide vor. »Wir kommen leider mit schlechten Nachrichten.«

Sie erklärte dem Mann kurz, aus welchem Grund sie hier waren. Er trat auf Åsa Kling zu und legte ihr beschützend den Arm um die Schultern.

»Das ist ja fürchterlich! Ja, wenn Boel spätabends zum Badesteg wollte, hab ich mir manchmal gedacht, ich sollte vielleicht besser nachsehen, ob sie wieder sicher zu Hause war. Nur waren wir gestern eingeladen, deshalb bin ich gar nicht auf die Idee gekommen … Entschuldigen Sie. Anders Kling, ich bin Åsas Ehemann.«

Anna musterte die beiden. Ein ansehnliches Paar. Anders sah ein paar Jährchen jünger aus als seine Frau. Selbst an ihrem freien Tag waren beide akkurat gekleidet, aber womöglich gingen Hemden und Bügelfalten für manche als Freizeitlook durch – oder aber sie waren irgendwohin unterwegs.

»Dann wohnt Boel hier allein?«, erkundigte sich Anna.

Åsa Kling schien zu sehr in Gedanken zu sein, um auch nur zu hören, was Anna sagte. Stattdessen antwortete Anders Kling. »Ja, das ist richtig. Abgesehen von einer dementen Mutter, die ganz in der Nähe in einem Heim untergebracht ist, hat sie keine weiteren Angehörigen.«

»Und wohnt noch jemand hier im Gebäude?«

»Nein, nur Boel und wir. Unsere Tochter Emma ist noch in der Schule. Die kommunalen Schulen haben heute ganz normal Unterricht. Dann haben wir noch einen Musiklehrer, Johannes, aber der wohnt in der Stadt …«

»Jemand muss die Tote identifizieren«, fuhr Anna dazwischen.

Åsa Kling schluchzte auf, riss sich dann aber zusammen und wischte sich mit dem Handrücken eine Träne aus dem Gesicht.

»Das kann ich übernehmen«, sagte sie mit belegter Stimme. »Ich bin immerhin Boels Vorgesetzte, Nachbarin und Freundin. Näher an eine Angehörige dürften Sie nicht herankommen, weil ihre Mutter so krank ist.«

»Haben Sie einen Schlüssel zu ihrer Wohnung?«, erkundigte sich Märta.

Anders Kling verschwand in seiner Wohnung und kehrte mit einem dicken Schlüsselbund zurück.

»Hier sind die Schlüssel zu sämtlichen Türen im Schulgebäude. Das hier ist der Zweitschlüssel zu Boels Wohnung.«

Märta schloss auf und bat das Ehepaar Kling, bis auf Weiteres in der eigenen Wohnung zu warten. Der Dackel scherte sich nicht darum, sondern wieselte fröhlich durch Boel Westmans Wohnungstür, noch ehe jemand ihn zurückhalten konnte. Anna ging ihm hinterher und sah sich um.

Die Wohnung bestand aus einem großen Wohn-Schlaf-Raum und einer kleinen Pantryküche. In der Ecke stand ein altertümlicher Kachelofen. Anna nahm an, dass das Zimmer zu einem früheren Zeitpunkt in der Geschichte der Schule ein Klassenraum oder vielleicht ein Schlafsaal gewesen war. Boel Westman hatte ihre Wohnung spärlich möbliert: Schreibtisch, Bett, ein kleiner Esstisch, ein Sessel. Alles in allem hätte die Wohnung unpersönlich gewirkt, wären da nicht die vergrößerten Landschaftsaufnahmen an den Wänden gewesen.

»Fotografielehrerin, meinten sie. Ob das Schülerarbeiten sind? Oder vielleicht ihre eigenen Fotos?«, spekulierte Märta, die sich die Bilder ebenfalls ansah.

»Sie sind jedenfalls toll«, erwiderte Anna.

»Guck dir das an!«, platzte es aus Märta heraus, die sich einem schmalen weißen String-Regal an der Wand direkt über dem Bett zugewandt hatte.

Das Regal war voller Bücher, die alle zu ein und derselben Serie zu gehören schienen.

»Hast du die auch gelesen, als du noch jünger warst?«, fragte Märta.

»Nein.«

Für Annas Begriffe klang die Kollegin ein bisschen zu euphorisch. Sie konnte nur hoffen, dass das Ehepaar Kling außer Hörweite war.

»Nicht? *Die Saga vom Eisvolk* – die war phantastisch! Das muss annähernd die komplette Reihe sein! Boel Westman muss ein großer Fan gewesen sein …«

Unterdessen war der Dackel, der sich hier gut auszukennen schien, auf einen Teppich an der Heizung zugetrottet und hatte sich hingelegt. Die Lampe neben dem Sessel brannte, und in der Spüle stand ein kleiner Stapel mit benutztem Geschirr. So sah es also zu Hause bei jemandem aus, der vorgehabt hatte, nur kurz nach draußen zu gehen. Doch Boel Westman würde nicht mehr hierher zurückkehren, und Anna schaltete die Lampe aus.

»Wir nehmen die Direktorin mit«, beschloss sie. »Komm, Hundchen, wir gehen.«

Irgendwo knallte es, und die sechzehnjährige Isabella Elo zuckte zusammen. Sie war weder schreckhaft, noch hatte sie im Dunkeln Angst, trotzdem fühlte sie sich an den Wochenenden auf Stockudden, wenn niemand mehr auf der Insel war, immer leicht unwohl.

Was war das für ein Knall gewesen? Wahrscheinlich nur wieder die schwere Eingangstür zum Hauptgebäude, die zugefallen war. An einem Tag wie diesem war es hier so leise, dass man die Tür bis hinunter zu den Schülerunterkünften hörte.

Aber die Unterbrechung kam ihr nicht ungelegen. Dann legte sie eben jetzt eine Pause ein. Eigentlich hatte sie vorgehabt auszuschlafen, war trotzdem früh aufgewacht und hatte fast den ganzen Vormittag mit ihrem Blog verbracht, an ihrem Körnerknäckebrot geknabbert und sich durch YouTube geklickt. Dann hatte die Internetverbindung geschwächelt, und sie hatte stattdessen versucht, an ihren Songtexten weiterzutüfteln. Es war ihr nicht sonderlich gut gelungen.

Isabella stand auf und streckte sich. Dann zog sie das Haargummi heraus und massierte sich die Kopfhaut. Es fühlte sich gut an, auch wenn ihre Haare leicht fettig waren. Vielleicht sollte sie sich die Haare waschen und die Gelegenheit nutzen, um sich perfekte Lucia-Locken zu drehen? Sie hatte Glätteisen sowie Lockenstab und eine ganze Tasche voller Stylingprodukte mit in die Schule genommen.

Doch zuallererst würde sie einen kleinen Spaziergang an der frischen Luft machen. In ihrem kleinen Zimmer war es stickig geworden. Die Mädchen, mit denen sie hier zusammenwohnte, hielten sie für verrückt, dass sie auf Stockudden blieb, obwohl sie doch nur ein paar Kilometer entfernt in einem großen, superschicken Haus wohnen konnte – mit Whirlpool, Fitnessraum und einer Speisekammer, die die Haushälterin jeden Donnerstag mit Leckereien bestückte. Das meiste konnte sie am darauffolgenden Donnerstag wieder entsorgen, weil Isabella auf Stockudden blieb und ihr Vater überwiegend auswärts aß.

Isabella hätte sich eher auf die Zunge gebissen, als ihnen zu erklären, warum sie lieber hier als zu Hause wohnte. Sie würden ohnehin nicht verstehen, wie es war, nur mit Papa unter einem Dach zu wohnen. Oder schlimmer noch – zu Hause zu sein, wenn er Besuch hatte. Dann war von einem Moment auf den anderen das Wohnzimmer voller ekliger Typen, die Isabella angafften, als wäre sie eine Eiswaffel auf zwei Beinen.

Sie sehnte sich fast die Zeiten zurück, als ihr Vater mit Martyna zusammen gewesen war. Isabella und Martyna hatten sich zwar nicht gut verstanden, aber gewisse Dinge hatte die Ex-Freundin ihres Vaters durchaus kapiert.

»*The girl needs privacy, no old men parties at home*«, hatte sie einmal gesagt.

Ihr starker polnischer Akzent hatte Isabellas Vater vermutlich gleichermaßen angemacht und verschreckt. Doch irgendwann war Martyna ihn leid gewesen, sie hatte einen Job in London ergattert und war verschwunden. Und jene *old men parties* fanden zu Hause inzwischen wöchentlich statt.

Nein, da war es tausendmal besser, auf Stockudden zu übernachten. Wenn alles gut ging, würde Isabella in ein paar Jahren von hier wegziehen, in eine andere Stadt, vielleicht sogar ins Ausland. Für den Anfang wäre Stockholm gut, dann vielleicht Los Angeles oder Tokio. Oslo wäre naheliegend, weil ihre Mutter dort lebte, aber das würde nicht funktionieren.

Sie speicherte ihr Dokument, auch wenn sie mit ihrem Text nicht sonderlich zufrieden war. Englisch war schwierig – da klang alles irgendwie banal und albern. *Love, dove, heart, fart.* Als erfolgreiche Singer-Songwriterin würde sie noch eine Schippe drauflegen müssen.

Draußen war es schweinekalt, und schaudernd zog Isabella ihre hellblaue Daunenjacke enger. Sie beschloss, nur die kleine Runde zum Bootshaus und wieder zurück zu drehen, um ihren Kopf freizubekommen – allenfalls noch ein Stück übers Eis.

Hinter sich hörte sie Stimmen und drehte sich um. Zwei Frauen kamen aus dem Hauptgebäude oben am Hang, und erneut fiel die Tür schwer ins Schloss. Hatte die Direktorin oder die Fotolehrerin Besuch gehabt? Anscheinend die Direktorin, stellte Isabella fest, weil die jetzt ebenfalls nach draußen kam. Sie joggte den anderen beiden hinterher, während sie sich den Mantel zuknöpfte, und dann verschwanden sie um die Ecke.

Isabella schlenderte hinunter zum Strand, an der Unterkunft der Jungen vorbei, die dunkel und verwaist war. Oder lief dort Musik?

Der Weg am Basketballfeld vorbei war nicht geräumt worden, und sie stapfte durch den tiefen Schnee. Ein gutes Training für den Hintern.

Es war ein wirklich schöner Tag und, sofern man an so etwas Interesse hatte, perfekt für eine Langlauftour oder irgendwas in der Art.

Ihr Vater war bestimmt unterwegs und düste mit japanischen Geschäftspartnern auf Schneescootern auf dem Eis herum. *»The genuine Finnish experience, höhöhö! Have some tervasnapsi!«* Ja, Holzteerlikör war typisch finnisch, trotzdem fand sie es grässlich, wenn er sich so verhielt.

Eine Zeit lang blieb sie unten am Strand stehen und ließ den Blick übers Eis schweifen. Am anderen Ufer der Bucht war es mucksmäuschenstill, da standen überwiegend Sommerhäuschen, und im Winter war es dort menschenleer. Trotzdem sah es so aus, als käme drüben im Wald Rauch aus einem Schornstein. Stand dort nicht das alte Tagungshotel? Das Ding war so hässlich, dass es gern komplett abbrennen durfte, wenn es nach Isabella ging. Ihr Vater hingegen fand es super. Seiner Ansicht nach sollte es unbedingt renoviert und wiedereröffnet werden. »Mach doch«, hatte Isabella zu ihm gesagt, woraufhin ihr Vater nur gelacht hatte.

Nein, allmählich wurde ihr zu kalt. Isabella stapfte zurück in Richtung Wohnheim. Wie jedes Mal ging sie ein wenig schneller, als sie an der verrammelten Hütte gleich oberhalb des Bootshauses vorbeikam. Irgendetwas daran war *creepy*, und immer, wenn sie hier vorbeikam, fühlte sie sich beobachtet. Was völlig verrückt war, denn die Hütte war verriegelt und verrammelt und wurde nicht mehr benutzt. Außerdem spukte es ja wohl nicht in Achtziger-Jahre-Sperrholzbaracken und erst recht nicht am helllichten Tag.

Trotzdem. Gerade hatte es wirklich so ausgesehen, als hätte sich der gestreifte Vorhang auf der rechten Seite bewegt …

Sie war erleichtert, als sie wieder ihr Zimmer betrat. Außerdem war ihr eine Idee gekommen.

»I peer at you from behind my curtain, please, oh please, won't you set me free«, notierte sie sich und trällerte die Zeile mit unterschiedlichen Melodien vor sich hin.

Klang gar nicht übel.

Das Zimmer ist winzig und scheußlich anzusehen. Ihr orangefarbener Plastikstuhl ist unbequem und wackelt. Auf dem Fensterbrett steht ein Kaktus in einem weißen Übertopf neben einem Fähnchen an einer Stange. Auf dem Fähnchen ist irgendein Anker abgebildet.

Der Mann hat ein kariertes Sakko und ein Hemd an, das neu bestimmt mal weiß war. Inzwischen ist es gelblich, der Kragen fast braun. Er hat sich ein billiges Rasierwasser übergekippt, das den Schweißgeruch trotzdem nicht übertünchen kann. Ihr wird leicht übel.

»Also, dann schauen wir doch mal … Ah, vielleicht willst du auch einen Kaffee?«

»Nein, schon okay.«

»Vielleicht trinkst du noch gar keinen Kaffee? Ich hab ja in deinem Alter damit angefangen. Der Beginn einer schweren Koffeinabhängigkeit, das sage ich dir.«

Sie nötigt sich ein höfliches Lächeln ab.

»Na ja, vielleicht kommen wir doch einfach zur Sache.«

»Mhm.«

»Das hier ist … Tja. Womöglich sollte ich vorwegschicken: Diese Sachen, die du hier vorbringst, sind ziemlich ernst, das ist dir hoffentlich klar? Sehr, sehr ernst.«

Ja, das ist ihr bewusst. Sie starrt den Kaktus an. Fragt sich, ob es wehtun würde, ihn zu berühren.

»Ist dir das klar?«

»Ja.«

»Denn bei solchen Vorwürfen ist es nun mal so, dass sie eine Existenz zerstören können. Wenn einem so etwas nach-

gesagt wird. Dass man so einer sein könnte. Darüber bist du dir im Klaren?«

Sie nickt. Sie weiß das. Und es gibt zig Arten, eine Existenz zu zerstören.

»Na dann. Also krempeln wir mal die Ärmel hoch. Du meintest, der Vorfall sei etwa vor einer Woche passiert, ist das richtig?«

»Ja.«

»Und wie würdest du das beschreiben, was da vorgefallen ist?«

»Das hab ich doch schon beschrieben.«

»Ja, sicher, aber ich habe doch gerade versucht, dir zu erklären, dass wir bei so ernsten Vorwürfen besonders gründlich sein müssen. Du hast bloß erzählt, dass jemand sich … an dir vergangen haben soll. Aber was genau hast du damit gemeint?«

»Ich … Ich weiß nicht, was ich sagen soll … Ich kann mich ja nicht mehr an alles erinnern.«

»Zuallererst einmal: Was hattest du überhaupt dort zu suchen?«

Sie zögert. Was passiert mit den anderen, wenn sie erzählt, wie es gewesen ist? Dass sie trotz Verbots auf eine Feier gegangen sind?

»Ich war eingeladen …«

»Eingeladen? Auf eine Tasse Kaffee, oder …?«

»Nein, da sollte eine Party sein.«

»Eine Party? Dann warst du zu einer Party eingeladen? Zu einer Party für zwei?«

Sie beißt sich auf die Lippe und denkt fieberhaft nach. Sie will nicht lügen, aber sie will die anderen auch nicht in Schwierigkeiten bringen.

»Nee. Ich dachte, es würde eine größere Sache werden, mit mehr Gästen … Deshalb bin ich dorthin.«

»Und war es eine größere Sache?«

»So groß auch wieder nicht. Eine Handvoll Leute. Ist das wichtig?«

Können sie das hier nicht einfach beenden? Der Mann widert sie an. Muss er sie so eklig anstarren? Sein Blick ist vernebelt, klebrig, und das Weiße in seinen Augen ist genauso gelb wie sein Hemd.

»Und wenn wir uns das mal genauer ansehen: Wurde bei dieser Party Alkohol ausgeschenkt?«

»Mhm.«

»Hast du was getrunken?«

»Ja, ein bisschen.«

»Du hast etwas getrunken? Könnte das der Grund sein, warum du nicht mehr weißt, ob ihr mehrere bei dieser Party wart oder nur zwei?«

Sie spürt seinen ekligen, gelben Blick auf sich und starrt das Ankerfähnchen an. Er glaubt ihr kein Wort.

»Ich hab ein paar Biere getrunken, aber irgendwer muss da was reingetan haben, weil ich sonst nie so weggetreten bin – doch nicht nur von Bier.«

»Ist das so? Tja …«

Er verändert seine Sitzposition, und der Stuhl knarzt. Sie wünscht sich, der Stuhl würde unter seinem Gewicht zusammenbrechen, damit er sich das Kinn so richtig hart am Schreibtisch aufschlägt und ihm die Zähne ausfallen.

»Erzähl mir von dem Akt an sich.«

»Dem Akt?«

»Ja, als ihr Geschlechtsverkehr hattet.«

Sie muss aufstoßen. Schmeckt Apfelsaft, Aufschnitt und Magensäure. Sie schluckt mühsam.

»Wir hatten keinen … Geschlechtsverkehr.«

»Also bitte, warum sitzen wir denn dann hier?«

Er nimmt die Hände hoch, und sein Lachen klingt freud-

los, trotzdem wackelt sein Bauch. Sie lässt ihn fertig lachen, ehe sie antwortet.

»Es ist kein Geschlechtsverkehr, wenn man im Schlaf vergewaltigt wird.«

Er seufzt.

»Tja, das sagst du so. Aber kann es nicht sein, dass ihr euch missverstanden habt?«

»Wie – missverstanden?«

»Du weißt schon ... Zum einen kann Alkohol ja dazu führen, dass man ein bisschen den Kopf verliert.«

»Äh, was?«

»Dass man übermütig wird. Urplötzlich Dinge macht, die man nüchtern nie machen würde.«

»Und ...?«

»Und einige werden auch ein bisschen nachlässig. Und vielleicht, tja, ich weiß auch nicht, fängt man auch an zu flirten – auch wenn man das selbst nicht immer bemerkt, wenn man getrunken hat. Und dann wird es für den anderen ja vielleicht schwierig, mit solchen Launen umzugehen. Weißt du, was ich meine? Äpfel und Birnen, solche Sachen. Wenn die Signale nicht mehr ganz klar sind. Da kann es zu dummen Missverständnissen kommen.«

Sie will ihn ansehen. Will ihm direkt in die Augen sehen. Will, dass er begreift, was für idiotische Sachen er sagt. Sie will, dass ihr Blick so sehr lodert, dass der Mann schmilzt – wie die Nazis in diesen Indiana-Jones-Filmen. Aber sie kann ihren Blick nicht von dem Fähnchen und vom Kaktus losreißen.

2
NUN HÖRT EIN BRAUSEN

Das Pflegeheim für Demenzerkrankte Björnåsen glich einer Festung, die sich der Eroberung widersetzte. Anna musste erst um das gesamte Gebäude herumgehen, ehe sie eine Tür mit einer Klingel entdeckte.

Sie und Märta hatten sich aufgeteilt: Märta hatte die Futurica-Direktorin ins Leichenschauhaus gefahren, wo die Tote identifiziert werden sollte. Wenig später hatte sie Anna angerufen: Åsa Kling habe bestätigt, dass es sich bei der Toten um Boel Westman handelte, woraufhin Anna sofort zum Björnåsen aufgebrochen war.

Während sie darauf wartete, dass ihr jemand aufmachte, sah sie sich um. Hier draußen war es wirklich schön. Das Pflegeheim stand inmitten von Kiefern auf einem Bergrücken, von dem man einen unverstellten Blick über die Bucht hatte. An einem klaren Tag wie heute konnte man sogar die Sommerhäuser am gegenüberliegenden Ufer erkennen.

Eine gehetzt wirkende junge Frau schob die Tür auf. Sie war allem Anschein nach die Treppe heruntergerannt und außer Atem.

»Wir sitzen gerade beim Mittagessen. Besuchszeit ist erst ab drei«, keuchte sie.

Sobald Anna ihr erklärt hatte, worum es ging, führte die Frau sie die Treppe hoch und bat sie, kurz zu warten.

Vom anderen Ende des Flurs waren das Klappern von Besteck und gedämpfte Stimmen zu hören. Es roch nach Gebratenem, Desinfektionsmittel und leicht nach Urin.

Dann tauchte eine weitere, freundlich lächelnde Frau auf. Aus sie war noch jung, Anna schätzte sie auf fünfunddreißig, auch wenn sie in ihrem hellblauen Twinset und knielangen Rock leicht altbacken gekleidet war.

»Hallo, mein Name ist Beatrice Borg. Ich bin die Geschäftsführerin hier im Björnåsen. Am besten setzen wir uns in mein Büro.«

Die Geschäftsführerin hatte eine auffällige, fast schon piepsige Stimme, als hätte sie Helium aus einem Ballon eingeatmet.

Anna folgte ihr in deren Büro, blieb dann aber stehen. Beatrice schob die Tür zu.

»Wenn ich richtig informiert bin, wohnt eine Patientin namens Westman hier? Alma Westman?«

»Das stimmt.«

»Die Mutter von Boel Westman?«

»Richtig.«

»Ich komme leider mit schlechten Nachrichten. Boel wurde unten an der Badestelle an der Timmerviken tot aufgefunden. Wir gehen von einem Unfall aus. Ihre Vorgesetzte hat sie bereits identifiziert.«

Die Geschäftsführerin riss die Augen auf.

»Das kann doch nicht wahr sein! Und ausgerechnet …«

»Ausgerechnet …?«

»Verzeihen Sie, ich muss erst wieder klar denken.«

Langsam umrundete Beatrice ihren Schreibtisch und ließ sich auf den Schreibtischstuhl sinken.

»Ich bin deshalb so erschrocken, weil …« Sie nahm ein paar Unterlagen aus einem Ablagefach. »Sehen Sie, hier sind die Sachen noch! Ich hatte nicht mal Zeit, sie abzuheften.«

Sie drückte Anna die Unterlagen in die Hand. Anna blätterte sie flüchtig durch und blickte zu Beatrice auf.

»Wessen Idee war das?«

»Die von Boel! Sie hat mich vor rund einem Monat gebeten, die Vormundschaft für Alma zu übernehmen – mitsamt Finanzen und allem Drum und Dran. Dass sich Angehörige solche Lösungen wünschen, ist nicht weiter ungewöhnlich, beispielsweise wenn sie im Ausland wohnen, aber dass ausgerechnet Boel das wollte, kam überraschend. Sie wohnt schließlich in der Stadt und kommt ihre Mutter mehrmals pro Woche besuchen. Kam, meine ich … Gott, wie schrecklich!«

»Wie hat sie den Wunsch denn begründet?«

»Gar nicht! Ich habe natürlich nachgehakt, aber sie hat nicht geantwortet. Ich dachte schon, sie sei vielleicht krank oder so und wolle, dass sich jemand auch weiterhin verlässlich um die Belange ihrer Mutter kümmert. Ich habe allerdings nicht weiter nachgebohrt, und dann haben wir die nötigen Papiere unterschrieben.«

»Geht es um viel Geld?«

Beatrice schüttelte den Kopf.

»Soweit ich weiß, nicht. Alma besitzt genug, um hier gediegen zu wohnen, aber darüber hinaus habe ich mir noch kein Bild von ihrem Vermögen gemacht. Entschuldigung, dass Boel nicht mehr da ist, muss ich erst einmal sacken lassen …«

Anna wartete eine Weile stumm ab.

»Ich bin gekommen, um die Angehörige zu informieren. In welcher Verfassung ist Alma Westman?«

Beatrice seufzte.

»Na ja, mal so, mal so. In manchen Momenten ist sie vollkommen klar im Kopf, aber dazwischen wird es immer schlimmer.«

»Sie hat es trotzdem verdient, dass wir sie vom Tod ihrer Tochter in Kenntnis setzen, oder nicht?«

»Natürlich! Ich gehe sofort nachsehen, ob sie schon fertig gegessen hat.«

Beatrice Borg verschwand für einen Augenblick, und Anna widmete sich erneut den Unterlagen. Genau wie Beatrice gesagt hatte, hatte Boel sie mit der Verwaltung des Vermögens ihrer Mutter betraut. Es schien um zwei Bankkonten, ein Bankschließfach und die Vermietung einer Wohnung in Helsinki zu gehen. Anscheinend hatte Alma einst selbst in der Wohnung gelebt, ehe sie ins Heim für Demenzerkrankte gezogen war. Vielleicht damit es für die Tochter nicht so weit wäre?, mutmaßte Anna.

Beatrice steckte den Kopf durch die Tür und bat Anna mitzukommen.

Alma Westman saß in einem gestreiften Marimekko-Pullover und schwarzen Leggins in einem Lehnstuhl. Sie hatte einen akkuraten Pagenschnitt, und die Lippen schimmerten rot. Erst als ihr Blick an Anna hängen blieb und sie übers ganze Gesicht zu strahlen begann – »Nein, wie schön, dass du da bist!« –, fiel Anna wieder ein, dass die Frau krank war.

Leicht verlegen stellte sie sich vor. Sie war froh, dass Beatrice anwesend war. Die Geschäftsführerin war neben Alma Westman in die Hocke gegangen und hielt deren Hände.

»Es wäre besser, wenn Sie sich ebenfalls hinsetzen könnten«, sagte Beatrice sanft.

Anna ließ sich auf einem Fußhocker nieder.

»Frau Westman, es tut mir sehr leid, aber ich habe schlechte Nachrichten für Sie. Ihre Tochter Boel ist gestorben. Wir gehen derzeit von einem Unfall aus. Sie war gestern spätabends an der Timmerviken im Eisloch baden. Mein Beileid.«

Ihre Stimme war verhältnismäßig fest geblieben.

»Die Kleine ist Fotografin geworden«, sagte Alma.

»Ja, und eine begabte obendrein«, pflichtete Beatrice ihr mit noch piepsigerer Stimme als zuvor bei. »Sehen Sie sich all die wunderbaren Bilder an!«

Anna sah sich in Alma Westmans kleinem Zimmer um. Die Wände waren mit Landschaftsaufnahmen übersät. Die Bilder ähnelten jenen in Boel Westmans Wohnung.

Alma schüttelte nach wie vor leicht den Kopf. Anna fürchtete insgeheim, dass sie die Nachricht vom Tod ihrer Tochter nicht verstanden hatte, aber zumindest hatte Anna ihre Schuldigkeit getan. Jetzt würden hoffentlich Beatrice und das Pflegepersonal übernehmen.

Sie war drauf und dran, sich zu verabschieden, um zurück in die Innenstadt zu fahren, als Alma Westman erneut den Blick hob und ihr mit sonderbarer, fast schon erschreckender Intensität direkt in die Augen sah.

»Stephen, dieser Teufel«, sagte sie nachdrücklich.

Verblüfft sah Anna zurück zu Alma. Beatrice wirkte ähnlich überrascht.

»Was haben Sie gerade gesagt, Alma?«, hakte sie nach.

Doch Alma Westman sah nun wieder verwirrt aus. Sie lächelte Beatrice schief an.

»Sie hatte keinen Platz an der Kunsthochschule gekriegt, deshalb ist sie nach Mailand gegangen. Schon damals so mutig – und jetzt ist sie Fotografin, mein Mädchen!«

Beatrice sah traurig zu Anna hoch, die sich verabschiedete und ging.

»Wann gehst du morgen zu Micke?«

»Keine Ahnung, vielleicht so um sieben?«

»Okay. Und was hast du deinen Eltern erzählt?«

»Dass Haa und ich bei dir übernachten. Die nur so: ›Schön, schön.‹«

Die beiden Mädchen aus der letzten Reihe im Bus lachten laut auf. Die vierzehnjährige Emma Kling presste die Stirn ans Fenster und ließ den Blick über die Wohnsiedlung schweifen. Am liebsten hätte sie deren Gespräch ausgeblendet, aber wegzuhören war unmöglich.

»Wer kommt denn noch?«

»Psst …«

Im Flüsterton ging es weiter, und Emma wusste genau, warum. Die beiden hatten natürlich mitbekommen, dass sie in der Nähe saß, allerdings war sie bei Micke nicht eingeladen; Emma war nie eingeladen, Amanda und Felicia hingegen immer, weil sie hübsch, schlank und witzig waren. Sie spielten Handball, machten Street Dance, und Amandas großer Bruder ging für die Mädchen *lonkku* – Gin mit Grapefruitlimonade – kaufen, wenn irgendwo eine Party war.

Dass sie flüsterten und lachten, ärgerte Emma. Sie wollte gar nicht zu dieser Party bei Micke, aber es wurmte sie, dass Amanda und Felicia ihr genau das unterstellten. Unter Garantie glaubten die beiden, dass sie – die fette, träge, dumme Emma – sich nur so nach einer Einladung verzehrte. Aber wie erbärmlich wäre das bitte schön?

»*Fuuuck!* Wir müssen hier raus!«

Der Busfahrer stieg in die Eisen, die Türen gingen auf, und Emma nahm einen Hauch von Rihanna-Parfüm wahr, als die Mädchen immer noch lachend aus dem Bus sprangen.

Sie selbst würde noch ein paar Haltestellen weiter fahren und das letzte Stück zu Fuß gehen. Sie hoffte, dass der Weg bis runter nach Stockudden geräumt war, sonst würden ihre Converse wieder klatschnass. Sie waren nach dem Weg zum Bus am frühen Morgen gerade erst wieder trocken geworden. Ihre Mutter hielt es für hirnverbrannt, in den Stoffschuhen loszuziehen, wenn draußen Schnee lag. Emma habe schließlich gerade erst neue Winterschuhe bekommen: gefüttert, dunkelviolett, warm, wasserdicht und praktisch. Doch nach dem hysterischen Kichern, das ihre neuen Schuhe ausgelöst hatten, als Emma in der Schule an Amandas und Emmas Clique vorbeigegangen war, hatte sie das Paar ganz zuhinterst in den Garderobenschrank verbannt. Die schwarzen Converse waren wenigstens neutral, auch wenn sie zwei Paar Wollsocken anziehen musste, um sich nicht die Zehen abzufrieren.

Vierzehn zu sein war für Emma Kling ein Alptraum. Elf und zwölf waren völlig in Ordnung gewesen, da hatte keiner gefunden, sie wäre kindisch, nur weil sie gefütterte Winterstiefel trug und Samir & Viktor hörte. Doch im Jahr darauf hatte sich alles verändert. Einige der anderen waren jetzt fest zusammen, knutschten auf dem Schulflur, dass der Speichel nur so strömte, und hatten Kondome im Portemonnaie (ob sie die je benutzten, hätte Emma nicht sagen könnten). Sie trugen Erwachsenenklamotten und tranken Alcopops. Und zuletzt war alles noch viel schlimmer geworden.

Emma wollte nichts lieber, als erwachsen zu werden.

Sie wünschte sich, sie könnte ihr Leben vorspulen und einfach – simsalabim – zwanzig sein, ihr eigenes Geld verdienen, schicke Klamotten tragen, eine coole Wohnung in irgendeiner Stadt und durchgeknallte Freunde haben, mit denen sie in trendigen Cafés abhängen konnte. Und sie wollte einen erwachsenen Körper haben: Brüste, eine Taille, pickelfreie Haut. Diesen Zwischenphase-Körper – Gott, wie sehr sie den hasste. Die Rettungsringe um den Bauch, die Mama Babyspeck nannte und von denen sie behauptete, sie würden von allein verschwinden. Die Brüste, die angefangen hatten zu sprießen, aber im Vergleich zum Bauch immer noch erbärmlich aussahen. Die Arme, die quasi über Nacht extrem haarig geworden waren. Ihre Periode, die widerlich war, und diese grässliche Menstruationstasse, die Mama ihr empfohlen hatte, die Emma aber nicht einführen konnte. Da unten war es einfach zu eng. Nicht dass sie das ihrer Mutter erzählen würde. Stattdessen knüllte sie Klopapier in die Unterhose.

Emma stieg aus und machte sich auf den Weg runter nach Stockudden. Anfangs, als Mama ihre neue Stelle angetreten hatte, hatte es sich aufregend angefühlt, in dieses alte Haus auf der Insel zu ziehen. Emma hatte sich an ihrer alten Schule nie richtig wohlgefühlt, deshalb hatte sich dieser Neubeginn nach einer guten Idee angehört. Als Emma die Insel erstmals besucht hatte, war es außerdem Sommer und traumhaft schön gewesen. Doch sobald es Herbst geworden war, hatte sich Stockudden zusehends als gruseliger Ort entpuppt. Manchmal fürchtete sich Emma – in ihrem eigenen Zuhause! –, speziell wenn sie dort allein war. Doris, ihr Dackel, war da ganz hilfreich, aber oft wirkte sie genauso ängstlich wie Emma selbst.

Die Bodendielen knarzten, und ständig bildete Emma sich ein, Schritte vom Flur her zu hören und Türen, die zufielen, obwohl die Räume menschenleer waren. Es wurde ein bisschen besser, als Boel gegenüber einzog, und wenn Mama und Papa ausgingen, blieb die Fotografielehrerin oft daheim. Sie hatte Emma auch nie dafür ausgelacht, dass sie sich vor Gespenstern und vor der Dunkelheit fürchtete, sondern sie auf einen Tee und einen Plausch eingeladen, bis die Angst verflogen war.

Es war noch stiller als sonst auf Stockudden, weil dort heute – anders als in Emmas Schule – geschlossen war. Emma warf einen flüchtigen Blick zu den Schülerunterkünften, konnte aber niemanden sehen. Was vielleicht besser war. Die Futurica-Schüler machten sie verlegen. Nicht dass sie unfreundlich gewesen wären, aber irgendwie brachten sie das Unbeholfenste in Emma hervor. Dann stammelte sie, sprach Wörter falsch aus und hatte einen Kloß im Hals, so dass sie klang wie der Seestern aus SpongeBob.

Am schlimmsten waren die Zehntklässler, die eigentlich zusammen mit ihren Freunden aufs Gymnasium oder auf die Berufsschule hätten gehen wollen, stattdessen aber die Futurica auf Stockudden besuchen mussten, wenn sie ihren Notenschnitt verbessern wollten. Manche kannte Emma von ihrer eigenen Schule; sie waren schon in der Neunten zum Fürchten gewesen. Zum Glück wohnten aber nur wenige hier auf der Insel. Die meisten fuhren nach der Schule heim zu ihren Eltern.

»Hallo?«, rief sie, kaum dass sie die Wohnungstür aufgeschlossen hatte.

Ihre Eltern hatten heute frei, aber wo waren sie? Es war mucksmäuschenstill.

»Hallo?«, rief Emma erneut, stieg aus den durchnässten Schuhen und legte sie auf die Heizung.

»Wir sind hier«, rief ihr Vater aus der Küche.

Sie saßen am Küchentisch und sahen merkwürdig aus. Mama war aschfahl im Gesicht und hatte dunkle Ringe unter den Augen.

»Hallo, Schätzchen«, sagte sie heiser. »Wir müssen dir etwas sehr Trauriges erzählen.«

Mit einem gewissen Missmut überflog Hauptkommissarin Annette Käld das Interview mit dem scheidenden Bürgermeister der Stadt, Kaj-Eric Svartström. Eine üppige Pension, Golfreisen und Seelenruhe – so sah für Bonzen also die Zukunft aus. Sie selbst würde noch mindestens weitere zehn Jahre arbeiten müssen, ehe sie es sich leisten könnte, in Rente zu gehen. Die Frage war nur, ob sie bis dahin Polizistin bleiben konnte. Sie lief Gefahr, dass sie das gleiche Schicksal wie Rolf Månsson ereilte, dessen Pumpe gestreikt und ihn dazu genötigt hatte, frühzeitig aus dem Dienst auszuscheiden.

Was, wenn sie ebenfalls zusammenklappte? Von ihren Leuten hatte bislang keiner an einem Chefposten bei der Polizei Interesse gezeigt. Es gab niemanden, an den Annette einen Teil der Verantwortung delegieren konnte. Manchmal tagträumte sie davon, in den letzten Jahren ihres Berufslebens einen Gang runterzuschalten und einen Posten zu übernehmen, an dem nicht rund um die Uhr an 365 Tagen im Jahr das Telefon klingeln konnte – irgendeine Spezialaufgabe vielleicht. Oder Ausbilderin? Beraterin? Aber damit das funktionieren konnte, brauchte sie einen Kollegen, der für ihren Bereich die Leitung übernahm.

Doch zuvorderst musste Annette eine Nachfolgerin oder einen Nachfolger für Rolf Månsson finden. An Bewerbern mangelte es nicht. Gemeinsam mit ihren eigenen Vorgesetzten hatte sie die Zahl letztlich auf drei reduziert – auf drei überaus kompetente Kollegen, auch wenn sie es schwer haben würden, in Rolfs ungeheuer große Fußstapfen zu treten. Rolf war wesentlich mehr gewesen als bloß Polizist und Kollege, er war gewissermaßen Teil des Stadtbilds gewesen – und war dies noch heute, wenn auch als Privatperson. Trotzdem …

Insgeheim hoffte Annette, dass sie Rolfs Nachfolger auch gleich den Staffelstab für die Leitung des Reviers übergeben könnte, wenn es so weit war. Ein Bewerber hatte ausdrücklich angemerkt, dass er derlei Ambitionen hatte, was ihn zu einem aussichtsreichen Kandidaten machte.

Sie legte die Zeitung beiseite und nahm sich erneut die drei Bewerbungen vor. Jan Ståhlman aus Kotka. Im Vorstellungsgespräch hatte er einen vernünftigen, nüchternen, kompetenten Eindruck gemacht. Einen Hauch selbstgefällig vielleicht, aber er war nicht der Erste in dieser Branche, der dazu neigte.

Märta Hansson klopfte an ihrer Tür, und eilig schob Annette die Bewerbungen zusammen.

»Hey, Hansson. Gibt's was Neues von der Dame aus dem Eisloch?«

»Es war tatsächlich Boel Westman, Lehrerin an der Futurica, an dieser Schule draußen auf Stockudden. Ihre Vorgesetzte, Åsa Kling, hat sie identifiziert. Anna hat die einzige Angehörige informiert, so gut es eben ging – die Mutter ist wohl dement …«

»Tragisch. Habt ihr schon über die Todesursache gesprochen?«

»Sah nach einem Unfall aus. Keine sichtbaren äußeren Verletzungen.«

»In Ordnung, dann gehen wir fürs Erste davon aus und warten auf den Obduktionsbericht. Hast du noch kurz Zeit, dich mit mir zu unterhalten?«

Schulterzuckend schob Märta die Tür hinter sich zu und setzte sich.

»Also«, hob Annette an, »eigentlich will ich nur wissen, wie die Zusammenarbeit mit Anna Glad läuft.«

Märta zuckte erneut mit den Schultern.

»Och … Ganz okay, würde ich sagen.«

»Sie hat so lange mit Rolf zusammengearbeitet, dass ich ein bisschen unsicher war, wie sie sich mit einer neuen Partnerin arrangieren würde.«

»Na ja, ich weiß natürlich nicht, was sie von mir hält, aber ich kann nicht klagen. Ich würde mal sagen, wir ergänzen einander.«

Wider Willen verzog Annette den Mund. Die beiden Frauen waren wirklich sehr unterschiedlich. Märta Hansson war sportlich, energisch und fast schon übertrieben effizient, während Anna Glad eher gemächlich unterwegs war. Sie hielt mitunter Termine nicht ein und war nicht sonderlich gut organisiert; es war schon öfter vorgekommen, dass sie sich an irgendeinem Detail festgebissen und kostbare Zeit damit vergeudet hatte, statt aussichtsreicheren Spuren nachzugehen. Aber vielleicht machte Märta Hanssons Effizienz das ja wieder wett?

»Findest du, ihr funktioniert gut als Partnerinnen?«

Märta lächelte, und in ihrer linken Wange bildete sich ein Grübchen.

»Na klar. Ich gehe davon aus, dass wir uns aneinander gewöhnen.«

»Okay, gut zu wissen. Dann schlage ich vor, dass ihr zu zweit weitermacht, auch nachdem ich Rolfs Nachfolger ausgewählt habe. Dann bekommt er einen neuen Partner an die Seite gestellt.«

»Er?«, hakte Märta interessiert nach.

»Oder sie. Noch ist nichts entschieden. Vergiss, was ich gesagt habe.«

Mit einem Zwinkern verließ Märta das Büro.

Anna hatte sich daran gewöhnt, nach der Arbeit in eine dunkle, stille Wohnung zurückzukehren, doch als sie heute mit je einer Einkaufstüte in den Händen nach Hause kam, war es obendrein eiskalt.

»Ach du Scheiße!«

Der Ruf hallte in der Stille wider.

Ihre Mietwohnung lag in einem alten Holzhaus, und ein Nachbar hatte sie schon vorgewarnt, dass Isolierung und Heizung nicht im allerbesten Zustand waren, aber bislang hatte sie nie Probleme gehabt. Doch diesmal lag eindeutig etwas im Argen.

Sie stellte die Einkaufstüten ab, behielt aber die Jacke an, als sie auf den Heizkörper am Fenster zulief und die Hand darüber hielt. Er war kalt. Verdammt.

Zwanzig Minuten später – immer noch in Wintersachen – presste sie sich das Handy ans Ohr und versuchte, zur Hausverwaltung durchzudringen. Eine Coverversion von »Total Eclipse of the Heart« lief jetzt schon zum sechsten Mal. Das einzig Gute daran war, dass ihr vor Wut warm blieb.

In der Wohnung gab es auch einen Kachelofen, der laut Vermieter einwandfrei funktionierte, nur dass niemand je auf die Idee gekommen war, den Abzug kontrollieren zu lassen, und Holz hatte Anna auch keines vorrätig. Gottverdammt! Dabei wäre kaum mehr als ein Anruf und eine Fahrt zu Rolfs Sommerhaus nötig gewesen (und er hatte ihr sogar mehrmals angeboten, sie möge sich an seinem Birkenholz bedienen), und sie hätte hier sitzen und vor dem prasselnden Ofen in der Warteschleife hängen können.

»Turn arouuuund …«

Jetzt hatte sie schon angefangen, den Song mitzusingen!

Allerdings waren ihre Nachbarn nicht zu Hause, insofern hatte sie nichts zu befürchten. Die Leute links von ihr wohnten im Winterhalbjahr im Ausland, würden aber über Weihnachten zu Besuch kommen, und der Mann rechts war mit seinem Pensionärsverein auf Weihnachtsmarktreise in Wien.

Anna hatte es gründlich die Laune verhagelt. In Momenten wie diesem hätte sie gern jemanden an ihrer Seite, mit dem sie ihre Sorgen hätte teilen können. Ihr Ex Måns war in vielfacher Hinsicht eine Transuse und ein Mistkerl gewesen, aber wenn es um ihr Zuhause oder das Auto gegangen war, waren sie ein Team gewesen. Jetzt musste Anna für alles allein geradestehen.

Egal. Noch zwei Total Eclipses, und ich lege auf und checke im Hotel ein, beschloss Anna.

Die Einsamkeit hatte sich in letzter Zeit eher nach Segen denn wie eine Geißel angefühlt. Es war angenehm, selbst zu bestimmen, wann geputzt und wann gegessen wurde und was im Fernsehen lief.

Natürlich hatte es nach der Trennung Momente gegeben, in denen Erinnerungen aufgekommen waren und wehgetan hatten. Trotzdem vermisste sie Måns kein bisschen. Sie hatte Gerüchte gehört, dass die Frau, mit der er sie betrogen hatte, inzwischen bei ihm, in Annas einstigem Zuhause, eingezogen war und dass er einen Teilzeitjob ergattert hatte. Also ging es Måns gut, Anna ging es gut, *happy ever after*, oder … Tja. Mal abgesehen davon, dass es hier im Moment lausig kalt war.

»So eine verdammte Scheiße!«, blaffte sie ins Telefon, als sich im selben Moment eine freundliche Stimme meldete.

Eine weitere Stunde später näherte sich die Temperatur in der Wohnung der Siebzehn-Grad-Marke. Anna hatte sich einen dicken Islandpulli angezogen, eine Baskenmütze und ein paar Wollsocken, die sie aus ihrem Kleiderschrank gewühlt hatte.

Sieht ziemlich exzentrisch aus, schoss es ihr durch den Kopf. Jetzt könnte ich mir glatt noch einen Whisky einschenken.

Nachdem die Hausverwaltung endlich rangegangen war, hatte es nicht einmal sonderlich lang gedauert, bis ein spindeldürrer Typ, der gerade mal aussah wie vierzehn, vorbeigekommen war. Nach ein paar Handgriffen im Heizungskeller waren die Temperaturen im Haus wieder gestiegen.

»Geht als Museumsstück durch, Ihr alter Heizkessel«, hatte er noch gesagt und so schief gegrinst, dass ein Stück schwarzer Snus-Tabak unter seiner Oberlippe zu sehen gewesen war.

»Ist nicht meiner, ich wohne hier nur zur Miete«, hatte Anna gemurmelt.

Inzwischen war es spät geworden, doch nach dem ganzen Hin und Her war Anna kein bisschen müde. Sie nippte an ihrem Whisky und zog ihren Laptop aus der Tasche.

Anna war auf Facebook nicht aktiv, oder besser: Sie war schlecht darin, dort Dinge zu posten. Hier und da überflog sie ihren Feed und verteilte emporgereckte Daumen und Herzchen, so wie es sich, wenn man nett sein wollte, anscheinend gehörte.

Im vergangenen Monat jedoch hatte sie sich eine Unart angewöhnt.

Der Whisky fing bereits an, ihr zu Kopf zu steigen, und sie pfiff auf die warnende innere Stimme, die ihr zu sagen versuchte, dass sie cooler und vernünftiger wirken würde, wenn sie es nicht täte.

Sie klickte Tomas' Profil an und fühlte sich beim Anblick seines Profilbilds sofort wie ein nervöses Teenagermädchen. Verdammt, wie gut er aussah! Tomas war ein Kollege aus Tampere, der im vergangenen Sommer zu einer Ermittlung hinzugezogen worden und dessen plötzliches und unerwartetes Interesse an Anna einer der Gründe war, weshalb sie letztlich mit Måns Schluss gemacht hatte. Nicht dass sie ernsthaft geglaubt hätte, sie würde mit Tomas zusammenkommen – sie war lediglich wieder daran erinnert worden, wie es sich anfühlte, wenn jemand sie wertschätzte.

Ihr letztes Aufeinandertreffen war schon einige Wochen her. Bei Rolfs Verabschiedung war er auf sie zugekommen, es war ein phantastischer Abend gewesen, auch wenn es Anna im Nachhinein schwerfiel, sich an den genauen Ablauf zu erinnern. Es war so unwirklich gewesen, sich nach all den vergeudeten Jahren mit Måns plötzlich attraktiv, begehrt und umworben zu fühlen. Den ganzen Abend lang hatte sie fast damit gerechnet, dass Tomas rufen würde: »War nur ein Witz – du bist bei *Versteckte Kamera*!« Aber er schien sie allen Ernstes zu mögen.

Nur dass tags darauf das böse Erwachen gekommen war. Na ja, böses Erwachen war vielleicht übertrieben. Doch eine Enttäuschung war es allemal.

»Ich muss dir was sagen«, hatte Tomas gemurmelt und an dem hässlichen Kaffeebecher mit dem Stadtwappen genippt (ein Personalweihnachtsgeschenk aus dem Jahr 2014 und der einzige zusätzliche Becher, den Anna auf die Schnelle in ihren unausgepackten Umzugskisten hatte finden können). »Ich muss für mehrere Wochen verreisen. Fortbildung in Montreal. Das war auch einer der Gründe, warum ich vorbeigekommen bin: Ich wollte dich vorher noch einmal sehen.«

Und dann war er abgereist. Erst heim nach Tampere und dann weiter nach Kanada. Ein Monat hätte sich doch wohl nicht so lang anfühlen dürfen, aber das Timing war gelinde gesagt unglücklich gewesen: Anna und Tomas hatten sich just in jenem ungeklärten Stadium befunden, in dem keiner recht wusste, ob sie sich weiter treffen oder das Ganze bleiben lassen sollten. Anna ihrerseits wollte es weiter probieren, daran bestand kein Zweifel.

Sie hatten einander Nachrichten geschrieben, doch seit rund einer Woche herrschte Funkstille, hauptsächlich weil Tomas sich in einer komplett anderen Zeitzone befand, trotzdem …

Er war auch nicht gerade aktiv, wenn es um persönliche Posts auf Facebook ging. Er hatte ein paar Links zu Serien geteilt, die er mochte (*Stranger Things*, *The Wire*), hier und da eine Nachrichtenmeldung, und ab und zu tauschte er sein Profilbild aus. In ihren sehnsüchtigsten Momenten hatte Anna jedes Update aufmerksam studiert – sogar solche, die mehrere Jahre alt waren. Sie war sein Fotoarchiv durchgegangen, hatte aber achtgegeben, nicht aus Versehen ein uraltes Foto zu liken und sich auf diese Weise als Stalkerin zu outen.

Als Tomas sie besucht hatte, hatte es eine Weile gedauert, bis Anna sich entspannen konnte. Doch irgendwann war es ihr egal gewesen, sie wollte sich ja auch nicht verstellen. Sie riss albernste Witze, und Tomas lachte und schien sie aufrichtig nett und lustig zu finden. Außerdem sah er sie auf eine Art an, bei der ihr ganz kribbelig wurde. Doch mittlerweile waren einige Wochen vergangen, und sie fragte sich, ob sie sich das alles nur eingebildet hatte.

Sie kannte Tomas nicht sonderlich gut, sie waren einander nur ein paarmal begegnet. Hatte da wirklich etwas in der Luft gelegen – oder verhielt er sich so auch gegenüber anderen Frauen? Immerhin war er ihr in keiner Weise verpflichtet. Er war ledig und ungebunden und hatte alles Recht, zu tun und zu lassen, was immer er wollte. Auch drüben in Kanada …

Ihr Herz schlug einen Salto, als sie neue Fotos in seiner Chronik entdeckte. Allerdings war es nicht Tomas selbst, der sie hochgeladen hatte, sondern jemand, der ihn getaggt hatte. Jemand namens Francesca.

Auf den Bildern waren insgesamt sieben Personen zu sehen, und sie saßen um eine riesige Pizza in einem Restaurant mit gedämpfter Beleuchtung. Es waren Blitzaufnahmen, und alle hatten rote Augen und gespenstisch bleiche Haut – trotzdem sah Tomas wie immer umwerfend aus.

Found a decent Italian place after a great day with amazing new friends, hatte Francesca dazugeschrieben.

Es zog unangenehm in Annas Hals. Francesca war bildschön: langes, dichtes braunes Haar, große Augen und ein strahlendes Lächeln. Und natürlich saß sie auf allen Bildern neben Tomas. Hielt er sie nicht sogar im Arm? Vielleicht machte man das ja so, wenn man zusammen fotografiert wurde, trotzdem … unnötig.

Verkniffen rief Anna Francescas Profilbild auf. Dafür suchte sich jeder sein hübschestes Foto aus, das hatte auch Anna versucht, und doch hatte sie auf ihrem besten Foto ausgesehen, als würde sie leicht schielen. Es war schon eine Weile her, seit sie ihr Profilbild zuletzt geändert hatte, lange bevor sie Tomas kennengelernt hatte, und verglichen mit der bildschönen Francesca samt Filmstar-Sonnenbrille und wallenden Haaren sah Anna aus wie eine Dorfpomeranze.

Sie kippte den letzten Rest Whisky hinunter, hielt kurz inne und goss sich noch einen Schluck nach. Schließlich würde sie tags darauf nicht vor neun bei der Arbeit sein müssen.

Und wieder nagte die Einsamkeit an ihr. Verfroren und leicht angeschickert saß sie mit ihrer mottenzerfressenen Baskenmütze auf dem Kopf da, während Tomas am anderen Ende der Welt mit seiner hübschen und bestimmt obendrein superintelligenten italienischen Kollegin Francesca Pizza aß. Das hübsche, nerdige Mädchen, nach dem sämtliche Jungs verrückt waren. Die reinste Highschool-Schmonzette. Wie alt war sie überhaupt, diese Italienerin? Zweiunddreißig. Und bezeichnete sich selbst als »Foodie«, was nur bedeuten konnte, dass sie in einem fort Pizza und Pasta aß, alles wieder rausschiss und ihr Lebtag rank und schlank bleiben würde. Das wurde ja immer schlimmer.

Anna legte ihr Handy beiseite und stemmte sich fast schon empört vom Sofa hoch. Inzwischen war ihr warm geworden. Sie fing sogar an, leicht zu schwitzen.

Gerade wollte sie sich aus dem riesigen Strickpulli schälen, als ihr Handy auf dem Couchtisch vibrierte. Vielleicht war das Tomas!

Ach, nur die Werbe-SMS einer Bekleidungsfirma, die

Sportsachen im Angebot hatte. *So kommst du bis Weihnachten in Form*, stand da, was Anna prompt persönlich nahm. Sie löschte die Nachricht augenblicklich.

Vielleicht sollte sie selbst eine Nachricht an Tomas schreiben? War es nicht ohnehin ein bisschen altmodisch, hier zu sitzen wie eine (angetrunkene) Märchenprinzessin (mit Baskenmütze) und darauf zu warten, dass der Prinz ein Lebenszeichen schickte? Nur was, wenn er sie aufdringlich fände? Vielleicht empfand er nicht das Gleiche wie sie.

Aber irgendwas Kleines konnte sie doch schreiben? Es zählte nur der richtige Tonfall. Und die richtige Wortwahl.

Mit zielsicheren Schritten ging die Lichterkönigin über den Steg. Ihr langes weißes Gewand schlang sich um ihre Beine, und der Schnee knarzte rhythmisch unter ihren Stiefelsohlen. Sie hatte sich einen hellgrauen Paschminaschal um den Kopf gewickelt und einen Teil ihres Gesichts bedeckt. So war es am besten. Sie wollte lieber nicht erkannt werden – noch nicht.

Dann war es also dort unten, im schwarzen Wasser, passiert. Oder mit anderen Worten: Es war genau wie beim letzten Mal gewesen.

Es war riskant, dass sie hierherkam, und sie sollte sich besser beeilen. Sie angelte Kerze und Feuerzeug aus den tiefen Gewandtaschen, ging in die Hocke, kaum dass der Docht brannte, und steckte die Kerze in den Schnee neben der Leiter.

»Verzeih mir«, flüsterte sie nur, richtete sich wieder auf und ging.

Wenn Kakao kalt wird, bildet sich darauf eine dicke Haut, die sie mit dem Löffel zerschneiden kann. Doch in den Mund nehmen will sie sie nicht. Allein bei der Vorstellung, wie die Haut schleimig und kalt auf ihrer Zunge liege, wird ihr ganz anders.

Auf der Käsescheibe haben sich kleine durchsichtige Tröpfchen gebildet, und die Ecken krümmen sich schon. Man fragt sich, warum. Ist das so, wenn Sachen vertrocknen? Oder hat da der Fäulnisprozess bereits eingesetzt? Sie streicht mit dem Finger darüber. Jetzt hat sie Käseschweiß an der Fingerkuppe. Widerlich. Sie trocknet sich den Finger an ihrem Snoopy-Nachthemd ab.

Die Tür geht auf, und Ulla kommt rein.

»Na, so was!« Sie nimmt das Tablett mit dem Kakao und dem Käsebrot hoch. »Hat es schon wieder nicht geschmeckt?«

Sie schüttelt den Kopf.

»Zieh dir was an«, brummt Ulla verärgert. »Um zehn hast du einen Arzttermin. Und bis dahin mach wenigstens Hausaufgaben.«

Dann fällt die Tür wieder ins Schloss.

Sie zieht sich die schimmernd dunkelblaue Jogginghose an. Allmählich wird sie zu kurz, die unteren Bündchen liegen über den Waden auf statt um die Knöchel. Dann zieht sie sich das Polohemd über und hört, wie es in ihren Haaren knistert. Das Hemd macht sie immer ganz elektrisch.

Hausaufgaben. Die Bücher liegen auf dem Fensterbrett. Gleichungssysteme, Zweiter Weltkrieg, Erdreich und Kon-

tinentalplatten. Sie nimmt sich das Erdkundebuch und blättert darin.

In den ersten Kapiteln hat sie Sachen an den Rand gekritzelt: Blumen, lustige Männchen mit Glupschaugen und runden Zähnen. Herzchen in allen möglichen Größen. Einen Apfel, aus dem ein grinsender Wurm herausschaut – mit Hütchen samt Blume an der Krempe.

Sachen, die ein fröhliches Mädchen vor sich hinkritzelt. Es fühlt sich an, als wäre es sehr, sehr lange her, seit sie dieses Mädchen war.

Auf der nächsten Seite entdeckt sie ein großes Herz am Rand und darin einen Namen. Keke.

Dieses Herz hat nicht sie gemalt, sondern Nina, die im Unterricht neben ihr gesessen hat und so verliebt war, dass sie den Namen überall hinschrieb – auf ihr Pult, auf ihren Arm, in ihre Hefte und in das Erdkundebuch ihrer Freundin.

Sie nimmt ihren Radiergummi und versucht, Namen und Herz auszuradieren. Sie erträgt es nicht, Kekes Namen vor sich zu sehen.

Sie weiß noch, was für ein Aufruhr das war, als Nina an jenem Tag im vergangenen Herbst vom Einkaufen zurückkam. Sie alle hatten ihr verschiedene Dinge aufgetragen und ihr Kleingeld dafür abgezählt: rosa Rexona, Binden mit Flügeln, Orangen, Barbecue-Chips, Fruchtsirup, Salmiakpastillen – ein wildes Durcheinander.

Als Nina wiederkam, hatte sie rosige Wangen und nur einen Bruchteil der Sachen eingekauft. Sie hatte ihn am Süßigkeitenregal getroffen: den süßesten Typen, den sie je zu Gesicht bekommen hatte. Und er hatte Nina gefragt, ob sie sich wieder treffen könnten. Aber wie sollte das gehen? Sie durfte die Insel schließlich nicht ohne Erlaubnis verlassen – außer wenn sie an der Reihe war, einzukaufen.

Gemeinsam hatten sie einen Plan ausgeheckt. Sie hatten alle unisono behauptet, Nina liege mit Migräne im Bett, und Hasse war zu faul gewesen, um nachzusehen. Und so watete Nina fortan immer mittwochs durchs Schilf, um ihren Keke in der Stadt zu treffen.

Es war spannend und aufregend gewesen. Ninas Abenteuer war für sie alle eine Abwechslung im langweiligen Inselalltag und eine Erinnerung daran, dass ihnen allen möglicherweise bald ein normales Teenagerleben bevorstand. Vielleicht.

Wenn es nur dabei geblieben wäre. Bei den kurzen, verbotenen Treffen und Notlügen.

Herz und Name lassen sich nicht vollständig ausradieren. Sie reißt ein Stück aus dem Seitenrand, knüllt es zusammen und wirft es in den Papierkorb.

3
NACHT WAR SO GROSS UND STUMM

Freitag, 8. Dezember

Irgendwo piepte etwas. Nur mit Mühe bekam Anna das linke Auge auf. Dann das rechte. Warum lag sie auf ihrem Sofa und nicht im Bett? Und Herr im Himmel – war das der Handywecker, der piepte?

Schlaftrunken setzte sie sich auf, und die alte Baskenmütze rutschte ihr ins Gesicht. Sie ertastete ihr Handy und stellte den Weckton aus.

Verdammt und zugenäht. Von zwei Drinks konnte man doch nicht so betrunken sein, dass man auf dem Sofa einschlief! Sie musste nach der vorangegangenen kurzen Nacht wirklich todmüde gewesen sein. Nur gut, dass sie nicht verschlafen hatte. Ein Kaffee und eine Dusche, und sie würde den neuen Tag angehen können.

Ihr tat alles weh. Das Sofa war zwar bequem, wenn man darauf saß, aber als Schlafplatz taugte es nicht.

Ich ächze und stöhne wie eine Neunzigjährige, stellte Anna fest. Muss am Alter und an der Einsamkeit liegen. Nicht mehr lange, und ich führe Selbstgespräche.

Sie schlurfte ins Bad, zog sich aus und stieg in die Dusche. Hmm, schön. Sie benutzte eine ordentliche Menge

Anti-Frizz-Shampoo. Wenigstens heute würde sie sich die Haare kämmen und sich vielleicht sogar föhnen, bevor sie aus dem Haus ginge.

Noch während sie dastand und das Shampoo einmassierte, machte sich in ihr ein mulmiges Gefühl breit, das sie nicht recht benennen konnte. War das Scham?

Dann fiel es ihr wieder ein. Mit den Haaren voller Shampoo und ohne das Wasser abzudrehen, huschte sie aus der Dusche und schnappte sich ihr Handy.

Du lieber Himmel. Es stimmte tatsächlich. Angetrunken und übernächtigt hatte sie um 01.30 Uhr eine Nachricht an Tomas geschickt. O nein! Was hatte sie geschrieben?

Hoffe, du hast dort drüben eine tolle Zeit! Du fhelst mir!

Fhelen? Hätte sie vor dem Abschicken nicht noch mal lesen können, was sie geschrieben hatte? Aber gut, so schlimm war die Nachricht nicht, und zumindest war sie ehrlich. Allerdings hatte sie keine Antwort erhalten. Wie spät war es gerade in Montreal? Tomas hätte hinreichend Zeit gehabt, ihr zu antworten, hatte sich aber nicht zurückgemeldet.

Im selben Maß, wie das Duschwasser in den Wohnzimmerteppich sickerte, sickerte die Hoffnung aus ihr heraus.

Sie legte das Handy beiseite und stapfte zurück ins Bad.

Für Emma Kling begann der Unterricht freitags erst um zehn Uhr. Ihre Mutter rechnete damit, dass sie rechtzeitig von der Polizei zurück wären.

»Wenn wir zu spät sind, gehe ich mit und rede mit deinem Lehrer.«

Emma hoffte inständig, dass das nicht nötig wäre. Sie hatte ohnehin schon alle Hände voll damit zu tun, in der Schule nicht weiter aufzufallen. Wenn sie zu spät käme, noch dazu mit ihrer Mutter im Schlepptau, wäre das eine Katastrophe. Zumal ihre Mutter kürzlich erst wieder in der Zeitung gestanden hatte. Jetzt wollte sie auch noch Bürgermeisterin werden. Emma wünschte sich, sie hätten das besprochen, ehe ihre Mutter sich für die Kandidatur entschieden hatte. Nicht dass sie den Segen ihrer Tochter bräuchte, um derlei komische Sachen zu machen, aber trotzdem. Ihre Mutter hatte nicht mal darüber nachgedacht, wie anstrengend es für Emma sein würde, das Kind der Frau aus der Zeitung zu sein.

Emma war es inzwischen gewöhnt, überraschte Blicke zu ernten, wenn die Leute erfuhren, dass Åsa und Anders Kling eine Tochter hatten, die ihnen kein bisschen ähnlich sah. Am liebsten wollte sie dann immer lügen und erzählen, sie sei adoptiert worden. So wäre es besser für alle Beteiligten. Aber nun war es eben so, dass zwei attraktive, gesellschaftstaugliche, sportliche Menschen aus irgendeinem Grund ein schüchternes, dickes, unbeholfenes Kind zur Welt gebracht hatten. Wenn es nach Emma ging, war der einzige Verwandte, dem sie halbwegs ähnlich war, ihr Großvater mütterlicherseits. Auch der war dick, wenn auch nicht so schüchtern, allerdings stellte er gern mal sein Hörgerät ab, wenn er Leute nicht mehr ertragen konnte.

Ein Stück vom Polizeirevier entfernt parkte ihre Mutter den Wagen. Noch während sie hangaufwärts marschierten, spürte Emma den tadelnden Blick auf ihre Stoffschuhe. Wie würde es wohl werden, wenn Mama diese Wahl gewinnen und Bürgermeisterin werden würde?

Würde sie dann von Emma verlangen, dass sie sich anders anzog? Ein bisschen, wie hieß das noch, repräsentativer? Dabei wäre das schlichtweg unmöglich.

Aber vielleicht würden sie ja von Stockudden wegziehen, wenn Mama einen so hohen Posten bekäme? In ein normales Haus, in dem es nicht knackste und knarzte, und mit netten Nachbarn? Emma hoffte es sehr. Gerade jetzt, da Boel nicht mehr da war.

Boel. Allein beim Gedanken daran, was ihr zugestoßen war, zog sich ihr der Magen zusammen.

»Guten Morgen. Wir haben einen Termin mit Anna Glad«, erklärte Mama einer Dame am Empfangstresen.

»Einen Moment bitte.«

Sie mussten kurz warten. Dann ging eine Tür auf, und eine Frau kam auf sie zu. Sie sah kein bisschen aus wie eine Polizistin, fand Emma. Zunächst einmal trug sie keine Uniform, sondern normale Jeans und einen schwarzen Pullover. Ihre Haare waren braun und sahen noch feucht aus. Aber die Frau wirkte nett, und Emma spürte, wie sie sich allmählich entspannte.

»Schön, Sie wiederzusehen«, sagte sie zu Emmas Mutter und drehte sich dann mit ausgestreckter Hand zu Emma um. »Ich heiße Anna Glad.«

»Emma Kling«, erwiderte Emma, deutete einen Knicks an und schämte sich sofort dafür. Heutzutage knickste doch wohl kein Mensch mehr.

»Emma hat mir gestern etwas erzählt, was Sie vielleicht interessieren könnte«, erklärte ihre Mutter.

Sie folgten Anna in deren Dienstzimmer. Dort sah es chaotisch aus. Interessiert beäugte Emma die Papierberge, Kaffeebecher und eine traurige, vertrocknete Hyazinthe, die nicht mehr zu retten war. Dann blieb ihr Blick an einem Foto von Boel zuoberst auf einem Papierstapel hängen, und sofort schnürte sich ihr die Kehle zusammen.

»Dann erzähl doch mal«, sagte die Polizistin freundlich, kaum dass sie sich gesetzt hatten.

»Also …«, hob Emma unsicher an. »Das war vorgestern, als Mama und Papa bei einer Feier waren. Ich war zu Hause.«

»Sie war natürlich auch eingeladen«, fuhr ihre Mutter dazwischen, »aber wir wollten sie nicht dazu zwingen, wo sie doch lieber ihre Ruhe haben und daheimbleiben wollte. Es waren auch nur Erwachsene da, insofern war es wahrscheinlich besser so.«

»Verstehe. Erzähl weiter, Emma.«

»Boel war auch zu Hause, und direkt bevor sie eisbaden gehen wollte, hat sie noch mal bei mir geklopft. Wir haben uns kurz unterhalten.«

»Und worüber?«

»Über nichts Besonderes. Sie wollte nur sicherstellen, dass bei mir alles in Ordnung war, solange Mama und Papa weg waren. Sie ist … oder … war meine Freundin. Ich war auch manchmal bei ihr drüben.«

»Was ist dann passiert?«

»Sie ist gegangen, und ich hab mir auf dem Computer eine Serie angeguckt. Aber Mama will, dass ich erzähle, dass ich gehört habe, wie Boel zurückkam … oder eher … Ich dachte natürlich, dass sie es gewesen wäre. Ich hätte es vielleicht gar nicht wahrgenommen, aber Doris hat reagiert.«

»Doris?«

»Unser Dackel. Sie hat bestimmt geglaubt, es seien Mama und Papa, die die Treppe hochkamen, und ist zur Tür gelaufen.«

»Weißt du noch, wie spät das war?«

»Ziemlich spät. Das muss nach Mitternacht gewesen sein.«

»Wir waren gegen ein Uhr zurück, und da hat Emma bereits geschlafen«, warf ihre Mutter ein.

Was nicht ganz stimmte. Emma hatte nur so getan, aber das spielte wahrscheinlich keine große Rolle.

»Okay«, sagte die Polizistin, »das war schon mal interessant. Kannst du genauer beschreiben, was du gehört hast?«

»Es klang wie immer, wenn Boel vom Eisbaden zurückkam. Die Tür unten neben dem Sekretariat ist zugefallen – die ist ziemlich laut. Dann Schritte auf der Treppe und ein Rasseln, als sie die Wohnungstür aufgeschlossen und wieder zugemacht hat. Sonst war da nichts, und ich hab auch nicht weiter darüber nachgedacht, sondern nach Doris gerufen, damit sie sich wieder beruhigt. Aber dann wurde es ein bisschen komisch … Es klang nämlich, als würde die Tür noch einmal aufgehen und sie die Treppe runterlaufen und wieder nach draußen gehen. Allerdings lief da noch meine Serie, deshalb hab ich es nicht genau gehört. Aber Doris ist wieder zur Tür gelaufen, und da wusste ich, dass ich es mir nicht nur eingebildet hatte.«

»Wenn ich das zu Protokoll nehmen müsste«, sagte Anna und griff zu einem Block, »dann hast du also, kurz gesagt, mit Boel geredet, bevor sie eisbaden wollte. Um wie viel Uhr?«

»Ungefähr um halb elf.«

»Und dann meintest du, du hättest sie nach Mitternacht heimkommen hören. Wie lange dauerte es, bis du sie das nächste Mal gehört hast?«

»Nicht lange. Vielleicht zehn Minuten?«

»Blieb sie öfter so lange weg, wenn sie eisbaden ging?

Von der Schule runter an die Timmerviken kann es doch nicht länger als zehn Minuten dauern?«

Darüber musste Emma kurz nachdenken.

»Ja. Ich glaube, sie hat vorher immer noch einen Spaziergang gemacht ... Keine Ahnung.«

Ihre Mutter sah ebenfalls unsicher aus, aber die Polizistin nickte und wirkte zufrieden.

»Danke, Emma, und gut, dass du das hier erzählt hast.«

»Sind Sie bei den Ermittlungen schon weitergekommen?«, erkundigte sich Åsa.

»Wir arbeiten daran. Danke, dass Sie vorbeigekommen sind. Und hier, Emma, ist meine Durchwahl für den Fall, dass dir noch etwas einfällt.«

Als Emma die Visitenkarte entgegennahm, war sie erleichtert. So schlimm wie befürchtet war es gar nicht gewesen. Und es war halbwegs schnell gegangen, so dass sie noch pünktlich in der Schule wäre.

Nachdenklich kratzte sich Anna mit ihrem Stift hinter dem Ohr. Was Emma und Åsa Kling erzählt hatten, war wirklich ein bisschen merkwürdig. Irgendwer war bei Boel Westman zu Hause gewesen, und das zu einem Zeitpunkt, von dem sie annahmen, dass die Frau da bereits gestorben war. Konnte es tatsächlich sein, dass sie falschlagen, was den Todeszeitpunkt anging? War Boel zur Timmerviken spaziert, hatte sich ins Logbuch eingetragen, vielleicht festgestellt, dass sie ihren Badeanzug oder etwas anderes vergessen hatte, war wieder nach Hause gelaufen und erst später ertrunken? Zumindest wäre das eine plausible Erklärung.

Alternativ hätte jemand Boels Schlüssel aus der Umkleide entwenden und in ihre Wohnung eindringen können. Womöglich um etwas zu suchen? Einen Wohnungsschlüssel, Portemonnaie und dergleichen hatten sie nirgends gefunden, und auch ein Handy war nicht in der Wohnung gewesen.

Tja. Solange der Obduktionsbericht nicht vorlag, blieb Anna nichts weiter übrig, als all das, was sie soeben gehört hatte, ins Reine zu schreiben.

Sie war kaum damit fertig, als ihr Handy vibrierte. Tomas hatte auf ihre gefühlige Nachricht aus der vergangenen Nacht bislang nicht reagiert, deshalb schlug ihr Herz sofort höher. Doch es war keine SMS, sondern ein Anruf.

»Hallo?«, meldete sich Anna.

»Hello, it's me. I was wondering if after all these years you'd like to meet«, sang eine kräftige Baritonstimme im Hörer.

»Wenn du mir weiter Popsongs vorsingst, muss ich auflegen«, entgegnete Anna streng, brach dann aber in Gelächter aus.

Für einen kurzen Moment waren ihr Liebeskummer und die verwirrende Ermittlung vergessen. Wenn Rolf Månsson sich meldete, war Anna immer sofort besser gelaunt. Sobald sein Name im Display auftauchte, verspürte sie überwältigende Dankbarkeit. Es war noch nicht lange her, dass sie felsenfest überzeugt gewesen war, ihn für immer verloren zu haben.

Außerdem war sie sich fast sicher zu wissen, warum er sie anrief. Er brannte darauf, den neuesten Klatsch und Tratsch zu hören.

»Wann kommt die Frau Kommissarin Glad endlich mal auf einen Kaffee vorbei? Trinkt sie überhaupt noch Kaffee, jetzt, da sie so gesund lebt? Ich könnte versuchen, einen dieser grünen Smoothies zuzubereiten, von denen meine Töchter erzählen – mit Sriracha oder Kombucha oder wie das Zeug heißt. Max hat jede Menge furchteinflößender Sachen aus dem Reformhaus angeschleppt. Ich könnte ein bisschen experimentieren …«

»Kaffee, jederzeit!«, erwiderte Anna eilig. »Ich könnte heute noch bei dir vorbeigucken, wenn bei der Arbeit nichts Unerwartetes dazwischenkommt. Gegen vier?«

»Perfekt. Bis dahin habe ich Max noch zum Bäcker geschickt. Ich bin ja jetzt Invalide, wie du weißt, und kann *lussekatter* weder kaufen noch selbst backen. Nur essen.«

»Sag ihm bitte, für mich nur eine ganz kleine Safranschnecke.«

In derselben Sekunde, da sie aufgelegt hatten, trudelte eine Nachricht ein. Die musste doch endlich von Tomas sein!

Aber nein. Ihr Vater hatte geschrieben. Komisch, normalerweise hatten sie höchstens dreimal im Jahr Kontakt.

Hoffe, dir geht's gut. Arbeitest du über Weihnachten? Ansonsten bist du bei uns in Pitäjänmäki herzlich eingeladen. Papa.

Anna schnaubte und schob das Handy vehementer als beabsichtigt von sich weg.

Weihnachten in Pitäjänmäki? Nie im Leben. Früher, als Anna noch klein gewesen war, war Weihnachten dort immer herrlich gewesen: der elektrische Kerzenleuchter im Küchenfenster, die roten Weihnachtsbaumkugeln aus Plastik, die wie Flummis hüpften, wenn sie zu Boden fielen, der Strohbock, der auf so wackligen Beinen stand, dass sie immer scherzten, er habe zu viel Glögg getrunken. Ihre Mutter hatte immer einen künstlichen Baum haben wollen, während Anna und ihr Vater auf einen echten beharrten. Jahr für Jahr die gleiche Diskussion, und jedes Mal gab ihre Mutter klein bei, wirkte aber nie wahnsinnig unglücklich.

All das hatte sich später verändert – und seit jenem Jahr, da Anna den Notruf hatte wählen müssen, weil sich ihre Mutter bewusstlos gesoffen und den Kopf an der Waschmaschine aufgeschlagen hatte, war Weihnachten in der elterlichen Wohnung für sie keine Option mehr gewesen. Allein bei der Vorstellung stieg Unbehagen in ihr auf wie eine dieser trägen Blasen in einer Lavalampe.

An Heiligabend arbeitete Anna oft, und wenn nicht, war sie in der Vergangenheit mit Måns zu seinem Bruder und seiner Schwägerin und deren drei schrecklichen Kindern gefahren. Das war zwar auch alles andere als toll gewesen, aber Anna hatte schon seit Langem aufgehört, Weihnachten als etwas Heiliges, Feierliches anzusehen.

Heiligabend war ein Tag wie jeder andere. Anders war lediglich, dass alle erwarteten, man habe etwas Besonderes geplant. Und an diesem Plan waren alle interessiert. Ganz ohne Hintergedanken wurde ständig gefragt: »Wie feierst du dieses Jahr?«, und nie wusste Anna, was sie darauf antworten sollte.

Hatten ihre Eltern etwa Mitleid mit ihr, jetzt, da sie nicht mehr mit Måns feiern konnte? Bestimmt. Die Vorstellung war erniedrigend.

Finster starrte sie auf ihr Handy hinab, bevor sie eine Antwort eintippte.

Danke, aber ich arbeite wahrscheinlich. Passt auf euch auf, liebe Grüße!, schrieb sie, dann überlegte sie es sich anders, löschte die *lieben Grüße* und schickte die Nachricht ab.

»Dann bleibt mir nur zu sagen: Herzlich willkommen bei uns, und wir sehen uns am Mittwoch«, sagte Annette Käld und beendete hocherfreut ihr Telefonat.

Na also. Zumindest diese Sache wäre erledigt. Sie hatte einen Nachfolger für Rolf Månsson gefunden, und er hatte zugesagt. Jetzt musste sie nur noch die anderen beiden Kandidaten informieren, aber für solche Fälle hatten sie eine gute Standardvorlage. Doch erst brauchte sie einen Kaffee.

Es war Mittagszeit, und in der kleinen Kaffeeküche saßen Anna Glad und Märta Hansson und aßen Salat. Märtas Salat sah frisch und hausgemacht aus, während der von Anna unter Garantie aus dem Fast-Food-Laden neben der Tankstelle stammte.

»Ist das hier der Gesundheitsverein?«, fragte Annette beschwingt und stellte ihren Becher unter die Kaffeemaschine.

»Der Verein für Gesundheit und ungelöste Todesfälle«, entgegnete Märta. »Wir werden aus dem Fall Boel Westman immer noch nicht schlau.«

»Wie kommt's?«

Annette lehnte sich an die Spüle.

Anna Glad hatte den Mund voll Salat und kaute hektisch, um antworten zu können.

»Also … Ich hatte bei Boels Kleidung aus der Umkleide ja nichts finden können – keinen Wohnungsschlüssel, kein Portemonnaie, kein Handy, nichts. Das kam mir gleich komisch vor – und umso komischer, nachdem nichts davon bei ihr zu Hause lag. Wir denken speziell über die Schlüssel nach. Wenigstens die hätte sie doch dabeihaben müssen.«

»Und jetzt scheint es, als sei jemand in Boels Wohnung gewesen, und zwar zu einem Zeitpunkt, von dem wir annehmen, dass sie da bereits tot war«, ergänzte Märta. »Es könnte natürlich sein, dass wir uns in der Zeit getäuscht haben, aber das erklärt nicht, wohin die Schlüssel verschwunden sind und wer in der verschlossenen Wohnung war.«

Annette hatte Schwierigkeiten, ihnen zu folgen, aber dann erzählte Anna ihr vom Besuch der Futurica-Direktorin Åsa Kling und Tochter Emma früher am Morgen.

»Könnte sich jemand den Schlüssel zur Umkleide stibitzt haben – den haben wir ja genauso wenig gefunden? –, Westmans Taschen durchwühlt und sich mit ihrem Schlüssel Zugang zu ihrer Wohnung verschafft haben?«, spekulierte Märta.

»Er dürfte dort etwas gesucht haben«, ergänzte Anna, »ist kurz darauf wieder gegangen, hat wahrscheinlich beide Schlüssel mitgenommen, das Handy, all das ...«

»Das klingt aber nicht wahnsinnig belastbar«, wandte Annette ein. »Seid ihr euch ganz sicher, dass Geldbeutel, Handy und so nicht in ihrer Wohnung liegen? In irgendeiner Schublade vielleicht? Womöglich war Boel Westman ja so eine, die ihren Schlüssel unter die Fußmatte gelegt hat oder irgendwas in der Art, statt ihn mitzunehmen?«

»An und für sich hast du recht«, murmelte Märta.

»Aber wen hätte Emma Kling in dem Fall gehört?«, wandte Anna ein.

»Vielleicht Boel selbst, die von irgendwoher zurückkam und dann erst zur Timmerviken aufbrach? Oder vielleicht hat sich das Mädchen nur in der Zeit vertan?«

»Möglich.« Anna sah jedoch keineswegs überzeugt aus.

Annette richtete sich gerade auf und wandte sich zum Gehen.

»Wir waren uns doch einig, dass es sich um einen

Unfall gehandelt hat? Dann darf sich der Salatverein jetzt um etwas anderes kümmern. Einverstanden?«

Sie kehrte an ihren Schreibtisch zurück. Dass schon in der kommenden Woche hier im Revier frischer Wind wehen würde, hörte sich vielversprechend an. Die Abteilung war nicht gut genug aufgestellt, um Zeit mit wilden Spekulationen zu vergeuden.

Rolf war richtiggehend aufgeregt, als Anna Glad seine Küche betrat, und zu seiner großen Erleichterung kam sie mit leeren Händen. Er war all die Besucher und Verwandten leid, die seit seinem Krankenhausaufenthalt Obst, Pralinenschachteln und Weihnachtsgestecke angeschleppt hatten. Derlei Mitbringsel gaben ihm das Gefühl, alt und viel tattriger zu sein, als er es tatsächlich war. Anna hingegen schlurfte bloß herein und ließ sich auf einen Küchenstuhl fallen, so als wäre dies ein stinknormaler Arbeitstag auf dem Revier und die Küche Rolfs Dienstzimmer.

»Du musst bitte Mitleid mit mir haben«, sagte Anna theatralisch.

»Und wieso?«

»Ich durfte den gestrigen Tag in einer eiskalten Wohnung verbringen. Der Heizkessel war kaputt, und es dauerte eine Ewigkeit, bis jemand ihn wieder in Gang gesetzt hatte.«

»Du hast doch diesen tollen Kachelofen?«

»Ja, nur … Ach, egal. Die Heizung funktioniert ja jetzt wieder.«

»Selbst schuld, würde ich sagen«, stichelte Rolf.

Er wusste genau, wie sie ihren Kaffee trank: schwarz mit nur einem Tröpfchen Milch, so dass sich die Farbe nicht mal veränderte.

Er schob ihr einen Wichtelbecher zu und fragte erwartungsvoll: »Und?«

»Was, und?« Anna musste lachen.

»Die Bürgermeisterwahl – was erzählt man denn so?«

»Ach, das.«

Anna streckte sich nach einer der goldgelben Safranschnecken aus, die Max beim Bäcker besorgt hatte.

»Keine Ahnung, ob die Kandidaten überhaupt Wellen schlagen. Drei davon waren schließlich keine Überraschung.«

»Stimmt, weder Halonen noch Jokela. Aber dieser Kjellin ist echt windig, finde ich.«

»Wie kommst du darauf?«

»Ich frage mich, ob er nicht insgeheim eigene Interessen verfolgt – etwa beim Hafenbau, sofern der genehmigt wird. Ich hab kurz überlegen müssen, woher ich den Namen kenne. Sein Vater hatte Immobilien in der Stadt, Hotels und dergleichen. Ich glaube, er war einer der Besitzer des Nachtclubs, allerdings ist das schon lange her.«

»Mhm.« Anna nahm noch einen Bissen. »Verdammt gut, diese Safranschnecke!«

»Den Nachtclub gibt es ja nicht mehr, aber ich könnte mir vorstellen, dass sie ruckzuck neue Hotels eröffnen, sobald die Kreuzfahrttouristen hier hereinströmen. Ein findiger Journalist könnte diesbezüglich bestimmt so einiges ausgraben. Aber über diese Åsa Kling weiß ich rein gar nichts.«

»Ist ja verrückt«, murmelte Anna. »Genau die hab ich gestern in einem ganz anderen Zusammenhang kennengelernt. Ich wusste nicht mal, dass sie auch kandidiert – erst als Märta mir gestern die Zeitung vor die Nase gehalten hat –, und eine Sekunde später stehe ich ihr gegenüber. Ist schon komisch, wenn man eben noch nicht mal von der Existenz einer Person weiß, und urplötzlich sieht man sie überall.«

»Wie ist sie denn so?«

»Sie ist Direktorin dieser Schule auf Stockudden, Futurica.«

»Ja, richtig. So heißt die inzwischen. Und in welchem Zusammenhang seid ihr euch begegnet?«

»War eine tragische Sache ... Eine der Lehrerinnen lag gestern früh tot im Eisloch unten an der Timmerviken. Eine Eisbaderin, die spätabends ertrunken ist. Sie hatte in der Schule gewohnt, deshalb sind wir auch sofort dorthin gefahren. Åsa Kling hat die Leiche identifiziert.«

»Du liebes bisschen! Und wer war es?«

»Eine gewisse Boel Westman.«

Rolf zuckte so heftig zusammen, dass sein Kaffee über den Becherrand schwappte.

»Boel Westman?«

»Ja ... Kanntest du sie?«

Rolf seufzte tief auf, während er die Kaffeeflecken mit einer roten Serviette aufwischte. Er hatte sich auf saftigen Klatsch und Tratsch gefreut, und jetzt kam Anna stattdessen mit so einer Nachricht!

»Ja, ich kannte sie. Hab sie vor vielen Jahren kennengelernt, als ich gerade frisch im Dienst und sie eines dieser sogenannten Problemkinder war.«

Anna sah ihn verdattert an.

»Ernsthaft?«

»Dabei war sie bei Weitem nicht die Schlimmste. Es gab diverse junge Leute in dieser Stadt, die ständig irgendwelchen Blödsinn anstellten. Kleinere Diebstähle, Schmierereien, Alkohol, Schlägereien ... Nichts richtig Übles, eben hauptsächlich Unfug, aber trotzdem.

Sie gehörte auch zu der Clique, war tatsächlich selbst eine Weile Schülerin draußen auf Stockudden, wenn ich mich recht entsinne ... Erstaunlich, dass sie als Erwachsene – und als Lehrerin – dorthin zurückgekehrt ist.«

»Als Lehrerin für Fotografie«, führte Anna aus.

»Ah, das erklärt einiges. Das Fotografieren war sozusagen ihre Rettung. Sie bekam ein Stipendium und zog von hier weg. Einen Teil der alten Clique sieht man heute noch in diversen Kneipen, wenn man einen Blick in die weniger schicken Etablissements wirft. Ich hab Boel immer für eine Art Erfolgsgeschichte gehalten. Wirklich traurig, dass es so zu Ende gegangen ist.«

Anna sah Rolf über den Rand ihres Kaffeebechers hinweg an.

»Hattet ihr noch Kontakt?«

»Ja, eine Zeit lang. Wir hatten schon in den Achtzigern ein halbwegs gutes Verhältnis. Ich war damals ganz frisch bei der Polizei, deshalb fiel es mir leichter, mit den Jugendlichen zu reden. Sie hat sich später immer mal wieder bei mir gemeldet. Ich wusste, dass sie zurück in der Stadt und dass ihre Mutter an Demenz erkrankt war, aber dass sie in der Schule unterrichtet hat, wusste ich tatsächlich nicht. Ist die Beerdigung schon organisiert? Da würde ich nämlich gern hingehen.«

Anna schüttelte den Kopf.

»Glaubst du, es könnte für eine potenzielle Bürgermeisterin schlechte Presse bedeuten, wenn eine ihrer Angestellten tot aufgefunden würde? Auch wenn es natürlich ein Unfall war.«

Rolf brummelte in sich hinein.

»Na ja, jemand Kaltschnäuziges könnte das sicher zu seinem Vorteil nutzen, auf die Tränendrüse drücken oder so. Mal sehen, was diese Kling sich einfallen lässt.«

Anna hatte ihr Handy auf den Tisch gelegt, und jetzt vibrierte es. Rolf beobachtete amüsiert, wie seine frühere Kollegin es hochnahm, errötete und das Handy mit einem Lächeln wieder beiseitelegte.

»Aha, romantische Verwicklungen. Kann ich dir schon von Weitem ansehen.«

»Sei bloß still«, murmelte Anna verlegen, lächelte aber noch immer.

Es dämmerte schon. Die Lichterkönigin war übers Eis gewandert, durchs Schilf und dann den kurzen Hang hinauf zu den Schülerunterkünften. Sie kannte die Wege hier, sie waren fast alle gleich. Es brummte in ihrer Tasche.

Wo steckst du denn?

Bin gleich da, schrieb sie knapp zurück.

Sie würde nur ganz kurz gucken. Jetzt, da es dunkel war, konnte sie sich leichter verstecken, außerdem war das weiße Gewand zwischen den Schneewehen eine gute Tarnung.

Sie holte tief Luft. Es war so hübsch, das Mädchen. Und inzwischen erwachsen geworden. Es saß am Fenster, das blasse Gesicht war vom Bildschirm erhellt, die blonden Haare fielen locker über die Schultern. Sie konnte sich an diesem Anblick gar nicht sattsehen.

Allerdings war es riskant, so nah an sie heranzugehen. Sie musste den Impuls niederringen, auf das Fenster zuzustürmen, anzuklopfen, in die Wärme zu treten.

Und mit einem Mal hörte sie Schritte. Eilig huschte sie zwischen die Kiefern. Sie konnte nicht sehen, wer sich da näherte, hörte nur Schritte vorübergehen und einen Moment später Schlüssel rasseln, dann eine Tür, die aufging und wieder zufiel.

Die Insel war wieder die Alte. Schön, still, aber auch unheimlich und voller unguter Erinnerungen.

Sie musste allmählich verschwinden. Ein letzter Blick zu dem Mädchen im Fenster, und dann murmelte sie tonlos: »Ich komme wieder, Isabella.«

In Märta Hanssons Dienstzimmer brannte Licht. Anna war so schnell wie möglich ins Revier zurückgekehrt, um Annette Käld mitzuteilen, dass sie nichts dagegen hätte, an Weihnachten zu arbeiten, doch die Chefin war schon nach Hause gegangen. Stattdessen schaute Anna bei Märta vorbei.

»Willst du gar nicht nach Hause gehen?«

Märta, die in ein paar Unterlagen vertieft gewesen war, zuckte zusammen.

»Verdammt, ist es schon so spät? Dabei mache ich hier gar nichts Besonderes. Ich war nur so neugierig, was es mit Stockudden auf sich hat, dass ich ein bisschen recherchiert habe.«

»Weshalb denn neugierig?«

»Na ja, es ist doch ein ziemlich mystischer Ort, findest du nicht? Vielleicht hauptsächlich die Stimmung dort …«

»Das ist an mir vorbeigegangen. Aber hast du etwas Spannendes herausgefunden?«

Märta schmunzelte, und sofort war auch Anna interessiert. Sie setzte sich zu ihrer Kollegin.

»Also?«

Märta räusperte sich und verstellte die Stimme, so dass sie ganz piepsig und kindlich klang.

»Hallo, ich bin Märta Hansson, und ich halte ein Referat über die Geschichte von Stockudden.« Mit normaler Stimme fuhr sie fort: »Okay. Diese Schule ist ein geschichtsträchtiger Ort. Das Gebäude an sich sollte ursprünglich eine Offiziersschule werden und wurde kurz vor der Jahrhundertwende gebaut.«

»Dachte ich es mir doch! Es sieht wirklich aus wie ein Kasernengebäude. Irgendwie militärisch.«

»Mhm. Allerdings stand es nach dem Krieg leer, weil es zu teuer wurde, es zu beheizen, und strategisch wohl nicht am günstigsten Ort stand. Dann hat die Armee die Insel verkauft, und eine Freikirche hat zugeschlagen.«

»Eine Freikirche?«

»Japp. Später in den Fünfzigern wurde die Schule von einem evangelischen Bildungsträger übernommen. Hast du nie gehört, dass die älteren Leute in der Stadt die Anlage immer noch Christliches Bildungswerk nennen?«

Davon hatte Anna tatsächlich noch nie gehört, trotzdem nickte sie.

»Und was hat man in diesem Christlichen Bildungswerk gelernt – außer dem Abendgebet?«

»Theologie, Musik, aber anscheinend auch Leibesertüchtigung. Angeblich hat die Schule so ausgefallene Sportanlagen betrieben, dass einige Schüler den Religionsteil als notwendiges Übel betrachteten, um die Sportanlagen nutzen zu können.«

Anna versuchte, sich zu erinnern, wie es auf der Insel ausgesehen hatte. Ja, sie hatte einen verschneiten Sportplatz gesehen und einen Sprungturm unten am Strand, aber bestimmt gab es noch weitere, exklusivere Anlagen auf dieser Insel.

»Die evangelische Schule war über dreißig Jahre lang auf der Insel aktiv. In den 1980er Jahren ging ihnen das Geld aus, und sie stellten die Arbeit ein. Dann wurden diese Schülerunterkünfte gebaut – bestimmt die Hütten, die wir dort gesehen haben –, und es wurde eine Art Internat für Problemjugendliche daraus.«

Anna freute sich diebisch, zu Märtas umfangreichen Recherchen ebenfalls etwas beitragen zu können.

»Und weißt du, wer damals dort zur Schule ging? Boel Westman.«

Märta sah sie verdutzt an.

»Wirklich? Sie war dort Schülerin, bevor sie Lehrerin wurde?«

»Genau. Sagt zumindest Rolf, und der weiß solche Sachen. Anscheinend war sie eine dieser Problemschülerinnen, die dann aber große Fortschritte machte. Sie wurde Fotografin, bereiste die Welt und landete am Ende wieder auf Stockudden. Spannend.«

»Nur dass die heutige Futurica-Schule natürlich etwas ganz anderes ist als die Achtziger-Jahre-Anstalt. Inzwischen setzen sie dort auf Musik, Schauspiel, bildende Kunst, und die Schülerinnen und Schüler sind auch nicht problematischer als andere Jugendliche. Oh, und sie haben eine zehnte Klasse für diejenigen, die die Abschlussfächer wiederholen müssen, wenn sie eine weiterführende Schule besuchen wollen.«

»Schau an. Interessantes Referat, vielen Dank!«

»Ich bin noch nicht fertig. Das war der trockene historische Teil. Oder willst du die Gerüchte gar nicht hören?«

»Na klar!«

»Dachte ich mir. Also, ich hab über die Schule in den Fünfzigern, als sie dort auf Religion und Leibesertüchtigung gesetzt haben, einiges herausgefunden. Klingt alles in allem nicht sehr erfreulich – ziemlich streng und diszipliniert, das Ganze. Es war wohl nicht ungewöhnlich, dass Schüler dort ohne Abendessen ins Bett mussten, wenn sie beim Tischgebet getuschelt hatten. Solche Sachen eben. Außerdem muss der Direktor, ein gewisser Arthur Skanborg, fürchterlich geizig gewesen sein und im Winter den Strom abgeschaltet haben, um Geld zu sparen.«

»Wo haben denn damals die Schüler gewohnt? Du meintest doch, die Unterkünfte seien erst in den Achtzigern gebaut worden.«

»Im Hauptgebäude, das wir besucht haben. Klassenzimmer und Lehrerwohnungen lagen im Erdgeschoss, die Schlafsäle für die Schülerinnen und Schüler im Obergeschoss. Dort saßen sie dann wie geprügelte Hunde, zitterten und hatten Hunger.«

Allmählich musste Anna ihrer Kollegin recht geben. Die Insel hatte wirklich etwas Unheimliches an sich.

»Vielleicht waren das die schlechten Vibes, die du dort gespürt hast?«

»Möglich wäre es. Und in den Achtzigern war es auch nicht besser.«

»Wirklich?«

»Die Einrichtung für Problemjugendliche stand mächtig in der Kritik und war wohl eher dazu gedacht, den Rest der Stadt von den Jugendlichen zu verschonen, statt ihnen zu helfen. Allerdings hatte ich noch keine Zeit, diesbezüglich nachzuforschen. Ich hatte vor, eine Bekannte anzurufen und zu fragen, ob sie das nachprüfen könnte. Aber das muss ich ein andermal machen.«

»Gibt es auch Gerüchte aus späteren Jahren?«

»Nichts. Inzwischen scheint dort alles glattzulaufen. Die Fotoschüler bewerben sich an der Kunsthochschule, werden erfolgreich, die Musikschüler nehmen an Castingshows im Fernsehen teil, und die Zehntklässler schreiben ordentliche Abschlussnoten. Außerdem gibt es

Förderer, die großzügig Geld in die Schule pumpen und deren Geschäfte einen zunehmend guten Ruf genießen: Musikstudios, Fotostudios … Wenn du mal Zeit hast, wirf einen Blick auf die Webseite.«

»Na ja, aber wenn dort alles so gut liefe, gäbe es doch keinen Grund, warum die Stimmung so komisch ist. Natürlich mal abgesehen davon, dass eine Lehrerin ertrunken ist.«

Schlagartig sah Märta ernst aus.

»Du hältst mich jetzt wahrscheinlich für albern, aber ich reagiere auf solche Dinge – also, dass die Stimmung seltsam ist. Ich weiß auch nicht … Ich frage mich einfach, ob es nicht einigen dieser Jugendlichen in ihrer Zeit auf Stockudden ziemlich schlecht gegangen sein könnte und ob das Spuren hinterlassen hat. Klingt das jetzt durchgeknallt?«

Anna wusste genau, was die Kollegin meinte.

»Die Stimmung ist bestimmt eine andere, wenn die Schule geöffnet hat und dort mehr Leute sind.«

»Das hoffe ich – um der Schüler willen.« Märta stand auf. »Und jetzt fahre ich nach Hause. Schönes Wochenende!«

Isabella Elo starrte aus dem Fenster. Hatte sie sich das eingebildet?

Es war dunkel, drüben beim Basketballfeld brannte zwar eine Laterne, aber das war ein gutes Stück weg. Da! Da war es wieder! Irgendetwas blinkte. Wo kam das her?

Sie schaltete die Schreibtischlampe aus, stand auf und stellte sich direkt vors Fenster. Es verging eine gute Minute, bis sie es wieder sah. Es blitzte eher, als dass es blinkte – fotografierte da jemand? Und es schien fast, als käme das Blitzen aus der leeren Hütte!

Schlagartig war ihr eiskalt. In den vergangenen Stunden hatte in einem fort ihr WhatsApp gepiept, so dass sie sich irgendwann genötigt sah, ihr Handy stumm zu stellen. Anscheinend war diese Fotolehrerin, Boel Westman, ertrunken, und sämtliche Klassenkameraden waren in hellem Aufruhr. Allerdings wirkten die meisten eher aufgeregt als schockiert. Isabella, die Boel gar nicht gekannt hatte, war weder das eine noch das andere.

Trotzdem war ihr leicht mulmig. Eine tote Lehrerin … Und jetzt diese geisterhaften Blitze aus dem leeren Gebäude.

Sie überlegte kurz, ob sie sich ihre Jacke anziehen und nachsehen sollte. Doch dann hatte sie eine bessere Idee. Eilig zog sie die Vorhänge zu.

Manchmal hört sie die Stimmen der anderen. Manchmal sieht sie sie auch durch die Jalousien. Selbst gesehen werden will sie lieber nicht. Was, wenn sie sauer sind, weil sie das von der Party erzählt hat? Sind sie dafür bestraft worden?

Dabei sehen sie gar nicht verärgert aus. Nina und Ingrid haben sogar laut gelacht und eine Schneeballschlacht direkt vor ihrem Fenster gemacht. Nur Hanna scheint sauer zu sein, aber das ist bei ihr ja normal.

Camilla sieht schlecht aus und ist dünner denn je. Man kann es am Gesicht erkennen, da ist es egal, wie viele Kleiderschichten sie anzieht.

Und Elli – sie zu sehen tut fast am allermeisten weh. Sie war es auch, die sie dazu überredet hat, alles zu erzählen. Elli dachte, sie würde Hilfe bekommen, wenn sie berichtete, was bei der Party geschehen war. Inzwischen wünschte sie sich, sie hätte es bleiben lassen. Wenn sie den Mund gehalten hätte, wäre alles besser. Dann hätte sie vielleicht auch draußen sein, Schneebälle werfen und lachen können. Was in jener Nacht passiert ist, lässt sich nicht ungeschehen machen, aber wenn sie dort draußen sein könnte, würde es ihr leichter fallen zu vergessen.

Sie ist unendlich müde. Aber sich hinlegen kann sie nicht, da kommen die schlimmen Gedanken. Sie weiß nicht, ob es Erinnerungen oder Phantasien sind. Sie wünschte sich, sie hätte eine Schachtel mit diesen starken Schmerzmitteln, die Mama im vergangenen Winter gegen ihre Rückenschmerzen bekommen hat. Mama mochte die Tabletten nicht, sie machten sie ganz plemplem und schlapp, meinte sie. Die

Schachteln landeten im Schrank. Mama bemerkte nicht mal, dass sie sich hier und da eine Tablette nahm, auch wenn sie genau genommen gar keine Schmerzen hatte. Trotzdem war es schön, zur Abwechslung so richtig tief und ganz ohne Angst schlafen zu können. Im Augenblick würde sie alles für so eine Tablette tun.

Apropos Mama. Sie streiten ständig, und im Grunde können sie einander nicht ausstehen. Trotzdem fühlt es sich gerade an, als könnte alles wieder gut werden, wenn sie sich auf ihrem knarzenden Sofa nur für ein paar Minuten an sie kuscheln könnte. Sie würden sich Dallas *angucken und Tuc-Cracker essen, wie früher. Bevor Mama Rückenprobleme bekam und sie selbst die ersten Wutausbrüche und Schlafstörungen, die dann dazu führten, dass sie hier auf der Insel landete.*

Ihr Magen knurrt, zwischendurch krampft er sich richtig zusammen, weil er gähnend leer ist. Eigentlich will sie das Essen nicht verweigern, sie ist schließlich nicht krank wie Camilla. Aber derzeit kriegt sie einfach nichts runter, alles bleibt ihr im Hals stecken oder kommt wieder hoch. Sie weiß auch nicht, warum, aber sie glaubt, dass in jener Nacht während der Party etwas mit ihr passiert ist. So muss es sein. Sie will sich nur lieber nicht daran erinnern.

Vorsichtig steht sie auf. Sie muss langsam machen, weil ihr sonst schwindlig wird, wenn sie sich zu schnell bewegt. Ihr ist die meiste Zeit schwindlig, und wenn einem schwindlig ist, kann man keine Pläne machen. Nur hoffen, dass alles halbwegs gut ausgeht.

Sie hofft, dass sie bald nach Hause fahren darf.

4
SEHT DORT, WIE WUNDERBAR

Samstag, 9. Dezember

Der Schnee knarzte unter Annas Sohlen. Es war unnötig viel Zeit vergangen, seit sie zuletzt laufen gegangen war, und sowohl Puls als auch Atmung waren eindeutig auf einem anderen Niveau als beim letzten Mal. Außerdem hätte sie wirklich ihre Sonnenbrille aufsetzen sollen, aber die hatte sie nicht finden können, weil sie noch in einer der Umzugskisten steckte, um die Anna sich immer noch nicht hatte kümmern können. Na ja, kümmern und kümmern. Die Zeit dafür hätte sie wohl gehabt, aber keine Lust. Am Ende lag die Brille sogar noch in der Flurkommode bei Måns, diesem Mistkerl.

Tja. *Shit happens*. Womöglich sollte sie sich zu Weihnachten einfach eine neue Sonnenbrille gönnen. Das wären doch schöne Aussichten.

Immerhin ging es jetzt hangabwärts, so dass sie leichter beschleunigen konnte.

Plan A war gewesen, den Samstag zu Hause auf dem Sofa mit irgendeiner hirnverbrannten Reality-Sendung und Pizza zu verbringen. Doch dann hatte die Sonne durch die schmutzigen Fenster geschienen, und es hatte sich angefühlt, als hätte sich lautstark ihr schlechtes Gewissen gemeldet (komischerweise mit Rolf Månssons Stimme): Wenn es draußen so schön sei, dürfe man doch nicht zu Hause herumlungern und faulenzen! Nein, wirklich nicht.

Sie hatte Tempo aufgenommen, und inzwischen fühlte es sich richtig angenehm an. Der Weg war geräumt und gestreut worden, und Anna mäanderte zwischen Spaziergängern hindurch, die ebenfalls beschlossen hatten, nach draußen zu gehen und etwas für ihren Vitamin-D-Haushalt zu tun. Kurzerhand beschloss sie, das Schicksal herauszufordern und ein Stück weiter zu laufen als sonst.

Unten am Strand beäugte sie die Spuren von anderen auf dem Eis. Darüberzulaufen wäre sicher, seit Wochen war es hinreichend kalt, und das Eis hielte unter Garantie noch ein paar zusätzliche trainingswillige Läufer aus.

Diese Ecke hier war wirklich schön. Zu ihrer Linken lag das Meer, rechts stand ein schickes Haus neben dem anderen. Architektonisch ein ziemliches Durcheinander: ein, zwei traditionelle Holzhäuser, dann Klinkerkästen aus den siebziger Jahren, ein Hauch Funktionalismus, daneben jüngere Villen aus Weißbeton und Glas. Auf den ersten Blick schien der einzige gemeinsame Nenner zu sein, dass es ein Vermögen kosten musste, hier zu wohnen.

Bei Tageslicht war es nicht ganz leicht zu erkennen, trotzdem fiel Anna auf, dass die Bewohner der Strandhäuser versuchten, einander hinsichtlich der Weihnachtsbeleuchtung zu überbieten: überall Lichterketten, bunte Laternen, LED-Leuchten und vieles mehr. Sie nahm sich vor, demnächst abends dieselbe Runde zu laufen, um sich die Lichterpracht anzusehen.

Wie weit war sie eigentlich schon gelaufen? Sie wollte ihr Handy nicht herausnehmen, um nachzusehen, weil der Akku gern mal den Geist aufgab, sobald das Handy kalt wurde, aber einige Kilometer waren es bestimmt.

Und schau einer an – ein Stück voraus kam der Badesteg an der Timmerviken in Sicht. Dann war sie wirklich so weit gelaufen? Nicht schlecht!

Der Windschutz war immer noch nicht wieder montiert worden, und obwohl das Wetter so schön war, waren weit und breit keine Eisbader zu sehen. Möglicherweise war ihnen die Lust vergangen, als sie von Boel Westman erfahren hatten. Aber das war ja auch nur verständlich.

Anna beschloss, bis zum Steg zu laufen und dort umzukehren. Sie sprintete das letzte Stück, trudelte aus und blieb dann stehen, um wieder zu Atem zu kommen. Danach schlenderte sie auf den Steg hinaus.

Das Eisloch war frei, und es blubberte im Wasser. Anscheinend hatten sie die Pumpe wieder angestellt. Vor der Abstiegsleiter steckte ein Grablicht im Schnee, daneben war unter dem Neuschnee ein Blumenstrauß zu erahnen, Fairtrade-Rosen aus dem Supermarkt. Offenbar hatte jemand Boel Westman einen letzten Gruß zugedacht. Die Grabkerze brannte noch.

»Hey«, hörte sie eine muntere Stimme von hinten.

Anna drehte sich um, und es dauerte eine Weile, ehe sie den Mann im gleißenden Gegenlicht erkennen konnte.

»Brinkmann! Du hier?«

Der Berufstaucher strahlte sie an.

»Ehrlich gesagt hab ich mich an dich drangehängt. Ich war gerade dabei, den Schnee in meiner Auffahrt zu räumen, als du an mir vorbeigezischt bist. Ich hab gewinkt und gerufen wie ein Idiot, aber du hast mich einfach ignoriert, du grausame Person!«

Das hatte Anna wirklich nicht mitbekommen.

»Tut mir leid! Ich muss in Gedanken gewesen sein. Wo hast du denn gestanden?«

Er zeigte auf eines der modernen Glashäuser ein paar Hundert Meter weiter.

»Da wohne ich.«

Anna pfiff durch die Zähne.

»Nicht übel! Mir war nicht klar, dass man als Taucher stinkreich wird.«

Als sie seinen verlegenen Gesichtsausdruck sah, bereute sie, was sie gesagt hatte. Dumme Sprüche über Geld kamen nicht bei jedem gut an.

»Schon okay. Es war das Traumhaus meiner Ex und unser gemeinsames Projekt. Jetzt bin nur noch ich hier … und alle zwei Wochen die Kinder.«

»Oh.« Anna war ihr flapsiger Kommentar peinlich.

»Wie läuft's denn mit den Ermittlungen?« Felix nickte in Richtung Eisloch. »Man munkelt, ihr hättet es doch nicht als Unfall abgetan.«

Anna schüttelte den Kopf.

»Nein, zumindest fürs Erste noch nicht.«

Weil die Rechtsmedizinerin Agneta Eriksson bei ihrer Inaugenscheinnahme keine offenkundige Todesursache hatte feststellen können, war Boel Westmans Leichnam zur Obduktion nach Helsinki geschickt worden, allerdings durfte Anna so etwas nicht mit Felix besprechen, und das wusste er auch.

»Du hast ganz rosige Wangen und die Sonne im Gesicht, Glad. Ich finde, du solltest ein Päuschen machen und mit mir Kaffee trinken.«

Warum eigentlich nicht? Ihr war kalt geworden, außerdem musste sie auf die Toilette.

»Wie nett. Sehr gern«, antwortete sie.

Sie hatten kaum kehrtgemacht, als Anna eine Idee hatte. Das Wetter passte, und angeblich hatte sie rosige Wangen – das war doch *die* Gelegenheit!

»Felix, könntest du vielleicht ein Foto von mir machen? Selfies kann ich nämlich nicht.«

»Klar …« Felix sah sichtlich verwirrt aus.

»Ich brauche bloß ein neues Facebook-Profilbild. Aber beeil dich, mein Handy spinnt, wenn es bei Minusgraden zu lange an der kalten Luft ist.«

»Ich gebe mein Bestes. Stell dich da rüber, dann blendet dich die Sonne nicht. Das sieht echt klasse aus! Aber jetzt lach auch – bei deinem Nachnamen darf man doch nicht so finster gucken!«

Himmel, wie sehr sie es hasste, fotografiert zu werden! Sie versuchte, natürlich zu lächeln, aber Felix machte es ihr nicht gerade leichter, indem er den schleimigen Fashion-Fotografen spielte und einen französischen Akzent auflegte.

»Wööörk it, chérie, très sexy, oui, oui …«

»Hör schon auf, verdammt«, schnaubte Anna und streckte sich verlegen nach ihrem Handy aus.

Felix wischte ihren Zwischenruf lachend beiseite und fotografierte weiter. Groß war er überdies, und als er das Handy mit ausgestreckten Armen nach oben hielt und anfing, durch die Fotos zu scrollen, konnte sie ihm lediglich hilflos dabei zusehen.

»Hier«, sagte er schließlich, »das ist am besten geworden. *Très jolie!*«

Endlich gab er ihr das Handy zurück, und Anna warf einen säuerlichen Blick auf das Display.

Aber er hatte recht. Es war ein richtig schönes Bild. Anna lachte in die Kamera – oder vielmehr lachte sie über die Faxen des Fotografen. Sie sah natürlich und gut gelaunt aus und hätte nie geglaubt, dass ihre Zähne so weiß sein könnten. Die Fotos hingegen, für die sie posiert hatte, waren grässlich, die würde sie allesamt löschen.

»Wunderbar. So sehe ich nicht aus wie ein Dorftrottel«, stellte sie zufrieden fest.

»Dorftrottel? Du siehst nie aus wie ein Dorftrottel. Und jetzt komm, Heidi Klum, es gibt Kaffee.«

Anna folgte ihm zu dem großen weißen Haus.

»Sind deine Kinder gerade da?«, fragte sie, als ihr Blick an den aufgereihten kleinen Schuhen in der Diele hängen blieb.

»Nee, diese Woche ist Ex-Frau-Woche. Sie sind am Unabhängigkeitstag zu ihr gefahren. Sieh dich gern um, wenn du magst. Brauchst auch keinen Durchsuchungsbeschluss. Ich habe nichts zu verbergen.«

»Verbirgst du vielleicht irgendwo eine Toilette?«

»Ein Plumpsklo, draußen hinter der großen Kiefer … Kleiner Scherz. Zweite Tür rechts.«

Anna schlüpfte aus ihren Laufschuhen und zog die Jacke aus. Mit einer Einladung zum Kaffee hatte sie nicht gerechnet, und das langärmelige Wollunterhemd, das sie unter der Jacke trug, war mindestens zwei Größen zu klein, aber das war nun nicht mehr zu ändern.

Sie hielt auf die Toilettentür zu (und dahinter lag ein Bad, das man auch Spa hätte nennen können, mitsamt Sauna und zwei Duschen), wärmte sich die Hände unter dem warmen Wasser und zog sich das Haargummi aus den feuchten Haaren. Vielleicht würde ihre Haarkrause ja von den Rettungsringen ablenken, die unter dem engen Trikothemd zu erkennen waren. Aber spielte das überhaupt eine Rolle? Sie kannte Felix seit Jahren. Er hatte ihre Rettungsringe wie auch die zerzausten Haare schon zigmal gesehen.

Felix lächelte ihr fröhlich entgegen, als sie die Küche betrat, doch Anna musste erst auf der Schwelle innehalten, um den hellen, modernen und stilvollen Raum zu bewundern. Die Decke war mindestens vier Meter hoch, und alles badete in Sonnenlicht.

»Wow!«

»Danke. Ich gehe regelmäßig ins Fitnessstudio«, scherzte er.

Als Felix ihr kurz den Rücken zukehrte, um Kaffeebecher aus dem Schrank zu nehmen, musste Anna sich eingestehen, dass er tatsächlich ebenfalls ein Wow verdient gehabt hätte. Anna meinte, sich vage zu erinnern, dass Felix früher Leistungsschwimmer gewesen war. Das erklärte die breiten Schultern.

»Milch? Zucker?«

»Bitte einen homöopathischen Schuss Milch, wenn du welche hast.«

Sie hievte sich unbeholfen auf einen Barhocker an der Kücheninsel, während er ihr eine Milchpackung und einen Becher mit dampfendem Kaffee hinstellte.

»Bitte sehr. Leider kann ich dir gar nichts anderes anbieten, die Kinder scheinen sich über die Kekse hergemacht zu haben.«

»Schon in Ordnung. Eigentlich mache ich ja auch gerade Sport.«

»Und das Foto? War das okay?«

Anna nahm erneut ihr Handy zur Hand und nickte.

»Perfekt. Ab sofort frage ich immer dich, wenn ich ein neues brauche. Ich tausche das Profilbild sofort aus.«

»Dann kannst du mir ja auch gleich eine Freundschaftsanfrage schicken.«

»Was? Sind wir noch gar nicht Facebook-Freunde?«

»Nein, ich glaube nicht.«

»Ist ja verrückt. Also, dann sind wir es jetzt. Sofern du mich annimmst, natürlich.«

Felix zog sein Handy aus der Gesäßtasche und tat so, als müsste er erst darüber nachdenken.

»Hm, Anna Glad will mit mir befreundet sein. Also, ein bisschen arrogant ist sie schon, wenn sie draußen rumrennt und nicht reagiert, obwohl man hinter ihr herruft. Und komisch ist sie auch – nimmt so wenig Milch, dass sie ihren Kaffee genauso gut schwarz trinken könnte. Andererseits ist sie ganz nett und sieht auf dem Foto echt klasse aus, eine richtige Sahneschnitte! Klar will ich mit ihr befreundet sein!«

Anna musste lachen. Felix war wirklich lustig. Bislang hatten sie sich immer nur getroffen, wenn etwas Schlimmes passiert war, da hatte er seine andere Seite natürlich nicht zeigen können.

»Hurra, ein neuer Freund!«, jubelte sie. »Dieser berühmte französische Fotograf Feliiixe!«

Zu ihrer großen Genugtuung war ihr Foto schon dreimal gelikt worden. Rolfs Ex-Frau Mia, Märta Hansson und Annas bester Freundin Linda hatte das Bild wohl gefallen. Vielleicht warf auch Tomas in Kanada bald einen Blick darauf …

Beim Kaffee plauderten sie über dies und das. Anna freute sich darüber, dass ihre Laufrunde eine so unverhofft nette Wendung genommen hatte. Sie hatte sich darauf eingestellt, den Tag allein zu verbringen, aber es war wirklich erfrischend, mit jemandem zu reden. Außerdem war Felix ein ungezwungener Gesprächspartner, und wie sich herausstellte, hatte auch er eine Vorliebe für alberne Realityshows.

»Aber bitte – das muss unser geheimes *guilty pleasure* bleiben«, flehte er sie an. »Ich darf doch mein Image als raubeiniger Adventure-Typ nicht gefährden!«

»Ehrenwort«, entgegnete sie betont ernst, »mit dem kompletten Kardashian-Clan als Zeugen.«

Eine Stunde verging wie im Flug, und als Anna feststellte, wie spät es geworden war, war es ihr peinlich. Jetzt war sie auch noch zu einer jener Personen geworden, die spontan bei jemandem hereinschneiten und nicht mehr gingen!

»So langsam sollte ich wieder nach Hause laufen.«

Sie rutschte vom Barhocker.

Felix brachte sie noch zur Tür. Er wartete, bis sie sich die Schuhe zugebunden hatte, und half ihr in die Jacke.

Als Anna sich gerade umdrehen und für den Kaffee bedanken wollte, stellte sie fest, dass Felix noch immer ihre Jacke festhielt und sie mit einem schwer zu deutenden Gesichtsausdruck ansah. Der Unterschied zu dem freundlichen Schmunzeln, das er in der vergangenen Stunde aufgelegt hatte, war so groß, dass sie drauf und dran war, zu fragen, ob alles in Ordnung war.

»Jetzt blamiere ich mich wahrscheinlich total«, sagte er, »aber würdest du das hier vielleicht mal wiederholen wollen?«

»Kaffee? Na klar! Ich trinke mindestens fünf Becher am Tag, allein um wach zu bleiben.«

»Ich hab eher an ein Essen gedacht. Ein Abendessen vielleicht? Wenn auch nicht ganz so spontan – da könnten wir uns ja verabreden? So muss ich auch nicht unten am Tor stehen und dir auflauern.«

Anna war baff. Was meinte er damit?

»Du willst, dass wir zusammen abendessen?«

Warum?, hätte sie am liebsten hinzugefügt. Wollte er ein Date? Oder war das jetzt völlig verblendet?

Während ihrer Zeit mit Måns hatte sie aufgehört, sich selbst als eine Frau zu betrachten, an der andere interessiert sein könnten. Sie hatte es kaum fassen können, als Tomas aufgetaucht war – und auf einmal war da noch ein zweiter Typ!

»Felix, ich …«

Sie wusste gar nicht, was sie sagen sollte.

»Anna, alles okay, ich verstehe das schon, wenn du nicht …«

»Nein, nein«, unterbrach sie ihn heiser, »klar, gerne. Ich meine, wer würde nicht abendessen wollen, aber ich weiß gerade nicht … Ich bin gerade nicht ganz sicher, wie es sich bei einer anderen Sache verhält … also … und bevor das nicht klar ist, kann ich eigentlich nicht, wenn du verstehst, was ich meine …«

Felix schüttelte den Kopf.

»Das war gerade ein bisschen viel innerer Monolog. Aber die Einladung steht. Sobald du weißt, wie es mit diesen anderen Sachen aussieht, und wenn du mal Hunger hast, weißt du ja, wo du mich findest.«

»Ja.« Mehr brachte sie zum Abschluss dieses urplötzlich ziemlich steifen Gesprächs nicht mehr heraus.

Sie strauchelte in die Winterkälte und lief so schnell von Felix' Glashaus zu sich nach Hause, dass sie ihren persönlichen Rekord einstellte und es nicht mal bemerkte.

»Hast du dein Türchen schon aufgemacht?«, wollte Rolf wissen.

Max war derart in sein Buch vertieft, dass er wie verschlafen aufblickte.

»Was hast du gesagt? Türchen?«

»Im Adventskalender? Soll ich ihn holen?«

»Äh … Ja, klar. Gern.«

Beschwingt schlurfte Rolf in die Küche, wo ihrer beider Adventskalender auf der Anrichte nebeneinanderstanden. Diesmal hatte er es übertrieben, das war ihm sogar selbst klar: einen Kalender der Pfadfinder, einen vom Sportverein, von der Gemeinde, vom Roten Kreuz und dazu ein klassischer Adventskalender mit Engeln und Silberglitter aus der Buchhandlung, dem er nicht hatte widerstehen können.

Für Max hatte er einen Kalender mit feinen belgischen Pralinen besorgt, und weil Max nicht täglich bei ihm war und sein Türchen öffnete, gab es immer ein leckeres Pralinenhäuflein, wenn er wieder zu Besuch war.

Rolf nahm den Kalender, zwei Tellerchen und ein kleines Messer, so dass sie die Pralinen entzweischneiden konnten. Auf diese Weise konnte man gleich auch die Füllung begutachten. Wenn es Marzipan war, verzichtete Rolf, während Max keine Kirschlikörfüllung mochte.

»Danke, Mister Weihnachtsmann«, sagte Max mit einem leicht verdrießlichen Lächeln.

Rolf zerschnitt die erste Praline.

»Hm, sieht nach Nugat aus. Willst du eigentlich am Montag mit zum Adventskonzert gehen?«

»Klar, warum nicht?« Max steckte sich sein Stück Praline in den Mund. »Oh, lecker!«

Den Rest des Häufleins verdrückten sie in genüsslichem Schweigen. Gute Pralinen kamen annähernd einem religiösen Erlebnis gleich.

»Wie geht es eigentlich Anna?«, wollte Max wissen.

Rolf lächelte in sich hinein. Max hing fast ebenso sehr an Anna wie er selbst. In den vergangenen Monaten hatten sie beide besorgt und hoffnungsvoll mitangesehen, wie sie sich in ihrem Singleleben eingerichtet hatte.

Rolf hatte Måns, Annas Ex, nie gemocht. Måns hatte ihr nie die Wertschätzung entgegengebracht, die sie verdiente, was dazu geführt hatte, dass Anna sich selbst nicht wertgeschätzt hatte. Als sie Rolf erzählt hatte, dass sie Måns den Laufpass gegeben habe, hätte Rolf am liebsten ein Freudentänzchen aufgeführt. Leider hatte er zu jenem Zeitpunkt im Krankenhaus gelegen, doch im Geiste hatte er getanzt.

»Ich würde sagen, es sieht vielversprechend aus«, antwortete er.

»Ach ja?«

»Es ist nicht ganz leicht, etwas aus ihr herauszukitzeln, aber als der erfahrene, weise Mann, der ich bin, kann ich es den Leuten ansehen, wenn sie bis über beide Ohren verliebt sind. Und sie strahlt gerade um einiges mehr als im Sommer.«

»Das klingt doch gut! Geht es immer noch um diesen Tomas?«

»Ich glaube schon.«

»Sehr gut. Den mochte ich.«

Rolf musste lachen.

»Hast du überhaupt je mit ihm gesprochen?«

Max zuckte unbekümmert die Schultern.

»Nein, aber man kann jemanden auch aus der Ferne mögen. Er hat freundliche Augen, genau wie du. So etwas ist wichtig.«

Sie saßen so gemütlich beieinander, dass Rolf beschloss, fürs Erste nicht auf Boel Westman zu sprechen zu kommen. Max hatte sie zwar nicht gekannt, aber die Nachricht von ihrem Tod hatte Rolf beunruhigt und schockiert. Normalerweise besprach er derlei Dinge mit Max, doch das würde er auf später verschieben.

Zudem brannte er darauf, über die Kandidaten für das Bürgermeisteramt zu lästern, aber das wäre für den armen Max, dem so etwas vollkommen einerlei war, die reinste Folter.

»Wie wär's mit einem Weihnachtsbasar?«, fragte er stattdessen. »Morgen stehen einige an.«

Lachend schüttelte Max den Kopf.

»Bitte nicht! Wir haben noch nicht mal den zweiten Advent, da ertrage ich so viel Weihnachtlichkeit nicht. Können wir das nicht noch ein bisschen aufschieben? Bis Heiligabend? Da mache ich bei allem mit, Ehrenwort.«

Rolf schluckte trocken. Heiligabend – das Thema, vor dem er sich bislang gedrückt hatte.

»Äh, hör mal … Wie stellst du dir Heiligabend in diesem Jahr eigentlich vor?«

Max sah ihn überrascht an.

»Darüber habe ich noch nicht nachgedacht. Ich bin davon ausgegangen, dass sich mein weihnachtsverrückter Mann darum kümmern würde.«

Verdammt.

»Also, groß nachgedacht hab ich auch noch nicht«, sagte Rolf zögerlich, »aber ich überlege, zu Elvira und Juuso zu fahren …«

»Ach.«

Max' Tonfall war schwer zu deuten, daher wartete Rolf auf eine Fortsetzung. Es dauerte ewig, ehe es so weit war.

»Verstehe. Du willst natürlich mit Leo feiern.«

Rolf nickte nervös.

»Tja, da muss ich mir wohl überlegen, was ich an Weihnachten machen will«, fuhr Max fort, »weil Elvira mich ja wohl nicht dabeihaben will … und deine Ex sicher ebenso wenig.«

Er war verletzt. Mist. Es zerriss Rolf schier das Herz. Der Geschmack von belgischen Pralinen auf der Zunge war Bitterkeit gewichen.

»Liebling, du weißt, dass ich am liebsten mit euch allen zusammen feiern würde, mit dir und Leo und den Mädchen, aber …«

»Jaja, schon klar. Es ist nun mal, wie es ist. Mia und Elvira können mich nicht ausstehen. Da gibt es nur böses Blut, wenn ich mich aufdränge.«

»Aber was machst du denn stattdessen? An Heiligabend?«

Max zuckte mit den Schultern und blickte gleichgültig drein.

»Ach, irgendwas wird mir schon einfallen. Ich könnte einen Ausflug nach Sundsvall machen. Meine Mutter freut sich bestimmt, wenn ich ein paar Tage früher als geplant bei ihr im Heim vorbeischaue. Ich hab ihr schon gesagt, dass ich zwischen den Jahren komme, aber wie herrlich wäre es, wenn ich an Heiligabend wie das Jesuskind persönlich dort auftauchen würde?«

Rolf fühlte sich hundeelend. Max' Mutter war achtzig und hatte einige Jahre zuvor eine Hirnblutung erlitten. Sie hatte große Probleme zu sprechen, und es war nicht ganz klar, wie viel sie überhaupt noch mitbekam. Max fuhr pflichtschuldig einmal im Monat zu ihr und war oft niedergeschlagen, wenn er zurückkam. Es war für ihn nicht leicht, mitanzusehen, dass die einst so tatkräftige und lustige Frau nur noch ein Schatten ihrer selbst war.

»Aber vielleicht darf ich dir ja stattdessen an einem anderen Tag ein vollkommenes Weihnachtserlebnis bereiten? Vielleicht bevor du nach Sundsvall fährst? Oder zwischen den Jahren?«

»Rolf, es ist alles in Ordnung«, beschwichtigte ihn Max. »Ich weiß ja, dass Weihnachten dein Ding ist, aber für mich ist es nicht wichtig. Das wird schon – und natürlich feierst du mit Leo!«

Max lächelte ihn an. Trotzdem war Rolf nicht überzeugt. Ach, warum war das alles so kompliziert?

52 Likes. So viele hatte Anna auf Facebook noch nie ergattert! Ihr neues Profilbild war der volle Erfolg, auch wenn ihr die Kommentare ihrer Freundinnen – *Heiß!* und *Toll siehst du aus!* – peinlich waren. Es fühlte sich an, als hätte sie derlei Komplimente heraufbeschwören wollen, was gar nicht der Fall war. Sie war lediglich an einem Lebenszeichen aus Kanada interessiert. *Du fehlst mir auch, Küsschen*, hatte Tomas geschrieben – fünf Wörter, mehr nicht, trotzdem hatte sie eine Zeit lang auf Wolke sieben geschwebt. Nur war das jetzt schon ein paar Tage her. In Finnland war es bereits später Nachmittag, und in Montreal hätte er längst wach sein müssen, selbst an einem Samstag.

Was taten die Fortbildungsteilnehmer in Montreal, wenn sie freihatten, außer Pizza zu essen? Vielleicht schlenderte Tomas ja Arm in Arm mit dieser Francesca durch die Stadt? Da hatte er natürlich keine Zeit, um Facebook aufzurufen und Annas albernes Bild zu entdecken. Anna warf ihrem Handydisplay einen vorwurfsvollen Blick zu, als wäre das Handy an allem schuld. Dann nahm sie es zur Hand und suchte eine Nummer heraus.

Es klingelte lange, doch Anna wartete geduldig.

»Babe!«, rief Linda unvermittelt.

»Hast du gerade Zeit?«

Annas beste Freundin Linda hatte eine große, laute Familie, und es war nicht ganz leicht, sich mit ihr zu unterhalten, ohne dass eines der Kinder dazwischenfunkte.

»Perfektes Timing! Es sind nur ich und der Kleine zu Hause, die anderen sind bei einem Eishockeyspiel. Wie geht es dir?«

»Ach, ganz gut«, antwortete Anna ausweichend.

Und es ging ihr ja auch gut. Sie war gesund und munter. Ihre aktuelle Ermittlung war zwar verwirrend, aber nicht uninteressant, es gab nichts, worüber sie sich hätte beklagen können, außer …

»Hast du Liebeskummer?«, fragte Linda ernst.

Anna schnaubte. Unglaublich, wie treffsicher ihre beste Freundin die Lage einschätzte, und das nach nur wenigen Worten.

»Ja, könnte sein …«

Anna seufzte. Und dann ließ sie Linda an ihren verqueren Gedanken teilhaben. An Tomas, der sich nicht gemeldet hatte. An dem Tippfehler in ihrer Nachricht und an Tomas' wortkarger Antwort.

»Aaah«, sagte Linda, sobald Anna Francesca erwähnte.

»Was, aaah? Hast du etwas gegen Italienerinnen?«

»Überhaupt nicht. Hatte nur gerade kein schönes Bild vor Augen, als du den Namen ausgesprochen hast. Ging in Richtung Monica Bellucci.«

Anna dachte fieberhaft nach.

»Ja, stimmt sogar irgendwie … Nur dass sie zweiunddreißig ist. Und eine schicke Brille trägt.«

»Aaah«, sagte Linda erneut, diesmal jedoch mit mehr Nachdruck. »Erzähl weiter.«

Woraufhin Anna ihr von der jüngsten Verwicklung in ihrem Drama erzählte: von Felix Brinkmann, der aus heiterem Himmel Interesse an ihr gezeigt hatte.

»Wie sieht er aus?«, wollte Linda sofort wissen.

Anna musste kurz nachdenken. Natürlich war ihr immer klar gewesen, dass Felix gut aussah, aber sie hatte sich nie groß darüber Gedanken gemacht. In ihrer Zeit mit Måns war sie emotional so abgestumpft, dass sie kaum je darauf geachtet hatte, wie andere Männer aussahen. Erst als Tomas aufgetaucht war, war sie wieder zum Leben erwacht. Allerdings hatte sie Felix ausgiebig betrachten können, als er Kaffee gekocht hatte – natürlich ganz ohne Hintergedanken.

»Na ja, attraktiv ist er schon: ziemlich groß – sicher eins neunzig –, blond, durchtrainiert … Das komplette Paket, könnte man sagen.«

»Das wird ja immer besser!«, rief Linda begeistert.

»Ja, aber«, piepste Anna hilflos, »was soll ich denn jetzt machen?«

Linda hielt kurz inne – was entweder bedeutete, dass sie nachdachte oder versuchte zu verstehen, was ihr das Kind im Nachbarzimmer zurufen wollte.

»Was ist eigentlich Stand der Dinge zwischen dir und Tomas? Ich meine, was habt ihr zueinander gesagt, als ihr euch zuletzt gesehen habt?«

Anna dachte kurz nach.

»So was wie: ›Tschüss, gute Reise, wir sehen uns im Dezember.‹«

Linda ächzte.

»Ihr habt nichts Genaueres ausgemacht?«

»Wir haben einander keine ewige Treue geschworen, keine Ringe getauscht und auch keine Initialen in eine alte Ulme geritzt, nein.«

»Dann verstehe ich nicht, was das Problem dabei sein soll, wenn du mit diesem Tauchtypen zu Abend isst. Anna, du warst so viele Jahre mit einem Idioten zusammen. Du musst doch nicht beim Erstbesten ein Schleifchen dranmachen, nur weil du jetzt wieder zu haben bist? Natürlich nur, sofern du mit ihm zu Abend essen willst!«

»Keine Ahnung«, murmelte Anna.

Wollte sie das denn? Zumindest wäre es eindeutig dumm von ihr, nur herumzusitzen und auf ein Lebens- und vielleicht auch Zuneigungszeichen eines Mannes zu warten, den sie kaum kannte. Was, wenn der längst weitergezogen war und sie eine vielversprechende Gelegenheit verstreichen ließ, nur weil sie auf diesen Tomas setzte?

Sie war immerhin Single – und man konnte Menschen nicht reservieren wie einen Tisch im Restaurant.

»Ich formuliere es anders«, sagte Linda. »Wenn Tomas nicht wäre, würdest du dann Ja zu einem Abendessen sagen?«

»Na klar!«

»Dann schreib ihm«, schlussfolgerte Linda. »Schlag irgendwas Unaufgeregtes vor. Einen kleinen Snack und ein Bierchen. Es muss ja nicht gleich bei ihm zu Hause sein, das wäre vielleicht doch etwas zu intim. An und für sich würde ich dir Intimität ja gönnen, aber … Hm. Tu, was du für richtig hältst.«

Darüber musste Anna erst nachdenken. Das klang alles nicht verkehrt. Irgendwo in der Stadt eine Kleinigkeit essen, so etwas machten andere doch auch, die ein normales Sozialleben hatten. Nicht dass es in ihrer Gegend von datefähigen Lokalen nur so wimmelte, gerade jetzt im Winter; im Sommer hatten hier doppelt so viele geöffnet. Aber irgendwas fände sich ganz bestimmt.

»Vielleicht mache ich das«, sagte sie schließlich.

»Hurra! Außerdem hörst du jetzt auf, so elend zu klingen. Siehst du gar nicht, dass du gerade zwei attraktive und nette Bewunderer auf einmal hast, du Sahneschnitte?«

So konnte man es natürlich auch sehen. Trotzdem fiel es ihr schwer, sich selbst als die Verführerin mit zig Verehrern zu verstehen – besonders jetzt, da sie in ihrem übergroßen Wollpulli, der ausgebeulten rosa Velours-Jogginghose und mit den hochgebundenen strähnigen Haaren an ihrem Küchentisch saß.

»Wie geht es dir überhaupt?«, fragte Anna dann.

»Ach, läuft. Hier hatte einer nach dem anderen Magen-Darm-Grippe, aber allmählich kehrt wieder Ruhe ein. Klopf auf Holz!«

»Und an der Romantikfront?«

»Scherzkeks! Das Romantischste, was ich zuletzt erlebt habe, war, dass der Mann meiner Träume angeboten hat, die Kotze des Zwölfjährigen aufzuwischen, weil ich selbst nicht vom Klo runterkam … Aber egal. Jetzt sind wir ja wieder gesund. Ach, hast du übrigens Pläne für Weihnachten?«

»Nee, eigentlich wollte ich arbeiten, aber die Chefin will mich nicht haben, deshalb schaue ich wohl einfach mal, was auf mich zukommt.«

»Du kannst gern herkommen«, schlug Linda vor. »Wir stecken dich auch mit keiner Seuche an, Ehrenwort.«

Da war es wieder: eine freundliche Seele, die sich der armen, einsamen Anna Glad erbarmen wollte, die an Weihnachten ansonsten niemanden hätte.

»Danke, aber feiert ihr mal schön in der Familie.«

»Du gehörst zur Familie«, entgegnete Linda nachdrücklich. »Aber okay, ich hab schon verstanden.«

Stattdessen einigten sie sich darauf, im Januar zu zweit etwas Cooles zu unternehmen: eine Minikreuzfahrt oder ein langes Wochenende. Linda hatte sich seit ihren Teenagerjahren als Annas persönliche Stylistin angesehen, und Anna hatte es immer schon Spaß gemacht, wenn sie zusammen durch Klamottengeschäfte streiften und Linda ihr passende Teile in die Umkleide reichte. Die schönsten Klamotten, die sie besaß, hatte Linda ihr aufgeschwatzt.

Im nächsten Moment mussten sie ihr Telefonat überstürzt beenden, weil Lindas Jüngster im Hintergrund zu kreischen anfing.

Anna überlegte eine Weile, wie sie die Nachricht an Felix formulieren sollte.

Hallo, darf ich zurückrudern? Ich würde gern mal nach Feierabend mit dir was essen gehen. Mittwoch?

Sie hatte sich zwar nicht gemerkt, wie sein Kinderplan war, aber vermutlich kamen sie erst gegen Ende der Woche wieder. Und mittwochs konnte sie bei der Arbeit früher gehen, sofern nichts Unerwartetes dazwischenkam.

Sie wollte gerade ihr Handy weglegen, als eine Antwort eintrudelte.

Na klar! Dann am Lucia-Tag! Freu mich!

Anna lächelte. Na also! Ein Typ, der auf Nachrichten postwendend reagierte. Sie war drauf und dran, übermütig zu werden, nur um im nächsten Moment ein schlechtes Gewissen zu haben. Doch das schob sie beiseite. Dies hier war nur recht und billig, solange Tomas meinte, sich am anderen Ende der Welt rarmachen zu können.

Anna Glad würde nicht herumsitzen und auf ewig warten.

Und damit basta.

Isabella Elo war zu Tode gelangweilt. Sie hatte schon jede Menge Sachen für die Schule erledigt, so viele Blog-Beiträge geschrieben, dass sie fünf davon auf Termin legen musste, um ihre Leserinnen und Leser nicht damit zuzuschütten, und sogar Powerwalks hatte sie gemacht. Sie hatte die Kreditkarte, die sie von ihrem Vater für Schulausgaben bekommen hatte, herausgekramt und aus lauter Trotz auf einer Make-up-Webseite Sachen gekauft. Für den Moment hatte es sich gut angefühlt, doch inzwischen bereute sie es. Andererseits kontrollierte ihr Vater die Ausgaben nicht genau, außerdem konnte er es sich leisten, seiner einzigen Tochter ein paar Tuben Foundation zu spendieren.

Isabella überlegte, ob sie sich allmählich etwas zu essen machen sollte. Sie hatte noch eine Tiefkühlpizza im Eisfach, eine Dose Tomaten und eine große Tüte mit Nüssen. Zu Hause waren Nüsse tabu, weil ihr Vater hochgradig allergisch war. Doch als sie gerade vom Computer aufstehen wollte, vermeldete der eine Chatnachricht.

Isabella wurde schlagartig warm ums Herz, und von Hunger war keine Rede mehr.

Hey, Süße! Zeit zu chatten?

Eilig tippte sie eine Antwort.

Japp, bin in der Schule.

Warum denn das? Es ist Samstag?!

Isabella seufzte.

Weil ich meinen Vater nicht ertrage. Obviously.

Ist etwas vorgefallen?

Eigentlich nicht. Er ist bloß anstrengend. Können wir skypen?

Geht leider gerade nicht. Du fehlst mir!

Mühsam schluckte Isabella den Kloß im Hals hinunter.

Ich will mit dir zusammen sein. Mir doch egal, was mein Vater sagt.

Die Antwort kam postwendend.

Wir müssen vorsichtig sein, Isa. Wir hören uns bald wieder!

Dann ein paar Herzchen.

Isabella schickte eine ganze Reihe mit knallroten Herzchen zurück. Dann herrschte im Chat wieder Stille.

Vorsichtig schob Emma Kling die Tür hinter sich zu. Papa war unterwegs, aber Mama saß in der Küche und arbeitete. Sie hatte nicht mitbekommen, dass Emma nach drüben gegangen war, und Doris zum Glück ebenso wenig, sonst wäre der Dackel ihr garantiert hinterhergelaufen.

Emma schob den großen Schlüsselbund in ihre Tasche und sah sich um.

Es fühlte sich merkwürdig an, in Boels Wohnung zu sein, merkwürdig und traurig. Boel war weg, trotzdem sah es hier so aus wie immer, roch gleich, fühlte sich gleich an. Emmas Augen brannten, obwohl sie sonst nur selten weinte. Sie wusste nicht mal, warum sie hergekommen war, dies alles wurde schließlich nicht weniger traurig, indem sie hier herumstand. Außerdem fühlte es sich verboten an, als wäre sie hier eingebrochen. So etwas machte man nicht.

Trotzdem konnte Emma nicht anders, als neugierig zu sein. Seit sie auf dem Revier gewesen war und mit dieser

Polizistin gesprochen hatte, war sie gar nicht mehr aus dem Grübeln herausgekommen. Wenn wirklich jemand hier gewesen war, als ihre Eltern ausgegangen waren, und wenn dieser Jemand etwas in Boels Wohnung gesucht hatte, hatte er dann an der richtigen Stelle gesucht?

Boel hatte nicht viel besessen, insofern war es sicher nicht schwer gewesen, ihre Habseligkeiten zu durchwühlen: die Schubladen im Schreibtisch, die Küche, den kleinen Garderobenschrank.

Aber hatte derjenige, der hier eingedrungen war, auch an die Bilder gedacht?

Einmal waren Emma und Doris nämlich bei Boel reingeplatzt, ohne vorher zu klopfen, und da hatte Boel gerade vor einem der großen gerahmten Bilder gestanden und heftig reagiert, als Emma sie dabei ertappt hatte. Emma hatte sich schrecklich geschämt, doch Boel hatte sich sofort wieder beruhigt und sich bei ihr entschuldigt.

Was sich hinter dem Bild befand, hatte Emma nie in Erfahrung gebracht. Aber möglicherweise war es jetzt an der Zeit? Es konnte schließlich wichtig sein.

Emma wusste nicht mehr genau, welches Bild Boel von der Wand genommen und umgedreht hatte – und sie hatte ihre Fotos auch wiederholt umgehängt. Trotzdem hielt Emma jetzt zögerlich auf jenes über dem Bett zu, zog es vorsichtig von der Wand weg und spähte dahinter.

Enttäuscht stellte sie fest, dass auf der Rückseite rein gar nichts zu sehen war. Aber was hatte sie erwartet? Eine Schatzkarte? Geld?

Trotzdem strich sie mit den Fingerspitzen über den festen Karton. Und ertastete ein Stück Klebeband, unter dem womöglich irgendwas fixiert gewesen war, was sich jetzt aber nicht mehr dort befand.

»Doris, weißt du vielleicht, wo Emma steckt?«

Mama musste direkt hinter der eigenen Wohnungstür stehen, weil sie bis in Boels Wohnung zu hören war.

Eilig hängte Emma das Bild wieder gerade hin und huschte hinaus.

Anna zündete ein paar Teelichter an und entkorkte eine Flasche Rotwein. Dann löffelte sie das Take-away vom Asiaten an der Straßenecke auf ihren Teller. Vielleicht nicht die gesündeste Mahlzeit, aber sie war zu aufgewühlt, um daran auch nur einen einzigen Gedanken zu verschwenden.

Sie zog ihren Laptop näher und schaufelte den gebratenen Reis in sich hinein, während vor ihr auf dem Bildschirm ein paar halb nackte junge Finnen mit mangelhafter Allgemeinbildung versuchten, in einem Hotel irgendwo in Mexiko die große Liebe zu finden.

Es fiel ihr schwer, sich auf die Folge zu konzentrieren; ihr eigenes Liebesleben fühlte sich gerade viel zu verwirrend an. Sie nahm noch einen Bissen. Lecker.

Dann vibrierte ihr Handy. War das Tomas? Felix? Nein.

Hey und sorry, dass ich am Wochenende störe, aber in Alma Westmans Bankschließfach lag ein Umschlag, der an Sie adressiert ist. Soll ich ihn schicken, oder wollen Sie ihn abholen? MvG, Beatrice Borg, Björnåsen.

Anna hielt beim Kauen inne. Was sollte das heißen – ein Umschlag, der an sie adressiert war? Dass Boel oder Alma Westman ihren Namen gekannt haben sollten, konnte sie sich nicht vorstellen. Beatrice aus dem Björnåsen-Heim musste sich missverständlich ausgedrückt haben.

Hallo, tippte sie zurück, *ein Umschlag, der explizit für mich gedacht ist? Oder für die Polizei?*

Die Antwort ließ eine Weile auf sich warten. Unterdessen schaufelte Anna weitere Bissen in sich hinein.

Dann kam eine MMS.

Auf dem angehängten Foto war ein brauner Umschlag zu sehen, auf dem zwar schludrig, aber unverkennbar geschrieben stand: *Nur von Kommissarin Anna Glad zu öffnen!*

Ulla holt sie ab und begleitet sie zum Arzt. Sie müssen nicht mal das Gebäude verlassen: Wenn der Arzt kommt, hält er seine Sprechstunde in einem Raum am rückwärtigen Ende der Hütte.

Er blickt nicht auf, als sie hereinkommt. Sie wartet kurz auf die Aufforderung, sich zu setzen, doch als er nichts sagt, setzt sie sich unaufgefordert, und dann wartet sie weiter.

»Du isst nichts mehr«, sagt der Arzt nach einer Weile.

Es ist nicht als Frage formuliert, deshalb antwortet sie auch nicht.

»Wie soll sich dein Zustand verbessern, wenn du nichts mehr isst?«

Diesmal ist es zwar eine Frage, aber auch darauf kann sie nicht antworten. Sie sitzt nur stumm da.

Er seufzt tief auf.

»Du hast einen Antrag auf Heimfahrt zum Wochenende gestellt, aber begreifst du es nicht? Ich kann dich doch nirgends hinfahren lassen, solange du nichts isst.«

»Ich esse aber«, entgegnet sie und wünschte sich, ihre Stimme wäre stabiler, »ich esse einfach nur nicht mehr so viel.«

»Und nimmst du deine Medikamente?«

Sie nickt. Sie hat ihre Medikamente wirklich genommen. Sie helfen zwar nicht, aber sie nimmt sie trotzdem, auch wenn sie schwer zu schlucken sind.

»Ich hab sie genommen, alle.«

Er streift sie nur flüchtig mit dem Blick. Er sieht kein bisschen überzeugt aus. Schon wieder ein Mann, der ihr kein Wort glaubt.

Zu ihrem Entsetzen spürt sie, wie sie wütend wird. Das darf sie nicht zulassen. Bloß nicht wütend werden! Sie presst die Lippen zusammen, schiebt die Hände unter die Oberschenkel und wippt leicht vor und zurück.

»Du hast uns zigmal belogen. Warum sollte ich dir glauben, wenn du jetzt behauptest, du hättest deine Medikamente genommen? Und dass du wirklich ein bisschen isst?«

»Weil es die Wahrheit ist«, flüstert sie.

»Und dann wäre da noch der Wutausbruch. Es ist meine Verantwortung, das verstehst du hoffentlich, wenn ich dich heimschicke und du dich bei deiner Mutter so benimmst wie bei Hedengren?«

Mit aller Macht reißt sie sich zusammen. Sie muss die Wut unter Kontrolle halten. Sie darf nicht tun, was sie am liebsten tun würde – schreien, damit alle Welt hört, dass sie Mama niemals erneut etwas antun würde. Dass sie sich nur deshalb auf Hedengren gestürzt hat, weil der mit seinen gelben Zähnen und ekligen Augen derart widerlich war. Weil er einfach dagesessen und behauptet hat, dass sie Schuld daran hätte, was auf der Party passiert war. Weil er ihr nicht geglaubt hat. Und dass sie durchdreht, wenn sie ihre Mutter nicht bald wiedersieht. Weil sie jemanden braucht, der ihr glaubt. Und das tut ihre Mutter, das weiß sie genau.

Doch sie darf jetzt nicht schreien. Das würde alles nur schlimmer machen.

»Ich vermisse meine Mutter so sehr«, flüstert sie.

Er schweigt eine Zeit lang.

»Na gut. Wenn du anständig isst und deine Medikamente nimmst und mir einen Grund lieferst, dir zu glauben, dass du wirklich versuchst, an dir zu arbeiten, können wir dich vielleicht an Weihnachten nach Hause fahren lassen.«

Ihr Herz krampft sich zusammen. Bis Weihnachten ist es noch so lange hin – mehrere Wochen! Wie soll sie das überleben?

Aber sie muss es versuchen. Immerhin hat sie jetzt ein klitzekleines bisschen Hoffnung, und daran muss sie sich festklammern.

»Ich finde, erst machen wir ein Experiment«, sagt er dann, »um zu sehen, wie es sich für dich anfühlt, wieder unter Leute zu kommen.«

Alarmiert wartet sie auf die Fortsetzung.

Er lächelt. Womöglich gibt er sich gerade alle Mühe, freundlich auszusehen, trotzdem erinnert er sie hauptsächlich an eine Eidechse. Oder vielmehr an einen Dinosaurier, so einen mit scharfen Zähnen und zu kurzen Ärmchen.

»Kannst du singen, Sofia?«

5
NACHTSCHATTEN SCHWEBEN

Sonntag, 10. Dezember

»Okay, dann mach ihn jetzt auf.«

Hauptkommissarin Annette Käld beugte sich über ihren Schreibtisch und starrte auf den Umschlag hinab, der zwischen ihnen lag. Anna hatte ihn am Morgen im Pflegeheim für Demenzerkrankte abgeholt, aber beschlossen, ihn erst auf dem Revier zu öffnen. Eigentlich hatten sowohl sie selbst als auch Annette frei, doch die Chefin war sofort gekommen, als Anna sie angerufen und von dem merkwürdigen Umschlag erzählt hatte.

Anna sah sich nach etwas um, was sie als Brieföffner benutzen konnte. Heutzutage bekamen sie kaum noch Kuverts, und so musste eine normale Schere herhalten.

»Und du hast keine Ahnung, warum ausgerechnet dein Name draufsteht?«, hakte Annette nach.

»Nicht die geringste. Ich hatte bis vergangene Woche weder von Mutter noch von Tochter Westman gehört und wüsste nicht, warum ausgerechnet mein Name da stehen sollte. Aber laut Beatrice vom Björnåsen ist es Boels Handschrift.«

Das Papier war dick, und Anna musste es mit der Scherenklinge fast schon zersägen. Endlich konnte sie die Lasche aufreißen und riskierte einen Blick.

»Sieht aus wie Fotos.«

Bedächtig zog sie ein knappes Dutzend kopfstehende Fotografien heraus, legte sie auf den Tisch und drehte das oberste um.

»Was in aller Welt ist …«

Annette starrte wortlos auf das Foto hinab. Dann stieß sie einen Seufzer aus.

»Aha. Natürlich.«

Auf dem Foto waren vier splitternackte Mädchen zu sehen. Keines davon zeigte sein Gesicht, aber anhand des Körperbaus nahm Anna an, dass sie minderjährig waren. Sie holte tief Luft, drehte den restlichen Stapel um und breitete die Fotos auf dem Tisch aus.

»Damit wird aus unserem Badeunfall eine kinderpornografische Verwicklung«, stellte Annette Käld leise fest.

Anna antwortete nicht. Sie studierte die neun Schwarz-Weiß-Fotos und versuchte, einen kühlen Kopf zu bewahren, obwohl ihr am ganzen Leib unwohl war.

Auf sämtlichen Bildern posierten nackte Jugendliche, auch wenn schwer zu sagen war, ob es sich um ein und dieselben oder um unterschiedliche handelte. Sie nahm an, dass nur Mädchen auf den Bildern waren, auch wenn bei einigen, die sehr jung und körperlich noch nicht entwickelt waren, der Schritt verdeckt war, so dass sie es nicht mit Gewissheit hätte sagen können. Auf ein paar Fotos standen sie kerzengerade da, auf anderen berührten sie einander. Angewidert wandte Annette Käld sich ab.

»Pfui Teufel.«

»Ich frage mich, wer das ist«, murmelte Anna.

»Wenn es sich um ihre Schülerinnen handelt … Himmel, das wird unangenehm. Das dunkle Geheimnis der Fotolehrerin …«

»Aber wenn Boel und Alma Westman im Bankschließfach kinderpornografisches Material verwahrt haben, warum sollten sie es ausgerechnet an mich schicken, die ich Polizistin bin?«

»Dafür könnte es zig Gründe geben. Schlechtes Gewissen? Oder vielleicht wollte Boel Westman, dass die Angelegenheit nach ihrem Tod aufgeklärt wird?«

»Du meinst, sie wusste, dass sie sterben würde?«

»Na ja, Selbstmord haben wir nicht ausgeschlossen, oder?«

»Ich weiß nicht … Das klingt alles sehr komisch.«

Anna drehte einige der Fotos um, weil sie hoffte, eine Notiz, einen Datumsstempel oder etwas in der Art zu entdecken, aber da war nichts. Höchstwahrscheinlich waren die Bilder per Hand und nicht in einem Fotogeschäft entwickelt und abgezogen worden.

Sie nahm eines der Bilder hoch und sah es sich genauer an. Es war ihr unangenehm, es derart zu studieren. Andererseits war das jetzt unvermeidlich. Wenn man mit kinderpornografischem Material zu tun hatte, war es entscheidend für die weitere Vorgehensweise, dass eine Ermittlerin wie Anna gründlich vorging, um denjenigen dranzukriegen, der die Fotos gemacht, verbreitet oder zumindest aufbewahrt hatte.

Annette Käld sah weiterhin schweigend aus dem Fenster.

Insgeheim fand Anna, dass ihre Vorgesetzte ein bisschen überreagierte. Klar, mit Fotos von nackten Mädchen hatten sie hier nicht gerechnet, und man konnte sie auch nicht gleichgültig abtun. Andererseits waren diese

Fotos nicht wahnsinnig obszön. Die Mädchen posierten nicht aufreizend, und sie berührten einander zwar auf einigen Bildern, aber nicht auf sexualisierte Art.

Konnte man da überhaupt von Pornografie sprechen? Wenn die Mädchen nicht derart jung gewesen wären, wäre Anna gar nicht auf die Idee gekommen.

»Wenn wir bedenken, dass wir es hier eventuell mit Minderjährigen zu tun haben, schlage ich vor, dass wir ab sofort um einiges vertraulicher vorgehen.« Annette Käld drehte sich zu Anna um. »Du und Märta, ihr ermittelt weiter, und soweit es geht, behalten wir das da erst mal für uns. Ich will nicht riskieren, dass eines der Opfer mehr als ohnehin schon unter die Räder kommt – kein Flurfunk also. Und kein Wort zur Presse.«

Anna nickte.

»Ich nehme die Fotos mit rüber zu mir und schließe sie weg. Muss sie mir noch mal genauer ansehen. Vielleicht finde ich ja heraus, wann und wo sie aufgenommen wurden.«

Sie schob die Fotografien zusammen und legte sie zurück in den Umschlag.

Boel Westmans Tod nur als Unfall zu betrachten, fiel Anna zusehends schwer. Wäre es möglich, dass die Fotolehrerin sich in Wahrheit in dem Eisloch umgebracht hatte? Zumindest würde das erklären, warum sie zuvor Beatrice Borg gebeten hatte, die Vormundschaft für ihre Mutter zu übernehmen.

Aber hätte man das Boel Westman nicht anmerken müssen? Vielleicht konnte ihr die Vorgesetzte, Åsa Kling, diese Frage beantworten.

Doch warum in aller Welt hatte Boel gewollt, dass die Fotos ausgerechnet bei Anna Glad landeten? Das war doch vollkommen unerklärlich.

Verdammt, war das kalt! Isabella Elo zog den Reißverschluss ihrer Daunenjacke bis obenhin zu und wickelte sich das weiße Wolltuch mehrmals um den Hals. Wenn sie nicht aufpasste, würde sie sich erkälten und ihre Stimme einbüßen, was *ganz toll* wäre – so kurz vor dem Lucia-Tag und den ganzen Advents- und Weihnachtskonzerten!

Sie schob das Handy in ihre Gesäßtasche und vergewisserte sich, dass sie die Tür zu ihrem Zimmer verriegelt hatte, weil die anderen Schülerinnen schon bald zurückkämen. Nicht dass sie wahnsinnig teure Sachen besaß, aber man wusste ja nie.

Sie wollte ins Hauptgebäude gehen und die Direktorin und deren Mann um den Schlüssel zum Musiksaal bitten und dann noch ein paar Stunden am Flügel sitzen und proben. Sie brauchte vor dem Lucia-Tag noch mehr Übungseinheiten. Normalerweise konnte Isabella sich auf ihre Singstimme verlassen, doch die Lucia-Prozession wäre noch mal etwas ganz anderes. Endlich würde sie ihren Vater davon überzeugen können, dass die Musik ihre Zukunft war.

Außerdem hatte ihr Musik- und Gesangslehrer, Johannes, angekündigt, dass ein paar seiner ehemaligen Kontakte aus der Branche zu dem Kirchenkonzert kommen würden. Diese Leute hielten ständig Augen und Ohren offen, weil sie auf der Suche nach neuen Stars waren – Leute aus Plattenfirmen, Talentscouts oder wie sie alle hießen. Schon bald hätte sie also die Chance, bei ein und derselben Gelegenheit all diese Menschen auf einmal von sich zu überzeugen, da durfte sie nichts dem Zufall überlassen.

Auf dem Weg zum Hauptgebäude kam sie an der Jungsunterkunft vorbei, und Isabellas Herz setzte für ein paar Schläge aus, als die Tür aufging und ein Junge herauskam.

Ja, er war es, ausgerechnet er, den sie gleichzeitig hatte treffen und lieber nicht hatte treffen wollen. Wie konnte er einen solchen Effekt auf sie haben? Es war wirklich albern, denn genau genommen war an ihm gar nichts besonders.

Er hieß Lukas und ging in die Zehnte. Er war weder besonders attraktiv noch hässlich. Ein bisschen größer als sie, mit braunen Haaren, die ein bisschen zu lang waren und ihm in die Stirn fielen. Er hatte Jeans und unter der abgetragenen Lederjacke einen dunkelblauen Hoodie an und schien zu frieren. Anscheinend hatte er sie nicht bemerkt, sondern nestelte lediglich wie sonst auch eine Zigarette aus einer Schachtel und lehnte sich an die rostbraune Wand seiner Unterkunft.

Isabella durfte jetzt nur nicht stehen bleiben und glotzen. Sie musste weitergehen, um nicht komplett verdächtig zu wirken. Und irgendetwas musste sie auch zu ihm sagen – immerhin waren sie die Einzigen weit und breit. Sie könnte irgendwas in der Art sagen, dass es saukalt sei, oder ihn fragen, ob er schöne Ferien gehabt habe. Oder einfach nur … Hallo. Am besten wäre es, wenn er zuerst etwas sagte, nur passierte das nie.

Sie war nur noch zehn Meter von ihm entfernt. Hörte er gar nicht, dass sie näher kam? Warum blickte er nicht auf?

Jetzt.

»Hier ist Rauchen verboten«, hörte Isabella sich mit schriller, piepsiger Stimme sagen.

Bedächtig hob er den Blick. Sie sahen einander kurz an, dann wandte er sich seinem Handy zu.

Isabella ging schneller. Und sobald sie außer Sichtweite war, rannte sie das letzte Stück zum Hauptgebäude.

»Wie soll ich das jetzt sagen, ohne total pervers zu klingen …«

Märta Hansson hatte ihr freies Wochenende ebenfalls abgebrochen, als Anna angerufen und von der unerwarteten Wendung im Fall Boel Westman erzählt hatte. Sie blätterte die Fotos abermals durch und seufzte.

»Tja, ich weiß auch nicht, aber … Eigentlich sind die doch ganz schön, diese Fotos – also, fast künstlerisch.«

Anna Glad hockte auf dem Fensterbrett und sah in Richtung Parkplatz.

»Wenn die in irgendeinem Hochglanzmagazin abgebildet wären oder in einer Galerie hängen würden und wenn man versichert bekäme, dass diese Mädchen alle volljährig und mit den Fotos einverstanden gewesen wären, dann wären es echte Kunstwerke. Guck dir das Licht an und die Schärfe, die Komposition und all das.«

»Fühlt sich nicht an, als könnte jedweder eklige Typ oder auch eine Typin solche Fotos schießen, schon richtig. Aber Boel war Profi, so viel wissen wir ja.«

»Gleichzeitig … Pfui Teufel. Aber hängt das hier mit ihrem Tod zusammen?«

»Tja, das ist die Frage.«

Anna nahm das Foto zur Hand, das am nächsten bei ihr lag, und betrachtete es ein weiteres Mal. Sie hatte bereits versucht, die Fotos auf hilfreiche Hinweise abzusuchen: Waren sie neu oder älter? Waren sie hier in Finnland oder andernorts aufgenommen worden? Wer immer die Mädchen fotografiert hatte, hatte gewissenhaft darauf geachtet, ihre Identität zu verschleiern: Ein

Teil von ihnen hatte sich hinter langen Haaren versteckt, andere hielten sich die Hände vors Gesicht oder hatten sich von der Kamera weggedreht. Es wäre schwer, wenn nicht unmöglich, die Mädchen zu identifizieren.

»Wie viele sind es überhaupt? Ich glaube, diese hier ist auf drei Bildern drauf«, stellte Märta fest.

»Auf einem der Fotos sind sie zu fünft. Allerdings ist diese Blondine hier nicht dabei. Mit ihr wären es sechs. Zwischen sechs und acht, würde ich sagen.«

Anna nahm sich ein anderes Foto, auf dem nur ein einziges Mädchen abgebildet war. Es stand kerzengerade da und war von den zurückgekämmten Haaren über die nackte, schmale, flache Brust bis zu den Füßen zu sehen. Sie hielt sich die Hände vors Gesicht, und als Anna genauer hinsah, entdeckte sie etwas am rechten Unterarm. War das eine Narbe? Und war die noch auf anderen Bildern zu sehen? Da vielleicht? Schwer zu sagen.

So kämen sie nicht weiter.

»Was wissen wir überhaupt?«, fragte Märta. »Boel Westman ist tot. Allerdings könnte es von einem Unfall, gesundheitlichen Ursachen, Selbstmord bis hin zu Mord alles gewesen sein.«

»Wir wissen immerhin, dass jemand zu einem Zeitpunkt, zu dem wir annehmen, dass sie bereits tot war, bei ihr in der Wohnung war. Nur wissen wir nicht, warum.«

»Könnte dieser Jemand nach diesen Fotos gesucht haben?«

Darüber hatte Anna auch schon nachgedacht. Unmöglich war es nicht.

»Und warum lagen die Fotos in Alma Westmans Schließfach in einem Umschlag mit meinem Namen darauf?«, legte Anna nach.

»Wissen wir denn, dass Boel den Umschlag dort deponiert hat?«

»Nicht mit Gewissheit. Aber Beatrice aus dem Pflegeheim meint, dass mein Name in Boels Handschrift geschrieben sei. Alma habe schon länger nichts mehr geschrieben.«

Märta runzelte die Stirn.

»Ich weiß wirklich nicht weiter. Annette scheint davon auszugehen, dass wir es mit Kinderpornografie zu tun haben. Aber irgendwie finde ich das nicht so eindeutig …«

Anna war froh, dass ihre Kollegin ähnlich hin und her gerissen war wie sie selbst. Annette Käld hatte komplett verstockt gewirkt, kaum dass sie die Bilder zu Gesicht bekommen hatte. Sie war sogar richtiggehend wütend geworden, als Anna eingewandt hatte, sie sollten anhand dieser Fotos keine voreiligen Schlüsse ziehen. Anna hatte fast das Gefühl, als wäre die sonst so besonnene Hauptkommissarin in letzter Zeit allgemein ziemlich dünnhäutig. Erst einige Tage zuvor hatte sie Anna ziemlich barsch unterbrochen, als diese laut darüber nachgedacht hatte, ob Boel Westmans Tod nicht vielleicht doch etwas anderes als ein Unfall gewesen war. So etwas sah Annette Käld gar nicht ähnlich.

»Ist dir auch aufgefallen, dass Annette in letzter Zeit gestresster wirkt als sonst?«, fragte sie leise.

»O ja«, erwiderte Märta. »Ich frage mich, was da los ist.«

»Womöglich macht sie sich über unser Budget oder so was Gedanken.«

»Oder sie hat ordentlich PMS, sofern sie nicht schon zu alt dafür ist. Angeblich sollen Frauen, die viel Zeit miteinander verbringen, ja irgendwann synchron ihre

Tage bekommen. Und ich habe gerade PMS. Vielleicht bin ich ja synchron mit Annette?«

»Wirklich?« Anna war baff. »Ich nämlich auch, oder vielmehr kriege ich meine Tage am Dienstag.«

»Verdammte Hacke! Dann stimmt das wirklich, und wir sind alle gleich getaktet. Die armen Verbrecher, die uns in den nächsten Tagen ins Netz gehen!«

Anna schmunzelte. Dann wurde sie wieder ernst. Sie stand auf, schob die Bilder zurück in den Umschlag und legte ihn in ihre abschließbare oberste Schreibtischschublade.

»Wir fahren noch mal zu der Schule. Annette hat uns alle Papiere beschafft, die wir brauchen, wir können uns also Boel Westmans Wohnung, die Arbeitsräume und den ganzen Rest vornehmen. Allerdings müssen wir aufpassen, was für Fragen wir stellen. So etwas hier verbreitet sich wie ein Lauffeuer, und wenn wir nicht achtgeben, kann das böse enden.«

»Sehe ich auch so.« Märta stand ebenfalls auf. »Ich bin jederzeit so weit.«

Doris mochte keinen Schnee. Der Dackel knurrte sogar, als Emma ihn durch die Haustür nach draußen scheuchte.

»Hör schon auf! Eine kleine Runde schaffst du ja wohl.«

Mit hocherhobener Schnauze wackelte Doris langsam vorneweg. In Märtyrerhaltung, wie Emmas Vater immer sagte.

Es war bedeckt und nicht annähernd so schön draußen wie tags zuvor. Es war noch immer unter null, aber zumindest war es windstill, so dass die Kälte sich nicht ganz so beißend anfühlte.

»Komm, Wackeldackel«, sagte Emma, »gehen wir ein Stück übers Eis.«

Mit seinen kurzen Beinchen waren die tieferen Schneemassen für den Hund anstrengend, allerdings hatte der Wind am Vortag den Schnee locker aufgeweht, so dass er nicht wie eine undurchdringliche Barriere über dem Eis lag. Emma und Doris arbeiteten sich bis zum Strand vor, wo Emma die Leine losmachte.

»Jetzt lauf schon!«

Die Weite schien Doris tatsächlich zu beflügeln: Leicht hölzern tippelte sie aufs Eis hinaus, und Emma trottete hinterher. Es war angenehm hier draußen – und es fühlte sich gut an, die öde Insel für einen Augenblick hinter sich zu lassen. Ihr Vater war irgendwohin verreist, und ihre Mutter saß wieder mal in ihrem Büro und arbeitete. Sie hatte erwähnt, dass sie jede Menge E-Mails schreiben müsse, die mit der bevorstehenden Bürgermeisterwahl zu tun hatten. Außerdem musste sie herumtelefonieren, um jemanden zu finden, der zumindest vorübergehend die Fotoklasse übernehmen würde, jetzt, da Boel weg war.

Emma musste schlucken. Sie fand es fürchterlich, dass das Leben einfach so weiterging. Ihre Eltern waren an jenem Abend, als sie das mit Boel erfahren hatten, traurig gewesen, klar – aber inzwischen war es fast, als wäre alles wieder beim Alten. Mama lachte sogar laut, wenn sie mit jemandem telefonierte, dabei war es doch gerade erst Tage her! Emma war nach wie vor tieftraurig.

Doris war schnurgerade auf die Mitte der Bucht zugelaufen, hatte kehrtgemacht und kam zurück in Richtung Strand, doch statt auf Emma zuzulaufen, entdeckte sie etwas anderes. Sie kläffte munter und verschwand hinter ein paar großen Felsbrocken linker Hand.

»Was willst du denn da, Würstchen?«

Emma lief ihrem Hund nach, um die Steine herum – und blieb abrupt stehen, als sie ein Stück entfernt jemanden sitzen sah.

Sie wusste genau, um wen es sich handelte. Er war im Jahr zuvor in die Neunte auf Emmas Schule gegangen und besuchte inzwischen die Zehnte in der Futurica. Lukas hieß er und war einer derjenigen, die Emma sich nie getraut hatte anzusprechen. Doris hingegen hatte beschlossen, ihren Charme spielen zu lassen, und wieselte fröhlich um den Jungen herum, der dort auf einem Felsen saß und rauchte. Lukas schien seinerseits nichts gegen Doris zu haben. Er lachte und streckte sich nach ihr aus, um sie zu kraulen.

»Heißt der arme Hund wirklich Würstchen?«, rief er Emma zu.

»Nein«, antwortete sie verhalten. »Sie heißt Doris.«

»Doris? Na, immerhin ein bisschen besser. Hallo, Doris!«

Er stand auf und spielte weiter mit dem Dackel, der inzwischen völlig außer sich war, weil er einen neuen Menschen kennengelernt hatte. Albernerweise verspürte Emma fast Eifersucht auf ihren Hund. Doris war eigentlich recht scheu, ein bisschen tollpatschig, aber schamlos und unerschrocken, wenn es um Fremde ging. Wenn es für Emma nur ebenso leicht wäre!

Nach einer Weile blickte Lukas abermals auf.

»Du bist Emma, oder?«

Da war sie baff. Nicht nur hatte er ihre Existenz wahrgenommen, er wusste sogar, wie sie hieß!

»Mhm. Und du bist Lukas. Wir waren letztes Jahr auf derselben Schule.«

»Richtig. Und jetzt erzählst du deinen Eltern, dass du mich beim Rauchen erwischt hast?«

Emma verdrehte die Augen.

»Hab ich nicht vor, nein.«

»Danke. Schön, dass nicht alle hier auf der Insel Verräter sind.«

Sie hatte keine Ahnung, was er damit meinte, wollte aber lieber nicht nachfragen.

Stattdessen rief sie Doris zu sich, die sie zunächst ignorierte, dann aber doch klein beigab und auf sie zugetrottet kam.

»Ziemlich *creepy*, das mit der Fotolehrerin«, sagte Lukas.

Emma zuckte zusammen. Sie war so nervös gewesen, weil sie mit diesem Jungen sprach, dass sie Boel für einen kurzen Moment ganz vergessen hatte, doch jetzt stürzte erneut alles auf sie ein.

»Mhm«, sagte sie so leise, dass es kaum zu hören war.

»Ich hab sie ja nicht gekannt, aber sie war eure Nachbarin, oder?«

Emma nickte.

»Kanntest du sie besser?«

»Ja.«

»Scheiße. Das ist traurig. Sie ist ertrunken, oder?«

»Keine Ahnung. Sie ist öfter eisbaden gegangen, insofern ist da womöglich irgendwas passiert.«

Dieses Gespräch war ihr nicht geheuer. Sie versuchte, Doris wieder anzuleinen, doch der Dackel entwischte ihr und tapste zurück zu Lukas, der in die Hocke ging und den Hund kraulte.

»Wenn man jemanden ermorden wollte, hätte das dort ziemlich gut funktioniert. Man hätte einfach warten müssen, bis derjenige in das Eisloch steigt, und ihn dann nicht mehr hochkommen lassen. Kann bei diesen Temperaturen ja nicht allzu lange dauern, bis die Person erfriert. So hätte man nicht einmal Blut an den Händen, wie es so schön heißt.«

Weshalb sagte er diese grässlichen Dinge, während er gleichzeitig mit ihrem Hund spielte und so nett aussah? Lukas hatte anscheinend bemerkt, dass sie nicht reagierte, und blickte zu ihr auf.

»Tut mir leid! Manchmal denke ich nur laut. Das war saublöd von mir – besonders nachdem du Boel ja kanntest und bestimmt traurig bist.«

Es schien ihm peinlich zu sein. Trotzdem wollte Emma nach Hause. Endlich ließ Doris sich anleinen, und Emma zog sie hinter sich her um die Felsbrocken.

»Tschüss«, rief Lukas ihr noch hinterher.

Åsa Kling war wie immer so akkurat gekleidet – diesmal in eine hellgraue Lavallière-Bluse und schwarze Hose –, dass Anna schon argwöhnte, die Frau hätte womöglich gar keine bequemen Sachen für zu Hause.

»Wie kann ich Ihnen heute helfen?«, fragte die Schuldirektorin und lächelte milde.

Die Trauer um ihre Kollegin schien überraschend schnell verflogen zu sein.

»Wir hätten da noch ein paar Fragen zu Boel Westman«, sagte Anna. »Wir würden Sie ihr Verhalten in den letzten Tagen vor ihrem Tod beschreiben? Ist Ihnen irgendetwas aufgefallen?«

Åsa Kling sah sie überrascht an.

»Wieso fragen Sie? Es war doch ein Unfall?«

»Wir möchten uns ein möglichst klares Bild verschaffen.«

»Aha. Aber aufgefallen ist mir nichts. Ich war in letzter Zeit allerdings auch ziemlich beschäftigt, deshalb war ich vielleicht nicht immer aufmerksam. Na ja, eine

Sache gab es da womöglich: Boel ist in der vergangenen Woche mit Johannes, unserem Musiklehrer, aneinandergeraten, keine Ahnung, warum, aber zwischen den beiden herrschte anschließend eine leicht unterkühlte Stimmung.«

»Wo finden wir diesen Johannes?«, hakte Märta sofort nach.

»Er wohnt in der Stadt. Ich kann Ihnen seine Kontaktdaten heraussuchen, allerdings schien es um nichts Dramatisches zu gehen. Die beiden sind einfach nur zwei feurige Künstlerseelen.«

Die Direktorin lächelte, sah aber leicht verunsichert aus.

»Was Boels Stimmung betraf, ist Ihnen nichts weiter aufgefallen?«

»Nein, wirklich nicht. Ich fand, sie war so wie immer.«

»Noch etwas anderes«, sagte Anna. »Wüssten Sie von einem Ihrer Schüler, der Probleme mit Boel Westman gehabt haben könnte? Sind Sie von Schülern oder Eltern auf irgendwas in der Art angesprochen worden?«

»Ja, aber das passiert wohl bei allen Lehrern«, antwortete Åsa. »Boel war recht streng hinsichtlich der Benotung, und sie erwartete durchgehend Anwesenheit, wenn man ihren Kurs bestehen wollte. Einige – sagen wir – weniger motivierte Schüler waren deshalb verärgert und haben sich bei mir beschwert. Allerdings war ich zu einhundert Prozent auf Boels Seite.«

»Und gab es noch andere Beschwerden?«

Die Direktorin schüttelte den Kopf.

»Nein, keine. Boel war geschätzt und respektiert. Es wird ein Alptraum, einen Ersatz für sie zu finden.«

»Wie alt sind die Schüler im Fotokurs ungefähr?«, erkundigte sich Märta.

»Oh, das ist ganz unterschiedlich. Einige kommen direkt aus der Mittelstufe, andere sind schon über zwanzig. Wir hatten schon Schüler, die voll im Berufsleben standen, sich dann aber umorientieren wollten. In diesem Jahr dürften die Ältesten zweiundzwanzig, dreiundzwanzig sein, glaube ich. Die Jüngste ist sechzehn.«

»Und wie ist das Geschlechterverhältnis?«

»Wir haben in diesem Jahr tatsächlich ungewöhnlich viele männliche Kursteilnehmer. Es sind derzeit vier Mädchen und sieben Jungen.«

Anna und Märta wechselten einen flüchtigen Blick. Dann war es also nicht ganz so einfach: Die Mädchen von den Fotos waren nicht Boels jüngste Fotoschülerinnen gewesen.

Anna stand auf.

»Wir würden uns gern noch mal in Boels Wohnung umsehen und dann in der Schule. Dürften wir Sie um die Schlüssel bitten?«

»Natürlich. Aber allmählich wüsste ich wirklich gern, worum es hier geht. Die Eltern und Schüler werden nachfragen, wenn herumerzählt wird, dass die Polizei sich in der Schule aufhält.«

»Wir halten Sie auf dem Laufenden, versprochen«, erwiderte Anna knapp.

Als Emma und Doris nach Hause kamen, gingen dort seltsame Dinge vor sich. Die Tür zu Boels Wohnung stand offen, und Emma erhaschte einen flüchtigen Blick auf Anna, die Polizistin.

»So viele Sachen hatte sie ja nicht, da sollte es nicht lange dauern, bis wir die Wohnung durchsucht haben«, sagte Anna gerade zu jemandem, den Emma nicht sehen konnte.

»Stimmt. Und wir könnten uns aufteilen. Wenn ich die Wohnung durchsuche, könntest du ja eine Runde über das Gelände gehen?«, antwortete eine Frau.

»Japp. Ich will nur schnell etwas mit Boel Westmans Handschrift finden, damit wir die Schrift vom Umschlag abgleichen können.«

Emma dachte kurz darüber nach, Anna anzusprechen und von den Bildern zu erzählen. Immerhin schienen sie dort drinnen nach etwas zu suchen, und Boel hatte etwas hinter ihren Kunstwerken versteckt. Doch sie traute sich nicht. Wahrscheinlich würden sie dann nur aus ihr herausquetschen, dass sie ohne Erlaubnis in der Wohnung gewesen war, und so etwas war streng verboten, das wusste jeder, der schon mal einen Krimi im Fernsehen gesehen hatte. In Amerika klebten sie immer gelbes Absperrband vor die Türen.

So leise wie nur möglich schloss Emma die Tür zu ihrer Wohnung auf und schlüpfte hinein. Ihre Mutter stand in der Küche und telefonierte.

»Mhm. Die Polizei ist gerade da. Nein, keine Ahnung, wonach sie suchen. Woher soll ich das wissen, verdammt? Natürlich hab ich gefragt, worum es geht, sie haben aber nichts gesagt.«

Ihre Mutter klang komisch – gleichzeitig gereizt und besorgt. Sprach sie mit Papa?

»Wo zur Hölle steckst du überhaupt? Ach, egal. Mir doch schnuppe, was du gerade treibst. Aber was soll ich diesen Polizistinnen sagen, wenn sie fragen? Hm? Jaja. Dann sag ich das.«

Bestimmt redete sie mit Papa. Aber warum war sie so wütend auf ihn? Es war Emma unangenehm, zu lauschen, andererseits konnte sie nichts dafür. Die Wohnung war so klein, dass man ständig alles mitbekam.

Ehe Emma sie daran hindern konnte, wackelte Doris unbekümmert in die Küche. Ihre Mutter schlug sofort einen anderen Tonfall an und klang auf einmal wieder fröhlich.

»Ah, gerade kommen Doris und Emma von ihrem Spaziergang nach Hause. Wir sehen uns später, wenn du nach Hause kommst. Okay. Küsschen!«

Sie legte auf und lächelte Emma breit an.

»War es sehr kalt draußen? Du hast ganz rote Wangen!«

Dies alles war unfassbar unangenehm – die Polizei, die Boels Wohnung durchsuchte, Mama, die am Telefon mit Papa gestritten hatte und dann urplötzlich wieder fröhlich war. Emma wagte es nicht, ihr ins Gesicht zu sehen. Ihre Mutter war ihr unheimlich, wenn sie solche Stimmungsumschwünge hatte.

»Mhm, ziemlich kalt draußen. Ich hab am Mittwoch einen Test in Erdkunde, muss lernen.«

Im nächsten Moment klingelte es, und ihre Mutter eilte zur Tür. Anna, die Polizistin, bat um die Schlüssel zu den Schulräumlichkeiten. Die anderen Gebäude würde sie ebenfalls absuchen. Emmas Mutter bot ihr an, mitzugehen und sie herumzuführen, und Emma seufzte erleichtert auf, als die Polizistin das Angebot annahm.

Emma musste jetzt ein bisschen allein sein. Sie würde ihre Zimmertür abschließen, sich die Oreo-Schachtel nehmen, die sie im Nachttisch versteckt hatte, und erst mal ein bisschen Musik hören.

»Schau einer an, da hätten wir ja eine Schülerin!«

Verwirrt drehte sich Isabella Elo zur Tür herum. Sie hatte gerade die Noten zu Carola Häggkvists Weihnachtslied »Himlen i min famn« zurechtgerückt und die

Finger schon auf den Tasten, und jetzt platzte die Direktorin in Begleitung einer Frau mit ungekämmten Haaren und einem hässlichen Wintermantel herein.

»Isabella ist unsere kleine Whitney Houston«, erklärte Åsa Kling und lächelte süßlich.

»Ohne das Kokain, hoffe ich doch«, sagte die andere.

Unwillkürlich verzog Isabella den Mund. Die Frau trat auf sie zu und streckte ihr die Hand entgegen.

»Hallo, ich bin Anna Glad von der Polizei.«

»Äh. Hallo«, stieß Isabella hervor.

»Du hast die traurige Nachricht von Boel, eurer Fotolehrerin, bestimmt schon gehört«, sagte Åsa Kling.

Isabella nickte.

»Ja, schrecklich. Wirklich schrecklich.«

»Mhm.« Åsa Kling neigte den Kopf leicht zur Seite und lächelte so betont verständnisvoll, dass es Isabella eiskalt den Rücken hinunterlief.

Die Direktorin konnte so unfassbar fake sein, wenn andere Erwachsene in der Nähe waren!

»Bist du gerade schwer beschäftigt, oder könntest du dir vorstellen, mich vielleicht ein bisschen in der Schule herumzuführen?«, fragte Anna Glad. »Deine Schuldirektorin hat mir schon einiges gezeigt, aber ich glaube, du als Schülerin siehst noch ganz andere Sachen.«

»Ja, kann ich machen.« Isabella stand vom Klavierhocker auf.

»Dann gehe ich jetzt wieder«, sagte Åsa Kling. »Sie finden mich zu Hause, wenn Sie mich brauchen.«

Isabella legte sich ihre Jacke über den Arm.

»Was genau wollen Sie denn wissen?«

»Ich will mich nur ein bisschen umsehen und mir ein Bild davon machen, wie das Leben als Schülerin hier an der Schule aussieht.«

»Und warum?«

»Na ja, im Zusammenhang mit Boel Westmans Tod gibt es noch ein paar Fragezeichen.«

»Äh, was? Ist sie ermordet worden oder so?«

»Nein, nein, das habe ich nicht sagen wollen. Weißt du vielleicht, ob von ihren Kursteilnehmern heute jemand vor Ort ist?«

Isabella schüttelte den Kopf.

»Das glaube ich nicht. Der einzige andere Schüler, den ich heute gesehen habe, war einer aus der Zehnten, also nicht aus dem Fotokurs. Die anderen kommen sicher erst heute Abend oder morgen zurück.«

»Dann wäre ich dir dankbar, wenn du mir die Unterkünfte zeigen und mir ein paar allgemeine Fragen beantworten könntest.«

»Okay.«

Allmählich fand sie Gefallen daran. Wie spannend es wäre, wenn die anderen allmählich hier eintrudelten und erführen, dass Isabella bei einer polizeilichen Ermittlung ausgeholfen hatte! Jetzt müsste sie dieser Polizistin nur noch entlocken, worum es hier in Wahrheit ging.

»Vielleicht fangen wir gleich hier an.« Isabella setzte auf Künstlerinnen-Charme. »Das hier ist natürlich der Musikraum. Dort hinter der Tür haben wir ein eigenes Tonstudio, aber zu dem habe ich keinen Schlüssel.«

»Ach, ein eigenes Tonstudio?«

»Klar. Da habe ich meine Debütsingle eingesungen, und demnächst – sobald sie fertig gemastert sind – schicken wir ein paar Weihnachtslieder an einen Radiosender.«

O Mann. Diese Polizistin schien eindeutig nichts von Musik zu verstehen. Sie nickte bloß und sah kein bisschen beeindruckt aus.

»Dann halten sich die aus dem Musikzweig also hier in diesem Gebäude auf. Wie ist das mit den anderen Kursen?«

»Die Zehnte hat ihr Klassenzimmer im ersten Stock. Wollen Sie das auch sehen?«

»Sehr gern.«

Isabella führte Anna die Treppe hinauf. Das Klassenzimmer war unverschlossen, so dass sie einfach eintreten konnten. Allerdings wusste Isabella darüber nichts zu berichten, und die Polizistin schien auch keine Fragen zu haben. Der Raum war aber auch denkbar uninspirierend: An der Wand hingen eine Schautafel mit dem Periodensystem der Elemente sowie eine Weltkarte, dann gab es noch ein paar zerschlissene Tische und Stühle, nichts Persönliches, nicht mal vorne am Lehrerpult.

»Wer unterrichtet die zehnte Klasse?«

»Anders. Also der Ehemann der Direktorin, zumindest unterrichtet er die meisten Fächer. Ich glaube, Geschichte und Religion macht die Direktorin selbst, und dann kommen noch ein paar Sprachlehrer für die jeweiligen Fächer. Aber ehrlich gesagt weiß ich nicht genau, wie das bei der Zehnten funktioniert.«

Natürlich wusste sie es, sie wusste über das meiste hier Bescheid, aber es hätte sich albern angefühlt, alles über den Schulalltag herunterzuleiern, als hätte sie kein Leben außerhalb der Schule.

»Dann unterrichtet Anders also die Zehnte, und Boel war Lehrerin für Fotografie. Wer ist dann der Musiklehrer?«

»Johannes Widén.«

Endlich schien die Polizistin so zu reagieren, wie Isabella es sich erhofft hatte.

»Der Name sagt mir etwas, aber ich komme nicht darauf, woher ...«

Isabella lächelte.

»Er hatte in den Neunzigern eine eigene Band: The Hold On Tights.«

Unter den ungekämmten Haaren schien bei Anna Glad der Groschen zu fallen.

»Richtig, stimmt, ich erinnere mich vage. Na, dann habt ihr ja einen alten Popstar als Lehrer. Wie ist das so?«

Isabella zuckte bloß mit den Schultern.

»Ganz okay. Er kennt sich natürlich aus, immerhin kommt er selbst aus dem Business.«

Bei der Erinnerung an die Reaktion ihres Vaters, als der gehört hatte, wer seine Tochter unterrichten würde, schmunzelte sie in sich hinein. Ihr Vater hatte von vornherein nicht gewollt, dass sie die Futurica besuchte. Dass dann auch noch »ein unmusikalischer B-Promi und Teil der lächerlichsten Band aller Zeiten« ihr Lehrer sein sollte, hatte es nicht besser gemacht.

Sie selbst mochte Johannes, womöglich hauptsächlich, weil er sie mochte. Er war überzeugt davon, dass ihr in absehbarer Zeit der große Durchbruch bevorstand. »Du hast die Stimme, du hast den Look, du hast Ausstrahlung, und du bist verdammt talentiert, Isa«, hatte er mehrmals zu ihr gesagt. Und wenn es endlich losginge, würde er ganz bestimmt ihr Manager werden. Dass er ausgerechnet sie als Lucia ausgewählt hatte, war keine große Überraschung.

Isabella führte die Polizistin weiter herum, allerdings erwies sich der Rundgang als mäßig spannend; überwiegend wies sie sie auf Sachen hin, die ohnehin ziemlich offenkundig waren.

Besenkammer. Jungsklo. Kopierer.

»Wie ist das eigentlich bei den Fotoschülern – haben die eine Dunkelkammer, ein Fotostudio, so was in der Art?«

»Klar«, sagte Isabella, »im alten Bootshaus unten am Strand. Da war ich allerdings nie, das ist immer abgeschlossen.«

»Okay. Das sehe ich mir später noch an. Können wir noch an den Unterkünften vorbeigehen?«

»Klar.«

Isabella dachte fieberhaft nach. Wie sollte sie der Polizistin Informationen entlocken, ohne allzu neugierig zu wirken? Fürs Erste plapperte sie einfach weiter.

»Wahnsinnig kalt draußen – nur in meinem Zimmer nicht, da ist es superwarm. Ich hab schon versucht, die Heizung runterzudrehen, aber das hat nicht funktioniert. Muss mal den Hausmeister fragen. Solche krassen Temperaturunterschiede sind für Sängerinnen und Sänger echt heikel! Wenn es draußen so kalt und drinnen sehr warm ist, erkältet man sich leichter und verliert seine Stimme, und ich soll doch die Lucia sein …«

»Aber die Lucia muss doch nicht notwendigerweise singen?«, wandte die Polizistin ein.

»Was? Na ja, ich muss jedenfalls singen. Ich hab mehrere Solos, deshalb bin ich übers Wochenende auch hiergeblieben, um zu proben. Dann gibt es noch das Weihnachtskonzert und den Basar der Freiwilligen Feuerwehr, und so geht es bis Weihnachten immer weiter. Nach den Feiertagen darf ich meine Stimme gern verlieren, aber bitte nicht vorher!«

»Dann hoffe ich mal, dass alles gut geht.«

Inzwischen hatten sie die Schülerunterkünfte erreicht.

»Also, es sind diese vier Hütten«, erklärte Isabella,

»zwei für die Jungs, zwei für die Mädchen. Die Jungsunterkünfte sind dort drüben.«

Sie zeigte auf die zwei Gebäude, die ein Stück näher zum Strand standen. Niemand zu sehen. Lukas war anscheinend wieder nach drinnen verschwunden.

»Und dann gibt es da noch diese Hütte, allerdings ist die leer. Die ist sicher seit Jahren nicht mehr benutzt worden.«

Sie überlegte kurz, ob sie die Blitze erwähnen sollte, die sie am Vorabend aus Richtung der Baracke gesehen hatte, ließ es dann aber bleiben. Es hätte bloß verrückt geklungen.

»Und dort wohne ich. Wollen Sie es sich ansehen?«

»Ja, gern«, antwortete Anna Glad.

Isabella angelte ihren Schlüssel aus der Tasche.

»Die Unterkünfte sehen alle mehr oder weniger gleich aus, soweit ich weiß. Flur, Gemeinschaftsküche mit Esstisch, Klos und Duschen dahinten und dann vier Schlafzimmer. Das hier ist meins.«

Sie machte die Tür auf und wich zur Seite aus, damit die Polizistin eintreten konnte.

»Kein Schnickschnack, bloß ein Bett, ein Schreibtisch und ein Einbauschrank.«

»Mhm. Richtig gemütlich!«

»Danke.«

Insgeheim hasste Isabella das meiste an ihrem Zimmer: Das Bett war unbequem, der Schreibtisch schmuddelig, und der Schrank roch leicht nach Urin, obwohl sie es sowohl mit Duftspray als auch mit Lavendelsäckchen probiert hatte. Aber zumindest hatte sie eigenes Bettzeug aufgezogen, ein paar Zimmerpflanzen aufgestellt und mit Washi-Tape hübsche Karten und Poster über dem Bett aufgehängt.

Mit einem Mal waren von draußen Stimmen und Schritte zu hören, und Isabella seufzte. Jetzt hatte die Ruhe ein Ende.

»Isa, bist du da?«, rief Marina.

»Ja«, antwortete Isabella ohne große Begeisterung.

»Hast du wirklich das ganze Wochenende hier verbracht?«, plärrte Johanna und platzte ungebeten in Isabellas Zimmer.

Beide Mitbewohnerinnen verstummten, als sie Anna Glad entdeckten.

»Das sind Marina und Johanna, die diese Unterkunft mit mir teilen«, erklärte Isabella in ihrem erwachsensten Tonfall, »und das hier ist Anna Glad von der Polizei.«

»Hallo«, sagte Anna.

»Hey …«, kam es kleinlaut von den beiden Mädchen.

Himmel, wie albern sie mit ihren wimperngetuschten, weit aufgerissenen Augen aussahen – wie zwei Eulen mit Pastell-Make-up.

»Und wer wohnt im vierten Zimmer?«, erkundigte sich Anna.

»Eine gewisse Juni. Aber die kennen wir nicht besonders gut«, antwortete Marina.

Isabella war zusehends verärgert. Sie sollte der Polizistin alles zeigen, und jetzt versuchte diese Dumpfbacke Marina, sich einzumischen.

»Ihr habt bestimmt gehört, was mit Boel Westman passiert ist«, sagte Anna Glad.

Die Pastelleulen nickten aufgeregt.

»War eine von euch Schülerin bei ihr?«

Die Eulen schüttelten den Kopf.

»Nein, wir sind im Musikzweig. Aber Juni ist Fotoschülerin.«

»Obwohl wir natürlich wissen, was für Fotos sie hauptsächlich macht.« Marina schnaubte.

Isabella bedachte sie mit einem wütenden Blick, während die Polizistin sofort hoch interessiert wirkte.

»Was soll das heißen?«

Marina war es sichtlich peinlich. Das war mal wieder typisch: erst mit Boshaftigkeiten und Gewäsch herauszuplatzen, nur um Lacher zu erzeugen, und dann zurückrudern, sobald die Polizei nachhakte.

»Ach, nichts«, sagte sie leise.

»Ich wüsste es trotzdem gern«, sagte Anna und klang nicht mehr annähernd so freundlich.

Isabella seufzte.

»Das eine hat nichts mit dem anderen zu tun. Und wir wollen auch nicht, dass sie Probleme kriegt ...«

»Ich habe nicht vor, einer von euch Probleme zu machen, möchte aber wirklich gern wissen, was für Fotos diese Juni macht.«

»Okay.« Isabella lehnte sich gegen den Türrahmen. »Sie verkauft ihre Slips übers Internet. Mehr weiß ich auch nicht.«

»Slips? Die sie selbst näht oder ...?«

Marina und Johanna mussten kichern.

»Nein«, sagte Isabella, »die kauft sie bei Lindex oder so, trägt sie eine Weile, und dann verkauft sie die. Da draußen gibt es anscheinend jede Menge Widerlinge, die für benutzte Unterwäsche bezahlen.«

Anna Glad zuckte nicht mit der Wimper.

»Verstehe. Und die Fotos?«

»Sie fotografiert sich selbst in diesen Slips, deshalb besteht sie auch immer darauf, dass man erst bei ihr anklopft. Manchmal steht sie dann halb nackt in ihrem Zimmer und ist stinksauer, wenn man reingeht.«

»Okay. Kommt Juni auch heute schon wieder, wisst ihr das?«

Isabella zuckte mit den Schultern.

»Keine Ahnung. Sie kommt und geht, wie sie will. Ich glaube, sie verdient so gut mit dem, was sie tut, dass sie für den Kurs gar nicht mehr viel Zeit hat. Sie ist hier im zweiten Jahr, hat aber nicht alle Prüfungen bestanden und deshalb beantragt, das erste Jahr zu wiederholen.«

Plötzlich fiel Isabella noch etwas ein.

»Was wird eigentlich aus dem Fotokurs, jetzt, da keine Lehrerin mehr da ist?«

»Das musst du die Direktorin fragen. Danke für die Führung, Isabella. Sehr freundlich, dass du dir die Zeit genommen hast.«

Isabella genoss die beeindruckten Blicke von Marina und Johanna. Anna Glad hatte kaum die Tür hinter sich zugemacht, als die beiden sie auch schon mit tausend Fragen bombardierten.

Anna entdeckte Märta vor dem Hauptgebäude.

»Irgendetwas gefunden?«

Märta schüttelte den Kopf.

»Rein gar nichts. Ich hab Boels Wohnung vom Boden bis zur Decke abgesucht, hab immer noch kein Handy gefunden, kein Portemonnaie, keine Handtasche ... Tja. Und auch keine Nacktbilder. Und bei dir?«

»Ich hab einen kleinen Rundgang gemacht und mir Klatsch und Tratsch angehört.«

In wenigen Worten gab Anna wieder, was die Mädchen über ihre Mitbewohnerin und deren Internetgeschäfte erzählt hatten.

»Mhm«, sagte Märta nachdenklich. »Ich frage mich gerade, ob es einen Zusammenhang gibt. Klingt ziemlich weit hergeholt. Hast du dir Boels Kursraum schon angeguckt?«

»Nein, ich dachte, das könnten wir zusammen machen. Er ist anscheinend im alten Bootshaus untergebracht.«

Gemeinsam schlenderten sie hangabwärts in Richtung des soliden alten Holzgebäudes am Strand. Anna nestelte eine Weile am Schlüsselbund herum, bis sie den richtigen Schlüssel gefunden hatte.

Als die Tür aufging, sahen sie sich beeindruckt um. Das Bootshaus war wesentlich größer, als es von außen den Anschein gehabt hatte.

»Donnerwetter, was für Fahrzeuge waren denn hier untergebracht?«, murmelte Anna. »Ozeandampfer?«

»Nee, aber diese länglichen Ruderboote, in denen acht Leute sitzen. Es gibt davon alte Fotos auf der Schulwebseite.«

Rollen mit Hintergrundkarton in verschiedenen Farben waren an der Wand aufgereiht, und am Boden lagen mehrere Stative und verschiedene Lampen. Ein Stück weiter im Raum erstreckte sich ein Abschnitt mit Tischen und Stühlen, der fast wie ein normales Klassenzimmer aussah. Am rückwärtigen Ende des länglichen Gebäudes befanden sich zwei Türen, eine davon mit einem Schild: *Dunkelkammer – immer erst anklopfen!*

Märta klopfte nachdrücklich und stieß dann die Tür auf.

»Leer«, stellte sie fest. »Ob die wohl immer noch mit Film und Entwickler arbeiten? Macht man so was inzwischen nicht alles digital?«

»Nimm ein paar Bogen Fotopapier mit, damit wir es mit den Fotos aus dem Schließfach vergleichen können«, schlug Anna vor.

Märta ging die Regale mit Fotopapier und weiterem Fotoequipment durch, während Anna die benachbarte Tür aufschloss. Sie führte in ein kleines Arbeitszimmer. Auf dem Schreibtisch lagen Papierstapel und zwischen ein paar gerahmten Schwarz-Weiß-Fotografien ein Laptop. Auf einem der Fotos war Alma Westman abgebildet. Es war ein phantastisches Porträt, und Anna war sich sofort sicher, dass Boel es geschossen hatte. In Almas Blick lagen Zärtlichkeit, Schmerz, Freundlichkeit, Verwirrung – alles auf einmal. So guckte man nur, wenn man jemanden betrachtete, den man von Herzen liebte. Es dauerte eine Weile, ehe Anna den Blick von dem Foto losreißen konnte.

»Vielleicht nehmen wir den hier auch mit, dann kann Aram mal einen Blick darauf werfen«, sagte sie und zeigte auf den Laptop.

»Mhm, und diese Unterlagen womöglich auch«, murmelte Märta. »Ich sehe mir noch kurz die Schubladen an.«

Anna verließ das Arbeitszimmer und ließ den Blick abermals durch den Klassenraum schweifen. Hier war alles sauber und aufgeräumt, entweder durften die Schüler keine persönlichen Sachen mitbringen, oder sie hatten ihre Habseligkeiten über das verlängerte Wochenende mit nach Hause genommen.

Sie fand mehrere gerahmte Fotografien, die an der Wand lehnten – anscheinend Schülerarbeiten, weil sie mit unterschiedlichen Namen signiert waren. Es waren Landschaftsaufnahmen darunter, Tierbilder, Stillleben … Nirgends nackte Kinder, aber damit hatte sie auch nicht gerechnet.

Anna ging zurück in den vorderen Studiobereich. An einer Wand war ein weißer Fotohintergrund aufgehängt worden. Anna nahm die untere Ecke hoch und spähte dahinter.

»Märta, kommst du mal?«

Märta kam hinter dem Schreibtisch hervor, und es dauerte einige Sekunden, ehe sie am anderen Ende des Bootshauses auftauchte.

»Guck dir das an«, sagte Anna. »Die Bilder aus dem Schließfach – könnten die vor dieser Wand aufgenommen worden sein?«

Sofort machte Märta große Augen. Dann musterte sie die grau verputzte Wand.

»Möglich … Das müssen wir uns unbedingt genauer ansehen. Vielleicht ist irgendwo ein Riss oder ein Fleck, der auch auf den Fotos zu sehen ist.«

Mit vereinten Kräften nahmen sie den weißen Untergrund von der Wand. Märta gelang es, eine der starken Fotoleuchten in Gang zu setzen, so dass Anna die Wand mit ihrem Handy abfotografieren konnte. Sie versuchte, sämtliche Auffälligkeiten zu dokumentieren, und es dauerte einige Zeit, ehe sie sich sicher sein konnte, dass sie alles im Kasten hatte.

»Sind wir hier fertig?«

»Zumindest weitgehend, ja. Hier lag auch nirgends eine Handtasche oder ein Handy, oder? Wirklich merkwürdig …«

»Es sieht ganz danach aus, als hätte jemand diese Sachen mitgenommen – entweder aus der Umkleide oder aus Boels Wohnung. Was machen wir als Nächstes?«

»Ich schlage vor, wir versuchen, diesen Musiklehrer zu erreichen, der mit Boel gestritten haben soll. Und vielleicht auch diese Juni, die ihre Schlüpfer online verkauft.«

»Absolut. Und morgen darf Aram sich den Laptop ansehen. Dann fahren wir?«

»Fahr du ins Revier«, sagte Anna. »Ich muss auf dem Weg noch einen kleinen Zwischenstopp einlegen.«

Rolf Månsson entwirrte gerade eine grässlich verwickelte Lichterkette, als es an der Tür klingelte. Er hätte die jüngste Schlinge nicht ablegen können, ohne die Arbeit der letzten Viertelstunde zunichtezumachen, deshalb wand er sie sich kurzerhand um den Hals und eilte mit je einem Kabelknäuel in beiden Händen zur Tür.

Auf der Vordertreppe stand Anna Glad und sah ihn wie vom Donner gerührt an.

»Ich wusste ja, dass du ein Weihnachtsfan bist, aber das hier schlägt alles!«

»Ich will dieses Jahr selbst als Weihnachtsbaum gehen – mitten im Zimmer sitzen, während die Kinder um mich herumtanzen. Aber deshalb bist du sicher nicht da. Sind es die Safranschnecken?«

»Nein danke. Aber ich müsste ein bisschen mehr über Boel erfahren.«

Sie setzten sich ins Wohnzimmer. Weil Anna keinen Kaffee wollte, drückte Rolf ihr ohne viel Federlesen eins seiner Kabelknäuel in die Hand und sah sie auffordernd an. Anna nahm es artig entgegen.

»Ich komme am besten direkt zur Sache.« Ernst blickte sie auf das Knäuel hinab. »Hast du je etwas mitbekommen, was darauf hingedeutet hätte, dass Boel pädophil gewesen sein könnte?«

Rolf klappte die Kinnlade hinunter.

»Was hast du gerade gesagt? Pädophil?«

»Ja.«

Er brummte kopfschüttelnd in sich hinein.

»Also, damit hab ich nun wirklich nicht gerechnet … Die Antwort ist ein klares Nein. So etwas wäre mir nie in den Sinn gekommen. Warum in aller Welt willst du das wissen?«

»In ihrem Schließfach lag ein Umschlag mit Fotos von nackten Jugendlichen – oder vielmehr im Schließfach ihrer Mutter, aber wir gehen davon aus, dass Boel ihn dort deponiert hat.«

»Kinderpornografie?«

»Ich weiß nicht recht, wie ich es beschreiben soll … Die Aufnahmen sind nicht direkt sexualisiert, aber die abgebildeten Personen sind sehr, sehr jung.«

»Klingt merkwürdig. Waren das vielleicht künstlerische Arbeiten? Ich meine, könnten das irgendwelche provokanten Künstlerfotos sein, die so wertvoll sind, dass man sie wegschließen muss?«

Anna zuckte mit den Schultern.

»Ich würde sie eindeutig als künstlerisch beschreiben, ja. Allerdings kenne ich mich mit Fotokunst nicht aus, und nackte Jugendliche sind nun mal kein sehr politisch korrektes Motiv.«

»Stimmt, aber dass das so geworden ist, liegt ja wohl an all diesen perversen Mistkerlen«, murmelte Rolf.

Derlei Dinge brachten ihn zur Weißglut. Ein nacktes Kind war doch wohl das Natürlichste und am wenigsten Sexualisierte, was man sich vorstellen konnte. Als Rolfs Töchter noch klein gewesen waren, hatten Mia und er jede Menge Fotos von ihnen geschossen – beim Schwimmen oder wenn sie unbekleidet auf dem Rasen vor ihrem Sommerhaus umhergerannt waren. Es waren herrliche, fröhliche, unschuldige Bilder. Erinnerungen an wunderbare Sommertage. Allerdings waren seine Töchter richtiggehend schockiert gewesen, als sie im Erwachsenenalter die Fotos betrachtet hatten, und als Mia einmal den Fehler gemacht hatte, ihr Enkelkind Leo in der Badewanne zu fotografieren, hatte ihre Tochter ihr eine ordentliche Standpauke gehalten. Damals hatte sich deren Reaktion völlig übertrieben angefühlt; gleichzeitig dämmerte ihm, dass Eltern heutzutage sehr viel vorsichtiger sein mussten. Perverse hatte es immer gegeben, aber das Internet hatte alles auf die Spitze getrieben. Wie grässlich die Welt mitunter sein konnte.

Allmählich hatten sie die verknotete Lichterkette entwirrt. Er hielt sein Kabelende hoch.

»Darf ich einen blöden Witz machen, um das Thema zu wechseln? Guck mal. Eine überraschende Entwicklung in diesem Fall!«

Anna verdrehte die Augen.

»Es gibt da noch etwas, Rolf, was mir komisch vorkommt. Mein Name stand auf dem Umschlag mit den Fotos. Warum? Ich kannte Boel nicht mal.«

»Ah«, machte Rolf. Anscheinend hatte er eine Erklärung dafür.

»Wie ich beim letzten Mal schon erwähnt habe, hatten Boel und ich weiterhin sporadisch Kontakt und auch nachdem sie hierher zurückgezogen war. Im vergangenen Herbst hat sie mich angerufen und gefragt, wen bei der Polizei sie ansprechen dürfe, jetzt, da ich nicht mehr im Dienst bin. Sie wollte den Namen einer Person, auf die ich mich blind verließe. Allerdings meinte sie, es gehe um nichts Spezielles.«

»Und da hast du ihr meinen Namen genannt?«

»Na klar. Ich hab ihr gesagt, du seist diejenige, an die ich mich selbst wenden würde, wenn ich in der Klemme steckte. Aber das war's auch schon. Das Telefonat hatte ich ja ganz vergessen! Das war dann wohl auch das letzte Mal, dass wir miteinander geredet haben.«

Anna blickte nachdenklich drein.

»Was sie damals wohl auf dem Herzen hatte? Weshalb hat sie da nicht schon Kontakt aufgenommen, also, als sie noch am Leben war?«

»Ich wünschte mir gerade, ich hätte nachgehakt. Und jetzt ist es zu spät. Aber meintest du nicht, es sei ein Unfall gewesen?«

»Das dachten wir zunächst. Aber es kommt gerade alles Mögliche ans Licht, so dass wir uns nicht mehr so sicher sind.«

Wahrscheinlich war es wirklich absurd, zu glauben, dass Boel an Minderjährigen interessiert gewesen war. Andererseits war das Schlimme an Menschen mit derlei Neigungen, dass sie so geheimniskrämerisch waren. Deshalb war es auch so schwierig, ihnen das Handwerk zu legen, ehe es zu spät war.

»Übrigens«, sagte Rolf, »habe ich eine von Boels Fotografien hier hängen. Komm mit!«

Anna folgte ihm. Mit der Lichterkette in der Hand fühlte es sich an, als ginge sie an der Leine. Im Schlafzimmer zeigte Rolf auf ein gerahmtes Bild: grüne Blätter im Vordergrund, dahinter das funkelnde Meer, ein stimmungsvoller Himmel in changierenden Farben.

»Sie hat vor Jahren mal hier in der Stadt ausgestellt – lange bevor sie zurückkam. Das da mochte ich wahnsinnig gern und habe es mir gekauft.«

Anna sah das Bild nachdenklich an.

»Sie mochte Landschaftsmotive.«

»Na sicher, das war ihr Ding. Sie hatte ein Auge dafür – während normale Leute nur Blätter und ein bisschen Tau gesehen hätten, hat Boel Kunstwerke daraus gemacht.«

»Erwähn das mit der Pädophilie bitte niemandem gegenüber«, murmelte Anna. »Wir halten das unter Verschluss.«

»Zu Recht. Und ich sage natürlich kein Wort.«

Anna drückte ihm ihr Ende der Lichterkette in die Hand, das inzwischen ordentlich aufgerollt war.

»*Diese* Entwicklung war zumindest halbwegs nachvollziehbar«, sagte sie. »Wo steckt eigentlich dein Mann?«

Rolf seufzte.

»Max ist sauer auf mich. Oder … Nein, nicht sauer, eher verletzt.«

»Warum denn das? Hast du eine Dummheit gemacht?«

»Weihnachtssorgen«, brummte Rolf.

»Ach, dieses verdammte Weihnachten.«

»Tja, schon merkwürdig, dass so ein stimmungsvolles, fröhliches Fest einem urplötzlich Wochen im Voraus die Laune verderben kann. Was hast du überhaupt vor? Arbeitest du an Heiligabend?«

»Nein. Ich kaufe mir wohl eine teure Flasche Whisky, zünde ein paar Kerzen an und spiele die ganze Nacht Candy Crush.«

»Klingt ziemlich verlockend …«

Bedächtig schob Hauptkommissarin Annette Käld die Tür hinter Anna und Märta ins Schloss und bat die beiden, sich zu setzen.

»Ich habe gerade mit dem Rechtsmedizinischen Institut telefoniert«, sagte Annette. »Ich hab sie angehalten, sich zu beeilen, damit wir bis Anfang der Woche den Obduktionsbericht bekommen. Was habt ihr heute bislang herausgefunden?«

Anna Glad machte den Anfang.

»Tja, *bits and pieces,* könnte man sagen. Wir haben noch mal mit Åsa Kling, der Schuldirektorin, gesprochen. Ihr ist über Boel Westman nie etwas Schlechtes zu Ohren gekommen, weder vonseiten der Schüler noch von anderen Lehrern. Und in den Tagen vor ihrem Tod hat Boel sich ihrer Ansicht nach ganz normal verhalten und hat auch nicht im Geringsten depressiv oder so gewirkt.«

»Ich habe Boels Wohnung durchsucht«, übernahm Märta. »Sie hat nur wenige persönliche Dinge besessen, und nichts dort wirkte auffällig. Also haben wir uns das Fotostudio vorgenommen, in dem Boel unterrichtet hat. Dort haben wir ein paar Dinge gefunden, unter anderem einen Laptop, den sich Aram gleich morgen ansehen soll.«

»Mit Boels Schülerinnen und Schülern konnten wir noch nicht sprechen«, ergänzte Anna, »aber die dürften bis morgen alle zurück sein. Ich habe eine kleine Führung von Santa Lucia persönlich bekommen, einem Mädchen aus dem Musikzweig … und im selben Zuge ein paar Gerüchte gehört, die zwar abwegig klingen, denen wir in unserem Kontext womöglich trotz allem nachgehen sollten.«

»Zum Beispiel?«, hakte Annette nach.

»Also … Habt ihr schon mal von Leuten gehört, die im Internet getragene Unterwäsche kaufen und verkaufen? Ist anscheinend sogar ein recht großer Markt.«

»Na klar«, warf Märta ein, »je getragener, umso höher der Preis.«

»Genau. Billige Schlüpfer aus dem Schlussverkauf können Hunderte Euro wert sein, wenn sie nur ein bisschen verschwitzt und … tja …«

»Genau. Je mehr Tja, umso teurer.«

Annette Käld wurde allmählich ungeduldig.

»Und wer verkauft die Schlüpfer übers Internet?«

»Angeblich eine von Boels Schülerinnen«, antwortete Anna.

»Hast du mit dieser Schülerin gesprochen?«

»Nein, sie war heute nicht in der Schule und geht auch nicht ans Telefon. Aber ich habe ihr eine Nachricht hinterlassen und um einen Rückruf gebeten. Es muss nur klar sein, dass wir nicht darauf aus sind, sie an den Pranger zu stellen. Es ist schließlich nicht illegal, benutzte Unterwäsche zu verkaufen. Wo ich aber aufgehorcht habe, war bei dem Umstand, dass dieses Mädchen sich anscheinend in Unterwäsche fotografiert, ehe es sie verkauft, und minderjährig ist es obendrein.«

Annette Käld nickte.

»Ja, darüber solltest du dich mit ihr unterhalten – gerade hinsichtlich der Fotos aus dem Schließfach. Gibt's noch mehr?«

»Ja«, antwortete Anna. »Ein Rätsel hätte ich zumindest gelöst. Boel Westman kannte meinen Namen von Rolf. Die beiden waren miteinander bekannt, und als er in Pension ging, bat sie ihn um einen Ansprechpartner bei der Polizei, an den sie sich künftig wenden könnte. Er hat ihr meinen Namen genannt, allerdings nie nachgefragt, wofür sie einen Ansprechpartner brauchte.«

»Aha«, sagte Annette. »Dann wäre zumindest diese Sache aus der Welt. Noch etwas?«

Märta schüttelte den Kopf.

Anna wollte schon etwas sagen, hielt dann aber kurz inne.

»Ich hab wie gesagt mit Rolf gesprochen, der Boel kannte, und der meint, dass sie pädophile Neigungen gehabt haben soll, sei vollkommen undenkbar.«

Annette bedachte sie mit einem scharfen Blick, so dass Anna eilig fortfuhr.

»Jaja, ich weiß, dass wir über die Fotos nicht reden sollen, aber Rolf schweigt wie ein Grab.«

»Natürlich«, sagte Annette. »Aber dabei bleibt es jetzt, hörst du? Ich hab Aram Demir gebrieft, den wir dringend mit ins Boot holen müssen. Und ich bespreche die Sache auch mit dem neuen Kollegen, der am Dienstag hier anfängt.«

»Ach, so bald?«, platzte es aus Märta heraus. »Willst du uns nicht den Namen verraten?«

Annette Käld schüttelte den Kopf.

»Komm schon, sag zumindest, wer ihn in einem Hollywood-Film spielen würde. Joel Kinnaman? Samuel L. Jackson?«

»Danny DeVito?«, ergänzte Anna.

»Das seht ihr dann schon. Anna, versuch du noch mal, dieses Mädchen zu erreichen, das den Schlüpferhandel betreibt. Märta, du gehst die Sachen durch, die du aus dem Klassenraum mitgebracht hast, und dann unterhaltet ihr euch mit Aram, sobald er den Laptop durchleuchtet hat. Aber das kann auch bis morgen warten. Geht jetzt nach Hause und versucht, den letzten Rest Wochenende zu genießen, der uns noch bleibt.«

Sonntagabends fiel es ihr immer besonders schwer, einzuschlafen. Emma hatte sowohl am Samstag als auch am Sonntagmorgen ausgeschlafen, aber tags darauf würde ihre Mutter sie wie immer um sieben Uhr wecken. Verdammt, wie müde sie da wäre … Außerdem musste sie im Moment über so vieles nachdenken, dass sie wahrscheinlich noch eine Zeit lang wach liegen würde.

Ihre Mutter war schon vor geraumer Zeit schlafen gegangen. Doris lag neben Emmas Bett auf dem Boden und schnarchte friedlich vor sich hin. Emma hingegen wälzte sich im Bett hin und her und konnte keine bequeme Position finden.

Plötzlich war ein Krachen aus dem Erdgeschoss zu hören, und sowohl Emma als auch Doris schreckten hoch. Der Dackel lief sofort auf den Flur. Das musste ihr Vater sein, der nach Hause gekommen war, aber ganz sicher war Emma sich nicht. In letzter Zeit hatte sie schließlich öfter mysteriöse Schritte auf der Treppe gehört.

Aber nein, diesmal war es wirklich nur Papa. Sein Schlüssel rasselte im Schloss, und dann hörte Emma ihn flüstern.

»Sooo, Doris, nicht die anderen wecken! Geh und leg dich wieder hin, du verrückter Hund!«

Emma hatte er nicht geweckt, trotzdem tat sie so, als schlafe sie, als er im nächsten Moment Doris zurück in ihr Zimmer scheuchte und die Tür zuzog.

»Wo in aller Welt bist du gewesen?«

Oh. Er hatte anscheinend Mama geweckt. Und sie klang sauer.

»Entschuldige, ich habe die längere Loipe genommen und bin dann irgendwo falsch abgebogen. Hab es erst bemerkt, als es schon spät war.«

»Das hab ich der Polizei auch erzählt. Sie haben es geschluckt, aber ich nehme dir das nicht ab!«

»Bitte, Åsa, wozu soll das gut sein? Du wusstest doch, dass ich den ganzen Tag weg sein würde, das hatte ich doch gesagt.«

»Tja, aber wenn sie dich fragen, was du am Unabhängigkeitstag gemacht hast, darfst du dir schön selbst etwas ausdenken.«

Ihre Mutter flüsterte zwar, war aber so wütend, dass Emma jedes Wort verstehen konnte. Sie traute sich kaum noch zu atmen. Warum verhielten die beiden sich dermaßen komisch?

»Was ich am Unabhängigkeitstag gemacht habe? Das Gleiche wie du. Und die meisten unserer Bekannten. Ich weiß wirklich nicht, worauf du hinauswillst.«

»Wir sind zusammen zu der Party und zusammen wieder nach Hause gefahren. Aber was du zwischendrin gemacht hast? Keine Ahnung! Diese anderen Typen wussten im Übrigen auch nicht, wo du gesteckt hast, weil die nämlich nach dir gefragt haben.«

»Wovon redest du? Und warum sollte irgendwer sich nach dem Unabhängigkeitstag erkundigen?«

Emmas Mutter seufzte laut auf – der typische »Gott, was bist du für ein Trottel«-Seufzer.

»Boel«, sagte sie nur.

»Was? Das war ein Unfall. Oder – warte! Versuchst du gerade anzudeuten, dass ich mich von der Party weggeschlichen und die friedlichste Nachbarin, die man nur haben konnte, totgeschlagen hätte?«

Emmas Mutter seufzte erneut.

»Nein. Ich sage nur, dass du dir für den Fall, dass die Polizei nachfragt, besser Gedanken machst. Weil ich nämlich nicht vorhabe, zu lügen und allen zu erzählen, dass wir den ganzen Abend zusammen verbracht hätten.«

»Verlierst du jetzt vollkommen den Verstand?«

»Mag sein. Wenn du je nach Hause kommen würdest, während ich noch wach bin, wüsstest du darüber vielleicht besser Bescheid.«

»Ich gehe duschen.«

Eine Tür schlug zu, und Emma hörte, wie ihre Mutter zurück ins Schlafzimmer tapste. Sie beugte sich über die Bettkante.

»Doris, komm!«, flüsterte sie.

Der Dackel kraxelte mit einiger Mühe in Emmas Bett. Normalerweise war das strengstens verboten. Hunde durften nicht in Betten oder auf Sofas springen, aber jetzt hievte Emma Doris regelrecht herauf.

Sie drückte die Nase in Doris' Fell.

»Du bist die einzig Normale auf der ganzen Insel«, flüsterte sie.

Kaum dass die Tür zufällt und der Schlüssel sich im Schloss herumdreht, wirft sie sich aufs Bett und schreit in ihr Kissen.

Es ist so verdammt gemein und ungerecht.

Sie hat es wirklich versucht.

Sie hatte sich das Gesicht gewaschen und sich die Haare gekämmt.

Sie hatte ihre Medikamente genommen. Sie hatte versucht zu essen, aber sie konnte nicht. Ein klitzekleines bisschen Spinatsuppe hatte sie am Ende verdrückt, aber den Rest in die Spüle kippen können, so dass es aussah, als hätte sie ihren Teller leer gegessen.

Sie hat sich das weiße Gewand angezogen und sogar die dicke braune Strumpfhose, die Ulla ihr vorbeigebracht hat.

Sie hat versucht, fröhlich auszusehen, als der Arzt kam und meinte, dass dies hier gleich spannend und lustig würde, obwohl sie insgeheim am liebsten aufs Klo gerannt wäre, um die paar Löffel Suppe auszukotzen.

Sie ließen sie nicht im selben Auto mitfahren wie die anderen, deshalb hatte sie auch keine Gelegenheit, noch vor der Kirche mit ihnen zu sprechen. Elli umarmte sie bloß und flüsterte: »Gott, Sofia, was in aller Welt haben sie mit dir gemacht?«

Dann setzte die Musik ein, und die anderen sangen. Sie versuchte mitzusingen, aber es klang so falsch, dass sie lieber wieder aufhörte und nur noch die Lippen bewegte.

Sie versuchte zu gehen, wie sie es ihr erklärt hatten.

Rechts.

Links.

Rechts.

Links.

Sie wandte den Blick nicht von der Kerze ab, die sie vor sich hertrug. Irgendwer hatte eine weiße Papiermanschette darumgelegt und etwas draufgeschrieben. Was stand da? »Sie kommet, wenn die Menschen singen. Seht, endlich ist es Advent.« Sie hatte keinen Schimmer, was das bedeutete. Irgendein Gedicht wahrscheinlich.

Allerdings war das hier der Test. Wenn sie den bestünde, würde sie an Weihnachten zu ihrer Mutter nach Hause fahren dürfen. Und sie würde es schaffen. Sie würde das, was da auf der Manschette stand, klar und deutlich vortragen und gesund und stark aussehen.

Sie fühlte sich sogar einen Hauch besser, als sie endlich den Altar erreicht und sich in einer Reihe aufgestellt hatten. Dann fingen die anderen an, ihre Verse vorzulesen, und sie wartete auf ihren Einsatz. Jetzt!

»S-sie … kommet …«

Kurz blickte sie von der Manschette auf und entdeckte sie. *Keke in der ersten Reihe, der sie angrinste, aber das war nicht mal das Schlimmste. Neben Keke saß* er.

Breit grinsend sah er ihr unverwandt ins Gesicht.

Im selben Moment wurde alles schwarz.

Und damit war alles dahin.

6
KOMMT HER MIT LICHT IM HAAR

Montag, 11. Dezember

Das Mädchen, das ihr gegenübersaß, gab sich sichtlich Mühe, ungerührt zu wirken, doch es fiel Anna nicht sonderlich schwer, hinter die Fassade zu blicken. Die junge Frau hatte sich aufwendig in unterschiedlichen Braun- und Beigetönen geschminkt. Contouring nannte man das anscheinend. Schwarzer Eyeliner, brauner Lippenstift. Die Haare hatte sie sich für Annas Begriffe einen Hauch zu dunkel gefärbt, so dass sie nicht mehr natürlich wirkten. Auf den ersten Blick hätte man sie für eine erwachsene Frau halten können, doch wenn man genauer hinsah, war klar, dass es sich eher um eine Sechzehnjährige handelte.

»Danke, dass du dir Zeit für mich genommen hast«, sagte Anna.

Juni Möller nickte betont gleichgültig und trommelte mit dem Handy auf die Tischplatte des Tankstellencafés. Anna hatte richtiggelegen. Zwischen Frühstücks- und Mittagszeit war es hier menschenleer, und sie konnten sich ungestört unterhalten. Sie hatte ganz bewusst einen neutraleren Treffpunkt als die Schule oder das Revier vorgeschlagen, weil sie nicht wollte, dass sich das Mädchen von Anna in die Ecke gedrängt fühlte. Doch um es ganz klarzumachen, musste sie es womöglich auch laut aussprechen.

»Wir werfen dir rein gar nichts vor, Juni. Ich will dir nur ein paar Fragen stellen. Aber es ist wichtig, dass du sie mir ehrlich beantwortest.«

»Okay.«

Juni sprach mit fester Stimme.

»Aber zuallererst interessiert mich, warum du diesen Fotografiekurs belegt hast.«

»Na ja, weil ich irgendwas mit Mode machen will. Ich will Stylistin oder Model werden. Aber für die Ausbildung, die ich gern gemacht hätte, hab ich keinen Platz mehr bekommen, deshalb hab ich stattdessen Fotografie gewählt – ist ja auch ganz nice.«

»Wie bist du mit Boel Westman ausgekommen?«

»Ging so … Sie war nicht übermäßig interessiert an Modefotografie, hat uns immer krass viele langweilige Aufgaben gegeben. Wollte, dass wir Landschaften und Wolken und solchen Scheiß machen – was sie eben selbst mochte. Ansonsten war sie okay. Also, nett.«

»Wie standen deine Kurskameraden zu ihr – gab es da jemanden, der nicht mit ihr klarkam?«

»Soweit ich weiß, nicht. Ich glaube, ich bin die Einzige, die jemals Krach mit ihr hatte, weil ich letztes Jahr zu viele Fehlstunden hatte und nicht bestanden hab.«

»Wie kam's?«

»Ach, Sie wissen schon … Ich war einfach nicht richtig motiviert. Und dann, na ja, bin ich an Geld gekommen und mitten im Halbjahr nach Spanien abgehauen. Krass schön da, aber auch krass dumm von mir.«

Geld, das sie durch Online-Verkäufe verdient hatte, mutmaßte Anna.

»War das, als du angefangen hast, Slips zu verkaufen?«

Kurz sah Juni ein bisschen nervös aus, doch im Handumdrehen hatte sie ihr perfekt geschminktes Gesicht wieder unter Kontrolle.

»Das war etwa vor einem Jahr. Hatte das irgendwo im Internet gelesen und fand, das klang easy. Ich meine, mit Unterhosen, die ich für 96 Cent bei H&M im Schlussverkauf finde, kann man schon fast ein Vermögen machen. Aber es gibt eben Irre, die so etwas kaufen – von mir aus, bitte schön.«

»Wie funktioniert das rein praktisch?«

»Ich hab mich auf so einer Seite angemeldet. Man gibt an, wie alt man ist – ich hab achtzehn geschrieben, weil das die Untergrenze ist –, Kleidergröße, BH-Größe, solche Sachen. Dann fotografiert man sich in der Wäsche, die man verkaufen will, und schreibt ein paar Zeilen dazu. Dann ist das wie bei jedem anderen Internethandel auch, supereinfach.«

»Und was kostet so ein Slip?«

»Den teuersten hab ich für 250 Euro verkauft. Aber dafür musste ich auch zwei Wochen lang damit herumlaufen. Ey, sauber fühlte sich das echt nicht an.«

Juni schnaubte, und Anna hoffte inständig, dass das Mädchen ihr nicht ansehen konnte, was sie selbst davon hielt. Zwei Wochen in derselben Unterhose – und dann wollte die jemand haben, um …? Nein, darüber wollte sie lieber nicht nachdenken. Gleichzeitig konnte sie Juni wirklich keinen Vorwurf machen, es schien tatsächlich kinderleicht zu sein. Kein Wunder, dass eine Sechzehnjährige auf so einen Zug aufsprang, um schnelles Geld zu machen, und womöglich nicht über die Konsequenzen nachdachte.

»Ist auf diesen Bildern dein Gesicht zu sehen?«

»Niemals!«, erwiderte Juni nachdrücklich. »Da passe ich ganz genau auf. Es soll mich ja niemand wiedererkennen – weder mein Gesicht, noch stehen mein Name und Wohnort irgendwo –, und die Bezahlung geht über die Seite, und die haben ziemlich hohe Sicherheitsstandards. Sonst würde dort ja keiner etwas verkaufen. Man weiß ja, was für perverse Ärsche da draußen rumlaufen. Und ich würde auch nie mehr machen, als Slips zu verkaufen. Einige Kunden fragen zwar, ob ich auch Fotos verschicken oder sexten würde, aber da ziehe ich die Grenze.«

»Hat es sich je irgendwie mulmig oder bedrohlich angefühlt, wenn du mit Kunden kommuniziert hast?«

Juni lächelte schief.

»Nee, nicht direkt … Ein paar eklige Mails hab ich zwar gekriegt, aber so etwas ist mir egal. Ist auch nicht viel komischer als das, was man über Insta bekommt, wenn man mal ein bisschen mehr Haut zeigt. Ich hab außerdem eine eigene E-Mail-Adresse für diese Sachen und schreib nur auf Englisch, so kann das keiner zurückverfolgen, insofern fühlt es sich auch nicht bedrohlich an.«

Das Mädchen klang so selbstbewusst und reif für ihr Alter, dass Anna kurz den Faden verlor. Sie wusste noch, wie verschüchtert und unbeholfen sie selbst in dem Alter gewesen war. Natürlich hatte ihr instabiles Elternhaus einiges dazu beigetragen, aber auch ihre Klassenkameraden hatten es gerade mal geschafft, Lucia-Abzeichen zugunsten der Schule zu verkaufen. Und nun saß ihr diese Juni Möller völlig gelassen gegenüber, erzählte von ihren Verkaufserfolgen und wie nonchalant sie mit anzüglichen Nachrichten wildfremder Männer umging.

»Du meintest, du würdest in Sachen Anonymität gut aufpassen. Trotzdem scheinen deine Mitbewohnerinnen in der Schule darüber Bescheid zu wissen.«

Juni wirkte leicht verlegen.

»Jaaa … Ich neige dazu, mich zu verplappern, wenn ich etwas getrunken habe. Hab auf einer Party ein bisschen erzählt – so als Tipp, wie man an Geld käme. Man kann da echt eine Menge verkaufen, und Konkurrenz spielt überhaupt keine Rolle. Ich wollte nur nett sein, aber dieser Haufen Lucia-Mädchen, mit denen ich die Unterkunft teile, muss wirklich überall die Nase reinstecken …«

»War irgendwer daran interessiert, ebenfalls Sachen zu verkaufen?«

»Ein paar wollten wissen, wie die Seite heißt und so. Aber ich wüsste nicht, dass irgendwer sich da angemeldet hätte.«

»Weißt du noch, wer diese paar Leute waren?«

»Nee, tut mir leid. Ich war wie gesagt angetrunken.«

»Würdest du sagen, dass die anderen Verkäuferinnen auch etwa in deinem Alter sind? Oder so tun, als wären sie achtzehn?«

»Nein, da werden auch ältere Düfte nachgefragt. Wären Sie interessiert?«

Juni grinste sie provokant an. Ihre anfängliche Nervosität war inzwischen wie weggefegt.

»Gott, Sie könnten Millionärin werden, echt wahr! Gut aussehende Polizistin mittleren Alters … Ich glaube, speziell jüngeren Typen würde echt einer abgehen, noch bevor sie mit ihrem Päckchen von der Post nach Hause gekommen wären.«

»Na, na.« Mehr wollte Anna dazu nicht einfallen.

Immer noch grinsend nippte Juni an ihrem Tee. Anna machte sich Notizen. Dann saßen sie eine Zeit lang schweigend beieinander. Anna ahnte bereits, dass dies eine Sackgasse war. Höchstwahrscheinlich hatte der Slipverkauf rein gar nichts mit den Bildern aus dem Schließfach oder mit Boel zu tun. Es war naiv gewesen, zu glauben, dass es da einen Zusammenhang geben könnte.

»Ich bin Feministin«, sagte Juni unvermittelt.

»Ach ja?«

»Das scheinen die Leute echt nicht zu kapieren: dass man mit solchen Sachen zu tun hat und trotzdem Feministin sein kann. Aber das bin ich. Ich bin kein Objekt – zumal *ich* es ja selbst bin, die bestimmt, wo die Grenze verläuft. Und wenn irgendwer so krank ist und auf den Geruch meiner Muschi steht und dafür auch noch bezahlen will – bitte, gerne. Wie sagt man so schön? Auf dem Weg zur Bank hab ich ein Lächeln im Gesicht. Aber das heißt nicht, dass ich weniger wert oder dass ich eine Schlampe wäre oder so. Wer das glaubt, der hat ja wohl ganz andere Probleme.«

Anna wusste nicht, was sie darauf erwidern sollte. Sie blickte auf ihre flüchtigen Notizen hinab und schrieb daneben: *Feministin.*

»Mhm. Dann bedanke ich mich, Juni.«

»Schön zu sehen, dass ihr nach den freien Tagen wieder da seid. Leider unter tragischen Umständen …«

Die Direktorin genoss ihren Auftritt, wie Isabella irritiert feststellte. Åsa Kling trug eine schwarze Strickjacke, eine weiße Bluse und einen grau melierten Rock. Sie hatte sich die Haare hochgesteckt und war dezent geschminkt, damit es geschmackvoll aussah. Fehlte nur noch, dass sie sich einen schwarzen Trauerflor ansteckte.

Inzwischen waren sämtliche Schülerinnen und Schüler zurück in der Futurica und hatten sich im Speisesaal versammelt. Die Einzige, die Isabella noch nicht hatte entdecken können, war Juni. Lukas saß ein Stück vor ihr, und sie konnte ihn im Profil sehen. Er hatte die geradeste Nase, die sie je gesehen hatte. Und wieso fand sie eigentlich, dass er tolle Haare hatte, obwohl sie doch eigentlich eher auf Typen stand, die frisch vom Friseur kamen?

Doch darüber konnte sie jetzt nicht weiter nachdenken, weil die Direktorin auch schon weiterschwadronierte.

»Boel Westman war eine beliebte und überaus sachkundige Lehrerin. Und ich für meinen Teil kann sogar behaupten, dass sie eine gute Freundin und Nachbarin war.«

Jaja. Weil es ja hier um dich geht, dachte Isabella. Åsa Kling salbaderte weiter, brachte eine Floskel nach der anderen, und Isabella schaltete ab und betrachtete stattdessen die anderen. Marina und Johanna heulten. Gott, wie erbärmlich. Dabei hatten sie null Beziehung zu Boel gehabt.

Mehrere von Boels Schülerinnen hatten ebenfalls gerötete Augen, und das konnte Isabella verstehen. Wie würde sie wohl reagieren, wenn ihr Kursleiter ertrunken wäre? Nur dass das natürlich etwas anderes war. Johannes und Boel konnte man nicht vergleichen. Johannes war immerhin gewissermaßen Isabellas Steigbügelhalter zum großen Erfolg.

Die anderen Lehrer konnte sie von ihrem Sitzplatz aus nicht richtig erkennen, deshalb rutschte sie auf ihrem

Stuhl hin und her, bis ihr Blick an Johannes hängen blieb. Als hätte er gespürt, dass sie ihn beobachtete, drehte er den Kopf und fing ihren Blick auf. Er lächelte Isabella traurig an, und sie musste sich zusammenreißen, um nicht das Gesicht zu verziehen. Genau das gleiche traurige Lächeln hatte er auf sämtlichen Plattencovern aus seiner Hold-On-Tights-Zeit aufgelegt. Sie hatte ihn mal gegoogelt und eine Menge urkomischer Fotos gefunden.

»Ich schlage vor, wir halten eine Schweigeminute ab und gedenken Boels und ihrer Angehörigen«, sagte die Direktorin.

Nur dass es nicht still wurde. Jedes noch so kleine Geräusch war zu hören: knurrende Mägen, hier und da ein Schniefen, jemand, der verzweifelt einen Hustenanfall unterdrückte, ein Handy, das in einer Tasche vibrierte. Der Ehemann der Direktorin, Anders Kling, schnäuzte sich. Es klang wahnsinnig albern, wie eine Trompetenfanfare. Isabella konnte sich kaum noch das Lachen verkneifen. Doch dann blieb ihr Blick an etwas hängen, wobei ihr das Lachen schlagartig verging: Neben Lukas saß ein Mädchen, das ebenfalls in die Zehnte ging, ein hässliches kleines Entlein, das sich die Haare gebleicht und in so vielen unmöglichen Farben gefärbt hatte, dass die Haare schon ganz strohig waren. Sie hieß Minea. Und soeben hatte Minea lautstark aufgeschluchzt und sich an Lukas angelehnt, der gar nicht anders konnte, als ihr den Arm um die Schultern zu legen. Diese Dramatik! Dabei war Minea ja wohl genauso wenig betroffen wie Johanna und Marina. Fake, fake, fake, alle miteinander.

Die Direktorin blickte wieder auf. Sie hatte ein Gesicht aufgelegt, als wollte sie auf Meryl Streep oder irgendeine andere Filmtante machen. So tapfer. So stark. So lächerlich.

»Danke. Und jetzt versuchen wir weiterzumachen, so gut es eben geht. Passt auf euch und aufeinander auf!«

Amen, halleluja, fallera, hopsasa, dachte Isabella.

Die Schülerinnen und Schüler strömten aus dem Speisesaal. Genau genommen war er zu klein, dass sie alle darin Platz hatten, normalerweise aßen sie dort gruppenweise. An den Türen bildete sich eine Schlange, als sie alle darauf warteten, sich ihre Jacken zu holen.

»Alles in Ordnung, Isabella?«

Johannes war hinter ihr aufgetaucht.

»Mhm«, antwortete sie.

»Gut. Bedrückend, das Ganze. Sag Bescheid, wenn es mit Lucia und alledem zu anstrengend für dich wird.«

»Ach was«, erwiderte Isabella einen Hauch zu schnell und zu laut.

Sie musste sich räuspern, damit es so wirkte, als hätte sie bloß einen Frosch im Hals gehabt.

»Wir kriegen das hin«, legte sie ein wenig leiser nach.

Lächelnd legte Johannes ihr eine Hand an die Schulter.

»Ich weiß. Trotzdem schön zu hören.«

Er ließ seine Hand wie immer einen Hauch zu lange verharren – nicht dass es ihr etwas ausmachen würde. Isabella fand es sogar gut, dass die anderen sahen, wer hier der Liebling des Lehrers war. Trotzdem … Komisch war es allemal, immerhin ging er auf die vierzig zu.

»Wir nehmen uns den Rest des Vormittags frei und proben erst nach dem Mittagessen. Dann können wir uns auch deine Solos anhören. Was meinst du?«

»In Ordnung. Aber ich hab übers Wochenende geprobt, und es sitzt, glaube ich.«

Er lächelte, drückte ihr abermals die Schulter und ließ von ihr ab.

Isabella drehte sich um. Marina und Johanna starrten sie vielsagend an.

»Was?«, fauchte sie. »Habt ihr endlich genug geheult?«

Sie schnappte sich ihre Jacke und stapfte wütend ins Freie und in Richtung Unterkunft.

Wenn er nicht gerufen hätte, hätte sie ihn wohl nicht mal gesehen, weil sie schnurstracks an ihm vorbeimarschiert wäre. Doch jetzt hörte sie seine wütende Stimme und spürte schon im nächsten Moment eine andere Hand an ihrer Schulter – und zwar so hart, dass es wehtat.

»Kannst du nicht rangehen, wenn ich dich anrufe?«

Sie wirbelte herum.

»Was? Sorry, hatte viel um die Ohren.«

»Du holst jetzt deine Sachen, und wir fahren nach Hause.«

Inzwischen hatten sich um sie herum weitere Schülerinnen und Schüler versammelt, um zu sehen, was los war, doch Erland Elo schien es nichts auszumachen, dass er Zuschauer hatte.

»Du bleibst hier keine Sekunde länger.«

Isabella hörte die anderen aufgeregt tuscheln. Sie selbst bekam keinen Ton mehr heraus. Sie wusste nicht, ob sie Angst hatte, wütend war oder etwas ganz anderes. Was zur Hölle machte ihr Vater hier? Und was bitte schön war sein Problem?

»Was geht hier vor?«, fragte jemand in ihrem Rücken.

Die Direktorin kam die Treppe herunter. Und neben ihr stand Johannes. Gleich würde dies alles noch viel schlimmer werden.

»Ach! Hallo, Erland, schön, dich zu sehen«, sagte Åsa Kling seelenruhig. »Danke noch mal für die Einladung neulich.«

Statt etwas zu antworten, sah Isabellas Vater sie nur finster an.

»Und Glückwunsch«, fuhr die Direktorin fort, »dem stolzen Vater von Lucia persönlich! Du musst wahnsinnig stolz sein.«

Isabella traute sich nicht, ihren Vater anzusehen, und spähte stattdessen verstohlen in Richtung der Direktorin. In ihrer gekünstelten Art, über die Isabella sich immerzu aufgeregt hatte, stand sie unverhofft da und gab ihr Schützenhilfe.

»Isabella hat aus eigenem Antrieb das ganze Wochenende über geübt und geprobt, wie man hört. Ich kann mich nicht daran erinnern, dass wir je eine so junge und zugleich hochprofessionelle Schülerin gehabt hätten. Heute ist Generalprobe – samt Gewändern und allem Drum und Dran. Stimmt doch, Johannes?«

Johannes versuchte, so nonchalant auszusehen wie Åsa, allerdings vergebens. Er hatte eine Heidenangst vor Erland Elo – was nicht verwunderlich war. Isabellas Vater war einen Kopf größer und sicher dreißig Kilogramm schwerer als er.

»Mhm, das wird großartig«, stieß Johannes heiser hervor.

Ihr Vater stand vollkommen reglos da. Er hatte einen braunen Ulster über dem grauen Anzug an. Isabellas Blick blieb an seinem Hosensaum hängen, der vom Schnee feucht geworden war. Die Hose müsste in die Reinigung, aber hatte er das überhaupt schon bemerkt? Er würde nur noch wütender werden, wenn er es sähe …

»So, die Schülerinnen und Schüler bitte zurück in den Unterricht! Wir haben einiges zusammen aufzuarbeiten, aber denkt daran, dass traurige Ereignisse leichter zu meistern sind, wenn man darüber spricht und einander den Rücken stärkt«, rief die Direktorin.

Sie klang wie eine Pfarrerin, aber im Augenblick konnte Isabella ihr durchaus etwas abgewinnen.

Die anderen trollten sich nach und nach, während ihr Vater einen Schritt auf Isabella zu machte. Sie machte sich schon auf das Schlimmste gefasst, sah ihm ins Gesicht und lächelte trotzig.

»Sorry, Papa. Wir haben hier einiges zu tun, wie du hörst. Ich muss los.«

Inzwischen war die Direktorin hinter sie getreten und sprach ein wenig leiser.

»Erland, ich muss dich jetzt bitten, wieder zu fahren. Du machst den Schülern Angst.«

Sein Blick war noch schwärzer als sonst.

»Und sie haben auch allen Grund dazu, Angst zu haben, speziell wenn man bedenkt, was für Widerlinge du hier anstellst. Und ist das neuerdings Mode, dass Lehrer mitten im Schuljahr ertrinken?«

Åsa zuckte nicht mit der Wimper.

»Wir reservieren dir einen Platz ganz vorn in der Kirche, Erland. Damit du die Lucia besser siehst. Wir sehen uns am Mittwoch.«

Ihr Vater warf Isabella einen letzten wutschnaubenden Blick zu. Dann machte er auf dem Absatz kehrt und marschierte davon.

Es dauerte einen Moment, ehe sich Isabella wieder rühren konnte. Sie sah weder die Direktorin noch Johannes an, sondern lief nur, so schnell sie konnte, an Marina und Johanna vorbei, die mit offenem Mund dastanden. Das letzte Stück zu ihrer Unterkunft rannte sie.

Als Rolf Månsson aus dem Polizeidienst hatte ausscheiden müssen, war Anna in sein Dienstzimmer gezogen. Sie hatte die Atmosphäre in dem Raum immer gemocht und sich dort lieber aufgehalten als in ihrem eigenen Büro. Es war natürlich nicht mehr dasselbe, jetzt, da Rolf nicht mehr da war, aber es fühlte sich an, als würde hier noch immer ein Hauch seiner Ruhe und seines Organisationstalents walten und auf sie abfärben.

Den Stuhl in der Ecke, auf dem Anna immer gesessen hatte, wenn sie gearbeitet hatten, hatte Rolf auch dagelassen, und inzwischen war es Märta Hansson, die dort mit einem Stapel Aufzeichnungen saß und sich darauf ebenso wohlzufühlen schien wie Anna zu Rolfs Zeiten. Es hätte fast ein wenig seltsam wirken können – als hätten sich die Verhältnisse verschoben –, aber so sentimental war Anna nicht.

Allerdings fing sie an, sich an Märta zu gewöhnen. Die Kollegin war gerade dreißig geworden, sportlich und aufgeweckt und liebte sogenanntes Superfood und andere gesunde Dinge. Typisch, dass ausgerechnet Anna eine solche Partnerin zugeteilt bekam. Im Vergleich zu ihr fühlte sie sich selbst wie ein nasser Sack, obwohl sie wirklich versuchte, halbwegs regelmäßig Sport zu machen. Märta erzählte nicht viel aus ihrem Privatleben, doch Anna fragte auch nicht nach. Sie nahm an, dass Märta Single war, sonst hätte sich bestimmt in einem Nebensatz schon mal ein Freund oder eine Freundin eingeschlichen. Märta stammte nicht aus der Stadt, kannte sich jedoch in der Gegend aus, weil ihre Großmutter nur ein paar Straßen vom Revier entfernt gewohnt hatte. Wenn sie dort vorbeifuhren, zeigte Märta oft auf das Haus. Die Großmutter war seit Langem tot, der Rest ihrer Verwandtschaft wohnte anscheinend irgendwo in Ostuusimaa.

Das Beste an Märta Hansson war ihre Effizienz. Während Anna am Vormittag Juni getroffen hatte, war Märta den Großteil des Materials durchgegangen, das sie aus dem Futurica-Fotostudio mitgenommen hatten. Obendrein hatte sie mehrere Telefonate geführt, unter anderem hatte sie mit Johannes, dem Musiklehrer, gesprochen, der zugegeben hatte, dass er und Boel in einen Streit geraten waren.

»Er meinte, er habe bloß ein paar Mädchen aus dem Fotokurs bei der Lucia-Prozession dabeihaben wollen, aber Boel wollte nicht, dass sie den Unterricht verpassten. Da haben sie sich wohl ein bisschen gekabbelt. Mehr wisse er nicht.«

Anna fasste ihrerseits die Unterhaltung mit Juni Möller knapp zusammen.

»Wir sollten uns diese Seite ansehen, über die sie ihre Geschäfte macht. Aber ehrlich gesagt glaube ich nicht, dass das mit den Fotos aus dem Schließfach zu tun hat.«

»Trotzdem dürfen wir die Spur nicht sofort ad acta legen«, wandte Märta ein. »Ich meine, selbst wenn diese Juni zu wissen scheint, was sie tut, hat jemand anderes aus der Schule vielleicht nicht den gleichen Überblick.«

Anna pflichtete ihr bei.

»Und wir sollten uns auch nicht auf die Urteilsfähigkeit einer Sechzehnjährigen verlassen, nein. Hast du noch etwas anderes herausgefunden?«

»Bei den Unterlagen und Fotos aus dem Studio war nichts Spannendes dabei. Allerdings habe ich die Fotos ausgedruckt, die du von der Wand gemacht hast, damit wir sie mit den Fotos aus dem Schließfach vergleichen können.«

Anna kramte in ihren Jackentaschen nach dem Schlüssel zu ihrer Schreibtischschublade. Einen Augenblick später lagen die Fotos der nackten Mädchen erneut vor ihnen. Daneben breitete Märta die Fotos aus, die Anna von der Wand geschossen hatte, und eine Zeit lang versuchten sie, Übereinstimmungen zu finden.

»Ah, richtig. Das Fotopapier, auf dem die Bilder abgezogen wurden, das hab ich auch checken lassen«, sagte Märta. »Es ist nicht dieselbe Marke, die in der Dunkelkammer der Schule lag. Die Marke ist allerdings neueren Datums, sie müssen also irgendwann in den letzten Jahren abgezogen worden sein. Andererseits könnten die Bilder auch zwanzig Jahre alt und erst kürzlich entwickelt worden sein, wer weiß?«

»Wenn man die Frisuren der Mädchen besser sehen könnte, hätten wir einen Anhaltspunkt«, murmelte Anna.

Sie zog eine andere Schublade auf, in der Rolfs alte Lupe lag. Noch herrschte ein letzter Rest Månsson'scher Ordnung, obwohl bereits leichtes Glad-Chaos eingezogen war.

Abwechselnd betrachteten sie die Bilder durch das Vergrößerungsglas, ohne auch nur eine einzige Übereinstimmung zu finden. Dann klingelte Märtas Handy, und sie ging hinüber in ihr Dienstzimmer, um zu telefonieren, während Anna weiter die Fotos studierte. Ein Fleck an der Wand hinter einem Mädchen mit langen dunklen Haaren weckte ihr Interesse, doch als sie ihre eigenen Bilder damit verglich, musste sie feststellen, dass es sich nicht um denselben Fleck handeln konnte.

Es war zwecklos. Anna war drauf und dran, die Bilder wieder wegzupacken, als Märta zurückkehrte.

»Das war mal ein spannendes Telefonat!«

»Wer war denn dran?«

»Ich hab doch erzählt, dass ich mich am Freitag ein bisschen mit der Geschichte von Stockudden beschäftigt habe. Zu der Zeit, als Boel dort Schülerin war, und zu der Frage, was für eine Art Lehranstalt sie damals besucht hat, bin ich nicht mehr gekommen, deshalb habe ich einen früheren Kommilitonen angerufen, der versprochen hat, ein bisschen zu recherchieren.«

»Und?« Anna schob die Fotos zurück in den Umschlag.

»Wie sich herausgestellt hat, sind die Angaben ziemlich widersprüchlich.«

»Inwiefern?«

»Aus politischer Sicht war dieses Achtziger-Jahre-Projekt ein voller Erfolg – und mutig von der Kommune, so einen schönen, altehrwürdigen Ort für junge Frauen zu öffnen, die es nicht leicht hatten. Boel Westman ist oft als Musterbeispiel dafür angeführt worden, dass die Initiative gezündet hat. Ein Mädchen, das ins Straucheln geraten war und dann erfolgreiche Künstlerin wurde … Das war allerdings, bevor Boels Erfolgsgeschichte ein trauriges Ende nahm.«

»Dann war die Politik also glücklich. Und wer war anderer Meinung?«

»Im Gesundheitswesen war man nicht ganz so überzeugt. Mein Bekannter hat mit einer Frau aus der Kinder- und Jugendpsychiatrie gesprochen, die ihre Doktorarbeit ausgerechnet über die Behandlung sogenannter Problemjugendlicher geschrieben hat. Und diese Frau hatte nicht allzu viel übrig für die Methoden, die man auf Stockudden angewandt hat.«

Anna lehnte sich zurück und war ganz Ohr.

»Die Mädchen, die in der Einrichtung einen Platz bekamen, hatten die unterschiedlichsten Probleme. Einige hatten eine Essstörung, andere waren wohl selbstmordgefährdet, ein paar waren so etwas wie zur Strafe auf die Schule geschickt worden, weil sie gegen ihre Eltern rebelliert hatten. Die Mischung hätte an sich gut funktionieren können, allerdings wurden die Mädchen dort nicht maßgeschneidert betreut, bekamen keine individuelle Medikamentierung oder Therapie. Sie sollten alle ein und dieselben Sachen lernen, alle das Gleiche essen und so weiter. Der Psychiaterin zufolge kann eine solche Konstellation dazu führen, dass die Schwächsten in der Gruppe umso schwächer und die Aufmüpfigen und Provokantesten nur umso stärker werden. Und am Ende hat niemand etwas davon.«

»Klingt wirklich merkwürdig«, sagte Anna. »Wir sollten versuchen, eine Liste der Schülerinnen zu erstellen, die damals auf Stockudden waren.«

Fast schon verlegen zückte Märta ein Blatt Papier.

»Ist soeben in meiner Inbox gelandet. Hab die Liste sofort ausgedruckt.«

Anna bedachte ihre hypereffiziente Kollegin mit einem vielsagenden Blick und nahm die Liste entgegen. Darauf standen neun Namen. Abgesehen von Boel Westman war kein bekannter Name darunter.

»Dann schauen wir doch mal, was nach ihrer Zeit auf Stockudden aus diesen Mädchen geworden ist. Pamela soll sich die Liste ansehen, bevor wir uns ans Melderegister setzen, sie ist eindeutig schneller.«

Pamela, die am Empfang des Reviers arbeitete, war in der Stadt geboren und aufgewachsen und hatte einen ebenso guten Überblick über die Bewohner und Vorkommnisse wie Rolf Månsson. Falls die Mädchen von der Liste noch in der Nähe wohnten, würde Pamela es wissen.

»Gute Idee«, fand auch Märta, »irgendwer muss doch noch aufspürbar sein. Und so bekommen wir vielleicht ein besseres Bild davon, wie es war, in den Achtzigern auf Stockudden zu wohnen.«

»Okay, Blondie, warst du das, die gequatscht hat?«

Isabella Elo zuckte auf ihrem Stuhl heftig zusammen. Sie war seit dem Besuch ihres Vaters noch immer leicht zittrig und hatte nicht gehört, dass die Tür hinter ihr aufgegangen war.

Es war Juni.

»Ich hab nicht gequatscht«, entgegnete Isabella trotzig.

»Dann war das wohl eine von deinen Sidekicks. Blinzele, wenn ich recht habe.«

Isabella gab sich alle Mühe, nicht zu blinzeln, doch schließlich ließ es sich nicht mehr verhindern. Juni fing an zu lachen.

»Guck nicht so verschreckt! Ich bin nicht sauer, zumindest nicht mehr. Aber unangenehm war es schon, eine Nachricht von so einer Polizeitante zu kriegen, kaum dass ich heute früh aufgewacht bin.«

Isabella zuckte mit den Schultern.

»Die Polizistin war am Sonntag hier. Ich hab sie herumgeführt und alle möglichen seltsamen Fragen beantwortet. Dann ist Marina damit rausgeplatzt, dass du im Fotokurs bist und dich in deinem Zimmer fotografierst. Da war die Polizistin natürlich hoch interessiert. Keine Ahnung, warum das so spannend sein soll.«

Mittlerweile sah auch Juni interessiert aus und ließ sich ungebeten auf Isabellas sahneweißen Bettüberwurf fallen.

»Das verstehe ich ehrlich gesagt auch nicht ... Ich hab

diese Tante heute Morgen getroffen. Anna Glad hieß sie – war das dieselbe?«

Isabella nickte.

»Ich hab ihr ganz offen erzählt, wie das mit den Slips und der Webseite und so funktioniert. Aber warum sollte das etwas mit Boel zu tun haben?«

»Weil du Fotos machst und Boel Fotolehrerin war?«

Juni schnaubte.

»Heutzutage macht jeder Fotos, ständig. Ich hab ähnlich leicht bekleidete Fotos von mir selbst auf Insta, aber daran schien die Polizei nicht interessiert zu sein.«

Isabella zuckte erneut mit den Schultern.

Juni verzog das Gesicht und stand auf.

»Jaja, lauf schon und geh essen, du Heiligentussi. In einer Stunde ist Lucia-Probe.«

Isabella runzelte die Stirn. Sie wusste selbst, dass Probe war, aber was hatte Juni damit zu tun?

Juni musste ihr die Verwirrung angesehen haben, weil sie beschwingt fortfuhr: »Ich bin auch dabei. Wusstest du das nicht? Amanda aus dem Musikzweig hat eine Mandelentzündung, und ich springe für sie ein. Ist doch klasse, wenn hinten in der Prozession auch ein bisschen Sex-Appeal mit dabei ist, oder? Ich meine, allen voran kommst du, die *basically* ein Jungfernhäutchen auf zwei Beinen ist. Und ich komme zuletzt: die lustige Schlampe.«

Sie lachte aus vollem Herzen, und Isabella war sich nicht sicher, ob sie gerade gedisst worden war oder ein Kompliment bekommen hatte – oder beides auf einmal.

»Dann bis in einer Stunde«, sagte sie knapp und drehte sich von Juni weg.

Es war ein richtig schönes Kirchenkonzert gewesen. Ein Teil des Kirchenchors hatte vielleicht nicht ganz so perfekt gesungen, wie sie es sich alle einbildeten, aber Rolf war augenblicklich in Weihnachtsstimmung gewesen. Außerdem wirkte Max schon wieder fröhlicher. Rolf summte »Gib mir nicht Glanz, nicht Gold, nicht Pracht« vor sich hin, als er mit Max an seiner Seite langsam wieder nach Hause spazierte.

»Warum trittst du eigentlich nicht selbst einem Chor bei?«, fragte Max.

»Vielleicht wäre das was ... Ich glaube ja, sobald mein altes Herz wieder repariert ist, könnte ich allen möglichen Blödsinn machen!«

»Immer noch keine Nachricht?«

Rolf seufzte.

»Nichts. Womöglich werde ich erst im nächsten Frühsommer operiert – oder ausgerechnet an Mittsommer, wer weiß!«

An der Haustür schlug ihnen der Duft der Lasagne entgegen, die Rolf in den Ofen geschoben hatte, so dass sie nach dem Konzert gleich würden essen können.

»Die braucht nur noch ein paar Minuten«, stellte er zufrieden fest.

Max ließ sich am Küchentisch nieder und lachte.

»Du liebe Güte, was ist das denn für ein Haufen?«

Rolf drehte sich um, folgte Max' Fingerzeig und lächelte verschämt.

»Tja, ich kann einfach nicht Nein sagen, wenn die Nachbarskinder mit ihrem wandelnden Weihnachtsflohmarkt kommen.«

»Dann hast du jedem Kind, das geklingelt hat, ein Weihnachtsheft abgekauft? Die müssen ja Schlange gestanden haben!«

»Haben sie wirklich. Aber ich dachte mir, ich könnte die Hefte ja weiterverschenken. Welches willst du? Bist du der Åsa-Nisse-Typ?«

»Ich bin eher der Typ Herman Hedning, findest du nicht?«, fragte Max amüsiert und fing an, durch den Stapel mit Comicheften zu blättern.

Unterdessen kümmerte Rolf sich um die Lasagne.

»Man muss mir nur ein Kind vor die Tür stellen, das irgendetwas zu verkaufen hat, und ich hab keine Chance … Ich war als Kind selbst so schrecklich schüchtern, weißt du, hätte lieber Klos geputzt, als herumzulaufen und an fremde Türen zu klopfen! Was für ein Glück, dass ich später ein bisschen tougher wurde. Ein Polizist, der nicht bei Leuten anklopft – das hätte doch nicht funktioniert.«

Max war still geworden, und verwundert drehte Rolf sich zu ihm um. Mit einem weißen Umschlag in der Hand starrte Max ihn an.

»Das hier lag in dem Stapel. Ich nehme an, das hast du übersehen. Vom Zentralkrankenhaus.«

»Was?!«

Rolf riss den Umschlag sofort auf. Aber wie zur Hölle sollte man das verstehen – jede Menge Text über dies und das … Wo stand bitte das, was wichtig war? Max sah ihm über die Schulter.

»Da, guck mal!« Er tippte auf den Brief.

»Ich hab meine Brille nicht auf.«

»Du sollst dort am Freitagabend vorstellig werden und wirst am Montag operiert«, verkündete Max.

»Was? Das geht doch nicht! An diesem Freitag?«

»Wie lange hat der Umschlag denn hier herumgelegen?«

»Aber … Was steht da? Dass ich nach der OP mit einer Woche Krankenhausaufenthalt rechnen muss? Aber das geht doch nicht! Da wäre ich ja über Heiligabend dort! Ich muss da anrufen und den Termin verschieben.«

»Bitte mach das nicht. Wer weiß, wann der nächste freie Termin wäre! Du hast doch selbst gesagt, dass dein Herz repariert werden muss, damit du endlich wieder Blödsinn machen kannst.«

»Ja, aber Heiligabend …«, wimmerte er.

»Liebling«, entgegnete Max streng, »normalerweise halte ich dir keine Predigten, aber ich nehme an, dass ich für deine ganze Familie spreche, wenn ich jetzt sage, dass du dich operieren lassen sollst. Du rufst gleich morgen dort an und sagst den Termin wie geplant zu. Hast du das verstanden?«

Immer noch mit dem Brief in der Hand ließ Rolf sich niedergeschlagen auf einen Küchenstuhl sinken.

»Ich hab *Lille Fridolf* immer geliebt, aber wer hätte gedacht, dass ich selbst so ein Pantoffelheld werden würde!«

»Tja, und ich werde auch nicht zögern, dich wenn nötig mit dem Nudelholz um den Block zu jagen«, sagte Max nachdrücklich.

Die Lichterkönigin trommelte auf den braunen Umschlag. Wie konnte sie sicherstellen, dass er in die richtigen Hände geriete? Sie kannte zwar einen Namen, wollte den Umschlag aber trotzdem nicht einfach in den Briefkasten werfen. Auf die Post war kein Verlass. Aber einfach damit ins Polizeirevier spazieren?

Am Empfangstresen saß jemand: ein junger Mann, der ziemlich verschlafen aussah. Der würde das Päckchen doch bestimmt entgegennehmen und an die richtige Person aushändigen können?

Zwei kleine Mädchen kamen quer über den Parkplatz auf sie zugeschlendert, und sie nutzte die Gelegenheit.

»Hallo, ihr zwei«, sagte sie freundlich. »Könntet ihr mir vielleicht ganz kurz helfen?«

Ein Mädchen sah zu Tode verängstigt aus, das andere war mutiger.

»Womit denn?«

»Seht ihr diesen Umschlag? Könntet ihr euch vielleicht vorstellen, den zu dem Mann dort am Empfangstresen zu bringen?«

»Kannst du das nicht selbst machen?«

»Leider nicht. Es ist ein Geschenk für eine Freundin, und ich will nicht, dass sie mich sieht. Es soll eine Überraschung werden.«

Die Mädchen sahen einander an.

»Und was kriegen wir dafür?«, fragte die Mutige.

Hm. Sie kramte ihr Portemonnaie heraus.

»Zwanzig Euro?«

Die beiden rissen die Augen auf.

»Ist da eine BOMBE drin?«, wollte die Mutigere sofort wissen.

»Nein! Ich würde meiner Freundin doch keine Bombe schicken, du Verrückte!«

Inzwischen sahen die beiden richtiggehend eifrig aus.

»Okay«, sagte die Mutige und schnappte sich Umschlag und Geldschein.

Sie rannten in Richtung Eingangstür.

»Aber wir teilen doch? Oder? Das Geld! Nelly, wir teilen, oder?«, piepste die Ängstlichere von den beiden.

Die Lichterkönigin huschte hinter einen geparkten Transporter und sah erleichtert zu, wie die Mädchen durch die Eingangstür schlüpften, den Umschlag resolut auf den Empfangstresen vor den schläfrigen Typen donnerten und dann hysterisch kichernd rausgerannt kamen und das Weite suchten.

Sie wacht auf, als sie aus dem Bett fällt. Sie kracht mit der Hüfte schmerzhaft auf den Boden und mit dem Kopf gegen das Tischbein ihres Schreibtischs. Trotzdem verspürt sie einen kurzen Moment der Erleichterung, als ihr dämmert, dass sie nur geträumt hat.

Dass er gar nicht wirklich da war. Dass sein Gesicht nicht über ihrem geschwebt hat. Dass sein Bauch sich nicht auf ihren presste. Sein abgehacktes Keuchen war nicht echt, trotzdem war es grässlich. Genau das passiert ihr jedes Mal, wenn sie einschläft, und seit dem Lucia-Fest ist es noch schlimmer geworden. Wenn sie wach ist, kann sie sich zwingen, an etwas anderes zu denken. Aber wer schläft, kann nicht auf der Hut sein.

Keuchend liegt sie auf dem kalten Boden und wartet darauf, dass sich ihre Atmung wieder beruhigt.

Es rasselt im Schloss.

Sie rechnet schon damit, Ullas nervige Stimme zu hören, doch stattdessen schiebt sich Hasses rundliche Silhouette in den Türrahmen.

»Was ist denn hier passiert?«

»Ich … Ich hab nur geträumt. Und bin aus dem Bett gefallen.«

Hasse hilft ihr hoch. Sie verzieht das Gesicht. Die Hüfte tut verdammt weh. Sie ist dünn geworden in letzter Zeit, da schmerzt es viel mehr, wenn man sich irgendwo anschlägt. Die blauen Flecken wollen gar nicht mehr verschwinden.

Er sieht sie mitfühlend an. Sie glaubt, dass Hasse eigentlich ein netter Kerl ist, aber ganz sicher ist sie sich nicht.

»Sieht so aus, als würde da eine Beule kommen.« Er beäugt ihre Stirn. »Brauchst du eine Kopfschmerztablette?«

Ohne nachzudenken, sagt sie Ja. Hasse verschwindet auf den Flur, und sie wartet angespannt.

Anscheinend hat er ihre Krankenakte nicht genau gelesen. Er weiß nicht, dass der Arzt klipp und klar jedes Schmerzmittel untersagt hat. Dass es die Schmerzmittel waren, die sie überhaupt hierhergebracht haben.

Kurze Zeit später ist er mit einer ganzen Schachtel zurück, die er ihr hinhält. Und lächelt.

»Behalt die Schachtel, nur für den Fall, dass du noch öfter aus dem Bett fällst.«

Mit zitternden Händen nimmt sie die Schachtel entgegen. Und ihr dämmert etwas.

Hasse hat ihre Krankenakte sehr wohl gelesen. Er weiß genau, was er tut und dass sie nicht wird widerstehen können. Hasse ist einer von ihnen.

»Schlaf gut«, sagt er noch lächelnd und verlässt ihr Zimmer.

7
SCHREITET IM LICHTERSTRAHL

Dienstag, 12. Dezember

Einige Tage waren einfach schlimmer als andere. Anna hatte schlecht geschlafen und einen unangenehmen Alptraum von nackten Mädchen ohne Gesicht gehabt, die in einem Eisloch getrieben hatten.

Sie hatte vergessen, Kaffeefilter und Küchenpapier nachzukaufen. Dann hatte sie auch noch ihr brandneues Rouge fallen lassen, das sich in eine Milliarde rosa Partikel auf dem Fußboden zerstreut hatte. Sie hatte überdies ein kleines Loch in ihrem Lieblingspullover entdeckt, was ein schlechtes Zeichen war. Hatte sie Kleidermotten?

Sie hatte ihr Bestes gegeben, um sich einen Ruck zu geben, und marschierte zu guter Letzt mit einem Pappbecher voller dampfendem Kioskkaffee in der Hand ins Revier.

»Morgen«, brummelte sie in Pamelas Richtung, die am Empfang heftig zusammenzuckte.

»Herr im Himmel, hast du mich erschreckt!«

Ungerührt stapfte Anna weiter in ihr Dienstzimmer, wo sie den Pappbecher auf dem Tisch abstellte, ohne genau hinzusehen – und natürlich erwischte sie die Kante eines Papierstapels, der Becher kippte um, und Kaffee ergoss sich über Dokumente, Aufzeichnungen und über Annas Hosenbein. Der Kaffee war heiß, und Anna fluchte, was das Zeug hielt, während sie ein kleines Tänzchen aufführte, um das Brennen zu lindern und die Unterlagen auf ihrem Schreibtisch zu retten. Puh, es war zumindest nichts Wichtiges gewesen. Das meiste waren bloß Ausdrucke, die konnte sie noch mal machen.

Mit einem Mal spürte sie, dass jemand sie beobachtete. Auf dem Flur direkt an ihrer Zimmertür stand ein großer, dünner Mann und sah sie mit unergründlichem Gesichtsausdruck an. Sie hatte ihn zuvor noch nie gesehen.

»Hat wenig Sinn, über verschütteten Kaffee zu heulen.« Anna versuchte, mit einem Lachen über ihr Malheur hinwegzutäuschen, obwohl ihr Bein immer noch brannte.

Wortlos und fast verächtlich starrte der Mann sie noch kurz an, dann schlenderte er weiter den Flur entlang. Was war das denn für ein Rüpel gewesen?

Eine Viertelstunde später hatte Anna die Spuren ihres Kaffeeunfalls beseitigt, endlich das nötige Koffein intus (der Kaffee im Revier schmeckte zwar grässlich, aber in der Not griff man eben dort zu), und sie hatte versucht, die schlimmsten Flecken auf ihrer Jeans mit Papiertaschentüchern zu wegzuwischen. Sie wollte gerade ihren Rechner hochfahren, als sie Annette Kälds Stimme vom Flur hörte.

»Alle in den Besprechungsraum!«

Na prima. Was war denn jetzt wieder? Bei spontan einberufenen Besprechungen ging es meist darum, dass sie ihr Budget überzogen hatten, oder um andere nervige

Themen. Trotzdem folgte Anna den anderen artig in den Konferenzraum.

Am hinteren Tischende stand Annette Käld mit dem großen Sauertopf, der Anna eben erst angestarrt hatte. Er sah tatsächlich aus wie jemand, den die Behörde ausschickte, wenn sie ihre Dienstwagen zu oft volltankten oder Ähnliches.

Allerdings sah Annette höchst beschwingt aus, als sie das Team begrüßte.

»Wie ihr wisst, habe ich in diesem Herbst die traurige und schwere Aufgabe gehabt, einen Ersatz für Rolf Månsson zu finden. Aber nun sind wir so weit, und ich freue mich sehr, Polizeioberkommissar Jan Ståhlman in der Einheit willkommen zu heißen.«

Jan Ståhlman nickte gnädig – erst in Annettes und dann in Richtung seiner neuen Kolleginnen und Kollegen. Ja, richtig! Heute fing der Neue an, das hatte Anna schon ganz vergessen. Und da stand er nun höchstpersönlich und höchst miesepetrig vor ihnen.

»Jan, vielleicht kannst du selbst kurz umreißen, was du bislang gemacht hast«, schlug Annette vor.

Jan Ståhlman fing an, seine Erfolge aufzuzählen, und wirkte überaus stolz, nuschelte aber so sehr, dass Anna Probleme hatte, ihn zu verstehen. Es war, als gebe er sich nicht mal die Mühe, deutlich zu sprechen – oder vielleicht war Anna auch ungerecht, und er konnte gar nichts dafür, dass er so unnahbar wirkte. Sie beschloss, dem neuen Kollegen eine Chance zu geben, und versuchte, interessiert und aufmunternd auszusehen, als sie weiter seiner genuschelten Aufzählung früherer Meisterleistungen lauschte.

Nachdem das Team Jan Ståhlman unisono willkommen geheißen hatte, war die Besprechung vorbei. Märta hängte sich an Annas Fersen, als die zurück zu ihrem Dienstzimmer ging.

»Was hältst du von ihm?«

»Ein Sonnenschein ist er nicht gerade, aber das wird bestimmt noch«, antwortete Anna nachsichtig.

»An Selbstvertrauen mangelt es ihm jedenfalls nicht«, brummte Märta. »Himmel, wie der geprahlt hat! Es klang fast, als hätte er jeden einzelnen Kriminellen in Kotka im Alleingang hinter Gitter gebracht.«

»Ich hatte so meine Schwierigkeiten, ihn überhaupt zu verstehen«, gab Anna zu.

»Ach, aber weißt du, was ich hier habe?« Märta winkte mit einem Blatt Papier. »Boel Westmans Obduktionsbericht.«

Schlagartig war Anna ganz Ohr. Sie schob die Kollegin fast schon vor sich her in ihr Dienstzimmer.

»Also?« Erwartungsvoll setzte sie sich an ihren Schreibtisch.

»Hm.« Märta ließ sich auf dem Stuhl in der Ecke nieder. »Sieht ganz so aus, als wäre die Todesursache Ertrinken gewesen.«

»Das war zu erwarten. Noch irgendetwas anderes?«

»Ertrinken infolge eines Kälteschocks. Als wäre sie im kalten Wasser in Panik geraten und hätte sich nicht mehr oben halten können. Keinerlei Kopfverletzungen, keine Anzeichen für andere gesundheitliche Probleme. Körperlich war sie gut in Form.«

»Komisch …«

Anna rief sich die Badestelle in Erinnerung: den Windschutz, den Steg, die Leiter, die Bank. Sie selbst war nie eisbaden gewesen, trotzdem versuchte sie, sich vorzustellen, wie es sich anfühlen würde. Man nahm allen Mut zusammen, kletterte die Leiter hinunter ins eiskalte Wasser, machte ein paar Schwimmzüge, wendete und schwamm zurück in Richtung Steg, um wieder hinauszuklettern. Und mit einem Mal kam ihr ein Gedanke. Den hatte sie zuvor schon einmal gehabt, aber pflichtschuldig beiseitegeschoben, weil ihre Vorgesetzte die ganze Zeit über darauf bedacht gewesen war, von einem Unfall zu sprechen.

»Was, wenn …«

»Ja?«

Märta sah sie erwartungsvoll an.

»Was, wenn irgendwer sie daran gehindert hätte, aus dem Wasser zu steigen?«

»Aber wer sollte das gewesen sein? Eines der Mädchen von den Fotos?«

»Möglich. Oder jemand anderes.«

Anna spürte, wie sich rund um ihren Nabel ein Ziehen bemerkbar machte – ihr Bauchgefühl, das sich zu Wort meldete.

»Da steht der Name der Rechtsmedizinerin. Vielleicht sollten wir sie anrufen und fragen, ob sie etwas bemerkt hat, was diese Hypothese untermauern könnte«, schlug Märta vor.

»Sie hat sich gerade rechtzeitig um die Vormundschaft für ihre Mutter gekümmert, weil sie wusste, dass jemand sie im Visier hatte«, mutmaßte Anna leise.

Märta wollte gerade etwas erwidern, als Annette Käld den Kopf zur Tür hereinsteckte.

»Hey. Störe ich?«

Ja, dachte Anna, schüttelte aber den Kopf.

»Also, ich finde, wir sollten Jan in die Ermittlung mit einbeziehen«, sagte Annette und betrat Annas Dienstzimmer.

Jan Ståhlmans hagere Silhouette tauchte in der Türöffnung auf. Er sah Anna ebenso abschätzig an wie vor der Besprechung. Märta stand höflich auf.

»Hallo, Märta Hansson, Polizeikommissarin – und noch mal herzlich willkommen.«

Sie gaben einander die Hand, und dann stand auch Anna auf und lächelte widerwillig.

»Anna Glad, Oberkommissarin, schön, dich kennenzulernen.«

Sie bekam ein Grummeln zur Antwort, aber weil sie sich so schwertat, Ståhlman zu verstehen, bestand durchaus die Möglichkeit, dass er etwas Nettes gesagt hatte.

Unterdessen hatte Annette die Tür zugeschoben.

»Tja, wie schon gesagt, Jan, handelt es sich um einen Fall, der anfangs nach einem Unfall aussah, der dann aber eine unerwartete Wendung genommen hat und den wir so diskret wie möglich behandeln wollen. Vielleicht könntest du, Anna, kurz zusammenfassen, worum es geht?«

Anna wünschte sich, dass sie wie Rolf Månsson ein kleines, ordentlich liniertes Notizbuch hätte zücken können. Jan Ståhlman blickte – sofern das überhaupt möglich war – noch missbilligender drein, als sie ihren kaffeebesudelten Collegeblock mit dem Durcheinander aus Post-its hervorholte.

Sie sah ihn nicht einmal an, als sie die Ereignisse seit Boel Westmans Tod für ihn zusammenfasste.

Als sie fertig war, blickte sie auf. Jan Ståhlman hatte die Augen geschlossen. Entweder hatte sie einschläfernd geredet, oder aber er war hoch konzentriert.

»Bei einer Sache werde ich sofort hellhörig«, erhob er theatralisch das Wort. »Nämlich dass da ein Mädchen im selben Haus wie Boel Westman gewohnt hat und die beiden unbeaufsichtigt miteinander Umgang hatten.«

»Stimmt«, pflichtete Anna ihm bei. »Emma hat Boel als Freundin bezeichnet.«

»Aber habt ihr sie gefragt, ob Boel Westman sich auch an ihr vergriffen hat?«

»Wir wissen doch gar nicht, ob Boel Westman sich überhaupt an jemandem ›vergriffen‹ hat«, wandte Märta ein.

»Aber sie war im Besitz kinderpornografischen Materials.«

»Na ja, genau genommen lagen die Bilder im Bankschließfach ihrer Mutter Alma, und weil wir noch nicht herausfinden konnten, wann die Fotos geschossen wurden und wie alt die Mädchen sind, die darauf posieren, sollten wir doch eher vorsichtig sein und niemanden voreilig als pädophil abstempeln.«

»Aber habt ihr diese Emma gar nicht danach befragt, Anna?«, hakte Annette Käld nach.

Anna sah ihre Chefin verwundert an. Annette hatte sich bislang immer auf Annas Urteil verlassen und deren Entscheidungen nicht infrage gestellt.

»Nein.« Sie hoffte, dass sie nicht beleidigt klang.

Annette lächelte Anna, Märta und Jan reihum aufmunternd an.

»Ich glaube, das könnte uns einen neuen Ansatz bescheren. Dann lasse ich euch jetzt mal weitermachen. Was hattet ihr gerade besprochen, als wir hereingeplatzt sind?«

»Wir wollten die Rechtsmedizinerin anrufen und ein paar Details klären«, antwortete Märta.

»Wunderbar. Dann setzt Jan jetzt umfassend ins Bild.«

Und damit zog sich Annette zurück. Jan Ståhlman sah Anna noch kurz säuerlich an und wandte sich ebenfalls zur Tür.

»Ich muss mich erst in meinem Büro einrichten, aber ich kann ja schon mal eure Berichte durchgehen. Ich gehe davon aus, dass ich sie auf den Schreibtisch bekomme, sobald ihr eure jüngsten Erkenntnisse ergänzt habt.«

Anna klappte die Kinnlade hinunter. Jan Ståhlman schien wohl zu glauben, dass er hier der Chef war und ihnen Arbeitsaufträge erteilen konnte.

»Soll ich auch noch einen Kaffee dazustellen?«, fragte Märta bissig.

»Danke, nicht nötig«, antwortete Jan, der den sarkastischen Unterton anscheinend überhört hatte.

Er verschwand über den Flur, und Märta und Anna starrten einander nur wortlos an. Märta fand als Erste die Sprache wieder.

»Meine Damen und Herren – seine Majestät Ståhlman.«

»Was für ein freundlicher Zeitgenosse. Wird nett werden, mit jemandem zusammenzuarbeiten, der mich ansieht wie etwas, was er ganz hinten im Kühlschrank gefunden hat und nicht identifizieren kann.«

Märta musste lachen.

»Tja, da müssen wir uns wohl überlegen, wie wir mit Ståhlman umgehen können. Aber erst sollten wir diese Rechtsmedizinerin anrufen.«

Märta schob die Tür ins Schloss, und Anna wählte die Nummer von Leena Vuorio aus dem Labor des Kriminalamts in Helsinki, wo die Obduktion vorgenommen worden war. Sie hatten Glück, Leena ging sofort dran.

Anna gab Märta zu verstehen, dass sie das Gespräch führen sollte. Die Kollegin konnte sich auf Finnisch wesentlich besser ausdrücken.

»… und jetzt fragen wir uns, ob etwas eine solche Annahme stützen könnte? Also, dass Boel Westman gestorben ist, weil sie nicht mehr aus dem Eisloch herausgelassen wurde«, schloss Märta ihren kleinen Vortrag ab.

Leena Vuorio war eine Weile still.

»Ja, tatsächlich habe ich eine Kleinigkeit gefunden, bei der ich gestutzt habe. Es steht ein Stück weiter hinten im Bericht, aber ich kann euch auch sofort Fotos dazu schicken.«

Aufgeregt rief Anna ihr E-Mail-Programm auf. Ein paar Sekunden später trudelte eine neue Nachricht ein, und Anna klickte den Anhang an.

»Habt ihr das erste Bild vor euch? Das ist der rechte Oberarm der Toten. Ihr seht dort etwas, was aussieht wie ein paar Kratzer. Und auf dem zweiten Foto sind ihre Finger zu sehen. Die Fingernägel waren an beiden Händen nicht im besten Zustand, aber ich kann nicht sagen, ob die Risse schon früher oder erst im Wasser entstanden sind. Zudem habe ich mich auf Kopfverletzungen und andere potenziell tödliche Verletzungen konzentriert, trotzdem fand ich das durchaus bemerkenswert.«

Anna betrachtete die Fotos auf ihrem Bildschirm und versuchte, sich daran zu erinnern, wie es rund um das Eisloch ausgesehen hatte, als sie Boels Leichnam geborgen hatten.

»Hätten die Kratzer und die verletzten Finger entstehen können, als sie versucht hat, sich über die Kante des Eislochs zu hieven?«

Leena Vuorio antwortete nicht sofort.

»Ja«, sagte sie schließlich zögerlich, »unmöglich wäre das nicht. Die Fingernägel sahen aus, als hätte die Tote sie sich an irgendetwas eingerissen, allerdings habe ich keine Spuren von Schmutz oder Holz darunter gefunden. Wenn es also bloß Eis und Schnee gewesen wären, über die sie gekratzt hat, könnte das eine Erklärung sein.«

Anna sah Märta triumphierend an, während die sich bei der Rechtsmedizinerin bedankte und auflegte.

»So muss es gewesen sein«, sagte Anna. »Jemand hat verhindert, dass Boel die Leiter genommen hat, und deshalb hat sie versucht, übers Eis auszusteigen, nur dass das nicht funktioniert hat. Irgendwann wurde ihr so kalt, dass sie ertrunken ist.«

»Und vielleicht hat sich dieser Jemand anschließend Boel Westmans Handtuch und Schlüssel genommen, ist in die Umkleide und hat auch ihr Handy, das Portemonnaie und den Hausschlüssel mitgenommen?«

»Und ist damit in ihre Wohnung gegangen, weil er etwas gesucht hat. Und das wiederum hat Emma Kling gehört.«

»Richtig. Klingt doch schon viel logischer. Aber wer in aller Welt würde so etwas machen? Hatte sie einen Freund oder Ex?«

Anna schüttelte den Kopf.

»Nein, weder Åsa Kling noch Beatrice Borg haben jemanden erwähnt. Aber klar, sie kann natürlich auch einen heimlichen Liebhaber gehabt haben, der gewalttätig wurde.«

»Oder im Gegenteil einen Feind. Wir sollten Aram bitten, bei der Untersuchung des Laptops dahingehend besonders aufmerksam zu sein.«

Zufrieden musterte Jan Ståhlman sein Spiegelbild über dem Handwaschbecken in der Herrentoilette. Er war kein wahnsinnig gut aussehender Mann, das wusste er selbst, aber er fand, dass er mit den Jahren durchaus an Autorität gewonnen hatte. Mit seiner Größe und Haltung nötigte er anderen Respekt ab. Dass sein Haar immer dünner und grauer wurde, tat da rein gar nichts zur Sache – einer der Vorteile, ein Mann zu sein: Fältchen und graue Schläfen galten da sogar als attraktiv. Frauen kamen in die Jahre, Männer hingegen reiften.

Er wusch sich sorgsam die Hände und machte sich wieder auf den Weg zu seiner neuen Wirkungsstätte – ein elendig kleines Kämmerchen mit hässlichen Büromöbeln. Er kam an Annette Kälds Dienstzimmer vorbei. Sie war am Telefon, lächelte ihn aber an. Er erwiderte ihr Lächeln. Er ließ nur bei ausgewählten Gelegenheiten seinen Charme spielen; sein Vorstellungsgespräch bei Annette Käld war solch ein Fall gewesen, und es hatte über Erwarten gut funktioniert. Unter Garantie hatte sie eine Schwäche für ihn. Er fragte sich, wie alt sie wohl war und ob sie alsbald pensioniert werden dürfte. Er würde alles daransetzen, sich frühzeitig als ihre rechte Hand zu etablieren. Und gegen ihr Büro hätte er auch nichts einzuwenden. Es war größer und heller als seines und würde sich bestimmt anständig einrichten lassen.

Wenn es etwas gab, was ihn wurmte, dann der Umstand, dass er auf seinen bisherigen Stationen immer noch keinen Chefposten hatte ergattern können. Dabei hatte er sein Interesse zigmal signalisiert. Mehrmals war er sich sogar sicher gewesen, dass ihm ein freier Posten angeboten würde, weil er eindeutig der geeignetste Kandidat gewesen war – aber nein. Das war auch einer der Gründe, warum es sich richtig angefühlt hatte, Kotka den Rücken zu kehren. Er hatte keinen Grund mehr gesehen, dort zu bleiben. Da hatte er ebenso gut ein neues Kapitel aufschlagen können.

Auf dem Flur kam ihm dieser IT-Typ entgegen. Amir, Arab, Emir – irgendwas Exotisches jedenfalls. Jan Ståhlman bedachte auch ihn mit einem verhaltenen Lächeln. Mit Sicherheit würde der Typ ihm noch mal nützlich werden.

In der Kaffeeküche erhaschte er einen Blick auf Märta Hansson. Hübsches Ding, allerdings keine Frau, an der er interessiert wäre. Er kannte solche Frauen: Es war ein ewiges Hin und Her, wenn man versuchte, es ihnen recht zu machen. Ständig musste alles auf den Millimeter genau gerecht zugehen, sie waren beim nichtigsten Scherz gleich beleidigt und stur auf politische Korrektheit bedacht. Nach ein paar Jahren sporadischen Online-Datings hatte er seine Lektion gelernt. Eine Feministin würde ihm nicht ins Haus kommen. Allerdings konnte er versuchen, sich vorzustellen, diese Märta Hansson als Kollegin zu respektieren. Anscheinend war sie diszipliniert, was ihre Fitness und Gesundheit anging (er beäugte anerkennend ihre Figur), und das war immerhin ein gutes Zeichen. Leute, die sich in Form hielten, hatten oft auch in anderen Bereichen eine gewisse Selbstkontrolle. Genau wie er selbst.

Und dann gab es natürlich noch das genaue Gegenteil. Er ging ein wenig schneller, um zügig an ihrem Dienstzimmer vorbeizukommen. Er wollte sich den Anblick des Durcheinanders und der Schlampigkeit lieber ersparen. Anna Glad verkörperte das meiste von dem, was Jan Ståhlman in dieser Welt verachtete: Sie war schludrig und ungepflegt, und so durfte man als Frau nicht sein. Eine gewisse Mühe musste sie sich doch geben – zumindest sich die Haare kämmen oder saubere Kleidung tragen. Ihre Figur zeugte davon, dass sie nicht den Bruchteil der Disziplin ihrer Kollegin Hansson aufbrachte. Außerdem wirkte sie inkompetent, trat bei ihrer Ermittlung auf der Stelle, und Annette Käld hatte ihn ausdrücklich darum gebeten, sich einzubringen, damit dieses Chaos endlich bereinigt würde.

Nein, Jan Ståhlmans erste Herausforderung auf seinem neuen Posten schien glasklar zu sein: Er würde dafür sorgen, dass diese grässliche Anna Glad wüsste, wo in der Hierarchie sie stand, sprich: eine Stufe unter ihm. Sein Timing schien dafür perfekt zu sein. Indem er diese Pädophilengeschichte entwirrte und aufklärte, würde er unter Beweis stellen, dass er für höhere Aufgaben geschaffen war.

Zufrieden stellte er fest, dass irgendwer – bestimmt die disziplinierte Hansson – ihm einen ordentlichen Stapel ins Reine geschriebener Notizen auf den Schreibtisch gelegt hatte. Die würde er durchsehen und dann zu Werke gehen. Es galt, keine Zeit zu verlieren, nicht dass diese Anna Glad noch alles verpfuschte.

»Okay, danke, Mädels. Das machen wir gleich noch mal.«

Johannes versuchte, aufmunternd zu klingen, doch Isabella konnte ihm ansehen, wie gestresst er war. Kein Wunder, der letzte Durchgang von »Lusse lelle« hatte alles andere als harmonisch geklungen. Eigentlich war die Generalprobe für den Vortag angesetzt gewesen, doch weil mehrere aus dem Lucia-Gefolge hatten ausgetauscht werden müssen, hatte Johannes beschlossen, noch eine weitere Probe einzuschieben.

»Wartet mal kurz. Wir versuchen, uns noch mal anders aufzustellen. Wie war gleich wieder dein Name?«

»Juni.« Sie sah ihn amüsiert an.

»Du hast eine phantastische Altstimme. Warum besuchst du denn nicht den Musikzweig? Könntest du dich vielleicht hierher stellen? So.«

Juni blinzelte ein paarmal, als sie ihre neue Position einnahm, und Isabella versuchte, nicht allzu säuerlich dreinzublicken.

»Noch ein letztes Mal – und diesmal gebt ihr alles, okay?«

»Ich geb dir alles, Babe. Alt, Sopran und noch eine Prise Bariton«, konterte Juni.

Johanna und Marina kicherten.

»Lucia? Ich meine: Isabella? Bereit?«

»Mhm.«

Sie probten das Lied ein weiteres Mal. Es lief einen Hauch besser, und Isabella musste zugeben, dass Juni tatsächlich ziemlich gut sang. Wer hätte das gedacht? Sie hatte eine tiefe, sinnliche, fast schon jazzige Stimme.

Johannes sah prompt weniger gestresst aus, und dann sangen sie auch noch die anderen Lieder.

»Allmählich sitzt es, Mädels. Ich war schon nervös, aber wenn ihr morgen so singt, wird es ein voller Erfolg. Geht jetzt und esst etwas, und heute Abend keinen Alkohol, keine Zigaretten und kein Sich-heiser-Kreischen, verstanden?«

»Verdammt. Und was machen wir stattdessen?«, witzelte Juni und erntete Gelächter von Johanna und Marina.

Als die anderen den Musikraum verließen, ließ Isabella sich zurückfallen.

»Das mit … Sollte ich meine Solos nicht noch mal proben?«

Johannes schob die Noten am Flügel zusammen.

»Nein, nicht nötig. Die Probe lief einwandfrei. Du bist so weit.«

»Okay … Hast du schon von deinen Bekannten gehört? Die vorbeikommen und zuhören wollten?«

»Hm? Was? Ach, richtig. Ich hab ihnen eine Einladung geschickt, klar. Mal sehen, wer kommt. Willst du dich den anderen gar nicht zum Essen anschließen?«

Isabella wusste nicht, warum es ihr so schwerfiel, den Musikraum und Johannes zu verlassen. Vielleicht war sie vor dem morgigen Tag doch nervöser, als sie es sich eingestehen wollte. Johannes war gut darin, ihr Anerkennung zu zollen, und sie wünschte sich, dass er sie mehr gelobt hätte, so wie früher, aber er wirkte irgendwie abwesend und sah sie nicht mal richtig an. Vielleicht dachte er ja immer noch an Juni und ihre sexy Jazzstimme.

»Sorry, dass mein Vater sich gestern wie ein Psycho aufgeführt hat«, sagte sie.

»Ach«, erwiderte Johannes ungerührt, dabei hatte sie gesehen, wie er zusammengezuckt war.

»Ich weiß auch nicht, was in ihn gefahren ist.«

»Er macht sich bloß Sorgen, genau wie andere Eltern auch. Es ist ja auch schrecklich, wenn plötzlich eine Lehrerin stirbt.«

Isabella zuckte mit den Schultern. Papa machte sich keine Sorgen. Er war nur wütend, weil er Isabella nicht mehr ständig im Blick hatte. Am wütendsten war er wahrscheinlich, weil sie mit Johannes zu tun hatte. Und genau das wäre ein guter Grund, noch ein bisschen mehr Zeit mit ihrem Musiklehrer und Mentor zu verbringen.

»Wir kennen uns von früher, Erland und ich«, murmelte Johannes, ohne sie dabei anzusehen.

»Wirklich?«

»Ja. Wir waren auf derselben Schule, als wir ungefähr so alt waren wie du. Dann habe ich angefangen, ernsthaft mit der Band Musik zu machen, und wie du vielleicht bemerkt hast, war dein Vater nicht gerade mein größter Fan.«

Er lachte.

»Aber für Erland ist es ja auch gut gegangen. Wie man hört, will er das alte Tagungshotel neu eröffnen. Das ist echt toll.«

Das hatte Isabella gar nicht gewusst. Ihr Vater sprach seit Jahren von dem verdammten Hotel, trotzdem war dort nie etwas passiert. Isabella hatte keine Ahnung, womit sich ihr Vater in letzter Zeit beschäftigt hatte, während sie überwiegend auf Stockudden gewesen war.

Es klopfte, und Anders Kling schob den Kopf durch die Tür.

»Oh. Störe ich?«

»Nein, überhaupt nicht, wir sind hier fertig«, antwortete Johannes. »Versuch, dich heute Abend auszuruhen, Isabella. Morgen wird ein langer, aufregender Tag!«

»Dann können wir jetzt fahren«, sagte Anders.

»Wo wollt ihr denn hin?«, erkundigte sich Isabella.

Nicht dass es ihr wirklich wichtig gewesen wäre, aber es hatte etwas Komisches, wenn Lehrer auch außerhalb der Schule miteinander zu tun hatten. Womöglich würden sie Tennis spielen oder bowlen gehen – was immer ältere Männer eben machten.

»Wir fahren in die Kirche und checken die Soundanlage«, erklärte Johannes, während Anders im selben Moment sagte: »Wir holen ein neues Smartboard für die Zehnte ab.«

Isabella verdrehte die Augen. Gewisse Männer waren anscheinend schon in den Vierzigern verwirrt. Hoffentlich wussten sie, wohin sie fahren mussten.

Ihr Brieffach im Revier checkte Anna seit Langem nur noch sporadisch. Meist war es ohnehin leer, mittlerweile lief Korrespondenz hauptsächlich elektronisch. Früher hatte hin und wieder eine Postkarte von Rolf dort gelegen, der aus seinen Segelurlauben geschrieben und immer einen Gruß an die Kollegen geschickt hatte. Doch derzeit durfte Rolf nicht verreisen, insofern wäre es albern gewesen, nach einer Ansichtskarte Ausschau zu halten. Entsprechend überrascht war Anna, als sie nach einem eindeutig zu fettigen Mittagsimbiss ins Revier zurückkehrte und Pamela rief: »Hast du gesehen, dass du Post bekommen hast? Liegt seit gestern in deinem Fach.«

Und tatsächlich: Dort lag ein größerer Umschlag, einer mit Luftpolsterfolie. Keine Briefmarke, kein Poststempel, nur Annas Name in krakeligen Großbuchstaben.

»Hat den jemand persönlich gebracht?«, wollte Anna wissen.

»Zumindest nicht, während ich am Empfang saß.«

Anna nahm den Umschlag mit in ihr Zimmer und riss ihn auf.

Darin lag eine VHS-Kassette. Davon hatte Anna früher ganze Stapel besessen und ihre Lieblingsserie aufgezeichnet. Vermutlich lagen diese Kassetten noch irgendwo im Keller in Pitäjänmäki. Annas Eltern waren nicht sonderlich gut darin, alten Plunder wegzuwerfen.

Anna beäugte die Kassette. Auf das Etikett hatte jemand mit Edding *Lucia '88* geschrieben.

Schau einer an. Sie lief hinüber zu Märta.

»Glaubst du, wir haben hier irgendwo noch ein VHS-Gerät?«

»Wie bitte? VHS? Gott, keine Ahnung! Aber im Lager liegt so viel alter Mist, dass ich nicht überrascht wäre.«

Anna wedelte mit der VHS-Kassette.

»Komm, machen wir uns auf die Suche. Irgendwer hat mir das hier geschickt. Da steht: ›Lucia '88‹.«

Wie sich herausstellte, hatte Märta recht: In ihrem Revier befand sich noch jede Menge antiquierter Technik. Binnen einer Viertelstunde hatten Anna und Märta zwei Overhead- sowie einen kaputten Diaprojektor entdeckt und ein paar riesige Tonbandgeräte, mit denen vermutlich in den siebziger Jahren Vernehmungen aufgezeichnet worden waren. Doch nirgends ein VHS-Gerät.

»Verdammt«, murmelte Anna, »*so* lange ist es doch noch gar nicht her, dass wir das benutzt haben.«

Aram Demir hatte Anna und Märta im Lager rumoren und niesen hören.

»Herr im Himmel – seid ihr euch sicher, dass ihr keine Atemschutzmaske tragen wollt? Ihr seid hoffentlich gegen Tetanus geimpft!«

»Hast du hier schon mal einen Videorekorder gesehen?«, fragte Anna.

Im selben Moment schoss ihr durch den Kopf, dass Aram wesentlich jünger war als sie selbst und womöglich keine Ahnung hatte, wovon sie redete.

»Also, so eine Kiste, in die man in Zeiten vor Netflix andere Kisten reingeschoben hat«, legte sie nach.

»Klar, da steht einer im Besprechungsraum – in diesem gelben Furnierkasten mit dem Röhrenfernseher obendrauf. Gleich hinter der Tür.«

Anna und Märta stürzten so schnell aus dem Lager, dass Aram sich an die Wand presste, um nicht umgerannt zu werden.

»Was wollt ihr euch denn ansehen? Wenn es *Terminator* ist, will ich dabei sein!«, rief er ihnen hinterher.

Und tatsächlich stand in der Ecke des Besprechungsraums ein Möbelstück, das bei der einstigen Anschaffung unter Garantie modern und teuer gewesen war:

ein gelblicher Furnierschrank auf Rollen, auf dem ein Fernseher thronte. Hinter den Schranktüren (die selbstredend verschließbar waren, weil der Inhalt sicher mal kostbar gewesen war) lagerten diverse Geräte, über deren Funktion sich Anna nicht recht im Klaren war, aber wie prophezeit, war ein Videorekorder darunter, der sogar wie auf Bestellung verkabelt war. Unglaublich. Im Rekorder steckte eine VHS-Kassette von Disneys *Alice im Wunderland*, und Anna und Märta vermuteten, dass das Gerät zuletzt in Betrieb gewesen war, als jemand sein Kind zur Arbeit hatte mitbringen müssen.

»Dieses Kind dürfte inzwischen an die dreißig sein«, stellte Märta fest.

Nun denn. Anna zog die »Lucia '88«-Kassette aus der Hülle und schob sie in den Rekorder. Unterdessen schnupperte Märta an ihrer Achsel und verzog das Gesicht.

»Pfui Teufel. Ich war frisch geduscht, als ich heute Morgen zur Arbeit kam. Ich hoffe nur, was immer auf dieser Kassette drauf ist, war die Schufterei wert …«

Der Rekorder röchelte und ächzte. Der Fernseher gab ein lautes Fiepen von sich, und es war nur Schneegriesel zu sehen. Doch nach ein paar Sekunden erschien plötzlich ein unscharfes Bild.

»Gott, überleg mal, dass man sich früher mit so einer Bildqualität zufriedengegeben hat«, murmelte Märta.

»Das ist doch die Kirche hier in der Stadt, oder?«, fragte Anna.

Eindeutig. Gefilmt hatte jemand, der im Mittelgang der hiesigen Kirche gestanden hatte. Die Kamera schwenkte über die Kirchenbänke. Die Besucher trugen warme Winterkleidung, und mehrere hatten sich zur Eingangstür umgedreht.

»1988, hast du gesagt? Daran besteht wohl kein Zweifel. Meine Mutter hatte auch so eine Frisur.«

»Gleich kommt Lucia, wetten?«, mutmaßte Anna.

Ein abrupter Schwenk, und die Kamera wurde auf den Mittelgang gerichtet, über den sich der Lucia-Zug näherte.

»Dunkelheit liegt so schwer auf allem Leben«, war leise zu hören, auch wenn das alte Lucia-Lied über das Rascheln der aufstehenden Kirchenbesucher hinweg kaum zu hören war.

Ein blondes Mädchen mit dauergewellten langen Haaren führte die Prozession an. Die Kerzenkrone warf einen Schatten über ihr Gesicht, und Anna kniff die Augen zusammen, als sich das Mädchen der Kamera näherte.

»Ist das jemand, den wir kennen?«

»Nein, ich glaube nicht …«

Hinter Lucia her gingen die Mädchen aus dem Gefolge, dem Anschein nach allesamt ältere Teenager. Anna tastete nach der Fernbedienung und drückte gerade rechtzeitig auf Pause, als die Dritte im Gefolge an der Kamera vorüberging.

»Ist das nicht Boel Westman?«

Märta beugte sich ein Stück vor.

»Könnte sein! Wie alt war sie 1988? Sie war Jahrgang 1972, insofern müsste sie sechzehn gewesen sein.«

Anna lief es eiskalt den Rücken hinunter. Was genau hatten sie hier vor sich? Warum wurden ihr ständig diese merkwürdigen Sachen zugespielt – erst die Fotos und jetzt das hier? Warum hatte es bei ihr immer noch nicht Klick gemacht?

Anna und Märta sahen sich weiter schweigend die Filmaufnahmen an.

Von den anderen Mädchen erkannten sie auf den ersten Blick keines wieder, aber es wäre sicherlich nicht allzu schwierig, jemanden zu finden, der sie würde identifizieren können. Vermutlich handelte es sich um die neun Mädchen von der Liste, die Märta erstellt hatte: Lucia plus acht aus dem Gefolge.

»Die Letzte dort will nicht mitmachen«, stellte Märta fest.

Anna wusste sofort, was sie meinte. Ganz zuhinterst ging ein dunkelhaariges Mädchen, das sich über ihre Kerze beugte, verängstigt aussah und nicht mal versuchte, so zu tun, als würde sie das Lucia-Lied mitsingen. Ihre Bewegungen waren hektisch, und sie schien fast über die eigenen Füße zu stolpern.

Anna beugte sich näher an die Mattscheibe heran, um dem Mädchen ins Gesicht zu sehen, als die Person mit der Kamera sich unvermittelt umdrehte und stattdessen auf den Altar schwenkte. Lucia hatte sich vor das Altarbild gestellt, die anderen reihten sich neben ihr auf, je vier zur Linken und vier zur Rechten, und die Dunkelhaarige war die Letzte, die ihren Posten einnahm. Sie schlich das letzte Stück geradezu.

Sobald das Lucia-Lied zu Ende war, entstand eine kleine Pause, ehe das Mädchen links außen einen Schritt vormachte.

»Hier kommet die Jungfrau Lucia, die Königin der Lichter«, deklamierte sie mit klarer Stimme.

Als das nächste Mädchen seinen Einsatz hatte, verlas es seine Zeilen so nuschelnd und monoton, dass Anna kaum etwas verstehen konnte. Dann war Mädchen Nummer drei dran, bei dem es sich mutmaßlich um Boel Westman handelte.

»Nur einmal im Jahr verlässt sie ihren Palast«, verkündete sie laut und deutlich.

Sie hatte eine recht tiefe, angenehme Stimme, fand Anna, darüber konnte nicht einmal die Aufnahmequalität der Videokamera hinwegtäuschen.

Ein Mädchen nach dem anderen trug seinen Vers vor. Unterdessen stand Lucia selbst lediglich stumm und kerzengerade da und blickte starr über die Kirchengemeinde hinweg.

Dann war die Achte im Gefolge dran. Es wurde still. Das dunkelhaarige Mädchen sah reglos auf seine Kerze hinab. Das Mädchen neben ihr versuchte, sie diskret mit dem Ellenbogen anzustupsen, doch die Achte reagierte nicht. Aus dem Publikum war leises Raunen zu hören, und dann fauchte jemand – womöglich Lucia – hörbar: »Sofia! Du bist dran!«

Erst jetzt blickte das Mädchen auf. Doch statt wie ihre Gefährtinnen einen Schritt nach vorn zu machen und ihren Vers vorzutragen, stand sie bloß kurz reglos da, bewegte die Lippen – und brach dann aus heiterem Himmel zusammen. Die Mädchen kreischten auf, ein paar Besucher aus der ersten Bankreihe sprangen auf und stürzten nach vorn, und die Kamera wackelte so heftig, dass nicht mehr zu erkennen war, was am Altar vor sich ging.

Aus dem Fernseher war nur mehr aufgeregtes Raunen zu hören, dann eine vereinzelte Stimme, die klar zu verstehen war.

»Bestimmt Drogen!«, fauchte eine Frau, die vermutlich unmittelbar neben der Person stand, die filmte.

Dann schrie abermals jemand auf, und die Kamera richtete sich wieder auf den Altar. Anscheinend hatte inmitten des Aufruhrs irgendetwas Feuer gefangen, und ein paar Männer versuchten, mit bloßen Händen die Flammen auszuschlagen. Das Mädchen am Boden war nicht mehr zu sehen. War es ihr Gewand oder Haar, das brannte?

Die Videoaufnahme endete abrupt.

Anna und Märta saßen stumm da und starrten das Schneegestöber auf der Mattscheibe an.

»Was zur Hölle war das?«, fragte Märta nach einer Weile.

»Dass wir von dieser Sache bislang nie gehört haben«, murmelte Anna.

»Ich denke mal, lange herumfragen müssen wir nicht«, sagte Märta. »Die Kirche war voll besetzt. Bestimmt bekämen wir eine Aussage von jedem über vierzig in dieser Stadt. Aber warum hast du dieses Videoband bekommen? Hat das etwas mit Boel Westmans Tod zu tun, oder spielt uns da jemand nur einen Streich?«

Anna kratzte sich am Kinn.

»Das sollten wir wahrscheinlich auch unserem neuen Freund Ståhlman zeigen. Jetzt, da er an der Ermittlung beteiligt ist.«

»Ich glaube, der ist schon gegangen. Sein Zimmer war jedenfalls leer. Das zeigen wir ihm morgen. Und was machen wir bis dahin?«

Anna stand auf.

»Zuallererst finden wir heraus, wer dieses Mädchen war – das achte Mädchen aus dem Lucia-Gefolge.«

»Tut mir leid, dass ich den Unterricht störe, aber ist Emma Kling anwesend?«

Verwirrt blickte Emma von der Zeichnung auf, mit der sie seit einer halben Stunde kämpfte. Normalerweise fiel ihr das Zeichnen leicht, doch mit dem Thema »Mein glücklichster Tag« hatte sie so ihre Schwierigkeiten. Zu guter Letzt hatte sie sich für ein Bild von Doris, einer

Geburtstagstorte und einem Luftballon entschieden, aber es sah einfach nur kindisch aus.

Und jetzt stand auch noch der Schuldirektor in der Tür, fragte nach ihr, und sämtliche Klassenkameraden drehten sich nach Emma um und starrten sie an.

»Worum geht es denn?«, wollte ihr Kunstlehrer Bosse irritiert wissen.

Er war dafür berüchtigt, dass er zunächst immer Nein sagte, wenn jemand während seines Unterrichts zum Arzt oder woandershin musste.

Der Direktor trat auf ihn zu, um ihm etwas zuzuflüstern, doch inzwischen war es in der Klasse so still, dass alle es hören konnten.

»Die Polizei will mit ihr reden.«

Emma spürte, wie sie rot anlief. Unbeholfen stand sie auf. Unter Garantie war das diese Anna Glad; mit ihr zu reden wäre nicht weiter schlimm. Sie versuchte, das Tuscheln ihrer Klassenkameraden zu ignorieren, und verließ so ungerührt, wie sie nur konnte, das Klassenzimmer.

Allerdings war es nicht Anna Glad, die draußen auf dem Flur wartete, sondern ein groß gewachsener, säuerlich dreinblickender Mann. Sobald er Emma auf sich zukommen sah, versuchte er sich an einem Lächeln, doch sein Blick war weiterhin grimmig.

»Hallo, Emma. Ich bin Polizeioberkommissar Jan Ståhlman und würde dir gern ein paar Fragen zu deiner Nachbarin Boel Westman stellen.«

»Aber ich hab doch schon mit Anna Glad geredet.«

»Ich weiß, allerdings hätte ich noch ein paar zusätzliche Fragen, wenn man so will. Wo können wir uns hier ungestört unterhalten?«

Letzteres war an den Direktor gerichtet.

»Setzen Sie sich in die Sofaecke dort drüben. Der Unterricht läuft, da kann Sie keiner stören.«

Mit einem Mal war Emma verunsichert. Dieser Polizist jagte ihr Angst ein. Was wollte er denn noch wissen? Hatte er den Verdacht, dass sie irgendwas Dummes getan hatte? Hatte sie etwas angestellt? Sie überlegte verzweifelt, was er von ihr würde wissen wollen. Was, wenn sie sich bei den Schritten auf der Treppe an jenem Abend, an dem Boel gestorben war, geirrt und damit die Arbeit der Polizei behindert hatte?

»Es dauert auch nicht lange«, versicherte Jan Ståhlman.

Es sah fast schon komisch aus, als er seinen langen Körper vorklappte, um sich auf dem tiefen Sofa niederzulassen. Doch nach Lachen war ihr nicht zumute.

»Also, Emma. Beschreib mir doch bitte, wie dein Verhältnis zu Boel Westman aussah.«

»Okay … Sie war zuallererst mal unsere Nachbarin. Ich hab sie fast täglich getroffen. Und ich mochte sie.«

»Als du mit meiner Kollegin gesprochen hast, hast du sie als Freundin bezeichnet.«

»Mhm.«

»Hast du viele Freundinnen, die Mitte vierzig sind?«

Emma hätte am liebsten geantwortet, dass sie jetzt gar keine Freundinnen mehr habe, aber das traute sie sich nicht.

»Nein, nur Boel.«

Dass Jan Ståhlman auf dem zerschlissenen Schülersofa nicht bequem sitzen konnte, war ihm deutlich anzusehen. Er versuchte, den Rücken durchzudrücken, sah dann Emma ernst in die Augen und stellte bedächtig die nächste Frage.

»Weißt du, was Pädophilie ist, Emma?«

Sie zuckte zusammen. Natürlich wusste sie das. Ihre Mutter warnte sie, seit Emma gehen konnte, vor zwielichtigen Typen und Transportern. Aber was hatte das mit Boel zu tun?

»Ja?«

»Es ist nun so: Wir haben Grund zu der Annahme, dass Boel ein ungesundes Interesse an jungen Leuten gehabt haben könnte.«

Emma klappte die Kinnlade herunter. Was in aller Welt behauptete er da?

»Wie bitte?«

»Deshalb muss ich dich fragen, ob sie sich dir gegenüber je unangebracht verhalten hat. Und ich will dabei betonen, dass niemand dir Vorwürfe machen wird. In derlei Situationen ist nie das Kind schuld, das weißt du, oder?«

»Äh …«

Es hatte ihr komplett die Sprache verschlagen.

»Es klingt für mich völlig abwegig, dass Boel pädophil gewesen sein soll.«

»Das verstehe ich. Aber wie war das, wenn ihr Zeit miteinander verbracht habt? Hat sie dich da mal in den Arm genommen? Oder dich auf andere Art berührt?«

Darüber musste Emma erst nachdenken. Boel war jemand gewesen, die mit Körperkontakt nie geizig gewesen war. Sie hatte Emma öfter in den Arm genommen als ihre eigenen Eltern – und definitiv öfter, als Emma von sich aus jemanden umarmen würde. Manchmal war es ihr tatsächlich ein bisschen komisch vorgekommen, wenn Boel sie berührt hatte. Nicht weil sie an sich etwas gegen Umarmungen hätte, sondern weil sie nie recht gewusst hatte, wie sie die Geste erwidern sollte. Und jetzt war sie verunsichert. Denn was, wenn Boel wirklich pädophil gewesen war? Was hätten diese Umarmungen in so einem Fall bedeutet?

»Na ja, manchmal hat sie mir den Arm um die Schultern gelegt …«

»Hat sie Dinge von dir verlangt, die du nicht machen wolltest?«

Emma dachte abermals nach. Einmal hatte Boel versucht, sie zu einem Tanzkurs zu überreden. Emma hätte tatsächlich gern tanzen gelernt, hatte sich dann aber nicht dazu durchringen können, weil sie sich lediglich blamiert hätte. Aber so etwas meinte der Polizist ganz sicher nicht.

»Nein.«

»Ich möchte, dass du noch mal über alles nachdenkst und dich bei mir meldest, wenn dir noch etwas einfällt. Das wäre sehr wichtig, Emma. Das verstehst du bestimmt?«

Emma nickte, stemmte sich vom Sofa hoch und kehrte mit weichen Knien zurück in den Kunstunterricht. Bei der Vorstellung, vor ihre neugierigen Klassenkameraden zu treten, erschauderte sie. Und ihr schwirrte noch immer der Kopf. Boel – pädophil? Das konnte nicht stimmen. Oder war Emma einfach zu naiv gewesen und hatte irgendetwas nicht begriffen?

Sie streckte gerade die Hand nach der Klinke aus, als sie hinter sich ein Rascheln hörte. Es war Micke aus der Neunten, der gerade seinen Rucksack zumachte und mit großen Augen zu ihr rübersah. Wie viel hatte er von ihrem Gespräch mitbekommen?

Emma riss die Tür auf und rannte regelrecht an ihren Platz zurück, während die Blicke der anderen in ihrem Rücken brannten.

Interessiert sah Pamela sich abwechselnd die Namensliste und das Bild auf dem Fernseher an.

»Mhm«, sagte sie nachdenklich. »Das ist schwer zu sagen.«

Anna und Märta hatten sie gebeten, am Empfang eine kurze Pause zu machen und sich anzusehen, ob sie die Mädchen aus dem Video wiedererkannte.

»Aber ich glaube, ihr habt recht: Nummer drei ist bestimmt Boel Westman. Und Mädchen Nummer eins, das dürfte diese hier sein. Ingrid Hägg.«

Sie tippte auf die Namensliste.

»Kennst du sie?«

Pamela gluckste in sich hinein.

»O ja. In ihren Zwanzigern war sie so etwas wie eine lokale Schönheitskönigin und irgendwann sogar drauf und dran, Miss Finnland zu werden. Mir war nicht klar, dass sie wie Boel auf Stockudden gewohnt hat. Aber es ist wohl tatsächlich so, dass das Leben es nicht sehr gut mit ihr gemeint hat. Ich meine, sie arbeitet in dieser Kneipe am Bahnhof.«

»Willst du wissen, wie der Film ausgeht?«, fragte Märta und drückte erneut auf Start.

»Du liebe Güte!«, platzte es aus Pamela heraus, als das achte Mädchen am Altar zusammenbrach und der Tumult entstand. »Ja, richtig, das war *der* Lucia-Tag!«

»Dann hast du davon schon mal was gehört?«

Pamela lachte trocken.

»Ja, daraufhin kam es, wie ihr euch denken könnt, zu einigem Aufruhr. Aber es war ja auch eine blöde Idee! Diese armen Mädchen aus dem Heim zu zwingen, sich hübsch herauszuputzen, damit alle sehen konnten, wie gut sie sich in dieser Einrichtung erholt hatten. Geschmacklos fand ich das.«

»Ach, so war das also?«, hakte Märta nach. »Dann war das eine Art politisches Lucia-Statement?«

»Könnte man sagen. Aber nachdem dieses Mädchen dort ohnmächtig geworden war, blieb es bei einer einmaligen Sache. Gut für sie, dass sie nicht aus der Gegend stammte, sonst wäre das Gerede noch schlimmer gewesen.«

»Waren die Mädchen alle von außerhalb?«

»Nee. Wenn ich mich recht erinnere, waren Boel und Ingrid hier aus der Stadt. Die anderen kamen woanders her und sind nach ihrer Zeit auf der Insel auch wieder nach Hause zurückgekehrt. Aber verlasst euch jetzt bloß nicht blindlings auf das, was ich sage! Ich muss damals gerade mein drittes Kind bekommen haben, bestimmt war ich deshalb auch nicht in der Kirche dabei.«

Nachdenklich spulte Anna das Videoband zurück und drückte auf Pause. Vor ihnen standen neun singende, in Weiß gewandete Mädchen in einer Reihe vor der Kirchengemeinde.

»Wie war das hier, damals, 1988?«, fragte sie. »Wie war die Stimmung in der Stadt?«

»Oje!« Pamela musste lachen. »Da lief alles hier auf Hochtouren. Das war ja noch vor der Wirtschaftskrise in den Neunzigern, und es war Geld für alles da. Es gab Restaurants, Hotelneubauten, wir hatten sogar eine Disco! Nicht dass ich dort oft gewesen wäre – wie gesagt, ich hatte ja kleine Kinder. Aber schon ein paar Jährchen später war das alles Geschichte. Da mussten die meisten Lokale schließen, allen voran die Disco.«

»Was wussten denn die normalen Bewohner darüber, was auf Stockudden vor sich ging?«, hakte Märta nach.

»Tja«, sagte Pamela, »mehr oder weniger nichts, nehme ich an. Allerdings wurde eine Menge geredet: dass es der letzte Schrei sei, Geld in die Wiedereingliederung von Problemjugendlichen zu pumpen. Allerdings war die Prahlerei irgendwann abrupt zu Ende. Keine Ahnung, ob es nur an dieser Lucia-Sache lag oder ob es irgendwann offenkundig wurde, dass das Projekt gescheitert war. Aber jetzt gibt es diese Stockudden-Lucia-Prozession wieder! Mit den Mädchen aus dem Musikzweig von der Futurica ist das allerdings etwas anderes. Die fallen nicht einfach in Ohnmacht, sondern sie werden sogar echte Künstler und Popstars. Fahrt ihr morgen hin und schaut es euch an?«

»Ich hab schon etwas anderes vor«, sagte Anna.

»Was denn?«, hakte Märta neugierig nach.

Zu ihrem Verdruss spürte Anna, dass sie errötete.

»Einfach etwas anderes. Ich hab auch ein Sozialleben, weißt du?«

»Sag Rolf schöne Grüße«, warf Pamela fröhlich ein und kehrte an den Empfang zurück.

»Den treffe ich doch gar nicht«, murmelte Anna säuerlich. »Ich hab sogar Freunde in meinem eigenen Alter. Pfff.«

Isabella blieb eine Zeit lang vor dem Haus stehen und sah sich um. Es schien niemand da zu sein, ihr Vater war wohl unterwegs. Doch ganz sicher war sie sich natürlich nicht.

Sie angelte ihren Schlüssel mit dem Ananas-Schlüsselanhänger hervor und spitzte erneut die Ohren, ehe sie aufschloss.

Der Warnton der aktiven Alarmanlage piepte. Dann war unter Garantie niemand da, auch wenn ihr Vater mitunter die Alarmanlage einschaltete, selbst wenn er zu Hause war. Mithilfe des kleinen Senders an ihrem

Schlüsselring schaltete Isabella die Anlage ab und trat ein.

Sie wollte im Grunde nicht hier sein. Ihr Vater hatte noch anstrengender gewirkt als sonst, als er in der Schule aufgetaucht war. Doch tags darauf wäre Lucia-Tag, und Isabella brauchte ihre hellen Winterstiefel. Sie hatte sie sich bereits im Herbst gekauft, lange bevor klar gewesen war, dass sie die Lucia sein würde, einfach nur sicherheitshalber. Es war dumm von ihr gewesen, sie hier stehen zu lassen, schließlich waren die Stiefel perfekt für die Lucia-Prozession.

Sie kickte ihre Schuhe von den Füßen und betrat die Waschküche. Sie hatte eine Tüte mit schmutzigen Kleidungsstücken dabei, um die sich die Haushaltshilfe kümmern würde, wenn sie das nächste Mal hier wäre. Isabella leerte die Tüte in den Wäschekorb.

Dann huschte sie nach oben in ihr Zimmer. Dort sah es aus wie immer: geputzt, das Bett frisch bezogen, alles ordentlich. Isabella blieb kurz stehen und ließ den Blick über den weiß lackierten Schminktisch, das hellgraue, gepolsterte Kopfteil ihres Bettes und die blassrosafarbene Tapete schweifen. Sie hatte sich bei der Einrichtung von Pinterest inspirieren lassen. Doch obwohl es hier hübsch war, hatte sie sich nie richtig heimisch gefühlt. Dass es ihr in ihrem hässlichen kleinen Unterschlupf in der Schule inzwischen sogar besser gefiel! Aber dort musste sie auch nicht andauernd auf der Hut sein. Außerdem konnte sie einfach ihre Tür abschließen, während sie hier zu Hause immer einen Stuhl unter die Klinke schieben musste, was nicht sonderlich gut funktionierte.

Sie kramte ihre Winterstiefel hervor, sammelte noch ein paar saubere Oberteile ein und stopfte alles in ihre

Tasche. Dann löschte sie das Deckenlicht und lief die Treppe hinunter zur Haustür.

»Schau einer an, Königin Isabella persönlich.«

Sie erschrak so sehr, dass sie fast laut aufgeschrien hätte.

Papa stand in der Küche und lehnte an der Kücheninsel. Er hatte Mantel und Schuhe an und war wohl eben erst nach Hause gekommen.

»Hey«, murmelte sie. »Ich musste nur schnell ein paar Sachen holen. Muss wieder los, wir proben für Lucia.«

»So eilig kannst du es doch nicht haben. Setz dich, dann unterhalten wir uns.«

Isabella blieb wie angewurzelt stehen. Sie wollte sich nicht setzen und erst recht nicht unterhalten – und sie wollte sich von ihrem Vater auch keine Angst einjagen lassen.

»Ich kann nicht, leider. Ich muss wieder los. Und wir haben uns auch nichts zu sagen.«

Ihr Vater kniff kurz die Augen zusammen. Dann lächelte er.

»Dann lauf nur, Santa Lucia. Aber in den Weihnachtsferien kannst du nicht in der Schule hocken und lernen, das verstehst du doch? Außerdem brauche ich deine Hilfe. Wir eröffnen das Tagungshotel, weißt du. Deshalb müsste Ihre Majestät allmählich über eine Wirtschaftsausbildung nachdenken statt über diese Pop-Flausen. Eines schönen Tages wirst du mir dafür dankbar sein.«

Isabella schnaubte leise und wandte sich zur Tür.

»Morgen um achtzehn Uhr in der Kirche. Komm, wenn du Lust hast … oder pfeif darauf. Mir doch egal!«, rief sie noch.

Was gelogen war. Sie wollte, dass er kam. Sie wollte, dass er dort saß und dass ihm die Spucke wegblieb, weil sie so gut war. Damit er ein für alle Mal begriff, dass sie für die Musik geschaffen war und nicht für ein BWL-Studium.

Inzwischen stand für sie so viel auf dem Spiel, dass ihr bei der Vorstellung regelrecht schwarz vor Augen wurde. Sie nötigte sich dazu, den ganzen Weg zur Schule zurückzurennen.

Anna hatte bereits Seitenstechen, trieb sich aber weiter. Gleich hätte sie ihre Runde geschafft. Gleichzeitig war es fast schon erfrischend, ihren Körper zu spüren, so war sie zumindest abgelenkt von dem Durcheinander in ihrem Kopf.

Der Fall Boel Westman wurde immer mysteriöser, und ganz gleich wie sehr sich Anna bemühte, die Puzzleteile wollten einfach nicht an ihren Platz fallen. Zu allem Überfluss wurde sie wegen des Abendessens mit Felix tags darauf allmählich nervös.

Er hatte ein paar nette Nachrichten geschickt. Ein Restaurant vorgeschlagen und geschrieben, dass er sich auf ihren gemeinsamen Abend freue.

Gleichzeitig hoffte sie, wann immer eine Nachricht einging, dass sie von Tomas wäre. Felix' attraktives Gesicht auf dem Display war jedes Mal fast schon eine kleine Enttäuschung. Vielleicht sagte dies auch schon alles. Aber was half das schon, solange Tomas nicht von sich hören ließ?

Allmählich ließ das Seitenstechen nach, und Anna lief wieder schneller. Sie hatte sich die gleiche Strecke wie beim letzten Mal vorgenommen, diesmal allerdings bei Dunkelheit. Doch noch vor Felix' Haus würde sie kehrtmachen und zurücklaufen. Denn was würde er denken, wenn sie am Abend vor ihrer Verabredung vor seiner Tür auf und ab liefe?

Sie bog in Richtung Stockudden ab. Der Weg war geräumt und gestreut, und sie lief bis zum Parkplatz an der Brücke und erhaschte einen Blick auf das Ziegelgebäude. In ein paar Fenstern im ersten Stock brannte Licht. Die Wohnung der Klings. Anna lief weiter zum Strand.

Bei diesen Temperaturen war so gut wie niemand draußen, doch schon kurze Zeit später kam ihr jemand entgegengelaufen, und sie waren so schnell aneinander vorbei, dass Anna erst Sekunden später dämmerte, wer die Person gewesen war: Isabella, das Mädchen, das tags darauf die Lucia spielen würde. Vielleicht war auch sie draußen, um ihre Nervosität durch eine Laufrunde in Schach zu halten.

Als Anna an einem der jüngeren Gebäude am Strand vorbeilief, war sie fast geblendet. Das Haus war sicher dreimal so groß wie das von Felix, und in jedem einzelnen Fenster brannte Licht. Unwillkürlich lief sie ein bisschen langsamer. Leute, die hinter derartigen Schaufenstern lebten, mussten sich damit abfinden, dass abendliche Flaneure sie durch die Fenster beobachteten.

Allerdings war dort niemand zu sehen. Sie warf einen Blick auf das Namensschild an der Tür. *Elo*. Ja, richtig! Dann war Isabella gerade von ihrem Elternhaus gekommen, denn hier wohnte sie anscheinend, wenn sie nicht gerade in der Schule übernachtete. Aber warum wollte sie überhaupt dort übernachten, wenn diese Alternative nur einen Katzensprung entfernt war? Vielleicht war es in der Schule mit ihren Freundinnen netter.

Vor ihr auf dem Weg tauchte jemand so plötzlich auf, dass Anna fast in ihn hineingerannt wäre. Wie peinlich – so war natürlich klar, dass sie gerade in das Haus der Elos gestarrt hatte.

»Entschuldigung!«, rief sie verlegen.

Die Person antwortete nicht, hob aber die Hand, um zu signalisieren, dass alles in Ordnung sei.

Eine komische Person. Komplett in Weiß gekleidet. Kein Wunder, dass er oder sie inmitten der Schneemassen fast unsichtbar gewesen war. Langer Mantel mitsamt Kapuze, bestimmt irgendein exzentrischer Millionär aus einem dieser Luxushäuser.

Es half alles nichts. Anna war so außer Atem, dass sie eine Sprintpause einlegen und langsamer gehen musste. Außerdem war es tatsächlich ganz spannend, aus der Dunkelheit heraus Häuser zu betrachten.

Das nächste Haus am Strand war älter als das der Familie Elo. Es war gelb geklinkert, hatte ein Flachdach und war gelinde gesagt ziemlich hässlich. Aber so hatten in den achtziger Jahren Traumhäuser ausgesehen. Wer wohl dort wohnte? Auf einem beleuchteten Klingelschild stand *Kjellin*. Woher kam ihr der Name bekannt vor? Ach, war das nicht einer der Kandidaten für das Bürgermeisteramt? Über ein repräsentatives Gebäude schien er ja schon zu verfügen. Sofern es wirklich ein und derselbe Kjellin war.

Als der Badesteg an der Timmerviken in einiger Entfernung in Sicht kam, wurde Anna noch langsamer. Allmählich sollte sie umdrehen, sonst stünde sie tatsächlich gleich wieder vor Felix' Haus. Sie blieb stehen und sah auf die Uhr. Es war fast halb zehn. Sie ließ den Blick über die Bucht schweifen. Hier unten war es bildschön, und sie konnte durchaus verstehen, warum Leute ein Vermögen für so eine Aussicht bezahlten.

Und mit einem Mal dämmerte ihr noch etwas anderes: Exakt diese Strecke musste Boel Westman gegangen sein, kurz bevor sie starb, sofern sie auf direktem Wege zum Badesteg gelaufen war. Von Stockudden aus über die Brücke, an den Elos und Kjellins und an Felix' Haus vorbei bis hinunter zum Steg.

Sie machte kehrt, fühlte sich noch nicht recht bereit dazu, wieder zu laufen. Stattdessen schrieb sie Märta eine Nachricht.

Weißt du, wo die Klings den Unabhängigkeitstag gefeiert haben? Haben wir sie das je gefragt?

Drei Pünktchen tauchten auf ihrem Display auf, als Märta ihre Antwort verfasste.

Bei Jimmy Kjellin, Åsa Klings Gegenkandidaten. Du weißt schon: Keep your friends close and your enemies closer.:)

Nachdenklich betrachtete Anna die schmutzig gelbe Klinkerfassade, an der sie nun zum zweiten Mal vorüberging. War es eine große Party gewesen? Hatte irgendwer aus diesen riesigen Fenstern geguckt und Boel Westman vorbeigehen sehen?

Sie würde sich darum kümmern, sobald sie am kommenden Morgen bei der Arbeit wäre, und eine Liste der Partygäste erstellen. Sie beschloss, Märta noch nichts davon zu sagen, weil die Kollegin sich bestimmt sofort darangesetzt hätte, und Anna fand, dass sie beide einen freien Abend verdient hatten.

Sie selbst würde wieder nach Hause laufen, sich unter die Dusche stellen und dann ihre Nerven mit einem Drink besänftigen. Vielleicht würde sie sich noch die Zehennägel lackieren. Nicht weil sie plante, bei ihrem Date mit Felix Brinkmann barfuß zu erscheinen, nein, Anna mochte lackierte Zehennägel. Es würde sich gut anfühlen, hinter der neutralen Polizistinnenfassade zehn kleine quietschrosa Farbflecke zu verstecken.

Sie war froh gewesen, dass sie an jenem Abend, an dem Tomas mit zu ihr nach Hause gegangen war, knallrote Zehennägel gehabt hatte. Und auch er hatte es zu schätzen gewusst – wobei er genau genommen von den Zehen aufwärts alles an ihr zu schätzen gewusst hatte.

Obwohl ihr mit einem Mal fast schon zu warm wurde, beschloss sie, ein wenig schneller zu laufen.

Die Schachtel ist leer. Auch wenn sie insgeheim weiß, dass es vergebens ist, schiebt sie den Finger hinein und tastet herum, dreht die Schachtel um und schüttelt, als würde das irgendwie helfen. Doch sie ist und bleibt leer.

Trotzdem muss sie sie verstecken. Wenn Ulla oder der Arzt erfährt, dass Hasse ihr Schmerzmittel gegeben hat, wird alles nur noch viel schlimmer. Da lassen sie sie nie nach Hause fahren. Dann wird sie sich nachts auch nicht mehr betäuben können, und die Träume brechen nur so über sie herein. Es wäre unerträglich.

Sie schiebt die Schachtel in ihren Sportschuh im Kleiderschrank.

Die Tabletten waren nicht kostenlos. Vor zwei Nächten hat sie für die erste Schachtel bezahlen müssen. Sie hatte am Abend so viele Tabletten genommen, dass sie kaum mitgekriegt hat, dass sie kamen, doch als das Blitzen anfing, wachte sie halb aus ihrem Dämmerschlaf auf. Eine Weile lag sie nur reglos da und versuchte zu beurteilen, ob dies ein merkwürdiger Traum war oder etwas, was wirklich passierte.

Erst hatten die Kamerablitze sie nur geblendet. Deshalb dauerte es einen Moment, ehe sie an der angelehnten Tür Hasse entdeckte. Doch über ihr am Bett stand noch jemand anderes, jemand Größeres, Schlankeres, allerdings nicht Ulla. Und auch nicht der Arzt. Dann kamen weitere Blitze.

Als sie das nächste Mal aufwachte, war es Morgen geworden. Alles war wie gehabt, nur ihr Slip war verschwunden.

Den fand sie später in der Ritze zwischen Bett und Wand wieder. Panik und Angst flammen erneut in ihr auf und lähmen sie mehr als die Medikamente.

Die Vorstellung, dass es Nacktbilder von ihr geben könnte, ist unerträglich. Sie hasst ihren Körper. Das ist schon so, seit sie denken kann. Als sie noch eine normale Schule besuchte, schwänzte sie immer, wenn sie Schwimmen hatten oder irgendwas anderes, was bedeutet hätte, dass sie das Grauen hätte vorzeigen müssen. Sie vermeidet Ganzkörperspiegel, wo immer es geht.

Das Schlimme ist, dass sie im Herbst anfing, sich besser zu fühlen. Hier gibt es Leute, die ihren Körper noch viel mehr hassen als sie. Camilla zum Beispiel. Und mit Elli und Carina kann sie über solche Sachen reden. Sogar Nina und Ingrid sind netter als die Mädchen von ihrer alten Schule, obwohl sie bildhübsch sind, aber sie versuchen zumindest, es zu verstehen.

Doch seit jener Nacht nach der Party ist all das zunichte.

Jetzt hasst sie jedes Härchen, jede Hautfalte, jede Schwiele, jede Pore an sich nur noch mehr. Und sie hasst den Umstand, dass Hasse ihr droht, die Fotos an ihre Mutter zu schicken und ihr zu erzählen, dass sie bei alledem mitgespielt hätte. Er hat geschworen, die Fotos an ihre Chefs zu schicken, wann immer sie in der Zukunft versucht, sich einen Job zu suchen, und an jeden Freund, den sie je haben wird. Also für den Fall, dass sie ihn verrät. Solange sie schweigt, ist alles in Ordnung, behauptet er. Er sagt das mit seiner freundlichen Stimme, sieht sie dabei aber nie an. Das macht die Sache noch schlimmer. Denn darauf ist Hasse wohl nicht selbst gekommen, sondern ein anderer, und wer das war, kann sie sich denken.

Sie sollte nachts wach bleiben. Dann lassen sie sie vielleicht in Frieden. Aber wie? Heute Abend hat Hasse Dienst, und da kommt er bestimmt mit einer neuen Schachtel. Wie soll sie der Versuchung widerstehen?

Vielleicht sollte sie mal richtig, richtig kalt duschen. Manchmal funktioniert das sogar. Die Kälte sorgt dafür, dass sie alles andere ausblenden kann, und wenn ihr eiskalt ist, fühlt sie sich für den Moment sogar stark. Als könnte sie das hier für sich entscheiden.

Ulla begleitet sie ins Bad.

»Jetzt wasch dich ordentlich«, sagt sie streng.

Sie steigt unter die laufende Dusche und fängt an, die Temperatur nach und nach runterzudrehen.

Das Bad hat ein kleines Fenster, allerdings so weit oben, dass sie weder hinaussehen kann, noch kann jemand nach drinnen sehen. Aber aufmachen kann sie es, da wird es noch kälter hier drin, und Kälte ist gut. Kälte und frische Luft.

Inzwischen friert sie so sehr, dass es überall brennt, aber das geht bald vorbei, und dann wird sie sich wunderbar betäubt fühlen …

»Sofia«, hört sie plötzlich eine Stimme.

Erschrocken schlägt sie die Augen auf. Ist da jemand?

»Sofia«, sagt die Stimme wieder. »Bist du das? Ich bin's, Elli!«

Elli muss direkt hinter der Außenwand stehen, unter dem Fenster nach draußen. Sofia presst sich an die Fliesen und spürt, wie ihr die Tränen kommen.

»Ja, Elli, ich bin's«, flüstert sie.

»Wie geht es dir? Alles okay?«

Sie setzt mehrmals an, ehe es ihr gelingt, einen vollständigen Satz zu formulieren.

»Ich … Ich hab wieder mit Schmerzmitteln angefangen … und sie fotografieren mich nachts nackt.«

»Was? Wer fotografiert dich?«

Ellis Stimme rutscht fast ins Falsett.

»Ha… Hasse und noch jemand. Sie schicken die Fotos an meine Mutter, wenn ich sie verpetze. Dann kann das jeder sehen, sagen sie. Und sie lassen mich nicht nach Hause fahren …«

Es poltert an die Badezimmertür.

»Bist du immer noch nicht fertig?«, ruft Ulla.

»Sofia«, flüstert Elli, »das dürfen sie nicht! Das muss aufhören!«

Sie schließt die Augen und lehnt die Stirn an die apricotfarbenen Kacheln. Natürlich dürfen sie das nicht, sie machen es trotzdem, und es gibt nichts, was sie dagegen tun kann.

Sie streckt die Hand in Richtung Fenster, und eine Sekunde später berührt sie ein paar warme Fingerkuppen. Ulla poltert erneut an die Tür. Als Ellis Finger verschwinden, fühlt sich Sofia einsamer denn je.

8
BALD FLIEHT DIE DUNKELHEIT

Mittwoch, 13. Dezember

Isabella wachte mit Herzrasen auf und hätte nicht sagen können, ob sie überhaupt mehr als ein paar wenige Stunden geschlafen hatte. Doch an sich spielte es keine Rolle, weil sie so aufgeregt war, dass die Müdigkeit verflog, kaum dass sie sich aufsetzte.

Es war erst halb sechs. Trotzdem war ihr klar, dass sie nicht mehr würde einschlafen können. Heute war der entscheidende Tag. Endlich Lucia. Isabella schnappte sich Handtuch und Kulturtasche und ging rüber ins Gemeinschaftsbad. Das war das Gute daran, wenn man so früh wach war: Man konnte in aller Seelenruhe duschen. Kritisch beäugte sie ihr Gesicht im Spiegel über dem Waschbecken. An der Schläfe würde sich früher oder später ein Pickel bilden, und am liebsten hätte sie an der Stelle herumgedrückt, um zu sehen, was passierte, doch sie riss sich zusammen. Wenn sie die Finger davon ließe, würde sie die Stelle überschminken können.

Ihre Haare sahen jedenfalls gut aus.

Man konnte über ihren Vater einiges sagen, aber geizig war er nun wirklich nicht. Wenn Isabella ihn um

Geld für Klamotten oder für einen Friseurbesuch bat. In einem Umschlag auf dem Küchentisch hatte er für sie vier Fünfziger deponiert, damit sie sich die Haare schneiden und blonde Strähnchen machen lassen konnte. Marina hatte sich sogar Extensions machen lassen, aber so etwas brauchte Isabella nicht. Ihre Haare waren lang und dicht genug und sahen schon von Haus aus wesentlich besser aus.

Sie stellte die teuren Stylingprodukte für blondiertes Haar zurecht, ein Körperpeeling, das nach Bratapfel roch (der perfekte Lucia-Geruch, wie Isabella fand), Rasierschaum und Rasierer (zwar würde wohl kaum jemand Lucias Beine, Achseln oder die Bikinizone zu sehen bekommen, aber Isabella wollte sicherstellen, dass sie überall seidig glatt war), dann noch die unparfümierte Genitalseife, und stieg in die Dusche.

Sie ließ sich Zeit. Das warme Wasser war förmlich berauschend, die Nervosität fiel langsam von ihr ab, und sie genoss den Duft der verschiedenen Produkte. Und wie war es um ihre Stimmbänder bestellt?

»Do, re, mi, fa, so, la, ti, do«, trällerte sie vor sich hin.

Es klang super.

Im nächsten Moment hämmerte jemand gegen die Badezimmertür und stieß, ohne abzuwarten, die Tür auf. Isabella hatte zwar abgeschlossen, aber das Schloss war so alt, dass die Tür trotzdem aufging, wenn man nur fest genug drückte.

Verschlafen kam Juni um die Ecke.

»Mal ernsthaft – musst du die ganze Schule aufwecken, indem du hier stehst und um *fucking* sechs Uhr morgens rumjaulst?«

Isabella war es nicht im Geringsten unangenehm, nackt vor Juni zu stehen, es gab nichts, wofür sie sich schämen musste. Ihr Körper sah besser aus, und das wusste Juni auch.

»Ach? Ist es vielleicht meine Schuld, wenn du so tranig bist? Wenn du nachts nicht herumlungern und das Luder spielen würdest, wärst du morgens auch fitter. Heute ist Lucia-Tag, da muss ich mich fertig machen.«

Ein höhnisches Brummeln von Juni.

»Ach, richtig. Hatte schon ganz vergessen, dass du heute den Oscar gewinnst. Oder war es der Friedensnobelpreis? Nein, stimmt ja – du sollst in einem Nachthemd vor dreißig Rentnern auftreten. Klar, dass du dich da gut vorbereiten musst.«

Der Kommentar hatte gesessen.

»Geh und leg dich wieder schlafen. Deine perversen Online-Freunde schlafen bestimmt auch noch.«

»Nein, jetzt hast du mich aufgeweckt, und da mache ich mich besser auch fertig. Ich dachte an ein bisschen Nineties-Gothic-Style. Passt doch, oder?«

Sie schlug die Tür wieder zu und war verschwunden. Isabella stellte die Dusche ab und griff zu ihrer Bodylotion, mit der sie sich sorgsam eincremte.

Diese Juni machte sie nervös. Würde sie alles sabotieren? Vielleicht wäre es gut, bei Johannes nachzufragen, ob er sich bei ihr wirklich sicher war.

Als Rolf Månsson aufwachte, war es gerade erst Viertel vor sechs. Vollkommen unnötig, dass er als Rentner so früh aufstand, er musste schließlich nirgendwohin. Max lag leise schnarchend neben ihm, und in der Hoffnung, wieder einschlafen zu können, drehte Rolf sich noch einmal um. Doch nach wenigen Minuten gab er es auf. Im Krankenhaus würde er sich bald tagelang nicht aus dem Bett bewegen dürfen.

Er schlich in die Küche, zündete die Kerzen an, schaltete den Weihnachtsstern im Fenster ein und drehte das Radio leise auf, um Max nicht zu wecken. *»Lusse lelle lusse lelle elva nätter före jul«*, sang ein piepsiger Knabenchor.

Richtig! Heute war Lucia-Tag!

Schlagartig war Rolf aufgeregt. Jahrelang hatte er darauf geachtet, seine Schichten so zu planen, dass er am Lucia-Tag nicht schon frühmorgens arbeiten musste. Stattdessen war er im Bett liegen geblieben und hatte so getan, als wollte er ausschlafen (und hatte obendrein versucht zu ignorieren, wie dringend er pinkeln musste), während seine Ex-Frau und ihre Töchter in der Küche herumgefuhrwerkt hatten. Oft war das in etwa so diskret und leise zugegangen wie auf einem nordafrikanischen Wochenmarkt.

Es war jedes Mal so spät geworden, dass Rolf schon Angst gehabt hatte, die morgendliche Besprechung zu verpassen, als schließlich die Schlafzimmertür aufgegangen und eine mitunter widerborstige Lucia-Prozession hereinmarschiert gekommen war: Seine Frau hatte rote Flecken am Hals, und eines der Mädchen hatte garantiert rot geweinte Augen, während ein anderes siegreich als Lucia hervorgegangen war. Trotzdem war es stets wunderbar, und Rolf machte es sich zur Gewohnheit, später am Nachmittag Blumen für seine Mädels zu kaufen, zum Dank für die Show im Morgengrauen.

Doch dann brach jener Lucia-Tag an, an dem Rolf vergeblich wartete und irgendwann feststellen musste, dass ihre Lucia-Prozessionen der Vergangenheit angehörten. In der Küche saßen nur mehr mürrische Teenager und schaufelten Müsli in sich hinein. Als er den Kopf durch die Tür steckte und fragte, ob noch irgendetwas passieren würde, lautete die Antwort darauf: »Jetzt komm schon, Papa, wir sind keine Kindergartenkinder mehr.«

Tja. Es war wirklich schön gewesen, solange es angedauert hatte. Rolf lächelte in sich hinein, als er die Zeitung hereinholte.

Auf Seite eins war die diesjährige Lucia der Stadt abgebildet, eine Bilderbuchblondine namens Isabella. Mit ihrem hellen Teint und den flachsblonden Haaren entsprach sie ganz der konservativen, alten Lucia-Tradition. Vor ein paar Jahren hatte die Musikschule, die das städtische Lucia-Fest organisiert hatte, einen Jungen als Lucia nominiert – einen schrecklich gut aussehenden obendrein, der angeblich sang wie der junge Andrea Bocelli. Doch der darauffolgende Aufruhr war so groß gewesen, dass sie ihn letztlich durch ein blondes Mädchen ersetzt hatten. Rolf hatte nie herausgefunden, was der Junge selbst von der ganzen Sache gehalten hatte. Verdammt, wie unangenehm das gewesen war.

Diese Isabella hingegen sah kein bisschen nach Kontroverse aus. Rolf betrachtete kurz ihr strahlend weißes Lächeln und verspürte ein leichtes Unbehagen, als er sich vorstellte, wie viele gerade am Frühstückstisch saßen, zufrieden nickten und dachten: »Genau so muss eine Lucia aussehen.«

Aus einer spontanen Laune heraus beschloss Rolf, sich selbst zur Lucia zu machen. Er hatte zwar keine Kerzenkrone und auch kein Gewand, aber eine gute Singstimme sowie eine Tüte mit Tiefkühlbrötchen, die er in der Mikrowelle auftauen konnte.

Er summte beschwingt vor sich hin, während er Kaffee kochte und das Tablett bestückte. Lametta in den Haaren hätte sich albern angefühlt, deshalb hängte er sich etwas davon um den Gürtel. Zu guter Letzt stellte er ein paar brennende Kerzen auf das Tablett, räusperte sich und betrat mit feierlichen Schritten das Schlafzimmer.

»Durch dunkle Stub' und Stall schreitet im Lichterstrahl Santa Lucia«, sang er aus voller Brust.

Max setzte sich irritiert auf und brummte verschlafen: »Was zum …«, doch als ihm dämmerte, was gerade vor sich ging, beruhigte er sich wieder und hörte brav zu, bis Rolf sich durch die Zeilen des alten Lucia-Lieds gekämpft hatte (zu viele Verse, zu viele Wörter – und allmählich wurde er anscheinend vergesslich, so dass ein improvisiertes Durcheinander dabei herauskam).

»Da schau einer an, die Lichterkönigin persönlich«, sagte Max, als Rolf fertig war. »Oder bist du der Lichterkönig?«

»Ich bin mir nicht sicher. Ein heller Kopf jedenfalls. Und Kaffee habe ich auch schon gekocht. Hattest du große Angst? Müssen wir das Bett frisch beziehen?«

Lachend schälte sich Max aus den Laken.

»Ich glaube, es ist alles okay. Aber wenn das hier zur Gewohnheit werden sollte, wohnen bald zwei mit schwachem Herzen in dieser Wohnung.«

Gespielt beleidigt trottete Rolf zurück in die Küche und setzte sich an den Tisch. Er hatte eine Prise Kardamom ins Kaffeepulver getan, und die aufgetauten Brötchen schmeckten fast wie frisch gebacken. Sein Telefon summte, und Rolf rief begeistert ein Foto auf, auf dem sein Enkel Leo in voller Lucia-Montur zu sehen war. Stolz zeigte er es Max.

»The force is strong in your family«, kommentierte der.

Rolf hatte keine Ahnung, was er damit meinte, nickte aber nachdrücklich. Dann schlug er die Zeitung auf. Und war sofort schlecht gelaunt.

Die Zeitung hatte den vieren, die für das Bürgermeisteramt kandidierten, auf den Zahn gefühlt – und allein schon die abgebildeten Fotos riefen bei ihm Beklemmungen hervor. Riikka Halonen hatte anscheinend versucht, sich einen neuen Style zuzulegen, indem sie sich die Haare in einer seltsamen Kombination aus Rabenschwarz und Weihnachtsrot gefärbt hatte, was an sich nicht dramatisch gewesen wäre, wenn nicht die Bildunterschrift gelautet hätte: »Das Schlimmste, was uns passieren könnte, ist, dass wir eine Stadt nur für Rentner werden.« Als frischgebackener Frührentner war Rolf prompt beleidigt. Jasper Jokela wiederum schien sich über Halonen lustig gemacht zu haben, indem er sich eine Art Scherzuniform mit großen gelben Fragezeichen darauf angezogen hatte. Seine Patentlösung für die Stadt schien zu lauten: Sushi, Hausboote und Achtsamkeits-Coaches. Åsa Kling wiederum sah in ihrer pflaumenblauen Seidenbluse überaus elegant aus, doch irgendetwas an ihr irritierte Rolf. Waren es die Augen? Sah sie nicht ein bisschen aus wie die charismatische, aber geistesgestörte Anführerin einer Sekte? Der Schlimmste indessen war Jimmy Kjellin. Sein schmieriges Schlangenlächeln nötigte Rolf dazu, die Seite umzuschlagen. So eine Visage könnte selbst dem größten Freund vorweihnachtlichen Friedens die Laune verderben.

»Gucken wir uns heute Abend die Lucia-Prozession in der Kirche an?«, fragte er.

»Oh, ich fürchte, ich muss wieder nach Hause fahren und ein paar Sachen holen, damit ich morgen hierher zurückkommen kann«, antwortete Max. »Lucia hab ich ja heute früh schon getroffen, das reicht mir vollkommen.«

Rolf nickte.

»Dann fährst mit ins Krankenhaus?«

»Natürlich, du Dummkopf! Irgendwer muss schließlich rastlos die Flure auf und ab wandern, während du operiert wirst!«

»Die OP ist doch erst am Montag?«

»Klar, aber bis dahin passe ich auf dich auf. Leg dir eine kühle Hand auf die Stirn, füttere dich mit Weintrauben und singe leise Lieder.«

»Klingt wahnsinnig nett und gleichzeitig unheimlich! Trotzdem bin ich natürlich froh, wenn du mir Gesellschaft leistest.«

Max sah ihn ernst an.

»Bist du etwa nervös?«

»Ach was.« Rolf winkte ab, überzeugte damit allerdings weder Max noch sich selbst.

Jan Ståhlman war voller Energie. Er hatte den Morgen mit einer Runde durch den Schnee auf seinem eigens bestellten Winterrad mit Spikes-Reifen begonnen. Er würde im Revier duschen und sich umziehen, hatte er beschlossen, und das teure Fahrrad mit in sein Dienstzimmer nehmen. Es wäre auf alle Fälle schön anzusehen – im Gegensatz zum dortigen Mobiliar.

Die Alte am Empfang sah ihn verwundert an.

»Aber … willst du dein Rad nicht draußen im Fahrradunterstand anschließen? Das tropft doch. Der Reinigungstrupp wird nicht begeistert sein.«

Er konnte nur die Augen verdrehen. Ein Fahrrad, das eine fünfstellige Summe gekostet hatte, ließ man doch nicht irgendwo draußen stehen!

Als er an Märta Hanssons Zimmer vorüberging, bedachte er sie mit einem seiner seltenen Lächeln. Anna Glad hingegen war noch nicht da. Hoffentlich war sie krank, das würde seinen Tag umso schöner machen.

Zehn Minuten später schlenderte er – frisch geduscht und adrett zurechtgemacht – in Märtas Zimmer.

»Morgen, Hansson. Kann ich ein Update bekommen?«

»Wo warst du denn gestern? Es ist einiges passiert, und wir haben versucht, dich zu erreichen.«

»Ach.«

Er beschloss, zunächst nicht zu erwähnen, dass er zu Emma Klings Schule gefahren und der Pädophilenspur nachgegangen war. Die Befragung hatte nicht viel ergeben, da würde er erst ein bisschen weiterwühlen müssen, ehe er die Ermittlung aufmischen würde.

»Es war mein erster Arbeitstag, deshalb habe ich nur bis mittags gearbeitet«, antwortete er. »Wo ist Glad? Hat sie verschlafen?«

»Nein, sie ist unterwegs zu jemandem, der Boel als Teenager kannte. Aber du wolltest ein Update …«

Märta Hansson hob an zu erklären, was die Rechtsmedizinerin, die Boel Westman obduziert hatte, herausgefunden und was sie hatte aufhorchen lassen.

»Dann könnte es Mord gewesen sein?«

»Zumindest können wir es nicht ausschließen. Einen Selbstmord allerdings auch noch nicht. Oder es war doch ein Unfall. Aber ja, diese Kratzer und eingerissenen Fingernägel sind trotz allem interessant.«

Jan Ståhlman nickte zufrieden. Keine vierundzwanzig Stunden auf seinem neuen Posten, und sein erster Fall war eine ermordete Pädophile. Was für ein phantastischer Start. Und welches Sprungbrett das hier für ihn sein könnte!

»Und es ist noch etwas Spannendes vorgefallen«, fuhr Märta fort. »Anna hat eine VHS-Kassette zugespielt bekommen. Aram Demir – du hast ihn bestimmt schon kennengelernt? Er hat den Film jedenfalls digitalisiert, damit du ihn dir an deinem Rechner ansehen kannst. Wir glauben, dass darauf Boel Westman und ihre Mitschülerinnen aus Stockudden zu sehen sind – bei der Lucia-Prozession 1988. Du kannst ja mal überlegen, warum irgendwer uns den Film geschickt haben könnte, weil uns dazu noch nichts eingefallen ist. Aber genau daran arbeitet Anna gerade.«

Jan Ståhlman seufzte tief. Anna Glad würde das mit dem Video unter Garantie verpfuschen. Aber war es überhaupt wichtig für die Ermittlung? Um das beurteilen zu können, würde er es sich sofort ansehen müssen. Er war zu dieser Abteilung wirklich gerade rechtzeitig dazugestoßen.

»Noch etwas?«, fragte er.

»Ja, eine Sache. In der Nähe der Badestelle wurde am Abend, an dem Boel Westman starb, eine Feier ausgerichtet – zu Hause bei Jimmy Kjellin, der als Bürgermeister kandidiert. Ich stelle gerade eine Liste mit den Partygästen zusammen. Vielleicht hat einer davon ja etwas beobachtet. Boel Westman muss auf dem Weg zum Eisbaden direkt an dem Haus vorbeigegangen sein, während die Party in vollem Gange war.«

Das klang doch gleich sehr viel erfolgversprechender als dieses Video.

»Gut, Hansson«, sagte Jan Ståhlman großmütig. »Sobald du damit fertig bist, gib mir die Liste, und ich spreche mit den Gästen.«

In der Kneipe stand die Luft, und es roch leicht pilzig oder schimmelig und nach abgestandenem Rauch, obwohl in Innenräumen schon seit Jahren nicht mehr geraucht werden durfte. Entweder war es das Mobiliar, in dem sich der Rauch festgesetzt hatte, oder die Kundschaft, die den Geruch mit hereinbrachte.

Ingrid Hägg im Schankraum auszumachen war nicht sehr schwer: Sie war die einzige Frau weit und breit. Außerdem hatte sie bereits dagesessen und Ausschau gehalten, und sobald die Tür aufging und Anna hereinkam, trat sie auf sie zu.

»Guten Morgen, Frau Kommissarin«, sagte sie mit heiserer Stimme.

Anna grüßte zurück und musterte die Frau, mit der sie verabredet war.

Kein Zweifel, dass Ingrid Hägg einst eine Schönheit gewesen war. Sie hatte immer noch diese Art, sich zu bewegen, wie sie schöne Frauen immer hatten, doch ein ungesundes Leben hatte seinen Tribut gefordert: Das blonde, sorgfältig hochgesteckte Haar war dünn und leicht kraus geworden. Ihr Teint war grau, darüber konnte auch das Rouge nicht hinwegtäuschen. Aber der Blick war immer noch kokett und die Augen strahlend blau.

»Wollt ihr unter euch bleiben, Mädels, oder hättet ihr gern Gesellschaft?«

Die drei Männer, mit denen Ingrid Hägg zusammengesessen hatte, rissen die Blicke von ihren Biergläsern los. Es sah ganz danach aus, als wäre es nicht ihre erste Runde, obwohl es noch früh am Vormittag war.

»Mädels-Talk«, entgegnete Ingrid nachdrücklich und zeigte auf eine Nische im rückwärtigen Teil der Kneipe.

Die Nische war sichtgeschützt, was gut war. Annette Käld war der Ansicht gewesen, sie sollten Ingrid aufs Revier bestellen, doch Anna hatte widersprochen. Ingrid hatte am Telefon skeptisch geklungen, und vielleicht war sie in vertrauter Umgebung eher dazu geneigt zu sprechen. Und solange sich die Herren der Schöpfung vom Nachbartisch fernhielten, würden sie ungestört reden können.

»Wenn ich es richtig verstanden habe, wollen Sie etwas über Boel wissen?«

»Sie waren Mitschülerinnen, stimmt das?«

Ingrid röchelte in sich hinein. Anna war sich nicht sicher, ob es ein Hustenanfall oder ein Lachen war.

»So könnte man es ausdrücken. Obwohl es sich eher anfühlte, als wären wir Mitgefangene.«

»Sie haben in derselben Jugendeinrichtung auf Stockudden gewohnt.«

Ingrid nickte.

»Hatten Sie später noch Kontakt?«

»Nee, kann ich nicht behaupten. Ich glaube, wir alle, die wir damals in der Schule gewohnt haben, wollten das Kapitel schnellstmöglich zuschlagen. Nicht dass wir uns spinnefeind gewesen wären oder so. Ich bin vor ein paar Jahren sogar hingegangen und hab mir eine ihrer Ausstellungen hier in der Stadt angesehen. Allerdings war sie damals nicht anwesend. Sie war echt gut, Boel.«

Anna zog einen Stapel Papier heraus. Aram hatte die Videoaufzeichnung digitalisiert und ein paar Standbilder für sie ausgedruckt. Anna breitete die Ausdrucke auf dem Tisch vor ihr aus.

»Sind Sie das?«

Ingrid Hägg prustete los.

»Teufel auch! Na klar bin ich das! Gott, das war vielleicht eine absurde Veranstaltung …«

Sie nahm ein Bild nach dem anderen hoch und sah sich alles genau an.

»Wir sollten wie Vieh auf der Landwirtschaftsmesse vorgeführt werden.«

»Was wollen Sie damit sagen?«

Ingrid richtete den Blick aus ihren blauen Augen auf Anna.

»Die Einrichtung war in den Achtzigern der ganze Stolz der Gemeinde. Dort haben sie uns kaputte Mädchen hingebracht und wollten uns wieder heil machen. Dazu gehörte auch, dass wir halbwegs heilig in der Kirche auftreten sollten, verstehen Sie?«

»Inwiefern waren Sie denn ›kaputt‹?«

Ingrid zuckte mit den Schultern.

»Ach. Ich hatte meinen Spaß mit Alkohol, Jungen und Zigaretten, und damals reichte das schon. Außerdem fand ich, es wäre eine gute Idee, mit einem ausgeliehenen Auto herumzufahren. Nur dass ich da nicht ganz nüchtern war … und auch keinen Führerschein hatte.«

Anna zog einen Ausdruck näher zu sich heran.

»Das hier ist Boel, stimmt's? Wissen Sie noch, wie die anderen hießen?«

»Klar. Nina Svensson war Lucia. Die wohnt inzwischen in Norwegen – oder war's Dänemark? Die zwei da hießen Camilla und Carina. Dann Mikaela, Hanna, Sandra. An die Nachnamen kann ich mich nicht mehr erinnern. Nein, warten Sie – Camilla ist gestorben. Ein paar Jährchen später, als Folge der Magersucht.«

Die Namen, die Ingrid aufzählte, stimmten mit der Liste der Schülerinnen überein, zu der Märta und Anna Zugang gehabt hatten. Anna schrieb sich die Namen der Mädchen in der richtigen Reihenfolge auf. Dann zückte sie drei weitere Ausdrucke. Sie stammten alle aus der letzten Sequenz, in der die Prozession bereits den Altar erreicht hatte und das letzte Mädchen zusammengebrochen war. Ingrid Hägg brummte etwas in sich hinein.

»Hm. Das Grande Finale unserer Show.«

»Wie hieß die da, die Achte in der Reihe?«

Ingrid überlegte kurz, ehe sie antwortete, und Anna meinte, etwas in dem bislang so selbstsicheren Blick flackern zu sehen. Trauer? Unbehagen?

»Das war Sofia«, antwortete Ingrid. »Sofia Virta. Die ist auch gestorben. Selbstmord, hieß es damals, und dass sie ins Wasser gegangen wäre. Aber ich finde nicht, dass man das so sagen kann.«

»Warum nicht?«

»Sie ist eher hineingetrieben worden. Dass sie am Lucia-Tag ohnmächtig wurde, war nur der Anfang. Anschließend haben sie sie isoliert, und weiß der Teufel, was in dieser Baracke vor sich ging …«

Anna zuckte zusammen.

»In welcher Baracke?«

»Waren Sie mal auf der Insel? Die Hütte, die unten beim Bootshaus steht. Weiß nicht, wie die heute aussieht, aber das war schon damals zu unserer Zeit keine normale Unterkunft. Ein dickes Schloss an der Tür, als ›Spezialeinrichtung‹ für die ›schweren Fälle‹ gedacht.«

Ingrid malte gleich mehrmals Anführungszeichen in die Luft, und ihre Mundwinkel wanderten nach unten, als sie fast hasserfüllt dreinblickte.

»Wir haben uns den Mund fusselig geredet, weil wir sie wiedersehen wollten, um ihr zu sagen … na ja, dass wir hofften, es würde ihr bald wieder besser gehen. Und dass wir sie vermissten. Aber sie haben uns nicht mehr zu ihr gelassen. Und dann war sie auf einmal weg. Wir dachten erst, sie sei in eine andere Einrichtung verlegt worden, aber später haben wir dann erfahren, dass sie gestorben war.«

Ingrid verstummte. Die Männer an ihrem Tisch fluchten laut vor sich hin. Anscheinend war bei dem Hockeymatch, das sie sich auf einem Fernseher neben der Tür ansahen, etwas passiert.

Anna zauderte kurz, zückte dann aber ein weiteres Foto, nachdem sie sich von Neuem vergewissert hatte, dass die Männer auf etwas anderes konzentriert waren. Es war die Kopie eines der Nacktfotos, die in Almas Bankschließfach gelegen hatten. Sie hatte sich das Bild ausgesucht, auf dem fünf Mädchen zu sehen waren, schob es auf Ingrid zu, ohne ein Wort zu sagen, und lauerte auf deren Reaktion.

Ingrid warf einen flüchtigen Blick darauf und sah dann stattdessen aus dem Fenster.

»Warum zeigen Sie mir so was?«

»Wissen Sie etwas über das Bild?«

»Nein. Warum sollte ich? Mit so was hab ich nichts zu tun.«

»Das glaube ich Ihnen. Aber sind Sie eines der Mädchen auf diesem Foto?«

»Packen Sie das wieder weg, verdammt, bevor die anderen das noch sehen!«, fauchte Ingrid.

Anna drehte das Foto um.

»Ingrid … Ich kann Ihnen ansehen, dass Sie mehr wissen, als Sie mir erzählt haben.«

Anna senkte abermals die Stimme, ehe sie fortfuhr.

»Wenn Sie irgendetwas wissen, dann sagen Sie es. Wir müssen erfahren, was mit Boel passiert ist.«

»War doch ein Unfall, oder nicht?«

»Das können wir noch nicht mit Gewissheit sagen. Erzählen Sie mir, was Sie wissen. Haben Sie Angst vor jemandem?«

Sie schnaubte.

»Ach, wissen Sie: neun junge Mädchen auf einer Insel. Und immer mehr von uns verschwinden … Tut mir leid, aber da ist Kundschaft, ich muss zurück an die Arbeit.«

Ein Mann hatte die Kneipe betreten, und Ingrid eilte sofort an den Tresen.

Anna wartete, bis der Mann sein Bier bezahlt und sich mit einer Abendzeitung an einen Tisch gesetzt hatte. Dann trat sie ihrerseits an den Tresen und schob Ingrid eine Visitenkarte zu.

»Rufen Sie mich an, wenn Sie dazu bereit sind, mehr zu erzählen. Ich will Ihnen helfen.«

Ingrid Hägg schnappte sich die Visitenkarte und verschwand ohne ein weiteres Wort in der Küche.

»Hattet ihr einen schönen Kaffeeklatsch?«, fragte einer der Männer vom Nachbartisch, als Anna sich zur Tür umdrehte.

»Ganz wunderbar«, antwortete sie.

Emma hatte schon von Weitem ein komisches Gefühl. Ausnahmsweise begann der Unterricht für sie erst um elf Uhr, und der Schulhof war voll mit Schülerinnen und Schülern, die nur mehr aufs Mittagessen hinfieberten.

Es waren die Blicke, Knuffe in die Rippen, Gespräche, die verstummten, damit man sich aufs Gaffen konzentrieren konnte.

Ihr Blick blieb an Amanda und Felicia hängen. Amanda hielt sich die Hand vor den Mund, als Emma vorbeiging, und tat so, als müsste sie ein Grinsen verbergen. Felicia hingegen streckte sich.

»He, Emma! Meine Mutter hat eine alleinstehende lesbische Schwester. Willst du ihre Nummer? Ich finde, ihr würdet gut zusammenpassen.«

Das Kichern hallte in Emmas Ohren wider, als sie sich umdrehte und denselben Weg zurückrannte, den sie gekommen war.

»Guten Morgen. Oder vielmehr: Guten Tag.«

Anna schälte sich aus ihrer Jacke und hängte sie über die Stuhllehne. Aram Demir saß bei Märta Hansson.

»Hey«, sagte Aram, »ich wollte Märta gerade fragen, wonach genau ich in Westmans Computer suchen soll. Es hat eine Weile gedauert, bis ich den Zugang geknackt hatte, aber jetzt dürfte ich an das meiste herankommen.«

»Such nach einem Freund, einer Freundin, einem Ex oder irgend so was in der Art«, erklärte Märta.

»Und im Hinblick darauf, dass sie Bilder von nackten Jugendlichen im Schließfach verwahrt hat, könntest du vielleicht auch nach solchen Sachen Ausschau halten«, fügte Anna hinzu.

»Und den Browserverlauf bräuchten wir natürlich auch.«

»Ihr wollt, dass ich nachsehe, ob sie nach Kinderpornos gesucht hat?«

»Na ja«, sagte Anna zögerlich, »schlag Alarm, sobald in der Art etwas auftaucht. Aber ich glaube ehrlich gesagt nicht, dass du etwas finden wirst. Trotzdem such nach allem, was relevant sein könnte – und auch nach E-Mails. Ach, such einfach nach allem.«

»Warte, das muss ich mir aufschreiben. *Such einfach nach allem*«, sagte Aram übertrieben ironisch.

»Wie lief es bei dir?«, erkundigte sich Märta bei Anna.

»Geht so. Ingrid Hägg hat die Mädchen aus der Lucia-Prozession identifiziert, und es waren – genau wie wir es uns gedacht hatten – Boel Westman und ihre Mitschülerinnen.«

»Und das achte Mädchen?«

»Das war Sofia. Nahm sich das Leben, nachdem sie auf Stockudden dazu getrieben wurde, wie Ingrid Hägg es formuliert hat.«

Märta klappte die Kinnlade herunter.

»Was sagst du da? Warum bin ich darüber denn nicht gestolpert, als ich über Stockudden recherchiert habe?«

»Keine Ahnung.«

»Hat sie sich in der Schule umgebracht?«

»Sie ist ertrunken. Ingrid meinte, es sei Selbstmord gewesen. Könntest du da noch mal nachforschen? Könntest du etwas übersehen haben?«

Märta sah skeptisch aus, aber sie nickte verbissen.

»Ich hab's doch gesagt. Die Atmosphäre dort ist komisch!«

»Wir werden noch einmal hinfahren und uns dieser Atmosphäre aussetzen müssen. Ich will mir die Hütte ansehen, die wir beim letzten Mal ausgelassen haben. Angeblich haben sie Sofia dort zu einer Art ›Spezialbehandlung‹ eingesperrt. Ja, und wenn ich dorthin fahre, kann ich auch gleich bei den Kjellins vorsprechen. Wie weit bist du mit der Gästeliste?«

Märta schnaubte verlegen.

»Tja, die Liste ist seit heute Morgen fertig. Aber die hat Ståhlman sich unter den Nagel gerissen.«

Diesmal war es Annas Kinnlade, die herunterklappte.

»Er hat was?«

»Na ja, er ist vor einer Stunde gefahren, um sich die Gäste vorzunehmen. Und er soll ja an der Ermittlung teilnehmen, deshalb ist mir auch kein guter Grund eingefallen, Nein zu sagen. Aber die Kjellins kannst du von deiner To-do-Liste streichen.«

Aram sah sie nachdenklich an.

»Also, ich hasse es ja, wenn Leute am Arbeitsplatz lästern, aber dieser Neue … Er ist heute früh förmlich über mich hergefallen und wollte so was wie auf Männerfreundschaft machen.«

Märta musste laut lachen, während Anna Aram verdattert ansah.

»Und was sagt dein neuer Männerfreund?«

»Dass wir Kerle hier im Revier zusammenhalten müssen, damit das Weibsvolk nicht außer Rand und Band gerät. Solchen Käse eben. Und jetzt komme ich mir vor wie die größte Tratschtante der Welt, aber es fühlte sich ehrlich gesagt ziemlich zwielichtig an.«

»Ja, aber kleiner Aram, wie nett, dass du endlich einen Spielkameraden bekommen hast!«, witzelte Märta.

»Yippie«, sagte Aram trocken. »Aber wartet noch kurz. Bevor ihr loszieht, will ich euch noch etwas zeigen.«

Anna, die gerade aufstehen wollte, ließ sich wieder auf ihren Stuhl sinken.

»Und was?«

»Na ja, dieses Mädchen, das seine Slips online verkauft. Juni Möller? Oder JuneRose00, wie sie sich auf dieser Webseite nennt. Ich hab ihr Profil aufgerufen und ein paar Bilder ausgedruckt. Hier.«

Er drückte Anna drei Fotos in die Hand. Sie sahen genauso aus, wie Anna sie sich vorgestellt hatte: ein Bauch, der Ansatz der Schenkel, Spitzchenhöschen in unterschiedlichen Farben. Juni hatte das Bild genau unterhalb ihrer Brust gekappt.

»Mhm …«

»Na ja, ich dachte eher an das, was man da im Hintergrund sieht.«

Anna sah sich die Bilder abermals an. Junis Zimmer sah mehr oder weniger aus wie das von Isabella, in dem

Anna sich umgeschaut hatte. Im Hintergrund sah man einen Kleiderständer, einen Schrank mit gelblichen Furniertüren, allerdings keinerlei persönliche Gegenstände.

»Sie hat sich in ihrem Zimmer fotografiert. Ich nehme an, diese Zimmer sehen alle gleich aus. Komisch, dass sie dort ein Waschbecken haben, sich aber das Bad teilen.«

»Genau darüber habe ich auch nachgedacht«, sagte Aram. »Glaubst du nicht, dass jemand, der eine Verbindung zu der Schule hat, den Hintergrund wiedererkennen und genau sagen könnte, wo sich das Mädchen befindet?«

»Aber hast du nicht selbst gesagt, dass auf dieser Seite Mädchen aus aller Welt unterwegs sind?«, platzte es aus Märta heraus. »Wie groß ist bitte die Wahrscheinlichkeit, dass ein Kunde ausgerechnet ein Bild anklicken sollte und das Zimmer wiedererkennt?«

»Genau das habe ich mich ebenfalls gefragt«, entgegnete Aram. »Nur ist diese Seite leider nicht halb so sicher, wie Juni zu glauben scheint. Guckt euch das an.«

Er nahm sein Handy hoch.

»Hier. Wenn man bei der Auswahl der Versandmethode so filtert, dass das Porto so gering wie möglich sein soll, kriegt man nur diejenigen Verkäufer angezeigt, die sich in der Nähe der Adresse befinden, an die man die Wäsche schicken lassen will. Wenn wir beispielsweise die Adresse des Reviers eingeben, stehen auf einmal nur noch 34 Verkäuferprofile zur Auswahl – und plötzlich ist deine Wahrscheinlichkeit eine ganz andere. Ehrlich gesagt bezweifle ich, dass dieser Filter ein Versehen ist. Wohl eher eine versteckte Suchfunktion.«

»Himmel«, sagte Märta, »das ist gruselig! Ich finde, wir sollten Juni warnen.«

Anna stand erneut auf.

»Ich fahre nach Stockudden. Wenn ich Juni sehe, kann ich es ihr ja erzählen. Könntet ihr in der Zwischenzeit versuchen, mehr über Sofia Virta herauszufinden und darüber, was ihr zugestoßen ist?«

»Na klar. Ich ruf dich an, wenn ich etwas finde.«

Jan Ståhlman war überaus angetan. So sollte ein Dienstzimmer aussehen. Eines schönen Tages, wenn er einen ordentlichen Chefposten hätte, würde er sich in etwa so einrichten. Die Sitzmöbel waren garantiert italienisch. So was konnten die Italiener: Fahrräder und Sofas.

»Setzen Sie sich«, sagte Jimmy Kjellin. »Soll ich Maja um einen Espresso bitten?«

Dazu sagte Jan nicht Nein.

»Sieht aus, als hätten Sie kürzlich erst renoviert«, stellte er fest.

»Das ist richtig. Wir arbeiten seit ein paar Monaten daran. Meine Familie ist in dieser Gegend ja seit Jahrhunderten ansässig. Ich selbst habe großteils im Ausland Karriere gemacht, aber Sie wissen ja, wie das ist. Irgendwann will man zurück zu seinen Wurzeln.«

Jimmy Kjellin war ein hoch gewachsener, wenn auch nicht besonders gut aussehender Mann, aber der lebende Beweis dafür, wie weit einen maßgeschneiderte Anzüge und teure Schuhe bringen konnten.

»In welchem Bereich hat sich Ihre Familie denn hervorgetan?«, erkundigte sich Jan höflich.

Was natürlich nichts mit der Ermittlung zu tun hatte, doch er hatte das Gefühl, er könnte womöglich davon profitieren, wenn er sich mit Jimmy Kjellin gut stellte. Vielleicht saßen sich hier ja gerade ein künftiger Bürgermeister und ein Hauptkommissar gegenüber?

Jimmy stand auf und schlenderte auf eine Wand zu, an der mehrere gerahmte Urkunden und Fotografien hingen.

»Hier sehen Sie meinen Urgroßvater, Rafael Kjellin«, sagte er stolz. »Er hat 1925 einen Kolonialwarenladen in der Stadt eröffnet. Irgendwann kam der Krieg, wie wir wissen, aber die Familie hat sich durchgebissen. Wir gehören nicht zu denjenigen, die beim geringsten Widerstand aufgeben. In den fünfziger Jahren kamen ein Sommerrestaurant und eine Pension dazu. Allerdings war es mein verstorbener Vater, Stephen Kjellin, in den Siebzigern, der schließlich die Gelegenheit nutzte und einige leer stehende Gebäude, die niemand mehr zu schätzen wusste, aufkaufte und Hotels eröffnete, unter anderem das Stadshotellet und ein großes, modernes Konferenzzentrum an der Timmerviken. Sehen Sie, hier, das Tagungshotel war sogar mehrmals in Einrichtungszeitschriften porträtiert. Es war damals der letzte Schrei.«

Jan Ståhlman musterte die hochglänzenden Fotos an der Wand.

»Dieser Stil kommt ja wieder in Mode«, kommentierte er sachkundig.

Jimmy Kjellin strahlte ihn an.

»Ganz richtig. Wir waren in der Wirtschaftskrise in den Neunzigern gezwungen, das Hotel zu schließen, aber derzeit sieht es ganz danach aus, als würde es alsbald wiedereröffnet werden. Das Gebäude ist in einem Topzustand, die Originaldetails sind nach wie vor alle vorhanden, und wenn Sie mich fragen, braucht diese Stadt genau das – Touristen! Leute, die beruflich hier zu tun haben oder die hier ihren Urlaub verbringen wollen.«

Allmählich verlor Jan Ståhlman das Interesse. Womöglich reichte ihr bisheriger Small Talk für den guten ersten Eindruck.

»Also«, sagte er und kehrte zu den Sesseln zurück. »Ich würde Ihnen gern ein paar Fragen zu der Feierlichkeit stellen, die Sie am Unabhängigkeitstag ausgerichtet haben.«

Jimmy Kjellin nickte.

»Ich nehme an, es hat mit dieser Lehrerin zu tun, die am selben Abend ertrunken ist? Schlimme Geschichte. Während wir uns mit Schnittchen und feinen Getränken einen schönen, geselligen Abend gemacht haben, hat sich nur wenige Hundert Meter entfernt eine Tragödie abgespielt.«

»Wie viele Gäste waren geladen?«

»Wir waren rund zwanzig. Geschäftskontakte, Kindheitsfreunde, ein paar Freundinnen meiner Frau mitsamt Anhang. Und wie schon gesagt, ich habe nichts gesehen, aber meine Sekretärin erstellt Ihnen gern eine Liste mit den Kontaktdaten meiner Gäste, falls einer von ihnen etwas Nennenswertes beobachtet haben sollte.«

»Ausgezeichnet. Wie lange haben Sie ungefähr gefeiert?«

»Als die Übertragung aus dem Präsidentenpalast losging, gab es die ersten Cocktails. Meine Frau hat darauf bestanden, dass wir die Livesendung im Hintergrund laufen lassen. Gegen 19 Uhr ging es los, und die meisten sind gegen Mitternacht nach Hause gegangen. Ich hatte den Eindruck, als hätten sich alle gut amüsiert.«

Es klopfte an der Tür, und die Sekretärin steckte den Kopf herein.

»Entschuldigung, aber Ihr nächster Termin ist da.«

»Sie sollen bitte noch kurz warten, ich rede mit der Ordnungsmacht.«

Jan Ståhlman stand auf.

»Schon in Ordnung, ich habe fürs Erste auch keine weiteren Fragen mehr. Wenn ich nur um diese Liste bitten dürfte? Sehr angenehm, Sie kennenzulernen.«

»Gleichfalls.«

Sie gaben einander die Hand, und selbstzufrieden verließ Jan Ståhlman das Büro. Manchmal kam bei einer Befragung nicht allzu viel Wesentliches heraus, aber den Wert des Networkings durfte man nie unterschätzen.

»Heute ist es auf der Insel halbwegs ruhig«, erklärte Anders Kling und überreichte Anna den Schlüsselbund. »Die Musikschülerinnen proben für den Lucia-Auftritt in der Kirche, und die Fotoschüler haben freibekommen, weil … Na ja. Aus naheliegenden Gründen. Und meine zehnte Klasse schreibt eine Klausur.«

Anna bedankte sich für den Schlüsselbund.

»Welcher ist denn der Schlüssel für die Hütte unten am Bootshaus?«

Anders Kling sah sie verdutzt an.

»Oh, gute Frage, das weiß ich nicht. Ich war nie dort, das Gebäude benutzen wir nicht. Aber versuchen Sie es mit dem grünen.«

Anna verließ das Hauptgebäude und schlenderte in Richtung Strand. Es war bedeckt und ein paar Grad wärmer als am Vortag. Durch ihre Winterschuhe sickerte Feuchtigkeit. Sie müsste sich schleunigst neue Schuhe kaufen.

Der grüne Schlüssel funktionierte nicht, und sie musste fast sämtliche Schlüssel durchprobieren, ehe sich im Schloss endlich etwas rührte. Insgeheim hatte sie damit gerechnet, dass die Tür verzogen und schwer zu öffnen wäre, aber sie glitt ohne Schwierigkeiten auf.

Anscheinend war der Strom in der Hütte abgestellt worden. Als Anna auf den Lichtschalter drückte, ging die Deckenlampe nicht an, doch zum Glück hatte sie eine kleine Taschenlampe dabei.

Die Tür schlug hinter ihr zu, und aufgrund der staubigen Luft musste sie erst einmal husten.

Ingrid Hägg hatte recht gehabt. Von außen sah diese Hütte so aus wie die anderen Schülerunterkünfte auch, doch innen war die Raumeinteilung eine andere. Anna stand auf einem Flur, der sich fast bis zur Rückseite erstreckte. Zu einer Seite gingen mehrere Türen ab.

Sie ließ den Lichtkegel der Taschenlampe schweifen. Die Fenster waren verdreckt, allerdings musste vor nicht allzu langer Zeit irgendjemand hier gewesen sein. Auf dem staubigen Boden entdeckte sie Fußabdrücke. Sicherheitshalber fotografierte sie die Spuren, ehe sie den Flur entlangging.

Die hinterste Tür führte in einen Raum, der einst eine Art Büro gewesen sein musste: An der Wand stand ein Regal mit mehreren leeren Aktenordnern, in der Zimmermitte ein Schreibtisch mit zwei schmutzigen Plastikstühlen. Vielleicht hatte das hier auch als Sprechzimmer für den Schularzt gedient? Anna schoss weitere Fotos.

Der nächste Raum schien eine Art Pausenraum zu sein und glich sogar dem auf dem Polizeirevier: eine kleine Pantryküche in der Ecke, daneben eine große Lücke, wo ein Kühlschrank gestanden hatte. Ansonsten war der Raum leer, allerdings war der Korkboden an einigen Stellen eingedrückt, und Anna vermutete, dass dort am Fenster früher ein Küchensofa gestanden hatte.

Sie setzte ihren Erkundungsgang fort und öffnete die nächste Tür, hinter der ein schmutziges Badezimmer lag, das deckenhoch mit fleckigen orangefarbenen Fliesen gekachelt war. Es folgten zwei kleinere leere Zimmer; schwer zu sagen, was deren Funktion gewesen war. Vielleicht hatten sie als Schlafräume gedient?

Die letzte Tür schien zu einem Raum zu führen, der so groß war wie die beiden letzten, allerdings war die Tür verschlossen.

Anna machte einen Schritt zurück und betrachtete die übrigen Türen entlang dem Flur. Nur drei der Türen waren abschließbar: die zum Büro, die Badezimmertür und diejenige, vor der sie jetzt stand. Sie ging abermals den Schlüsselbund durch, und es dauerte eine Ewigkeit, trotzdem fand sie keinen passenden Schlüssel. Nichts passte. Allerdings sah der Türrahmen morsch aus.

Sie zögerte kurz, griff dann aber zur Klinke, stemmte sich mit der anderen Hand gegen die Wand und drückte, so fest sie nur konnte. Es knackste im Holz. Schlimmstenfalls würde sie den Türrahmen ersetzen lassen müssen.

Sie brauchte lediglich zwei weitere Anläufe. Dann löste sich ein großer Splitter aus dem Rahmen, und die Tür ging auf – mitsamt Schlosskasten.

Anna spähte hinein.

Wenn sie Märta nicht längst beigepflichtet hätte, dass die Atmosphäre auf Stockudden gruselig war, hätte sie es spätestens jetzt getan. Was in aller Welt war das?

Ein schmales Fenster mit vorgezogenem Vorhang. Ein Einzelbett ohne Matratze. Ein Schreibtisch sowie ein Plastikstuhl am Fenster und ein leerer Kleiderschrank neben der Tür.

Es fühlte sich an wie eine Gefängniszelle, obwohl Anna nur zu gut wusste, dass heutzutage sogar Gefängniszellen größer und wohnlicher waren. Wenn Ingrid Hägg die Wahrheit gesagt hatte, dann war jenes achte

Mädchen, das schmale, blasse von der Videoaufnahme, womöglich hier eingesperrt worden. Die Vorstellung war unerträglich.

Zaudernd trat Anna ein und versuchte, durch den Mund zu atmen, weil die Luft stark nach Staub, Schimmel und noch etwas anderem roch. Lagen hier vielleicht auch tote Mäuse in den Wänden? Pfui Teufel.

Sie schoss mehrere Fotos und sah sich konzentriert um. In Gefängniszellen war es nicht ungewöhnlich, dass die Insassen Kritzeleien, eingeritzte Sprüche oder andere Spuren an den Wänden hinterließen, doch hier war nichts dergleichen zu sehen.

Das Telefon, das sie vor sich hielt, vibrierte, als eine Nachricht einging.

Hey, ich bin heute Abend ca. 15 min später dran, wollte dich lieber vorwarnen, nicht dass du dich ärgerst und wieder gehst. Das könnte ich mir nie verzeihen!

Es war Felix. Anna seufzte. Wie sollte sie in ein paar Stunden den Schalter umlegen und in Dating-Stimmung kommen, nachdem sie dieses Gruselhaus hier besichtigt hatte?

Sie schickte einen hochgereckten Daumen zurück und blieb noch kurz stehen. Sie musste an das bleiche, schwankende Mädchen aus dem Video denken und hatte ein mulmiges Gefühl.

»Was zur Hölle haben sie mit dir gemacht, Sofia?«

Es war so weit. Isabella warf noch einen Blick in den fleckigen Wandspiegel in der Sakristei. Sie sah gut aus. Das lange Gewand war kreideweiß und gebügelt, sie hatte es sich im Internet bestellt, weil die Gewänder der Schule so billig aussahen. Sie hatte die rote Schärpe gerade so fest gebunden, dass sie ihre Taille betonte, aber der Stoff nicht spannte. Ihre Haare sahen wallend und natürlich aus, obwohl sie fünf unterschiedliche Stylingprodukte verwendet und fast eine Stunde lang mit dem Lockenstab gerungen hatte. Auch ihr Make-up war perfekt, sah natürlich und hübsch aus, als hätte sie von Haus aus perfekte Haut und nur ein bisschen Wimperntusche und Lipgloss aufgetragen. Der Pickel auf der Stirn war zum Glück nicht gekommen. Sie hatte sich die Fingernägel geschnitten und durchscheinend rosa lackiert.

Sie sah makellos aus. Sie war bereit.

Isabella holte ein paarmal tief Luft – Atemzüge, wie sie sie im Yoga gelernt hatte. Dann schob sie die Tür zur Kaffeeküche auf, wo sich die Mädchen aus ihrem Gefolge umgezogen hatten.

Marina und Johanna entfuhr jeweils ein: »Oooh, Isa!«

Juni stand immer noch in Strumpfhose und Spitzen-BH da, doch zum Glück hatte sie sich für ein natürliches Make-up entschieden. Vielleicht würde sie sich ja doch zusammenreißen und darauf verzichten, das Ganze zum Spektakel zu machen.

Es klopfte an der Tür.

»Seid ihr fertig, Mädels? Darf ich reinkommen?«

Es war Johannes.

»Klar«, rief Juni laut und schob die Brust raus.

Sie lachte laut auf, als Johannes noch an der Tür beschämt den Blick niederschlug.

»O Mann. Zieh dich bitte endlich an, Juni, das hier ist Lucia und keine Burlesque-Show.«

Dann blieb sein Blick an Isabella hängen.

»Da ist ja unsere Lucia. Du siehst phantastisch aus, Isabella. Der Auftritt wird perfekt.«

»Sind sie da? Sind sie gekommen?«

Er blickte leicht verlegen drein.

»Du meinst die Leute von der Plattenfirma? Ich hab sie noch nicht gesehen, aber das muss ja nichts heißen. Sie sind immer spät dran. Es würde mich nicht wundern, wenn sie erst gegen Ende hier reinschlendern würden, aber das macht ja nichts, weil wir uns das Beste für den Schluss aufgehoben haben.«

Isabella versuchte, sich die Enttäuschung nicht anmerken zu lassen. Was, wenn sie gar nicht auftauchen würden? Wochenlange Proben – und alles wäre umsonst gewesen. Sie hoffte inständig, dass Johannes recht hatte. Was er gesagt hatte, musste einfach stimmen, wo er doch immer noch so gute Beziehungen in die Musikbranche hatte.

»Ihr habt hoffentlich daran gedacht, in der ersten Reihe einen Platz für Papa zu reservieren?«

»Äh, klar, ich … hab ihn nur auch noch nicht gesehen. Aber jetzt alle mal herhören. Die Show beginnt. Gebt alles, Mädels – und du, Juni, zieh dich bitte schleunigst an! Wir sehen uns vor dem Altar.«

»Und du, Lucia, bitte kurz stillhalten«, sagte die strenge Kantorin, »damit ich die Kerzen anzünden kann.«

Sie stellte sich auf die Zehenspitzen und reckte das Feuerzeug in Richtung der Kerzen auf Isabellas Krone.

Isabella stand reglos da und konzentrierte sich auf ihre Yoga-Atmung.

Anna versuchte, vor ihrer Verabredung mit Felix Brinkmann nicht zu lange über ihre Kleiderwahl nachzudenken. Sie wollte sich nicht in die Sache hineinsteigern. Das hier war eher ein Experiment. Wie würde es sich mit knapp vierzig anfühlen, auf ein Date zu gehen? Obendrein mit einem geschiedenen Vater zweier Kinder? Sie entschied sich für Jeans, einen schlichten schwarzen Pullover mit Rundkragen und schwarze Stiefeletten. Letztere waren ein bisschen rutschig und unpraktisch, aber sie würden schließlich am Tisch sitzen, etwas essen und keine Wanderung unternehmen. Damit sie nicht gar so alltäglich aussah, trug sie ein bisschen Lipgloss auf und knetete sich ein Anti-Frizz-Öl in die Haare, das der Friseur ihr aufgedrängt hatte, als sie zuletzt dort gewesen war.

So. Sie sah richtig vorzeigbar aus. Wie sie selbst – nur ein klein bisschen aufpolierter.

Felix wartete schon vor der Pizzeria am Hafen, einem der wenigen Lokale, die das ganze Jahr über geöffnet hatten. Dort war es gemütlich, nicht so grell ausgeleuchtet und karg wie in den anderen Pizzerien der Stadt, die hauptsächlich auslieferten. Hier stünden sie außerdem nicht im Rampenlicht. Die Stadt war schließlich klein, und auch wenn Anna sich selbst als nicht sonderlich spannende Person empfand, war ihr klar, dass die Leute tratschen würden, wenn die Kommissarin und der Rettungstaucher in aller Öffentlichkeit miteinander essen gingen.

Felix sah wie immer attraktiv aus. Glatt rasiert, schick und ähnlich wie sie selbst gekleidet: dunkler Pulli und Jeans. Der Pullover sah teuer aus, sicher Merinowolle oder etwas anderes Feines. Solche Sachen würde sie sich niemals zulegen, darüber würden nur sofort die Motten herfallen. Womöglich lag es daran, dass sie ihren Schrank so selten auslüftete.

Verlegen stellte sie fest, dass sie Felix auf die Brust gestarrt hatte, während sie über Motten nachgedacht hatte, doch es schien ihn nicht gestört zu haben, ganz im Gegenteil.

»Wein?«, fragte er beschwingt.

»Oh, gerne«, antwortete sie. »Rot – und viel davon.«

Sie bestellten eine Flasche Valpolicella, und Anna, die ausgehungert war, bediente sich am Brotkorb. Das hier fing doch gut an. Felix redete, sie redete, die Stimmung war entspannt, unangestrengt und in jeder Hinsicht nett. Trotzdem regte sich etwas in ihr, was sie nicht hätte benennen können.

Oder doch? War es womöglich ein dunkelhaariger Kollege aus Tampere mit einem Schmunzeln im Gesicht, der ihr durch den Kopf spukte? Sie nahm einen großen Schluck Wein und schob den Gedanken beiseite. Es funktionierte zumindest für den Moment. Immerhin saß jetzt Felix vor ihr, mit ihm konnte sie sich klasse unterhalten, und auch er war nett anzusehen.

Dann wurden die Pizzas serviert, und sie machten sich darüber her. Lecker! Anna hatte ihre ganze Pizza binnen zehn Minuten verputzt und schämte sich ein wenig, als Felix bereits nach zwei Dritteln aufgab. War es unweiblich, so viel zu essen? Ach was. Wenn man hungrig war, war man eben hungrig.

Und Felix schien sich keinen Deut darum geschert zu haben. Er befüllte ihre Weingläser, und sie plauderten weiter. Allerdings hatte sich irgendetwas an ihm verändert; er schien sie plötzlich anders anzusehen. Er ließ sie gar nicht mehr aus den Augen, sondern musterte sie aufmerksam, während sie redete. Anna war leicht verlegen. Erst als sie aufstand, um zur Toilette zu gehen, spürte sie, wie angespannt sie von Kopf bis Fuß war.

Es war eine Erleichterung, in der kleinen Toilettenkabine für einen Augenblick allein zu sein. Eine Vase mit Kunstblumen stand am Waschbecken, und es roch stark nach synthetischem Raumduft.

Was stimmt nicht mit mir?, fragte sich Anna verbittert.

Felix wirkte in jeder Hinsicht toll – und er hatte anscheinend Interesse an ihr. Warum fühlte es sich dann so komisch an? Sie war doch kein Trostpreis, sah halbwegs gut aus und war eine intelligente Frau im besten Alter. Warum konnte sie die Dinge nicht einfach laufen lassen und sehen, wo sie womöglich hinführten? Sie konnte doch jederzeit Stopp sagen, wenn es ihr unangenehm wurde.

Aufmerksam betrachtete sie ihr Gesicht in dem kleinen Wandspiegel, um sich zu vergewissern, dass sie weder Tomatensoße noch Rotwein an den Lippen hatte. Aber nein, sie sah völlig okay aus. Tatsächlich sogar ganz niedlich. Vielleicht war ja doch gar nichts komisch daran, dass Felix sie so interessiert ansah?

Sie kehrte an ihren Tisch zurück. Die Pizzateller waren abgeräumt worden, und es lagen zwei Speisekarten bereit.

»Eigentlich bin ich pappsatt, aber ich will noch nicht gehen. Sollen wir mal testen, ob noch ein Dessert reinpasst?«, fragte Felix.

»Mein Lebensmotto lautet: Sag nie Nein zu einem Dessert.«

Anna bestellte ein Tiramisu, Felix ein Zitronensorbet (typisch für jemanden, der auf seine Figur achtete, schoss es Anna sofort durch den Kopf). Dann betrat eine größere Gruppe das Lokal und setzte sich ein Stück entfernt an einen Tisch. Anna nickte einer der Damen zu. Sie arbeitete in der Stadtverwaltung, sie kannten einander flüchtig. Über ihre Speisekarte hinweg beäugte die Frau Anna und Felix interessiert.

»Ich glaube, jetzt liefern wir doch Stoff für Klatsch und Tratsch«, stellte Anna leise fest.

»Wirklich? Wie aufregend!«

Anna zeigte diskret in Richtung der Gesellschaft ein paar Tische weiter.

»Das da ist eine der größten Tratschtanten in der Stadt«, flüsterte sie. »Wetten, die fragt sich gerade, was zwischen Kommissarin Glad und Rettungstaucher Brinkmann los ist?«

»Was ist denn los zwischen den beiden?«, hakte Felix nach.

Und bevor Anna sichs versah, lag seine Hand auf ihrer. Sie zuckte zusammen und war drauf und dran, ihre Hand wegzuziehen, riss sich dann aber zusammen. Hatte die Frau aus der Stadtverwaltung gesehen, was hier gerade passierte? Unter Garantie.

Rettung nahte in Gestalt der Bedienung, die zwei Desserts vor ihnen abstellte. Felix ließ Annas Hand los, lächelte sie leicht verdrießlich an und griff stattdessen zu seinem Dessertlöffel.

Anna war fast dankbar, als sie ihr Tiramisu aufgegessen und Felix bezahlt hatte (sie hatte sich an der Rechnung beteiligen wollen, doch er hatte darauf bestanden, zu bezahlen, schließlich sei dieses Essen seine Idee gewesen). Sie verließen das Restaurant und entkamen so dem neugierigen Blick der Verwaltungsdame.

Es war angenehm, wieder an der kalten Luft zu sein. Felix schlug vor, noch ein Stück am Wasser entlangzuspazieren, ehe sie beide nach Hause gehen würden. Anna hatte nichts dagegen. Es fühlte sich besser an, neben ihm herzugehen, als ihm an einem Tisch gegenüberzusitzen. Hin und wieder spähte sie zu ihm hoch, und ihr gefiel, wie groß er war. Neben ihm fühlte sie sich fast schon klein und zierlich. Nicht dass sie das unbedingt gern gewesen wäre, aber es war doch schön, zur Abwechslung mal nicht die Anna zu sein, die sich die meiste Zeit ihres Lebens plump und leicht trampelig gefühlt hatte. Tatsächlich hatte Måns sogar weniger gewogen als sie und dies auch mehrmals problematisiert.

Allerdings war der Spaziergang in ihren Stiefeletten ein wenig anstrengend und die glatten Sohlen stellenweise lebensgefährlich. Sie waren kaum ein paar Hundert Meter gegangen, als sie drauf und dran war, einen Salto mortale hinzulegen. Sie verlor den Boden unter den Füßen, riss die Beine hoch, und wenn Felix sie nicht sofort aufgefangen hätte, wäre sie hart auf dem Rücken gelandet.

»Himmel, was du für Kunststückchen machst!«, rief er und half ihr auf die Füße. »Kann ich dich wieder loslassen, oder rutschst du gleich wieder aus?«

Anna musste hysterisch lachen. Sie sah regelrecht vor sich, wie albern ihr kleines Cancan-Tänzchen ausgesehen haben musste. Im nächsten Augenblick dämmerte ihr, dass Felix sie mitnichten losgelassen hatte, sondern sie immer noch an der Hüfte festhielt, während sie sich an seine Oberarme krallte. Und ihr dämmerte überdies, dass sie nicht wollte, dass er sie losließ. So nah vor ihm zu stehen bescherte ihr ein warmes, blubberndes Gefühl. Der Valpolicella tat sicher sein Übriges, aber körperliche Nähe war nichts, was Anna tagtäglich gewöhnt war. Und mit einem Mal war sie verlegen. Statt ihm ins Gesicht zu sehen, sagte sie betont überschwänglich: »Wenn du mich auf ein gestreutes Stück Weg schieben könntest, überlebe ich diesen Abend vielleicht!«

Er hielt sie am Ellenbogen fest, bis sie an der Gehwegkante standen. Dort ließ er sie los und machte einen Schritt von ihr weg.

»Danke für diesen netten Abend. Aber jetzt muss ich wirklich nach Hause.«

Nach Hause – wozu? Zu einem weiteren Drink, einer Folge *Paradise Hotel* oder vielleicht zu einem panischen Chat mit Linda? Nein, Anna wollte wirklich heim, bevor dieser Abend allzu umwerfend endete.

»Ich hab zu danken, Anna. Und nun geh schön vorsichtig!«

Sie stapfte davon, ohne sich noch einmal umzudrehen. Allerdings spürte sie, dass Felix Brinkmann ihr nachsah, während sie mit weichen Knien an den Hauswänden entlangschlitterte.

Isabella konnte die Fassade gerade lange genug aufrechterhalten. Erst als sie ihren aufgeregten Mitbewohnerinnen eine gute Nacht gewünscht und die Tür hinter sich zugemacht hatte, kamen die Tränen.

Hauptsächlich weinte sie, weil sie wütend war. Und ein bisschen auch, weil sie verletzt war. Irritiert wischte sie sich die Tränen aus dem Gesicht. Ihr Handrücken war mit Wimperntusche verschmiert.

Es war keine Katastrophe gewesen, sie hatte den Ton gehalten, sie hatte sich an ihre Texte erinnern können, rein gar nichts war schiefgegangen. Doch sie hatte nicht die magische Reaktion verspürt, mit der sie gerechnet hatte. Die Leute in der Kirche hatten fast desinteressiert ausgesehen. Kinder hatten mit ihren Handys herumgespielt, ein älterer Mann ganz vorn hatte sogar geschlafen. Die Leute von der Plattenfirma waren nicht aufgetaucht, und ihr Vater, dieser verdammte Mistkerl … Aber was hatte sie erwartet?

Ihr Computer vermeldete im selben Moment eine Nachricht, als sie ihn hochgefahren hatte.

Wie ist es gelaufen?

Isabella schniefte.

Papa ist nicht gekommen.

Er ist ein Riesenidiot.

Und du auch nicht. Ich bin euch allen egal.

Es war ungerecht, und das wusste sie auch. Sie schämte sich ein bisschen, während sie auf die Antwort wartete. Es dauerte eine Weile, doch dann tauchte ein Bild im Chatfenster auf.

Ein Bild aus der Kirche, von irgendwo weiter hinten aufgenommen. Trotzdem war Isabella als Lucia am Altar deutlich zu erkennen.

Isabellas Herz schlug schlagartig höher.

Du warst da????

;-)

Und wo bist du jetzt?

Besser, das weißt du nicht, Süße. Aber ich bin in der Nähe.

Diesmal hat sie eine andere Schachtel bekommen. Vielleicht hatte Hasse sich nicht getraut, jedes Mal das Gleiche aus dem Medizinschrank zu nehmen. Diese Tabletten sind allerdings komisch. Sie bekommt davon nicht nur merkwürdige Träume, sondern weiß auch nicht mehr sicher, was um sie herum geschieht, während sie wach ist.

Sie ist inzwischen so schwach, dass sie nicht mal mehr allein duschen kann. Sie muss auf einem Höckerchen sitzen, während Ulla sie abbraust. Es ist grässlich. Aber doch lieber Ulla als Hasse.

Bei Ulla ist sie sich unsicher; manchmal glaubt sie fast, dass Ulla ihr helfen will. Dass sie ahnt, dass hier irgendwas ernsthaft schiefläuft. Aber vielleicht bildet sie sich das auch nur ein. Keiner kann ihr helfen, nicht Ulla, nicht Elli, nicht Mama, niemand.

Der Arzt sieht sie weiterhin kaum an. Allerdings hat er beim letzten Mal etwas Schlimmes gesagt.

»Wenn wir nicht bald eine Verbesserung sehen, sehen wir uns gezwungen, dich in eine andere Einrichtung zu schicken – eine mit strengerer Überwachung und strikteren Routinen.«

Und er sagt auch, dass sie das mit der Heimfahrt über Weihnachten vergessen kann.

In der vergangenen Nacht war sie wach, als sie kamen, aber derart benebelt, dass ihr alles egal war. Sie leistete keinen Widerstand, als sie ihr das Nachthemd und den Baumwollslip abstreiften und ihr stattdessen etwas mit Spitze anlegten. Sie lag einfach nur da und ließ es geschehen. Dann sah sie in die Kamera, als sie sie fotografierten. Sie kann sich noch vage daran erinnern, dass Hasse das nicht gut fand.

»Die ist ja komplett weggetreten! Das sieht scheiße aus! So können wir sie nicht verkaufen, verdammt«, flüsterte er.

Doch der Große machte weiter Fotos. Zumindest hörte sie, wie sein schwerer Atem sich mit dem Klicken des Auslösers vermischte. Als sie ihr die Spitzenwäsche wieder auszogen, nahm er sich Zeit und betatschte sie sogar, sie lag bloß da, und es war ihr egal. Nichts spielte mehr eine Rolle. Das ist das Schöne daran, wenn man am Boden ist: Es kann nicht noch schlimmer werden.

»Was machst du denn noch, verdammt?«, hat Hasse gefaucht und ihr das Snoopy-Nachthemd grob übergestreift.

Manchmal, wenn die Wirkung der Tablette nachlässt und die Angst noch nicht wieder überhandgenommen hat, so dass sie noch keine neue schlucken muss, erlebt sie Momente der Klarheit. Und da schreibt sie an Elli.

Sie hat sich ein Buch von ihr leihen dürfen, das schon eine Weile bei ihr liegt. Elli liebt Die Saga vom Eisvolk *und wird* Hexenjagd *irgendwann zurückhaben wollen. Sie hat ihren Namen auf die erste Seite geschrieben. Boel Westman, steht da, der Deutlichkeit halber, weil sie mit vollem Namen so heißt.*

Sie hofft, dass Elli nicht sauer ist, wenn sie sieht, dass sie mit Bleistift Sachen an den Rand geschrieben hat – dicht an den Falz –, aber Sofia glaubt, dass das außer Elli niemand bemerkt, sobald die ihr Buch wiederbekommt und sie selbst nicht mehr auf der Insel sein wird.

9
WIE FLÜGELRAUSCHEN

Donnerstag, 14. Dezember

Kaum dass Anna sich mit ihrem Kaffeebecher an ihren Schreibtisch gesetzt hatte, hörte sie vom Flur her aufgeregte Stimmen. Sie blickte verwundert auf. Wer schrie denn da so? Es klang, als streite Pamela mit einer anderen Frau. Was ging da vor?

Im nächsten Moment war ein Knall zu hören.

»Sie können doch nicht einfach da reingehen!«, rief Pamela.

Dann tauchte Åsa Kling in Annas Tür auf. Allerdings dauerte es einen Augenblick, ehe Anna sie wiedererkannte. Die sonst so adrette, ruhige Schuldirektorin war knallrot im Gesicht, hatte die Haare unordentlich hochgesteckt, und sowohl Mantel als auch Schal hingen schief von ihren Schultern. Am schlimmsten jedoch waren die Augen, die zornig blitzten.

»Was – zur – Hölle – haben – Sie – sich – dabei – gedacht?!«, fauchte Åsa mit angsteinflößenden Pausen zwischen jedem Wort.

»Åsa, was ist passiert?«

»Sie ist vierzehn! Auf die Idee, erst mit uns zu reden,

sind Sie wohl nicht gekommen? Nein, stattdessen sind Sie zu ihrer Schule gefahren und haben dort alles ausposaunt! Was glauben Sie wohl, wie sich das für Emma anfühlt? *Was?*«

Anna verstand kein Wort.

»Ich … Also … Ehrlich gesagt, Åsa, weiß ich nicht, wovon Sie reden. Was ist denn los? Geht es Emma gut?«

Åsa lachte höhnisch.

»Was glauben Sie wohl?«

Jetzt tauchte auch Annette Käld in der Tür auf.

»Hallo, mein Name ist Annette Käld, ich bin die Abteilungsleiterin. Kommen Sie bitte mit, dann können wir uns unterhalten.«

Åsa bedachte Anna noch mit einem hasserfüllten Blick, dann verschwanden die beiden außer Sicht. Im nächsten Moment schaute Märta verschreckt zur Tür herein.

»Was war das denn gerade?«

Anna schüttelte den Kopf.

»Keinen blassen Schimmer … Ich war ein bisschen ruppig mit einem Türrahmen in der verschlossenen Hütte draußen auf Stockudden und dachte schon, ich würde dafür einen Einlauf kriegen, aber das hier gerade schien von etwas anderem zu handeln.«

Fieberhaft dachte sie nach. Nichts, was Anna in den vergangenen vierundzwanzig Stunden getan hatte, hatte auch nur entfernt mit Emma Kling zu tun gehabt. Es sei denn …

Anna und Märta sahen einander an und schienen das Gleiche zu denken.

»Ståhlman!«, sagten sie wie aus einem Mund.

»Der hat sofort aufgemerkt, als er erfahren hat, dass Emma Kling und Boel Westman Nachbarinnen und

Freundinnen waren, hattest du nicht auch das Gefühl?«, fragte Märta.

»Doch. Was hat er angestellt, verdammt noch mal?«

Anna und Märta warteten angespannt darauf, dass Annettes Tür erneut aufgehen würde. Sie würden unmöglich mit ihrer Arbeit weitermachen können, ehe sie wüssten, weshalb die Direktorin so empört gewesen war.

Rund eine Viertelstunde später ging Annettes Tür wieder auf, und eine noch wütendere Åsa Kling – sofern das überhaupt möglich war – stürmte über den Flur nach draußen.

Anna hielt den Atem an.

Dann hörte sie Annettes Stimme vom anderen Ende des Flurs.

»Könntet ihr bitte kurz kommen, Anna, Märta und Jan?«

Jan Ståhlman hatte sich bereits auf einem der Sessel in Annettes Zimmer niedergelassen. Er sah völlig ungerührt und entspannt aus und gab sich nicht mal die Mühe, Anna und Märta anzusehen, als sie eintraten.

»Was war denn gerade los?«, fragte Märta.

»Was hast du gemacht?«, wandte sich Anna an Jan.

Er musste gar nicht antworten, das erledigte Annette für ihn.

»Ich will vorwegschicken, dass ich finde, Jan hat in die richtige Richtung gedacht. Es war ein Fehler, die Sache mit Emma Kling nicht weiterzuverfolgen, obwohl uns diese Bilder aus dem Bankschließfach zugespielt wurden. Sofern Boel Westman sich auch an Emma vergriffen haben sollte, muss das Mädchen Hilfe bekommen. Trotzdem – Jan, du weißt doch, dass man in Abwesenheit der Eltern keine Minderjährigen befragt?«

Ståhlman zuckte nicht mit der Wimper.

»Die Mutter hab ich nicht erreichen können, und ich brauchte schnellstmöglich Antworten auf meine Fragen«, erwiderte er in aller Seelenruhe.

Anna fühlte sich, als wäre ihr Kopf vollkommen leer, und sie war froh, dass es Märta nicht ebenfalls die Sprache verschlagen hatte.

»Hast du etwa Emma Kling gefragt, ob sie von Boel Westman belästigt wurde? Ohne Emmas Eltern mit einzubeziehen? Oder uns? Was zum Teufel …«

»Das klingt jetzt ziemlich unverblümt, aber ja, ich habe mich gezwungen gesehen, sie genau das zu fragen«, antwortete Ståhlman nonchalant.

»Aber Boel Westman war nicht pädophil!«, brach es lauter als beabsichtigt aus Anna heraus.

Annette sah sie mitfühlend an.

»Bitte, Anna. Du weißt, dass ich dich wirklich sehr respektiere, aber in der letzten Woche hatte ich doch einigen Grund dazu, an deinen Einschätzungen zu zweifeln. Du hast übereilt beschlossen, die Bilder nicht als pornografisch anzusehen und damit Boel Westman für unschuldig zu erklären. Aber wenn auch nur das geringste Risiko besteht, dass Kinder zu Schaden gekommen sind, tja, dann müssen wir einfach jeden Stein umdrehen. Da reicht dein Bauchgefühl nicht und ebenso wenig, dass Rolf Månsson behauptet, sie sei ein guter Mensch gewesen. Wir müssen uns unserer Sache absolut sicher sein, ehe wir eine unserer Theorien ad acta legen.«

Ståhlman nickte beifällig, und Anna erwartete schon, dass er Annette gleich applaudierte.

»Ich fürchte, wir sind bei dieser Ermittlung bislang zu naiv vorgegangen«, fuhr Annette fort, »und ich bin froh, dass wir jetzt Jan mit im Boot haben, der neu in der Gegend ist und dessen Urteilsvermögen nicht eingefärbt ist durch, na ja, potenzielle soziale Querverbindungen.«

»Mein Urteilsvermögen ist nicht eingefärbt! Ich kenne hier ja wohl auch niemanden!«, blaffte Anna wütend.

»Und ich bin nicht sonderlich glücklich, wenn jemand den neuen Kolleginnen einfach in den Rücken fällt«, murmelte Märta.

»Ja, da muss ich dir recht geben, Märta«, sagte Annette. »Jan, du musst dich mit Anna und Märta besser austauschen. Ich will, dass ihr dieser Sache auf den Grund geht. Nun scheint es zum Glück ja, als habe Boel Westman sich bei Emma Kling nichts zuschulden kommen lassen. Allerdings gab es noch eine Menge anderer Mädchen in ihrer unmittelbaren Nähe. Macht also damit weiter.«

»Aber egal, ob Boel jetzt pädo war oder nicht, sie ist jedenfalls mausetot. Sollten wir nicht eher herausfinden, wer sie umgebracht hat?«, wandte Märta ein.

»Natürlich. Deshalb seid ihr jetzt ja auch zu dritt. Also, das war's, ihr dürft weiterarbeiten.«

Anna war so wütend, dass sie nicht einmal etwas zu Märta sagte, sondern ebenso schnell wie zuvor Åsa Kling aus dem Büro ihrer Chefin rauschte.

Sie marschierte zurück in ihr Dienstzimmer, knallte die Tür hinter sich zu und blieb dann mitten im Raum stehen. Erst mussten sich Atmung und Puls wieder halbwegs beruhigen.

Sie hatte sich bei der Arbeit noch nie dermaßen angezählt gefühlt. Annette Käld hatte sich immer auf sie verlassen. Doch inzwischen schien das Urteil dieses unerträglichen Jan Ståhlman mehr zu bedeuten als das von Anna und Märta.

Ah, richtig. Märta.

Anna riss ihre Tür auf, und dort stand die Kollegin bereits und wartete. Ohne ein Wort zu sagen, schlüpfte sie in Annas Büro und schob die Tür hinter sich zu.

Anna kramte ihre Schlüssel hervor und schloss die Schreibtischschublade mit den Nacktbildern auf.

»Was willst du denn jetzt machen?«, fragte Märta erschöpft.

»Ich werde das hier aufklären. Jetzt auf der Stelle. Es muss irgendwo Beweise geben. Vielleicht steckt hinter diesem ganzen Durcheinander ja wirklich irgendein Perverser, aber ich weigere mich zu glauben, dass das Boel Westman gewesen sein soll.«

Märta lächelte schief und drückte auf den kleinen Schalter an der Tür, damit draußen das »Nicht stören«-Lämpchen aufflammte.

»Das ist die richtige Einstellung«, sagte sie. »Breite die Bilder auf dem Schreibtisch aus, dann dröseln wir das verdammte Durcheinander mal auf!«

Eine völlig sinnlose Unterrichtsstunde war vorbei. Isabella hatte keine Ahnung, wovon sie gehandelt hatte. Sie hatte ganz hinten im Musiksaal gesessen und demonstrativ an ihrem Handy gespielt.

»Kommst du mit mittagessen, Isa?«, wollte Johanna wissen.

Sie schüttelte den Kopf.

Die anderen schlenderten aus dem Musiksaal, während Johannes vorn an seinem Pult noch ein paar Unterlagen zu sortieren schien. Er blickte auf und wirkte überrascht, dass Isabella noch da war.

»Alles in Ordnung? Du scheinst heute ein bisschen neben dir zu stehen.«

»Du hast mich die ganze Zeit angelogen, oder? Diese Leute von der Plattenfirma hatten niemals vor zu kommen. Sag einfach, wie es ist.«

Er blickte beschämt drein.

»Du musst wissen, dass die Leute in dieser Branche unfassbar volle Kalender haben. Dezember ist obendrein immer ein schlimmer Monat, mit all den Veranstaltungen …«

»Hör auf, solchen Mist zu erzählen!«, blaffte sie ihn an. »Du hast gar keine Kontakte mehr! Papa hatte recht: Du bist so was von abgeschrieben!«

Er richtete sich gerade auf, sah sie aber nicht an.

»Wirklich bedauerlich, dass du so schlecht von mir denkst, Isabella.«

»Wozu die Schauspielerei? Für wie naiv hältst du mich eigentlich? Hast du gedacht, ich würde dir vielleicht noch einen blasen, wenn du mir mit einem Plattenvertrag winkst?«

»Isabella, das reicht.«

»Alle haben gesehen, wie du mit mir umgehst. Tatschst mich die ganze Zeit an. Das ist ekelhaft, aber damit kannst du jetzt aufhören.«

»Hast du das etwa als Tatschen verstanden? Das ist eine ernste Sache, Isabella, da bitte ich wirklich um Entschuldigung! Ich berühre oft Leute, mit denen ich rede, aber findest du ernsthaft, ich hätte mich dir gegenüber unangemessen verhalten?«

Schlagartig war sie verunsichert. Er hatte sie ja nun nicht gerade am Busen berührt oder so. Papas Geschäftspartner waren da wesentlich aufdringlicher, wenn sie betrunken waren. Johannes hatte ihr hauptsächlich die Hand an die Schulter gelegt oder ihr den Rücken getätschelt, solche Sachen eben. Aber egal, diese ekligen Kerle waren doch alle gleich und nur auf das eine aus.

»*Alle* haben gesehen, was du machst«, spie sie aus.

Er war kurz still. Dann legte er seine Unterlagen beiseite und sah sie unverwandt an.

»In diesem Fall haben es alle missverstanden. Isabella, ich bewundere dich, du bist eine talentierte Sängerin, und ich glaube, du könntest weit kommen, wenn du die richtige Chance bekämst. Aber was meine Absichten mit dir angeht, täuschst du dich gewaltig. Ich war seit 1996 nicht mehr mit einer Frau zusammen. Es hat einige Zeit gedauert, bis ich mir über mich selbst im Klaren war. Ich stehe auf Männer, Isabella, und zwar auf erwachsene. Und ich finde, du solltest jetzt essen gehen.«

Isabella hatte bereits den nächsten bösen Kommentar auf der Zunge, doch abgesehen von einem wütenden »Aaaaaaargh!« bekam sie nichts heraus, als sie aus dem Musikraum stürmte.

Annas Augen juckten. Sie wünschte sich, sie hätte am Morgen auf die Wimperntusche verzichtet, dann hätte sie sich jetzt ordentlich die Augen reiben können. Es war anstrengend, eine geschlagene Stunde lang ein und dieselben Fotos anzustarren. Außerdem wurde die Luft in ihrem kleinen Dienstzimmer allmählich stickig.

Sie waren bislang keinen Millimeter weitergekommen. Ein ums andere Mal hatten Anna und Märta versucht, jede Kleinigkeit an der Wand hinter den Mädchen auf dem Foto in Augenschein zu nehmen, die Mädchen selbst, jedwedes Detail, das hätte wichtig sein können. Aber was brachte es schon, dass eines der Mädchen eine Blinddarmnarbe zu haben schien und eine andere ein Muttermal an der Schulter? Sie konnten schließlich nicht sämtliche Frauen aus der ganzen Gegend vorladen und sie bitten, sich auszuziehen, damit sie die Stellen vergleichen konnten.

Märta hatte ihre Notizen über die Schulgeschichte aus ihrem Büro geholt und ging sie gerade abermals durch. Zwischendurch stand sie immer mal wieder auf und machte den einen oder anderen Zettel an Annas großer Pinnwand fest.

Allmählich hingen dort ziemlich viele Dinge: Fotos, Listen, Notizzettel. Anna fühlte sich erschöpft, allein wenn sie den Blick darüberschweifen ließ. Märta pinnte auch die Fotos fest, die Anna tags zuvor in der abgeschlossenen Hütte geschossen hatte, sowie den Ausdruck eines Fotos der offenkundig kranken Sofia Virta mit Lametta im Haar und leerem Blick.

Verdammt, es war nicht mehr auszuhalten! Anna pfiff darauf, dass sie wohl für den Rest des Tages Waschbärenaugen hätte. Sie rieb sich die Augen. Gott, wie gut sich das anfühlte, auch wenn ihre Fingerkuppen sofort schwarz waren.

Märta seufzte resigniert.

»Also, sollen wir essen und dann weiter…«

Mit einem Mal sprang Anna so jäh von ihrem Stuhl auf, dass der gegen die Wand krachte.

»Wie konnten wir das übersehen?!«, kreischte sie.

Märta sah fast verängstigt aus, als Anna ihren Schreibtisch umrundete und dabei einen Papierstapel über die Tischkante fegte.

»Was denn?«

»Da! Guck dir das an!«

Anna riss ein Foto von der Pinnwand. Es war eines der Bilder, die zwei Tage zuvor aus der Rechtsmedizin gekommen waren: die Kratzer an Boel Westmans Armen, von denen sie annahmen, dass sie von ihrem Versuch stammten, sich über die Eiskante zu retten.

Anna tippte wie wild darauf herum, während Märta noch immer verwirrt aussah.

»Hier!« Anna nahm eines der Fotos der nackten Mädchen zur Hand und hielt Märta beide Bilder vor die Nase.

»Ach.« Märta riss die Augen auf, als der Groschen fiel. »Verdammt!«

Anna schob das Durcheinander auf ihrem Schreibtisch beiseite und legte die Bilder nebeneinander.

»So muss es einfach sein! Guck, da, die Narbe. Boel muss sich mal den Arm gebrochen haben. Und dann diese Muttermale hier – drei Stück. Und jetzt schau dir das Mädchen dort an.«

»Wie blind konnten wir sein?«, murmelte Märta.

Sie starrten beide die nackte junge Frau auf dem Schwarz-Weiß-Bild an.

»Wenn es nur die Narbe wäre, nur die Muttermale, wäre ich mir nicht halb so sicher, aber in Kombination …«

»Du hast recht«, sagte Märta. »Das Mädchen in der Mitte ist Boel Westman.«

Das Telefon klingelte, und beim Anblick des Namens auf ihrem Display musste Hauptkommissarin Annette Käld lächeln.

»Hallo, Pirkko! Lange nichts gehört!«

Pirkko und Annette hatten zusammen studiert und über all die Jahre versucht, den Kontakt aufrechtzuerhalten, doch weil sie in unterschiedlichen Landesteilen wohnten, trafen sie sich meist nur bei Konferenzen oder ähnlichen Veranstaltungen.

»Eindeutig zu lange«, pflichtete Pirkko ihr bei. »Hast du gerade Zeit zu reden, oder bist du schwer beschäftigt?«

Eigentlich hatte Annette einiges zu tun, doch einen kurzen Moment mit ihrer alten Freundin war genau das, was sie jetzt brauchte. Mit Pirkko zu sprechen, würde ihr für den Rest des Tages Energie bescheren, das wusste sie, und ihre Freundin könnte gewiss auch ihre düsteren Gedanken an die Zukunft nachvollziehen. Sie waren gleich lange bei der Polizei und fast im selben Tempo die Karriereleiter emporgestiegen. Bestimmt war Pirkko ihren Job allmählich ebenso leid wie Annette.

»Gerade passt es wunderbar.« Sie lehnte sich auf ihrem Stuhl zurück. »Wie geht es dir?«

»Danke, gut. Es läuft bestens in meiner Abteilung, wir stecken zwar bis zum Hals in Arbeit, aber das Team ist phantastisch: junge, energiegeladene Leute.«

»Ach«, sagte Annette mit einem Anflug von Neid.

»Aber hör mal, das ist nicht der Grund, warum ich dich anrufe. Ich bin gerade zufällig über eine Liste mit Neuanstellungen gestolpert.«

»Aha?«

»Hast du wirklich Jan Ståhlman angestellt?«

Pirkko lachte, und Annette blinzelte verwirrt.

»Ja. Er hat diese Woche hier angefangen.«

»Wie schrecklich! Na ja, vielleicht hat er sich ja zu seinem Besseren entwickelt.«

»Pirkko, wovon redest du? Ich hab seine letzten Chefs angerufen, und sie haben ihn wärmstens empfohlen.«

»Die haben ihn wohl schleunigst loswerden wollen! Nein, entschuldige, ich sollte wirklich nicht herumtelefonieren und Ex-Kollegen anschwärzen, aber dieser Mann ist schon eine Klasse für sich.«

Schlagartig wurde es Annette eiskalt.

»Was meinst du damit?«

»Er ist vollkommen unberechenbar. Fasst merkwürdige Beschlüsse, ist im Team eine Katastrophe, versucht ständig, sich bei den Vorgesetzten in ein gutes Licht zu rücken, während er sich bei den Kollegen nur Feinde macht. Bei uns hat es damit geendet, dass ich ihn ins Archiv versetzen musste, wo er nichts anstellen konnte. Von dort hat er sich dann weiterbeworben.«

»Wann war das?«, fragte Annette leise.

»Oh, das ist sieben Jahre her. Irgendwann ist er wohl nach Kotka gezogen. Ich hoffe, dass sie ihm dort halbwegs Manieren beigebracht haben.«

»Bis jetzt fand ich ihn sehr zugänglich. Er ist kopfüber in eine ziemlich chaotische Ermittlung gestürzt worden, hat aber sofort die Ärmel hochgekrempelt.«

»Und die neuen Kollegen, wie klappt es mit ihnen?«

Annette antwortete nicht sofort.

»Na ja, Kommunikation scheint nicht seine große Stärke zu sein. Aber sich an einem neuen Arbeitsplatz zurechtzufinden ist ja auch nicht ganz leicht.«

Sie wusste nicht, ob sie gerade Pirkko oder sich selbst zu überzeugen versuchte.

»Nun ja. Ich dachte bloß, ich ruf mal an und warne dich vor. Sicherheitshalber. Es lohnt sich bestimmt, Jan Ståhlman im Blick zu behalten. Mehr wollte ich auch gar nicht sagen.«

»Okay, danke. Ach, und wenn wir uns bis dahin nicht mehr hören: Fröhliche Weihnachten!«

»Gleichfalls!«

Nachdem Annette aufgelegt hatte, musste sie erst den Impuls niederringen, die Stirn auf die Tischkante zu schlagen. Auf die Ausschreibung von Rolf Månssons

Posten hatten sich alles in allem dreißig vielversprechende Bewerber gemeldet. Konnte es da wirklich sein, dass sie die Niete gezogen hatte?

Doch sie wollte sich bei ihrer Einschätzung von Jan Ståhlman auch nicht von einem einzigen kurzen Telefonat mit jemandem beeinflussen lassen, der Jahre zuvor mit ihm gearbeitet hatte. Andererseits gehörte Pirkko zu jenen, auf deren Urteil Annette am meisten vertraute, und sie war definitiv niemand, der schlecht über Kollegen redete, wenn sie nicht guten Grund dazu hatte.

Schlagartig fühlte sie sich erschöpft. Als es dann auch noch an der Tür klopfte, war es, als schlüge ihr jemand gegen die Schläfe.

»Ja?«, antwortete sie heiser.

Die Tür ging auf, und Anna Glad und Märta Hansson stürmten herein. Sie sahen aufgewühlt aus, allerdings war Annette für einen Moment von Annas Hardrock-Augen-Make-up abgelenkt.

»Boel Westman war nicht pädophil«, verkündete sie mit schriller Stimme.

Annette seufzte. Ging das schon wieder los …

»Und jetzt haben wir auch den Beweis dafür.« Märta legte ein paar Fotos auf den Schreibtisch ihrer Chefin.

Stumm ließ Annette den Blick über die Bilder schweifen, während Anna und Märta wild durcheinanderredeten.

»Das da, das ist Boel Westman …«

»… und wir nehmen an, die anderen sind ihre Klassenkameradinnen von Stockudden.«

»Sprich: Es sind dieselben Mädchen wie aus der Lucia-Prozession – minus eins.«

»Und das erklärt auch diese andere Sache …«

»Genau: warum Ingrid Hägg so komisch reagiert hat, als sie die Bilder gesehen hat.«

»Weil sie wahrscheinlich auch eines der Mädchen ist.«

»Deshalb wollen wir uns noch mal mit ihr unterhalten …«

»… und fragen, wer diese Fotos geschossen hat.«

»Und wenn das Schulpersonal davon gewusst haben sollte …«

»… oder die Fotos sogar gemacht hat …«

»Stimmt – verdammt noch mal …«

Annette schwirrte der Kopf. Sie musste das Geplapper der beiden dringend für einen Moment ausblenden, um einen klaren Gedanken fassen zu können.

Und tatsächlich: Anscheinend war Boel Westman eines der gesichtslosen Mädchen auf den Fotos gewesen. Die Ähnlichkeiten auf den Vergleichsbildern waren einfach zu offenkundig, als dass es reiner Zufall sein konnte. Der eine Arm gehörte zwar zu einem Teenager, der andere zu einer Frau mittleren Alters, trotzdem waren Narbe und Muttermale identisch.

»Ingrid Hägg, sagt ihr? Sprecht noch mal mit ihr. Und überprüft die anderen Mädchen. Vielleicht ist ja eines dabei, das eher bereit ist zu reden als Ingrid. Und das Schulpersonal – vielleicht ist noch jemand hier ortsansässig? Was genau haben sie damals mitbekommen?«

»Schon in Arbeit«, erwiderte Märta.

»Aber bleibt bitte weiter diskret. Auch wenn diese Fotos alt sind, kann so etwas sehr heikel sein.«

Anna und Märta nickten. Es stand ihnen ins Gesicht geschrieben, dass sie darauf brannten, loszulegen, obwohl beide versuchten, ihren Eifer hinter einer nüchternen Miene zu verstecken.

»Gute Arbeit!«

Normalerweise packte Rolf Månsson gern Koffer. Er war gut darin. Bei längeren Segeltörns ging es darum, die richtigen Sachen und keinen Ballast dabeizuhaben, und bei Städtereisen funktionierte eine ordentliche Basisgarderobe am besten. Alles andere ließ sich kombinieren.

Doch diesmal fühlte es sich einfach nur beschwerlich und düster an.

»Klamotten kann ich zu Hause lassen. Vielleicht darf ich mir ja so einen alten Krankenhauskittel leihen«, sagte er verkniffen.

»Aber womöglich fühlst du dich in deinen eigenen Sachen besser«, wandte Max ein.

»Pfff«, entgegnete Rolf säuerlich.

Er sah hinüber zum Wohnzimmer.

»Und die Blumen kann ich wohl auch wegwerfen. Die sind sowieso tot, bis ich wiederkomme. Es sei denn, du willst sie mit zu dir nehmen.«

»Ich komme gern her und gieße sie«, sagte Max leise.

»Ohrstöpsel! Die muss ich auch noch einpacken. Bestimmt muss ich das Zimmer mit anderen alten Knackern teilen!«

»Und da dachtest du, du bringst ihnen Ohrstöpsel mit, damit sie dein Schnarchen nicht hören? Echt nett von dir«, witzelte Max.

»Pfff«, schnaubte Rolf erneut.

Das hier war wirklich der Super-GAU. Noch eine gute Woche bis Weihnachten, und er musste aus allem auschecken: Er hatte keinen einzigen Hering eingelegt, keine Bonbons gekocht, nicht mal die große Kiste mit Weihnachtsdeko aus der Garage geholt, weil an einen Weihnachtsbaum in diesem Jahr gar nicht zu denken war.

Sein Telefon klingelte. In einem unbedachten Moment hatte er den Klingelton zu »White Christmas« geändert. Jetzt fühlte es sich wie eine Verhöhnung an.

»Hallo, Anna«, sagte er in dem Versuch, nicht allzu miesepetrig zu klingen.

»Ich hätte da ein paar Namen, die ich gern mit dir durchgehen würde.«

Aha, diverse Leute hatten nicht mal mehr Zeit, Hallo zu sagen, wenn sie anriefen. Trotzdem setzte sich Rolf an den Küchentisch und spitzte die Ohren.

»Schieß los. Was sind das für Leute?«

»Leute, die unseren Angaben zufolge in den Achtzigern in dieser Einrichtung auf Stockudden gearbeitet haben. Artur Hedengren beispielsweise.«

Da musste Rolf nachdenken.

»Ja, den kannte ich. Er war Sozialarbeiter. Ist aber schon lange tot.«

»Klaus Mannerström?«

»Sagt mir nichts.«

»Er war Arzt.«

»An den kann ich mich nicht erinnern, tut mir leid. Gibt's noch mehr?«

»Ulla Andersson.«

»Die kenne ich noch! Eine ruhige, zupackende Frau, nicht wahnsinnig charmant, aber bei den paar Malen, die wir uns getroffen haben, hab ich mich ganz gut mit ihr verstanden. Sie ist weggezogen, als die Einrichtung geschlossen wurde. Ich meine, sie hätte einen Job im Strafvollzug angenommen, aber beschwören könnte ich es nicht.«

Anna schwieg kurz, wahrscheinlich machte sie sich Notizen.

»Und einer noch. Hans Moberg.«

»Also, den müsstest du sogar selbst kennen. Der wohnt immer noch hier in der Stadt.«

»Wirklich?«

»Er war gerade Anfang, Mitte zwanzig, als er auf Stockudden anfing. Ich meine, mich zu erinnern, dass der Job damals so etwas wie eine Strafarbeit für ihn war, weil er keinen anständigen Ausbildungsplatz bekommen hatte. Später hat er komplett umgesattelt. Pflege war wahrscheinlich nicht sein Ding. Inzwischen ist er Geschäftsmann.«

Anna schaffte es kaum, ein Dankeschön herauszubringen, und legte wieder auf. Wenn Rolf nicht so deprimiert gewesen wäre, wäre er glatt neugierig geworden: Wem war sie denn jetzt schon wieder auf der Spur? Es musste irgendetwas mit Boel zu tun haben. Trotzdem war ihm im Moment nicht nach Spekulationen zumute.

»Deine Pantoffeln solltest du auf jeden Fall einpacken«, sagte Max. »Und ein paar Bücher. Und Papier und Stift, falls dich die Inspiration überkommt und du ein Gedicht oder so schreiben willst.«

Rolf war drauf und dran, abermals mit einem »Pfff« zu reagieren, hielt sich dann aber zurück.

»Es wird schon gut gehen, Rolf«, sagte Max. »Versuch, dir keine Sorgen zu machen.«

Emma hätte nicht sagen können, wie lange sie schon in ihrem Bett lag. Sie schlief nicht, war aber auch nicht wirklich wach.

Tags zuvor war ganz ohne jeden Zweifel der schlimmste Tag in ihrem Leben gewesen. Die ganze Schule schien zu glauben, dass Emma ein sexuelles Verhältnis mit Boel gehabt hatte. Die Blicke, die sie auf dem Schulhof aufgefangen hatte, würde sie nie vergessen: mitleidig, angeekelt, neugierig, höhnisch. Sie konnte sich kaum noch daran erinnern, wie sie nach Hause gekommen war.

Boel. Boel, die Emmas Freundin gewesen war, die ihr ein Gefühl von Geborgenheit vermittelt hatte. Hatte sie wirklich alles missverstanden, so wie es dieser kahlköpfige Polizist zu glauben schien? Hatte Boel die ganze Zeit über etwas anderes im Sinn gehabt? Irgendwas Ekliges?

Nein, hatte sie nicht. Boel hatte sie – mal abgesehen von der einen oder anderen Umarmung – nie auch nur berührt und nie irgendwas Schleimiges oder Komisches gesagt. Trotzdem fühlte es sich gerade an, als wäre es nicht richtig, um Boel zu trauern. Alles fühlte sich nur noch schmutzig und widerwärtig an.

Vielleicht wurde Emma ja krank? Ihr war untypisch warm. Gut, so hatte sie einen Grund, für ein paar Tage zu Hause zu bleiben. Sie kniff die Augen zusammen. Vielleicht würde sie so wieder einschlafen. Was, wenn morgen alles anders wäre?

Sie hörte ein Winseln und drehte sich um. Vor dem Bett stand Doris und guckte flehentlich zu ihr hoch.

»Kann Mama nicht mit dir Gassi gehen?«, krächzte Emma.

Doris winselte erneut. Wahrscheinlich war ihre Mutter bei der Arbeit. Und ihr Vater war wie üblich irgendwo unterwegs.

»Na, meinetwegen«, sagte sie und hievte sich aus dem Bett.

Sie zog sich ihre Jacke an und stieg in Papas pelzgefütterte Winterschuhe. Sie hatte lächerlich große Füße, fast schon Größe 41, und Papas Schuhe waren nur noch einen Hauch zu groß.

Es hatte schon wieder geschneit. Emma kämpfte sich in den schweren Schuhen vorwärts, allerdings war es für die arme Doris noch schlimmer: Sie sah aus wie ein winziger Schneepflug.

»Komm, Würstchen, gehen wir zum Strand«, sagte Emma aufmunternd. »Vielleicht liegt da ja weniger Schnee.«

Damit hatte sie sich allerdings getäuscht. Unten am Bootshaus war die Schneedecke noch dicker, zum Glück aber so pudrig, dass Doris hindurchkam und nach einer Weile ihr Geschäft machen konnte.

»Braves Würstchen«, sagte Emma.

Eigentlich war es ganz schön, mit Doris hier draußen im Schnee zu stehen. Alles Anstrengende fühlte sich für den Moment weit entfernt an, doch dann schlug es mit Wucht erneut über ihr zusammen. Emma kämpfte mit den Tränen. Sie musste wieder nach Hause, die Tür hinter sich zumachen und sich in aller Ruhe ausweinen.

Sie drehte sich um und wollte Doris gerade zu sich rufen, doch die wieselte urplötzlich interessiert in die entgegengesetzte Richtung und um die Ecke des Bootshauses, das Boel als Fotostudio gedient hatte. Emma hörte fröhliches Kläffen und stapfte ihr hinterher. Verdammt …

»Guck dir das an! Jetzt versuchen sie, uns auch noch zu erpressen! Mal ernsthaft, was für Widerlinge! Ich wünschte mir, es wäre schon morgen …«

Emma wäre am liebsten im Boden versunken, als sie die Stimme hörte und sah, wohin Doris unterwegs war. Am Eingang des Bootshauses stand eine Handvoll Futurica-Schüler. Einige rauchten, und prompt handelte sich Emma misstrauische Blicke ein.

»Hey, Emma«, sagte einer von ihnen.

Lukas. Er war in die Hocke gegangen und kraulte Doris zwischen den Ohren. An der Hauswand war ein kleines Vordach angebracht, und dort standen sie, um weiterem Schneefall zu entgehen.

Das Mädchen, das Emma am nächsten stand, packte sie jäh am Arm und zog sie in ihre Mitte.

»Okay, Mini-Kling, wie viel hast du gerade gehört?«

Emma hätte sich vor Schreck fast in die Hose gemacht.

»Ni… Nichts …«

»Lass sie in Ruhe«, fuhr Lukas dazwischen. »Sie ist einfach nur traurig.«

Das Mädchen starrte Emma ins Gesicht.

»Hm. Und warum? Hast wohl deine Lieblings-Barbie verloren?«

Erstaunt stellte Emma fest, dass sie plötzlich eher wütend als traurig war.

»Du bist auch nicht viel älter als ich, verdammt, also hör auf mit dem Scheiß«, platzte es aus ihr heraus.

Zum Glück sah das Mädchen kein bisschen verärgert aus, ganz im Gegenteil.

»Gut!« Sie nickte.

Emma sah sich um. Lukas war der einzige Junge hier. Die Namen der anderen kannte Emma nicht alle, aber sie wusste, dass das Mädchen neben ihm Minea hieß und diejenige, die sie am Arm gepackt hatte, Juni. Allerdings ging die nicht in die Zehnte, sondern in den Fotokurs, während die anderen alle Zehntklässlerinnen waren, also Schülerinnen ihres Vaters.

»Komm, Doris«, sagte sie leise.

Doch Doris hatte anscheinend nicht vor, ihrem Frauchen zu folgen. Sie genoss Lukas' Aufmerksamkeit in vollen Zügen.

»Und warum hast du wirklich gerade geheult?«, wollte Minea wissen.

Emma zuckte bloß mit den Schultern.

»Wir sind keine Tratschweiber«, sagte Minea, »außerdem heulen wir hier alle mal. Okay, okay, du nicht, Juni. Aber der Rest von uns.«

»Klar heule ich auch manchmal«, protestierte Juni. »Letzte Woche zum Beispiel, als ich mein brandneues Parfüm habe fallen lassen. Die ganze Hütte hat gestunken wie ein Puff, 45 Euro einfach so den Abguss hinunter. Da hab ich auch ein Tränchen verdrückt.«

»Lasst Emma in Ruhe«, sagte Lukas abermals. »Wenn sie nichts erzählen will, muss sie nichts erzählen.«

»Aber wenn's hilft?« Minea zog an ihrer Zigarette. »Und das tut es normalerweise.«

Emma war hin und her gerissen. Es fühlte sich regelrecht irrsinnig an, mit dieser Clique, die ihr sonst eine Heidenangst machte, über Gefühle zu sprechen. Vielleicht würde dadurch alles noch schlimmer werden. Andererseits … Konnte es überhaupt noch schlimmer werden? Sie sah sich um. Sie sahen nicht annähernd so abweisend aus, wie sie zunächst gedacht hatte.

»Ich … Da geht ein echt ekliges Gerücht über mich an der Schule rum.«

»Ach, so was ist scheiße«, sagte Minea. »Was erzählen sie denn?«

»Dass … dass ich und Boel was miteinander gehabt hätten.«

Juni prustete los.

»Auch eine Idee! War Boel lesbisch, weiß das jemand? Wenn ich so darüber nachdenke … Aber war sie wirklich cool genug, um lesbisch zu sein?«

Emma bereute es sofort, dass sie etwas gesagt hatte. Wieso redete sie überhaupt mit diesen Leuten?

»Na ja, du bist ja noch im Nachwuchsteam, aber an

sich hätte Boel eine echt gute Sugar Mama abgegeben. Weiß einer, ob sie Geld hatte?«, plapperte Juni weiter.

Emma zog ein gebrauchtes Taschentuch heraus und putzte sich die Nase.

»Komm, Doris, wir müssen jetzt los«, sagte sie leise, und endlich gehorchte der Dackel.

»Hoch die Faust, Emma! Es wird mit der Zeit besser«, rief Minea ihr hinterher.

Anna drückte jetzt schon zum fünften Mal auf den Klingelknopf. Diesmal noch nachdrücklicher. Sie meinte zu hören, dass sich hinter der Tür jemand bewegte, trotzdem machte ihr niemand auf.

»Ingrid, ich bin's. Anna von der Polizei.«

Immer noch keine Reaktion.

»In der Kneipe haben sie mir erzählt, Sie wären krankgeschrieben. Machen Sie auf, es ist wichtig.«

Im nächsten Moment waren schlurfende Schritte zu hören. Dann sagte eine leise Stimme: »Ingrid ist nicht da.«

Es war eine Frauenstimme, allerdings hörte sich die Frau nicht wie Ingrid an.

»Und wo finde ich sie?«

»Sie ist verreist. Ich sag ihr, dass sie anrufen soll. Hat sie Ihre Nummer?«

Anna hatte Ingrid ihre Visitenkarte gegeben, aber es war durchaus möglich, dass sie sie verlegt hatte. Anna zückte eine neue und schob sie durch den Briefschlitz. Sie erhaschte einen Blick auf zwei Beine in hellen Jeans und Füße mit rosa lackierten Zehennägeln.

»Sie soll mich bitte so schnell wie nur möglich anrufen«, sagte sie und wandte sich dann widerwillig zum Gehen.

Sie hatte Ingrid ordentlich ausquetschen wollen.

Jetzt unverrichteter Dinge die Treppe hinunterzugehen fühlte sich wie eine Niederlage an. Dass Ingrid verreist war, glaubte sie keine Sekunde lang.

Ihr Handy vibrierte. Es dauerte eine Weile, ehe sie es herausgekramt hatte und ranging.

»Beatrice Borg hier, Björnåsen«, sagte eine hektische Stimme. »Bitte entschuldigen Sie die Störung! Ich hab erst die 112 gewählt, aber dann dachte ich mir, ich informiere Sie besser direkt. Alma Westman ist verschwunden.«

»Was? Seit wann?«

»Seit etwa einer Stunde. Wir haben schon überall gesucht. Ein paar Betreuerinnen sollten die Patienten auf einen Spaziergang begleiten, aber dann ist eine von ihnen gestürzt und hat sich verletzt. Und während die anderen sich um sie gekümmert haben, hat Alma sich aus dem Staub gemacht. Könnten Sie vielleicht herkommen?«

»Bin schon unterwegs.« Anna legte auf und lief zu ihrem Auto.

Unterwegs wurde sie von Annette Käld angerufen, die soeben die gleiche Information erhalten hatte.

»Es muss ja nicht unbedingt mit dem Tod der Tochter zu tun haben, aber vielleicht ist es besser, wenn du mal hinfährst, schließlich kennst du die Dame«, fand Annette. »Sämtliche Einheiten sind informiert und halten die Augen offen.«

Im Pflegeheim für Demenzerkrankte Björnåsen herrschte eine angespannte Stille. Das Personal versuchte offenbar, den Schein zu wahren, um die anderen Patienten nicht in Aufruhr zu versetzen, trotzdem fragte Anna sich, ob hier irgendwer auf den Bluff hereinfiel. Panik hing in der Luft wie ein erstickend aufdringliches Parfüm.

Beatrice Borg führte Anna in ihr Büro, wo bereits eine junge Pflegerin mit rot geweinten Augen wartete.

»Das ist Petra«, stellte Beatrice sie vor. »Sie kümmert sich am häufigsten um Alma.«

Petra schniefte.

»Ist Alma Westman in der Vergangenheit schon mal ausgebüxt?«, erkundigte sich Anna.

Petra schüttelte nachdrücklich den Kopf.

»Nein, nie! Wir machen fast täglich einen kleinen Spaziergang, und ich kann mich nicht erinnern, dass sie je versucht hätte, sich von der Gruppe zu entfernen.«

»In der vergangenen Woche mussten wir wegen des Schnees vorübergehend auf die Spaziergänge verzichten«, warf Beatrice ein, »aber heute waren wir uns einig, dass wir einen Versuch wagen sollten. Was sich als übereilt erwies: Es war am Hang immer noch spiegelglatt.«

Anna warf einen Blick aus dem Fenster. Es wurde allmählich dunkel, obwohl es bis zum Abend noch eine Weile dauern würde, und das Thermometer in ihrem Auto hatte minus vierzehn Grad angezeigt.

»Wie war sie angezogen? Hatte sie warme Sachen an?«

»Ja«, antwortete Petra, »Pullover und Wintermantel und Wollhose.«

»Gut«, sagte Anna leise.

Dass Alma warm gekleidet war, war zumindest eine gute Nachricht, auch wenn sie eine ganze Nacht lediglich in einer Wollhose nicht überleben würde.

»Wie war das?«, hob sie abermals an. »Alma hat ja kürzlich eine schlechte Nachricht erhalten. Haben Sie seit dem Tod ihrer Tochter eine Veränderung an ihr festgestellt?«

Petra und Beatrice wechselten einen Blick.

»Ja, vielleicht«, antwortete Petra zögerlich.

»Inwiefern?«

»Tja, das ist bei unseren Patienten nicht immer leicht zu sagen. Sie wirkte zumindest nicht trauriger oder so, eher hat sie … Ach, ich weiß auch nicht, wie ich es sagen soll. Auf Englisch würde man *determined* sagen.«

»Fest entschlossen?«, schlug Anna vor. »Inwiefern hat sie entschlossen gewirkt?«

»Es war der eine oder andere Gesichtsausdruck, ihr Tonfall und solche Sachen. Sie wirkte phasenweise sehr entschieden. Aber Alma sagt oft Sachen, die wir nicht ganz einordnen können, deshalb weiß ich jetzt auch nicht, wie das helfen soll.«

Beatrice nickte beifällig.

»Allerdings hat sie zuletzt über andere Sachen geredet. Unter anderem hat sie öfter ›das Hotel‹ erwähnt. Wir dachten erst, dass sie damit das Heim meinen könnte, aber sie schien an etwas anderes zu denken. Und dann hatten wir gestern einen Lucia-Auftritt: eine Gruppe von Fünfjährigen aus der Kita hier in der Nähe. Da war Alma urplötzlich vollkommen außer sich.«

Petra zuckte zusammen.

»Das stimmt! Das hatte ich schon ganz vergessen! Wir mussten sie beiseitenehmen, damit sie die Kinder nicht verschreckt. Wenn Erkki – einer der anderen Pfleger hier bei uns – sie nicht festgehalten hätte, hätte sie sich glatt auf das Mädchen gestürzt, das am Ende der Prozession lief. Wir waren alle ziemlich baff, weil Alma sonst eine unserer harmlosesten Bewohnerinnen ist.«

»Wie viele Mädchen waren es denn insgesamt?«, fragte Anna.

Beatrice sah sie verdattert an.

»Na ja, erst Lucia – übrigens war das ein Junge, was ganz lustig war –, dann eine Reihe Mädchen. Alles in allem waren es vielleicht zehn? Neun oder zehn, würde ich sagen.«

»Das achte Mädchen«, murmelte Anna. »Hat Alma zu dem letzten Mädchen etwas gesagt?«

»Ich stand am anderen Ende des Speisesaals, deshalb habe ich nichts gehört«, erklärte Petra. »Aber Erkki hat erwähnt, es hätte geklungen, als hätte Alma das Mädchen gekannt. Sie hat sie Sofia oder so ähnlich genannt.«

»Dabei hieß das Mädchen gar nicht Sofia«, warf Beatrice ein, »sondern Estelle – wie die schwedische Prinzessin. Ich bin mit ihrer Mutter befreundet.«

Schon wieder Lucia, dachte Anna. Lucia auf dem Videoband, Lucia in Björnåsen, Lucia auf Stockudden. Allerdings war es womöglich nicht überraschend, wenn man rund um den 13. Dezember auf mehrere Lucias traf. Aber dass sie obendrein alle in einer polizeilichen Ermittlung auftauchten, war schon bemerkenswert.

Anna rief sich die Videoaufnahme in Erinnerung. Alma und Boel Westman hatten in den achtziger Jahren in der Stadt gewohnt. Es war also durchaus möglich, dass Alma in der Kirche gewesen war, um ihre Tochter zu sehen, als sich das Drama um das bewusstlose Mädchen abgespielt hatte. Könnte es sein, dass die kleinen Lucia-Mädchen sie an jenen Vorfall und an Sofia erinnert hatten? Hatte Alma Sofia zu Lebzeiten gekannt?

»Meine Kollegen suchen bereits die Umgebung ab und halten nach Alma Ausschau«, erklärte Anna. »Aber könnten Sie mir trotzdem zeigen, wo genau sie verschwunden ist?«

Petra ging ihre Jacke holen.

»So weit waren wir gar nicht gekommen«, erklärte sie

kurze Zeit später. »Im Grunde nur ein paar Hundert Meter den Hang entlang. Allerdings gehen da drüben mehrere Wege ab – dort, wo meine Kollegin ausgerutscht ist. Deshalb wissen wir nicht, in welche Richtung Alma gegangen sein könnte.«

Sie blieben an einer Weggabelung stehen, und Petra schilderte erneut, was passiert war. Niemand in der Gruppe hatte damit gerechnet, wie schnell Alma Westman sein würde, und laut Petra hatte es sich allenfalls um ein, zwei Minuten gehandelt, in denen niemand sie im Blick gehabt hatte. Binnen so kurzer Zeit war Alma bereits außer Sichtweite gewesen.

Anna sah sich um. Inzwischen wurde es dunkel, und die Straßenbeleuchtung, die vor ein paar Minuten angeschaltet worden war, tauchte alles in Rosa. Anna nahm an, dass der Blick von hier oben bei klarem Wetter regelrecht schwindelerregend wäre. Von hier konnte man noch weiter sehen als vom Gebäude selbst. Die Bucht lag weiß und still vor ihr, man konnte sogar das gegenüberliegende Ufer sehen.

Abrupt machte Anna auf dem Absatz kehrt und rannte zu ihrem Wagen. Von dort funkte sie Annette Käld an. Keine der Streifen hatte bislang auch nur eine Spur von Alma Westman entdeckt.

»Ich fahre gleich runter an die Timmerviken und sehe mich dort um«, teilte Anna ihr mit. »Vielleicht wollte sie den Ort besuchen, an dem ihre Tochter starb?«

»Ist sie denn so rational?«, fragte Annette.

»Keine Ahnung, aber es ist einen Versuch wert.«

Während sie langsam hügelabwärts rollte, ließ sie den Waldrand nicht aus den Augen. Vielleicht kauerte Alma irgendwo zwischen den Bäumen? Dann wären ihre Fußabdrücke zu sehen.

Sie hatte den Gedanken kaum fertig gedacht, als es abermals anfing zu schneien. Anna fluchte in sich hinein. Da ging die Hoffnung dahin, Spuren zu entdecken. Jetzt war Eile geboten.

Sie näherte sich dem Strand.

Auf dem Eis war niemand, nirgends Jogger oder Eisfischer, die durch das Schneetreiben zu sehen waren. Aber wäre es möglich …

Sie fuhr rechts ran. Alma habe von einem »Hotel« gesprochen, hatte die Pflegerin im Björnåsen ausgesagt. Hatte sie womöglich das geschlossene Tagungshotel am entgegengesetzten Ufer gemeint? Von der Stelle, an der Alma verschwunden war, hatte man es sogar fast sehen können.

Anna war gerade mal einen guten halben Kilometer von Felix' Haus entfernt und sah auf ihr Handy. Oje, die Kälte hatte wie immer dafür gesorgt, dass sich der Akku bedrohlich schnell leerte. Nur noch zwanzig Prozent – aber das musste reichen. Sie rief seine Nummer auf.

»Na, so was!«, meldete Felix sich fröhlich.

»Hey, du, entschuldige bitte, aber ich habe eine ganz kurze berufliche Frage. Hält das Eis auf der Timmerviken?«

Felix musste lachen.

»Ist das ein kryptischer Anmachspruch? Ich hoffe es! Aber ja, es sollte halten, zumindest für einen Menschen. Und zumindest die ersten paar Hundert Meter. In der Mitte der Bucht ist die Strömung recht stark, da kann ich für nichts garantieren. Wir haben dort draußen schon öfter Schlittschuhfahrer rausfischen müssen, selbst wenn es längst schneidig kalt war. Insofern ist das Ganze nicht ganz ungefährlich.«

»Okay«, sagte Anna. »Das war's auch schon. Danke!«

Felix wollte eindeutig noch etwas sagen, doch Anna legte auf. Ein ziemlich abruptes Gesprächsende, aber das würde sie ihm später erklären müssen. Sie musste sich beeilen, Alma Westman hatte einen ordentlichen Vorsprung.

Anna hätte am liebsten Märta dazugerufen, doch sie schonte lieber ihr Handy. Die Kollegin war am anderen Ende der Stadt auf der Suche nach Hans Moberg, der zu Boel Westmans Schulzeit auf Stockudden gearbeitet hatte.

Bin an der Timmerviken, glaube, dass Alma übers Eis gelaufen ist. Bis später!, schrieb sie ihr stattdessen und steckte ihr Handy wieder ein.

Dann zog sie sich die Kapuze über den Kopf, kramte ihre Handschuhe aus der Tasche und stieg aus.

Annas Bauchgefühl war natürlich kein todsicherer Indikator, und es hatte sie in der Vergangenheit auch schon in die eine oder andere Sackgasse geführt, doch manchmal lag sie damit auch goldrichtig. Und im Augenblick hatte Anna so eine Ahnung, dass Alma Westman übers Eis gelaufen sein könnte. Es schien fast, als würden alle Wege zur Timmerviken führen. Zudem war dort Almas einzige Tochter gestorben.

Sie eilte die Böschung hinab bis an den Ufersaum, umrundete eine schilfige Stelle und setzte die ersten Schritte aufs Eis.

Es fühlte sich stabil an und auch nicht sonderlich glatt. Bestimmt würde sie sogar joggen können, ohne auszurutschen und sich zu verletzen. Und ein paar Hundert Meter würde es laut Felix schon halten. Sie müsste lediglich Alma Westman finden, bevor sie an eine Stelle käme, unter der mit Strömung zu rechnen wäre.

Anna verfiel in einen Laufschritt. In regelmäßigen Abständen blieb sie stehen, sah sich um und rief nach Alma. Über zwanzig, dreißig Meter hinaus behinderte der Schnee die Sicht, doch anhand der Beleuchtung der Häuser am Strand konnte sie sich zumindest orientieren.

»Alma!«, rief Anna, so laut sie konnte, fragte sich jedoch, wie weit ihr Ruf zu hören wäre. Es war zwar nicht windig, aber es fühlte sich an, als würden die dicken Schneeflocken jeden Laut dämpfen. Trotzdem rief sie weiter.

Und plötzlich hörte sie ein Geräusch. Rief da jemand zurück? Anna streifte die gefütterte Kapuze ab, um besser hören zu können.

»Alma?«

Da – schon wieder! War das ein Ruf gewesen oder etwas anderes? Ein Wasservogel womöglich? Anna lief in die Richtung, aus der das Geräusch gekommen war. Allmählich wurde das Gehen beschwerlich, weil die Schneedecke immer dicker wurde. Sie warf einen Blick zurück zum Strand. Inzwischen waren dort nur noch vereinzelt Lichter zu sehen, es sah aus wie eine ferne, orangegelbe Nebelfront. Wie weit war sie eigentlich schon gelaufen? Wie weit entfernt war sie noch von der Mitte, wo das Eis möglicherweise nicht mehr hielte?

Anna war drauf und dran, umzukehren, als sie das Geräusch von Neuem hörte.

Irgendwo aus der Dunkelheit rief jemand: »Huhu?«

Eine dünne Stimme, die zu Alma Westman zu passen schien. Anna kniff die Lider zusammen, um keinen Schnee in die Augen zu kriegen, und ging vorsichtig weiter, damit ihre Schritte einen neuerlichen Ruf nicht übertönten.

»Sind Sie das, Alma?«, rief sie. »Seien Sie vorsichtig, das Eis da draußen ist zu dünn! Bleiben Sie stehen, ich bin unterwegs zu Ihnen!«

»Huhu?«, rief die Stimme abermals.

Mit tränenden Augen und laufender Nase arbeitete Anna sich voran. Es schneite immer heftiger, und die Sicht nahm rapide ab.

Plötzlich meinte Anna, noch etwas anderes zu hören. Ebenfalls Rufe, allerdings aus weiter Ferne, und sie schienen überdies von hinten zu kommen. Da war noch jemand anders, der nach Alma rief! Oder rief die Person nach Anna?

»Hey«, sagte plötzlich die erste Stimme deutlich näher, als Anna vermutet hatte.

»Sind Sie das, Alma?«

»Sofia darf nicht ertrinken!«

Es war Alma Westman! Vor Erleichterung bekam Anna fast weiche Knie. Sie hatte recht gehabt. Sie hatte Alma gefunden.

»Mhm. Wir helfen Sofia«, sagte Anna auf gut Glück, »aber erst müssen wir beide zurück an Land. Das Eis hier draußen hält noch nicht, Alma, es ist zu gefährlich.«

Alma schüttelte heftig den Kopf.

»Stephen!«, sagte sie bestimmt, drehte sich um und marschierte dann überraschend schnell in die Dunkelheit.

»Bleiben Sie stehen!«

Sofort setzte Anna ihr nach.

Was im nächsten Moment passierte, ging so schnell und war so grässlich, dass Anna alles Gespür für Raum und Zeit zu verlieren schien.

Erst vernahm sie ein Geräusch, ein dumpfes Knacken, das an einen umstürzenden Baumstamm erinnerte. Anfangs glaubte Anna noch, dass es ihre Knie seien, die unter ihr nachgaben, doch dann dämmerte ihr, dass es der Untergrund war. In nächsten Moment kam die Kälte. Wie ein schockierender, heftiger Schlag, der ihr alle Luft aus der Lunge presste. Sie konnte gerade noch die Arme nach oben reißen und sich kurz an der Eiskante festhalten, doch dann wurde ihr Körper nach unten gezogen. Jemand schrie – vielleicht Anna selbst –, dann geriet sie mit dem Kopf unter Wasser. Kaum dass die Eiseskälte sie umschlungen hatte, verlor Anna das Bewusstsein.

Irgendwo polterte es. Emma Kling stemmte sich benommen hoch. Wie lange hatte sie geschlafen? Und was war das für ein Geräusch?

Doris, die draußen auf dem Flur kläffte. Wo waren ihre Eltern?

Dann entdeckte sie einen handgeschriebenen Zettel auf ihrem Nachttisch.

Emma, ich bin spätestens um 19 Uhr wieder zurück. Hoffe, du fühlst dich ein bisschen besser! Essen steht im Kühlschrank. Du brauchst morgen nicht zur Schule zu gehen. Ruf an, wenn irgendetwas sein sollte. Mama.

Sie waren also unterwegs. Aber wer polterte dann so?

Verunsichert stand sie auf. Das alte Gebäude fühlte sich unheimlicher an denn je, als sie langsam auf die Wohnungstür zuging. Die sonst so ängstliche Doris kläffte wie wild weiter.

»Wer ist da?«, fragte sie schüchtern.

»Ich bin's, Lukas.«

Erleichtert atmete sie aus, war dann aber urplötzlich auf ganz andere Art angespannt. Was wollte er hier?

Sie warf einen Blick in den Spiegel. Sie sah zum Fürchten aus, noch schlimmer als sonst. Außerdem hatte sie bestimmt Mundgeruch. Aber das war jetzt nicht mehr zu ändern. Sie machte die Tür auf.

»Hey.«

»Hallo. Willst du bei einer Sache dabei sein?«

»Bei was für einer Sache?«

»Nur ein kleines Treffen. Minea, Juni, ich und noch ein paar andere.«

Sie schluckte.

»Und warum?«

»Wir könnten deine Hilfe gebrauchen. Außerdem müssten wir uns kurz den Schlüssel zu der verschlossenen Hütte leihen.«

Sie zögerte.

»Ihr wollt aber nichts klauen, oder?«

Er schüttelte vehement den Kopf.

»Nie im Leben. Wir brauchen bloß einen Ort, an dem wir das Treffen abhalten können. Kommst du? Doris darf auch gern mit.«

Emma wusste nicht, was sie tun sollte. Sie hätte Lukas gern vertraut, allerdings hatte sie bei dieser Sache ein ungutes Gefühl. Warum sollten sie ausgerechnet ihre Hilfe benötigen? War das eine Falle? Würden sie ebenfalls eklig zu ihr sein?

Lukas lächelte.

»Komm schon, es ist eine ziemlich aufregende Sache, eine Art Racheaktion. Mehr sage ich nicht. Ich schwöre, du wirst es super finden und den ganzen Mist mit der Schule vergessen.«

Kurz entschlossen willigte sie ein.

»Ich hole nur schnell den Schlüssel.«

Isabella riss die letzte Karte über ihrem Bett von der Wand. Ein Rest Washi-Tape war kleben geblieben, aber das war ihr egal. Sie warf die Ansichtskarte in den Papierkorb. Ihr Kinderfoto legte sie zuoberst in ihre Tasche.

Das Zimmer war inzwischen fast leer. Gut so. Sie hatte keinen Grund mehr, auf Stockudden zu bleiben. Es war zwar ärgerlich, zugeben zu müssen, dass ihr Vater recht gehabt und dass sie in dieser Scheißschule nur ihre Zeit vergeudet hatte, aber das bedeutete nicht, dass sie tun würde, was er von ihr wollte.

Sie war fertig mit der Futurica, mit Johannes, mit ihrem Vater und mit dieser ganzen verdammten Stadt.

Sie holte tief Luft, obwohl sie damit Schleim in die Bronchien zog. Die Tränen waren versiegt. Inzwischen war sie nur mehr wütend.

Ihr Laptop lag noch auf dem Tisch. Sie rief den Chat auf und schrieb eine Nachricht.

Ich haue ab. Wenn du mir helfen willst, komm heute Abend um kurz vor 21 Uhr zur Tankstelle und hol mich dort ab. Wenn nicht, trampe ich. Hab noch ein schönes Leben!

Dann schlug sie den Laptop zu und legte ihn in ihre Tasche. Mit zielsicheren Schritten trat sie hinaus auf den Flur, zog sich Jacke und Schuhe an und ließ die Unterkunft hinter sich.

»Hallo! Jetzt kommen wir aber mal wieder zu uns.«

Anna blinzelte verwirrt und versuchte, sich zu orientieren. Sie befand sich in einem kleinen Zimmer. Nein, Moment, es war ein Fahrzeug – ein Rettungswagen! Und was in aller Welt hatte sie eigentlich an? Sie war in Alufolie gewickelt wie Essensreste!

»Es geht dir gleich wieder besser. Eisbaden soll ja angeblich gut für die Gesundheit sein.«

Das war Felix' Stimme. Er saß – ebenfalls in Folie gewickelt – neben ihr im Rettungswagen. Und er hatte eine dicke Strickmütze auf dem Kopf. Anna spürte, dass sie etwas Ähnliches trug. Dann zuckte sie heftig zusammen.

»Alma!«

Sie war drauf und dran aufzuspringen und loszulaufen, doch Felix streckte den Arm aus und drückte sie wieder auf die Liege.

»Bleib, wo du bist. Du hast unter der Thermodecke nicht allzu viel an und musst dich erst wieder aufwärmen. Na ja, nicht, dass ich Einspruch einlegen würde, wenn du hier nackt herumlaufen wolltest, aber es wäre derzeit nicht gesund. Und Alma geht es gut.«

Anna atmete aus.

»Was ist denn passiert?«

»Zuallererst sollten wir uns über Eisregen schlaumachen. Eisdornen, schon mal davon gehört? Und dass man nicht allein aufs Eis gehen soll? Erst recht nicht, wenn es dunkel wird und schneit?«

»Aber … Ist Alma auch eingebrochen?«

Er schüttelte den Kopf.

»Nein, ist sie nicht. Das Eis unter ihr hat gehalten. Sie ist anscheinend leichter als du.«

»Hmpf.«

»Sie sitzt im zweiten Rettungswagen. Sie bringen uns gleich ins Krankenhaus, da werden wir untersucht.«

Anna seufzte tief auf. Vielleicht würde sie für ihr Rettungsmanöver nicht allzu viele Punkte kassieren, aber zumindest war Alma Westman unverletzt, und das war die Hauptsache.

»Und wie kommst du ins Bild?«, wollte sie von Felix wissen.

»Nach deinem kryptischen Anruf wollte ich eine Runde gehen, hab dein Auto am Strand entdeckt, und auch wenn ich kein Ermittler bin, hab ich eins und eins zusammengezählt.«

Anna schluckte.

»Danke«, flüsterte sie.

»Wofür?«

»Dafür, dass du mich gerettet hast. Ich nehme an, du hast mich aus dem Wasser gezogen.«

Felix grinste schief.

»Den Orden würde ich mir ja gern anstecken wollen, aber nein, deine Kollegin war schneller vor Ort und hat dich festgehalten. Sie hatte übrigens Eisdornen angeschnallt. Kluge Frau.«

Anna sah ihn verwirrt an.

»Wovon redest du?«

»Hansson, so heißt sie doch? Sie hat sich auf den Bauch gelegt und dich festgehalten, bis ich da war. Dann haben wir dich zu zweit aus dem Loch gezogen. Und in diesem Zusammenhang bin ich ebenfalls halb im Wasser gelandet.«

»Märta? Wo ist sie?«

»Sitzt bei Alma im zweiten Rettungswagen. Ja, Alma hat auch mitgeholfen, obwohl sie zart ist wie ein Schneeflöckchen.«

Dies alles war allmählich zu viel für Annas unterkühltes Gehirn. Sie schüttelte sich, als würde das helfen, wieder einen klaren Gedanken zu fassen.

Alma war in Sicherheit. Anna war ins Eis eingebrochen. Märta war aus irgendeinem Grund ebenfalls dort draußen aufgetaucht. Hatte sie nach Anna gerufen? Und dann auch noch Felix … Du liebe Güte.

»Ich brauche einen Schnaps«, murmelte Anna.

»Lässt sich bestimmt organisieren. Wie geht es dir ansonsten?«

Wie konnte er nur so gute Laune haben?

»Hab schon bessere Arbeitstage erlebt …«

»Danke übrigens für gestern. War ein echt netter Abend.«

»Ja, das stimmt.«

»Wenn ich ehrlich sein soll, habe ich seither gar nicht mehr aufhören können, an dich zu denken.«

Anna traute sich kaum, darauf zu antworten.

»Aha.«

»Als du angerufen hast, habe ich gerade dagesessen und überlegt, wann ich dich wieder ausführen könnte, ohne dass ich zu anhänglich wirke. Und dann ist das hier passiert. So habe ich mir unser Wiedersehen nun wirklich nicht vorgestellt.«

Sein Gesicht war inzwischen ganz nah an ihrem. Anna war von Kopf bis Fuß angespannt, hätte aber nicht sagen können, ob es an Felix lag oder daran, dass sie eben erst in eiskaltem Meerwasser gelandet war.

»Anna …« Er kam noch ein Stück näher heran.

Im selben Moment ging die Tür auf, und Märta Hansson steckte den Kopf herein.

»Hoppla! Tut mir leid, wenn ich störe, aber ich soll fragen, ob ihr bereit seid, ins Krankenhaus zu fahren? He, Anna, wie geht's?«

»Mir ist kalt …« Mehr brachte Anna nicht zustande.

»Felix, fährst du bitte bei Alma mit? Ich setze mich zu Anna.«

»Mein Auto …«, wandte Anna ein.

»Das holen wir später ab. Jetzt fahren wir erst mal ins Krankenhaus.«

Felix bedachte Anna mit einem Lächeln, als er aus

dem Rettungswagen stieg und in seinen langen, silberfarbenen Mantel gehüllt davonschlenderte. Anna brummelte in sich hinein.

»Wir sehen aus wie auf einem Weihnachtsbild. Die drei Weisen aus dem Morgenland oder so.«

Dann setzte sich der Rettungswagen in Bewegung. Märta bedachte Anna mit einem strengen Blick.

»Ich weiß, ich weiß«, sagte Anna, »das war dumm von mir. Keine Eisdornen, schwaches Eis, bescheuerte Anna.«

»Saudumm war das – und ein Riesenglück, dass du mir diese SMS geschickt hattest, bevor du dort rausgelaufen bist.«

»Mhm. Danke, dass du mich wieder rausgezogen hast. Das war … Ja. Dumm. Wie gesagt.«

»Und noch etwas«, sagte Märta. »Dieser Felix Brinkmann …«

»Was ist mit ihm?«, fragte Anna geniert.

»Vertraust du ihm?«

»Äh … Ja, ich vertraue ihm. Warum fragst du?«

»Er taucht in dieser Ermittlung ein bisschen zu häufig auf, wenn du mich fragst. Er war am Unfallort, als Boel ertrunken ist, und zwar noch bevor wir dort aufgetaucht sind. Du hast erwähnt, dass du ihn dort ein paar Tage später erneut angetroffen hast. Und jetzt läufst du aufs Eis, und ehe man sich's versieht, ist er ebenfalls vor Ort.«

»Ja, aber«, stammelte Anna verlegen, »er wohnt ja auch in der Nähe der Badestelle. Außerdem …«

»Und außerdem habt ihr was miteinander. Konnte man ja gerade sehen. Ich erzähle dir trotzdem, was ich glaube.«

»Was glaubst du denn?«

»Warum ist er so interessiert an dieser Ermittlung? Könnte er etwas mit Boel zu tun gehabt haben?«

»Warum sollte er?«

»Na ja, er dürfte zumindest gewusst haben, dass sie regelmäßig dort eisbaden ging, nachdem sie auf dem Weg immer bei ihm zu Hause vorbeikam. Und als Taucher dürfte er genau wissen, wie lange es dauert, bis ein Mensch im Wasser erfriert.«

»Also …« Anna war nicht überzeugt.

»Ich wollte es nur gesagt haben. Ist nur eine Vermutung von vielen. Aber pass bei ihm auf, okay?«

»Okay«, flüsterte Anna.

Ihr schwirrte der Kopf. Könnte Märta recht haben? Hatte Felix nur deshalb plötzlich Interesse an ihr? Um sie auszuhorchen und herauszufinden, wie viel sie wussten? Irgendwie war es ihr von Anfang an unwahrscheinlich vorgekommen, dass er auf einmal an ihr interessiert sein sollte. War sie naiv gewesen zu glauben, dass er es ernst mit ihr meinte?

»Mir geht es beschissen. Ich muss mich hinlegen«, murmelte sie.

Es war inzwischen 21.06 Uhr. Isabella kippte den Rest aus ihrer Fanta-Light-Flasche ins Glas und nahm einen letzten Schluck.

Sie war die Einzige im Cafébereich der Tankstelle. Die Kassiererin war in ein Hinterzimmer verschwunden. Vor einer Weile hatte ein älterer Mann sein Auto betankt, bezahlt und war weitergefahren.

Wie lange sollte sie noch warten? Und wohin sollte sie gehen? Irgendwie fühlte sich Trampen nach keiner sonderlich guten Idee an, aber fuhren so spät noch Busse? Und wenn ja, wo sollte sie hinfahren, wenn sie erst in

Helsinki wäre? Konnte sie sich als Minderjährige ein Hotelzimmer nehmen?

Sie schnäuzte sich in eine steife Papierserviette. Dann stand sie auf und griff zu ihrer Tasche.

Es würde niemand mehr kommen. Sie würde alles allein lösen müssen. Und es würde schon gut gehen. All ihre großen Vorbilder hatten irgendwann berichtet, wie sie sich mit sechzehn allein in die Großstadt durchgeschlagen hatten, sich durchgebissen und geackert und am Ende Erfolg gehabt hatten. Wenn die es geschafft hatten, dann würde Isabella es auch tun.

Am Marktplatz befand sich ein Geldautomat, dort würde sie mit ihrer Kreditkarte so viel Geld abheben wie möglich. Und dann würde sie weiter zum Busbahnhof laufen.

Eilig ließ sie das Café hinter sich und marschierte in Richtung Marktplatz.

Plötzlich trat eine Frau vor ihr aus dem Schatten.

»Hey, Isabella«, sagte sie.

Isabella sah sie verwirrt an. Die Frau kam ihr vage bekannt vor, doch es war nicht die Person, die Isabella hier hatte treffen wollen.

»Wer sind Sie?«

»Ich heiße Ingrid Hägg. Und du musst mir jetzt gut zuhören.«

Gegenüber an der Wand bildet sich ein blasses Muster, während draußen die bleiche Wintersonne über den Horizont steigt. Die Jalousien sind geschlossen, die Kordel ist gerissen, deshalb kann man die Jalousien nicht mehr hochziehen, aber das ist schon okay, das Streifenmuster an der Wand ist auf seine Art hübsch.

Sie summt leise vor sich hin. »Don't Worry Be Happy«, und wenn man nur langsam summt, wird es zu einem ganz anderen Lied.

Es ist sehr, sehr still. Sie hört nur ihre eigene leise Stimme und das Brummen der Heizung. Gleich ist Mittagessenszeit, da lassen sie sie für einen Moment hier raus. Heute hat Hasse Dienst, der zieht sich meist ins Büro zurück, sobald er kann, und spielt Patience am Computer. Er traut sich nicht mehr, sie anzusehen. Zumindest nicht tagsüber. Tagsüber sieht er aus, als schäme er sich.

Sie macht die Schranktür auf. Allzu viele Klamotten hat sie nicht mehr, das meiste liegt im Wäschekorb. Sie schnaubt. Dort hängt noch das Lucia-Gewand. Es gehört nicht mal ihr, sie hat es nach ihrem Zusammenbruch in der Kirche nur nie zurückgeben können. Aber sauber ist es zumindest.

Sie streift es sich über, zieht dann aber zusätzlich Jeans und einen weiten Strickpullover an, damit sich Hasse nicht wundert.

Als sie gerade Socken und die Gummisandalen angezogen hat, hört sie draußen erst Schritte, und dann rasselt ein Schlüssel im Schloss. Hasse steckt den Kopf herein.

»Spinatpfannkuchen«, sagt er nur.

»Danke«, antwortet sie.

Hasse hat das Tablett wie immer draußen auf dem Tisch vor dem Büro abgestellt.

»Willst du hier sitzen oder in deinem Zimmer?«

»Hier«, antwortet sie und setzt sich.

Er nickt und verschwindet im Büro. Sie hört die Doppelklicks, als er beginnt, seine Patience zu legen. Sie wartet noch kurz, dann erhebt sie die Stimme.

»Hasse, wenn es okay ist, gehe ich doch in mein Zimmer. Hier ist es mir zu kalt.«

»Mhm«, hört sie nur.

Sie steht auf. Das Tablett lässt sie liegen.

Die Tür nach draußen quietscht, wenn man nicht aufpasst. Vorsichtig drückt sie die Klinke nach unten und schiebt dann annähernd lautlos die Außentür auf. Sobald sie sie hinter sich zugedrückt hat, blickt sie sich um. Niemand zu sehen.

Draußen ist es gar nicht mehr so kalt wie zuvor, allenfalls ein paar Minusgrade, allerdings ist es glatt, und auf ihren Plastiksohlen muss sie aufpassen, damit sie nicht ausrutscht. Dass sie zuletzt draußen war, ist lange her, und es fühlt sich fast unheimlich an – so viel Luft!

Immer noch niemand zu sehen. Es dürfte mindestens zwanzig Minuten dauern, bis Hasse aus seinem Büro kommt, um das Tablett zu holen und sie wieder einzusperren. Und morgen soll sie verlegt werden, in diese Einrichtung, die weiter entfernt liegt. Dort sperren sie sie ein und werfen den Schlüssel weg, das weiß sie genau.

Sie ist diesen Weg in Gedanken zigmal gegangen und folgt dem Pfad an den Hütten vorbei in Richtung Strand. Dann weiter um die Felsen herum. Das Eis trägt nicht mehr, es geht niemand mehr darauf spazieren.

Sie zieht sich den Pullover, die Jeans, Schuhe und Socken aus. Das Lucia-Gewand behält sie an. Es wärmt kein bisschen, aber die Kälte stört sie nicht. Kälte beschert ihr ein Gefühl von Sicherheit.

Sie schwankt leicht, aber das macht nichts, sie muss schließlich nicht mehr weit gehen.

Allmählich gewöhnt sie sich an die frische Luft. Sie genießt jeden Atemzug, als sie die ersten Schritte aufs Eis setzt. So rein, so klar.

Sie ist kaum weiter als dreißig Meter gegangen, als das Eis unter ihr zu knirschen beginnt. Sie geht weiter, allerdings langsam, weil jetzt der Schwindel einsetzt.

Rechts.

Links.

Rechts.

Links.

Rechts

10
WELCH WUNDERBARER GEIST

Freitag, 15. Dezember

Obwohl sie nachdrücklich protestiert hatte, musste Anna die Nacht im Krankenhaus verbringen. Die Ärzte hatten den Eindruck gehabt, sie sei verwirrt, und sie zur Beobachtung dabehalten wollen.

»Ich bin immer verwirrt«, hatte sie eingewandt, war damit aber auf taube Ohren gestoßen.

Trotzdem hatte sie überraschend gut geschlafen, und es fühlte sich fast schon nach Luxus an, als am Morgen eine Krankenschwester mit einem Tablett und einer großen Portion Haferbrei, einem Butterbrot und einem Glas Saft kam. Frühstück im Bett – das hatte Anna seit 1987 nicht mehr bekommen.

Es war fast elf Uhr, ehe Anna mit einer Ärztin sprechen konnte, die ihr letztlich die Erlaubnis erteilte, nach Hause zu fahren.

»Ich schreibe Sie trotzdem noch für ein paar Tage krank«, fügte sie hinzu.

Anna nahm die Krankschreibung zwar artig entgegen, zerknüllte sie dann aber in der Tasche. Sie hatte jetzt keine Zeit, krank zu sein, sie konnte Märta doch nicht mit Ståhlman allein lassen. Doch erst würde sie nach Hause fahren und sich umziehen. Die Sachen, die sie sich hatte leihen dürfen, während ihre eigenen trockneten, waren nicht sonderlich bequem.

Sie lief gerade am Blumenladen am Krankenhauseingang vorbei, als ihr in der Eingangstür zwei bekannte Gesichter entgegenkamen.

»Rolf! Max! Was macht ihr denn hier?«

»Ich werde operiert«, antwortete Rolf düster.

»Heute?!«

»Am Montag. Aber ich soll mich heute hier einfinden.«

»Warum hast du denn nichts gesagt? Wir haben doch gestern erst miteinander gesprochen?«

»Du warst so beschäftigt … Am Abend hab ich dir noch eine Nachricht geschrieben. Und was machst du hier?«

»Ich bin gestern leider im Meer gelandet. Aber mir geht es wieder gut, keine Sorge.«

»Im Meer? Wie bitte?«

»Erzähl ich euch ein andermal. Leider ist dabei mein Handy draufgegangen, deshalb habe ich deine Nachricht auch nicht bekommen.«

»Jaja. Dann grüß alle schön«, sagte Rolf und sah umso säuerlicher aus.

»Wen denn?«

»Die anderen – bei eurem Umtrunk heute Nachmittag!«

Ja, richtig, Anna hatte ganz vergessen, dass der alljährliche Glögg-Nachmittag anstand. Den würde sie ausfallen lassen und weiterarbeiten – sofern dies auf ihrem Flur möglich wäre, solange der Besprechungsraum voll wäre mit lauter wild schnatternden pensionierten Kollegen.

»Viel Glück, Rolf! Max, hältst du mich bitte auf dem Laufenden?«

»Wie denn? Soll ich dir Postkarten schicken?«

»Ich kann mir bestimmt irgendein Handy leihen. Jetzt sei doch nicht so, Rolf. Ist doch phantastisch, dass du die OP so schnell hinter dir hast!«

»Genau das sage ich auch schon die ganze Zeit«, murmelte Max.

»Pfff«, schnaubte Rolf.

Emma Kling hatte zum ersten Mal seit Langem wieder gut geschlafen, war nicht mitten in der Nacht aufgewacht und hatte sich wie sonst über den bevorstehenden Tag Gedanken gemacht. Es würde ein spannender Tag werden, trotzdem war sie kein bisschen nervös. Nur erwartungsvoll.

Ihre Mutter saß ausgehfertig in der Küche und tippte auf ihren Laptop ein, als Emma sich ein spätes Frühstück zusammenstellte. Irgendwie sah ihre Mutter müde aus.

»Hey, Kleines. Wie geht es dir heute?«

»Ganz gut.«

»Du siehst ausgeruht aus.«

»Mhm.«

Emma nahm sich eine Schüssel Cornflakes. Obwohl sie ihrer Mutter den Rücken zugekehrt hatte, spürte sie deren Blick auf sich.

»Emma? Ich würde mich am Wochenende gern mit dir unterhalten – über die Schule, Boel und all das. Wenn das für dich okay wäre?«

»Klar«, sagte Emma.

»Tut mir leid, wenn ich, wie soll ich sagen, nicht immer für dich da war. Und dass hier alles so chaotisch ist.«

»Schon in Ordnung.«

Emma tat ihre Mutter fast ein bisschen leid. Sie klang aufrichtig niedergeschlagen. Aber ausgerechnet heute war Emma nicht mal übermäßig sauer auf sie. Heute musste sie über andere Dinge nachdenken.

»Wir reden später weiter«, sagte sie lächelnd. »Hat Papa Unterricht?«

Mama zuckte mit den Schultern.

»Ehrlich gesagt weiß ich nicht, wo er sich herumtreibt. Die Zehnte hat freitags jedenfalls keinen Unterricht.«

Sie stand auf und nahm Emma in die Arme. Emma musste eilig ihre milchigen, krümeligen Lippen abwenden, damit sie nicht den weißen Blusenkragen ihrer Mutter streiften.

»Ich komme heute Abend leider schon wieder spät heim, muss noch zu einer Preisverleihung. Sicher, dass du hier klarkommst?«

Emma nickte. Sie hatte sich schon vergewissert, dass weder ihre Mutter noch ihr Vater am Abend zu Hause wäre. Deshalb war es heute auch so perfekt.

Der Geruch von alkoholfreiem Glögg breitete sich im Revier aus. Anna saß in ihrem Dienstzimmer und versuchte, das billige Smartphone zum Leben zu erwecken, das sie sich aus dem Polizeibestand geliehen hatte, nachdem ihr eigenes den Sturz ins Meer nicht gutgeheißen hatte.

Dass sie gerade kein Telefon hatte, war wirklich denkbar unpassend. Sie hatte Ingrid Hägg, Juni Möller und Emma Kling mehrere Nachrichten hinterlassen – all jenen, die sie befragt und denen sie ihre Nummer gegeben hatte. Und die würden jetzt vielleicht eine Nummer zurückrufen, die vorübergehend nicht erreichbar war.

Märta war unterdessen nicht untätig gewesen. Sie hatte Hans Moberg zwar nicht aufspüren können, aber die Kontaktdaten einiger Frauen zusammengetragen, von denen sie annahmen, dass sie zusammen mit Boel in der Einrichtung auf Stockudden gewohnt hatten. Diese Liste würden sie schleunigst abarbeiten müssen, und auch dafür brauchte Anna ein Handy. Sie wollte nicht auf das Festnetztelefon angewiesen sein. Das wäre zu nichts nutze, wenn diese Frauen zurückriefen und sie selbst gerade unterwegs wäre.

Pamela lief mit einer großen Thermoskanne über den Flur. Mit ihrer schicken neuen Frisur und zwei kleinen Tannenbäumchen, die ihr von den Ohrläppchen baumelten, war sie wie immer voll in ihrem Element.

»Komm, noch gibt es Torte, allerdings nicht mehr lange«, rief sie Anna im Vorbeigehen zu und verschwand um die Ecke.

Anna seufzte. Sie hatte keine Zeit für derlei Feierlichkeiten und auch keine Lust darauf. Andererseits wäre es Pamela gegenüber unhöflich, wenn sie sich nicht einmal kurz blicken ließe. Aber ein paar Minuten mussten ausreichen.

Anna huschte auf die Damentoilette, rieb sich Deo unter die Achseln, band sich eilig einen Pferdeschwanz und wischte sich ein paar Brösel Wimperntusche aus dem Gesicht, die auf den Wangen gelandet waren. Sie überlegte noch, ob sie ihren Lipgloss herauskramen sollte, der in einer ihrer Schreibtischschubladen liegen musste, beschloss dann aber, darauf zu verzichten. So wie sie jetzt aussah, musste genügen.

Der Erste, den sie sah, als sie in den voll besetzten Konferenzraum trat, war Felix Brinkmann, und für einen kurzen Moment wünschte sie sich, sie hätte doch nach dem Lipgloss gesucht. Er lehnte am anderen Ende des Raums an einem alten Aktenschrank und sah wie immer unverschämt gut aus. Sein Blick blieb an Anna hängen, und er hob seinen weihnachtsroten Pappbecher zum Gruß. Anna, die noch keinen Becher hatte ergattern können, winkte unbeholfen zurück.

Sie war sich noch immer nicht sicher, was sie von alledem halten sollte, was Märta im Krankenwagen zu ihr gesagt hatte. Dass der nette Felix etwas mit dem Tod der Fotolehrerin zu tun haben sollte, schien in einem Moment völlig ausgeschlossen zu sein – und im nächsten Moment kamen ihr Zweifel. Was, wenn Märta richtiglag? Hatte Felix nur deshalb Interesse an Anna, weil er von ihr wissen wollte, wie es um ihre Ermittlungen stand?

Auf einmal stand Märta neben ihr.

»Er ist eine Schlange«, flüsterte sie Anna zu.

»Ja, hast du schon mal gesagt«, murmelte Anna, die immer noch in Gedanken bei Felix war.

»Eine verdammte Schlange! Was hat sich Annette dabei gedacht?«

Ah, Märta redete gar nicht von Felix, sondern von Ståhlman.

»Was ist denn jetzt schon wieder passiert?«, fragte Anna.

»Wie sich herausgestellt hat, hat er uns beide hintergangen. Hat seine eigene kleine Privatermittlung durchgeführt, keine einzige Zeile aus unseren Notizen gelesen und bei den Kollegen über uns hergezogen. Glaubt wohl, das würden wir nicht erfahren!«

»Pfui Teufel. Ja, ich hatte gleich das Gefühl, als könnte er mich nicht leiden.«

»Das Gute ist nur, dass Annette allmählich zu begreifen scheint, was hier vor sich geht. Sie hat ihn heute Vormittag zu einem längeren Gespräch in ihr Büro zitiert. Wollen wir doch mal sehen, was passiert.«

Anna blickte sich nach Jan Ståhlman um. Der hoch aufgeschossene Mann war nicht zu übersehen. Er unterhielt sich mit Aram – oder vielmehr sah es so aus, als würde Ståhlman einen Monolog halten, während Aram mit leerem Blick vor sich hinstarrte. Der Ärmste. Er sah genau so aus, wie Anna sich fühlen würde: als wünschte er sich zurück zu seinen Computern und in die Stille seines Unterschlupfs ein paar Türen weiter.

Annette Käld war nirgends zu sehen. Es schien fast, als wären die Kolleginnen und Kollegen, die schon in Pension waren, am ausgelassensten. Am Tisch saßen ein paar fröhlich rotnasige ehemalige Feuerwehrleute und Polizisten und unterhielten sich lautstark. Anna vermutete, dass sie sich einen kleinen Schuss in den Glögg erlaubt hatten. Aber Alkohol war für all diejenigen, die nicht länger im Dienst waren, selbstredend nicht verboten.

»Der Hafen!«, rief Herman Forsén gerade, der in etwa zur selben Zeit pensioniert worden war, als Anna ihren Dienst angetreten hatte. »Knackpunkt ist doch der Hafen! Und dann das Hotel – wartet nur ab! Bald eröffnen sie auch wieder die alte Disco.«

»Das wäre ja was. Dann sehen wir vielleicht den Discoking Herman wieder auf der Tanzfläche?«, grölte ein bärtiger Mann, der früher bei der Feuerwehr gewesen war.

Forsén sprang von seinem Stuhl auf und legte ein paar kantige Travolta-Moves aufs Parkett, die sofort mit lautem Gelächter, Pfiffen und Applaus quittiert wurden.

Aram hatte es geschafft, sich von Ståhlman loszueisen, und Anna fing seinen Blick auf, als er gerade zur Tür hinausschleichen wollte. Aram verzog lediglich das Gesicht und verschwand.

Ståhlman schien sich aus derselben Thermoskanne bedient zu haben wie die Herren am Tisch. Seine knochigen Wangen waren gerötet, und die Mundwinkel zeigten nach oben. Er sah so unheimlich aus, dass Anna sein übliches verbiestertes Gesicht vorgezogen hätte. Doch er war nicht im Geringsten an ihr interessiert. Stattdessen nahm er Märta ins Visier und schien den wütenden Blick der Kollegin vollkommen nonchalant zu ignorieren.

»Du, Hansson, diese Westman-Sache – gut gemacht«, lallte er und kam Märta dabei eindeutig zu nah.

»Mhm.« Märta nippte an ihrem Glögg.

»Gut, wenn diese Sache ausgestanden ist. Dann hab ich endlich die Möglichkeit, alle in Ruhe kennenzulernen. Wie ist das eigentlich, Hansson, ich sehe bei dir keinen Ehering?«

»Nein«, erwiderte Märta einsilbig.

»Und gibt's jemanden, mit dem du zusammenwohnst, oder noch nicht?«

»Nein«, wiederholte Märta.

»Nicht? Wie kann jemand wie du keinen Mann haben?«

»Vielleicht will ich ja keinen.«

»Aber warum denn nicht?«

»Weil ich Witwe bin«, antwortete Märta.

»Witwe?«, echoten Ståhlman und Anna wie aus einem Mund.

Ståhlman schien zu dämmern, dass er in ein Fettnäpfchen getreten war, und eilig wankte er davon.

Anna sah Märta wie vom Donner gerührt an.

»War das wahr, oder wolltest du ihn nur loswerden?«

»Dass ich Witwe bin? Das ist wahr. Seit rund fünf Jahren.«

»Aber … Dann warst du ja blutjung, als du geheiratet hast?«

»Wir waren beide neunzehn. Weshalb gewisse Dinge aufschieben, wenn sie sich richtig anfühlen? Und ich bin froh, dass wir uns so früh dazu entschlossen haben, weil ich ihn ja nicht lange behalten durfte. Elchunfall.«

»Warum hast du das denn nie erwähnt?«

»Na ja, du hast nicht gefragt. Darfst du gern, aber vielleicht bei einer ruhigeren Gelegenheit.«

Anna schämte sich. Sie hatte angenommen, dass Märta und sie sich angefreundet hätten. Doch kein einziges Mal hatte sie sich die Mühe gemacht, Märta nach ihrem Privatleben zu fragen. Stattdessen hatte sie selbst fast schon abweisend reagiert, wann immer Märta versucht hatte, ihr persönlichere Fragen zu stellen.

»Okay«, murmelte sie verlegen.

»Aber, aber! Und jetzt hört mir gut zu«, blökte Herman Forsén, der mittlerweile aufgehört hatte zu tanzen. »Wenn Kjellin gewählt wird, wird diese Stadt so korrupt, dass wir wahrscheinlich sogar Scheinchen über den Tresen schieben müssen, wenn wir im Supermarkt Wurst kaufen wollen!«

Seine steile These stieß auf Gejohle, das gleichermaßen Protest und Einverständnis bedeuten konnte.

»Und jetzt Ohren gespitzt«, fuhr Forsén unbeirrt fort. »Ich hab das alles schon einmal erlebt. Das haben die Kjellins immer schon so gemacht. War das Gleiche in den Achtzigern, da haben sie sich auch ins Rathaus eingeschlichen, um sich zu bereichern. Die Birne … Verdammt, wie heißt das? Apfel. Baumstamm. Ihr wisst, was ich meine. Der Sohn ist doch genauso korrupt wie sein Vater! Nein, Jimmy ist wahrscheinlich noch viel schlimmer als Stephen.«

Anna zuckte zusammen. Stephen? Wieder dieser Name. War das derselbe Stephen, den Alma Westman in ihrer Verwirrung erwähnt hatte? Sie wollte sich schon in die Reden der Rentner einklinken, als Felix an ihrer Seite auftauchte.

»Na, wieder aufgetaut?«

»Danke, zumindest beinahe.«

Aus irgendeinem Grund stand sie stocksteif da und presste sich gegen die Wand. Es sah bestimmt komisch aus, doch es führte nur dazu, dass Felix sich an dieselbe Wand lehnte und näher an sie heranrückte.

»Solltest du heute nicht freihaben? Nach so einer Sache wird man doch krankgeschrieben?«

»Ich kann es mir gerade nicht leisten, krank zu sein.«

»Jaja, steckst bis zum Hals in Ermittlungsarbeit. Wie läuft es da eigentlich?«

Oha. Da war sie, die neugierige Nachfrage. Vielleicht hatte Märta doch recht gehabt: Felix versuchte, ihr Informationen abzuflirten!

»Na ja …«

Anna war zutiefst erleichtert, als Pamela sie unvermittelt am Arm zog.

»Anna, du hast Besuch.«

Märta schob vorsichtig die Tür zu und setzte sich neben Anna. Das Gejohle vom Glögg-Treffen hörte man bis hierher, aber der Vernehmungsraum war zumindest halbwegs gut isoliert.

Die drei Frauen auf der anderen Seite des Tisches nippten an ihren Kaffees, kontrollierten, dass ihre Handys ausgeschaltet waren, und wühlten in ihren Handtaschen nach Taschentüchern, Lipgloss oder anderen Dingen, die sie plötzlich dringend zu brauchen schienen. Die Stimmung war so angespannt, dass Anna fast selbst nervös wurde.

»Wir haben direkt vor dem Gebäude geparkt, da darf man hoffentlich ein Stündchen stehen?«, fragte die Blondine mit dem Kurzhaarschnitt ganz rechts.

»Mhm, das ist schon in Ordnung«, antwortete Märta freundlich.

»Oder dauert das hier länger? Kriegen wir dann ein Knöllchen?«

»Das wird schon. Wir versuchen einfach, die Uhr im Blick zu behalten.«

»Okay, gut.«

Es wurde still. Anna räusperte sich.

»Also, Ingrid, wir kennen uns ja schon. Erzählen Sie mir, warum Sie erneut mit uns sprechen wollen.«

Ingrid Hägg, die in der Mitte saß, sah erschöpft und verwirrt aus. Sie sah die beiden Frauen links und rechts von ihr abwechselnd an. Die beiden nickten ihr aufmunternd zu.

»Äh … Haben Sie diese Fotos da, die Sie mir beim letzten Mal gezeigt haben?«, fragte sie schließlich heiser.

»Welche meinen Sie?«

»Die von der Lucia-Prozession in der Kirche.«

Anna zückte die Standbilder vom Lucia-Video und breitete sie auf dem Tisch aus.

Die Frauen beugten sich interessiert vor. Die Blonde lachte leise in sich hinein und nahm eins der Fotos hoch, um es sich genauer anzusehen. Die Dritte, eine Dunkelhaarige mit kurzem Pferdeschwanz, die die zwei anderen beiden überragte, betrachtete mit ernstem Gesichtsausdruck nacheinander die übrigen Bilder. Ingrid in der Mitte starrte zur Decke empor.

Anna wartete noch einen Augenblick, ehe sie das Wort ergriff.

»Vielleicht möchten Sie sich kurz vorstellen?«

Die Blonde blickte auf.

»Natürlich. Ich heiße Mikaela Numminen, geborene Öhman.«

»Und ich bin Hanna Hemming«, sagte die Dunkelhaarige.

Ingrid schlug den Blick nieder.

»Und ich bin Ingrid Hägg, aber das wissen Sie ja schon.«

Mikaela hielt das Bild hoch, auf das sie hinabgelächelt hatte, und tippte auf eines der Mädchen.

»Das da bin ich. Das ist Ingrid, und dieser Arm hier am Rand, das müsste deiner sein, Hanna.«

Anna nickte.

»Dann haben Sie alle 1988, 1989 auf Stockudden in der Einrichtung gewohnt? Zusammen mit Boel Westman?«

»Genau«, sagte Hanna. »Allerdings hat sie den Namen Boel gehasst. Ich konnte mich kaum noch daran erinnern, wie sie richtig hieß, wir haben sie immer nur Elli genannt.«

»Das da ist sie«, ergänzte Mikaela und tippte auf ein weiteres Lucia-Bild.

Ingrid Hägg sah immer noch angespannt aus, während Hanna Hemming und Mikaela Numminen allmählich aufzutauen schienen.

»Könnten Sie mir sagen, wer die anderen auf den Fotos sind? Wissen Sie, was sie heutzutage machen?«

»Nina Svensson war die Lucia«, erklärte Hanna. »Das war damals gesetzt. Sie war die Blondeste und Hübscheste von uns allen. Wenn wir schon diese weißen Gewänder anlegen und auftreten mussten, dann war es am besten, wenn sie vorwegging, damit niemand auf den Rest von uns achtete.«

»Na ja, vielleicht mit Ausnahme von dir, Ingrid. Du warst auch irre hübsch«, warf Mikaela ein. »Bist du immer noch.«

Ingrid schnaubte, auch wenn ihr der Kommentar insgeheim zu gefallen schien.

»Das bin wie gesagt ich«, ergänzte sie und zeigte auf das Mädchen, das unmittelbar hinter der Lucia herging.

»Die arme Camilla kommt als Nächste. Sie ist ein paar Jahre später gestorben – Magersucht. Dann Carina … Auf ihren Nachnamen komme ich gerade nicht.«

»Ich auch nicht. Ljungqvist – könnte es Ljungqvist gewesen sein? Keine Ahnung, was aus ihr geworden ist. Ich hoffe, es ging ihr nicht wie ihrer Mutter. Die war ja ein Junkie.«

»Von Carina weiß ich auch nichts weiter. Aber dann kommt Sandra Bergwall. Sie ist ebenfalls tot. Krebs.«

»Wann ist das denn passiert?«, hakte Hanna Hemming entsetzt nach.

»Vor zwei Jahren? Wirklich tragisch«, sagte Mikaela Numminen. »Sie hatte zwei Kinder und so. War Betriebswirtin. Dann haben wir hier Elli – Boel, meine ich –, und ganz zuletzt Sofia Virta. Dass von uns neun Mädchen nur noch fünf übrig sind, das ist wirklich traurig.«

Anna hatte soeben das Gleiche gedacht.

Eine war an Krebs gestorben, eine an den Folgen ihrer Essstörung, eine war womöglich ermordet worden, und eine hatte Selbstmord verübt.

»Dann hatten Sie all die Jahre Kontakt miteinander?«, hakte Märta nach.

»Nicht direkt«, antwortete Mikaela. »Zumindest nicht, bis Elli – ich meine, Boel – sich vor etwa einem Jahr gemeldet hat.«

Die beiden anderen nickten beifällig.

»Okay. Und warum sind Sie heute hier? Was möchten Sie uns erzählen?«

Schlagartig herrschte wieder Anspannung. Ingrid starrte reglos auf einen Punkt an der Wand hinter Anna und Märta.

»Wir sind wegen Sofia hier«, sagte Hanna schließlich.

»Und wegen Elli«, fügte Mikaela hinzu.

»Es wird allmählich Zeit, dass alle erfahren, was in jenem Winter auf der Insel passiert ist. Ich für meinen Teil will einfach keine Angst mehr haben. Wir sind inzwischen erwachsene Menschen, und diese Drohungen – uns die Zukunft zu zerstören und so – funktionieren nicht mehr. Vielleicht wäre Boel noch am Leben, wenn wir früher den Mund aufgemacht hätten. Nein, jetzt nicht stöhnen, Ingrid! Ich weiß, dass du das Gleiche gedacht hast.«

Anna schob die Fotos zusammen und legte sie beiseite. Dann breitete sie die Bilder der nackten Mädchen aus.

»Erzählen Sie mir hiervon«, sagte sie leise.

»Nein, Doris, diesmal musst du zu Hause bleiben. Ich bin auch bald wieder zurück.«

Der Hund sah beleidigt zu Emma hoch und unternahm einen letzten Versuch, durch die Tür zu schlüpfen, doch Emma schob sie im letzten Augenblick zu.

Dann lief sie die Treppe hinunter und tastete ihre Taschen ab, um sicherzugehen, dass sie alles dabeihatte. Handy: ja. Powerbank: ja. Schlüssel: ja. Sie hatte sogar das kleine Fernglas eingepackt, das Papa sich zum Vogelbeobachten gekauft hatte. Für ihren Auftrag fühlte sich das ganz passend an, trotzdem wollte sie es den anderen besser nicht zeigen, vielleicht fanden sie es ja albern.

Sie war die Erste vor der leeren Hütte, doch kaum dass sie aufgeschlossen hatte, tauchte Lukas auf.

»Alles okay?«, fragte er.

»Japp.«

Minea war die Nächste. Auf Juni mussten sie fast zehn Minuten lang warten.

»Nur die Ruhe. Wenn man eine Livesendung in die ganze Welt plant, muss man doch cool aussehen«, erklärte sie.

Sie klang gut gelaunt, doch Emma konnte ihr eine gewisse Nervosität anmerken.

»Wo sind die anderen?«, erkundigte sich Minea.

»Die haben gekniffen und sind übers Wochenende nach Hause gefahren. Es sind nur wir – *the fantastic four.*«

»Na toll …«, murmelte Lukas.

Juni sah ihm ins Gesicht.

»Wir machen es trotzdem – und zwar hier und heute. Es ist unsere einzige Chance, das ist euch doch klar? Was für ein Glück, dass wir dich dabeihaben, Emma. Cool, dass du dich bereit erklärt hast.«

Emma errötete.

»Dann gehen wir jetzt?«

Isabella schaltete die Lampe aus, als sie hörte, wie Juni die Unterkunft verließ. Sie wartete kurz, dann schaltete sie sie wieder an. Sie wollte nicht, dass jemand mitbekam, dass sie hier war. Immerhin bestand das Risiko, dass Juni bei ihr hereinplatzte und fragen könnte, warum sie all ihre Sachen gepackt hatte. Isabella hätte es ihr nicht erklären können.

Sie hatte den ganzen Tag in ihrem Zimmer verbracht. In Johannes' Unterricht zu gehen war undenkbar gewesen. Sie hatte Marina und Johanna am Morgen eine SMS geschrieben und ihnen mitgeteilt, sie habe Fieber, werde im Bett bleiben und wolle nicht gestört werden. Dann hatte sie im Internet gesurft, ein bisschen gelesen und im Großen und Ganzen ihre Ruhe gehabt.

Komischerweise fühlte es sich okay an, in der Schule zu sein, obwohl sie tags zuvor mit solcher Entschlossenheit abgehauen war. Aber das hier war nur eine Interimslösung. Bald würde alles anders werden, aber bis dahin musste sie schließlich irgendwo wohnen. Allerdings wäre es unnötig, ihre Sachen wieder auszupacken, es würde ja nicht lange dauern.

Aber wo war Juni hingegangen? Sie war doch sonst am Wochenende nicht in der Schule? Isabella hoffte nur, dass sie nicht gleich wieder zurückkäme. Sie wollte die Unterkunft für sich allein haben, kommen und gehen, wie sie wollte. Vor allem gehen.

Anna stützte die Stirn in beide Hände. Sie war allein im Vernehmungsraum sitzen geblieben. Heftige Kopfschmerzen kündigten sich an.

Das erschütternde Gespräch mit den drei Frauen hatte mehrere Stunden gedauert. Die Fotos der nackten Mädchen lagen immer noch vor ihr auf dem Tisch. Bedächtig schob Anna sie zusammen. Dann sah sie sie der Reihe nach an und schob sie zurück in den gelben Umschlag. Diesmal hatte sie nicht mehr annähernd das gleiche unbehagliche Gefühl dabei, denn die Fotos waren eine Art Solidaritätsbekundung gewesen.

»Es war Boels Idee. Sie war schon damals an Fotografie interessiert und besaß eine Kamera.«

»Und sie war diejenige, die mit Hasse verhandelt hat. Wenn er ihr sämtliche Fotos aushändigte, die er von Sofia gemacht hatte, würde er im Gegenzug Nacktbilder von uns allen bekommen – allerdings unter der Bedingung, dass wir sie selbst schießen würden«, hatte Mikaela erklärt.

»Hasse – und wie weiter?«

»Hasse Moberg. Er war sozusagen der Vermittler. Ich fasse es immer noch nicht, dass sie ihn in der Einrichtung arbeiten ließen. Er hatte ja keinerlei Ausbildung und war auch nur ein paar Jahre älter als wir.«

»Seine Bedingung war, dass wir alle auf den Fotos zu sehen wären, jede Einzelne von uns. Am schlimmsten war das für Camilla, sie hat ihren Körper unfassbar gehasst und hat sich immer im Klo umgezogen, wenn wir Sport hatten, damit niemand sie dabei beobachten konnte. Sie hat sich wortlos ausgezogen und vor die Kamera gestellt. Für Sofia.«

Sogar Ingrid hatte schließlich etwas beigetragen.

»Boel hat die Bilder geschossen, teils mit Selbstauslöser, damit sie auch mit drauf war. Zusammen haben wir die Fotos ausgesucht, die Hasse bekommen sollte. Es war uns wichtig, dass unsere Gesichter nicht zu sehen waren. Verdammt, wie klein wir da waren! Total krank, diese Bilder heute zu sehen …«

Anna schob das letzte Bild in den Umschlag. Nein, die Fotos waren kein bisschen unbehaglich mehr, jetzt, da sie wusste, aus welchem Grund sie entstanden waren: als Versuch, eine Freundin zu retten. Allerdings hatten diverse andere Dinge, die sie in den vergangenen Stunden erfahren hatte, bei ihr regelrecht Übelkeit ausgelöst.

Das Leben auf Stockudden war alles andere als rosig gewesen. Doch den drei Frauen zufolge war alles noch halbwegs erträglich gewesen, bis Sofia verschwand. All das schien mit einer Party zusammenzuhängen, zu der die Mädchen eingeladen gewesen waren. Nina Svensson – die Lucia in dem Jahr – hatte im Herbst einen Jungen kennengelernt, und der hatte die Mädchen ermuntert, übers Eis zu dem neu gebauten Tagungshotel zu kommen, dessen Eröffnung damals kurz bevorstand. Was genau Sofia in jener Nacht zugestoßen war, hatten die Frauen nicht mit Gewissheit sagen können, ihre Erinnerung war bereits am Morgen nach der Feier gänzlich vernebelt gewesen, und nach weiteren dreißig Jahren hatte Anna sich lediglich Notizen zu vereinzelten Szenen machen können. Sie spulte die Tonaufzeichnung zurück, um sich erneut anzuhören, was die drei erzählt hatten.

»Der Alkohol ist in Strömen geflossen.«

»Nina und Keke sind in einem der Zimmer verschwunden. Und du, Ingrid, hattest du damals nicht was mit diesem Jimmy laufen?«

»Pfff. Ja, schon. Wir sind auch auf ein Zimmer gegangen, aber da sind wir einfach eingeschlafen. Da ist nie was passiert.«

»Und dann sind diese alten Säcke gekommen.«

»Zumindest dachten wir damals, dass sie alt wären. Wahrscheinlich waren sie im selben Alter wie wir jetzt.«

»Carina ging es jedenfalls total dreckig, deshalb sind Boel und sie zurück zur Schule gelaufen.«

»Es war das erste Mal, dass ich so richtig betrunken war – und sind wir zwei nicht zusammen mit Hanna nach Hause gegangen?«

»Und mit Sandra. Wir waren zu viert.«

»Und Sofia …«

»Ja. Sofia.«

»Wir wissen nicht genau, wo sie zu dem Zeitpunkt war.«

»Ich dachte damals, sie wäre schon gegangen. Aber anscheinend haben wir sie dort zurückgelassen.«

»Verdammt, so muss es gewesen sein.«

Vom Flur waren Schritte zu hören. Das musste Märta sein, die zurückkam. Anna drückte auf Pause und holte tief Luft. Jetzt galt es, sich zusammenzunehmen und schleunigst einen Schlachtplan zu entwerfen. Ihre wichtigste Aufgabe war jetzt, Hans Moberg zu finden. Aber was noch?

Statt Märta tauchte Aram Demir in der Tür auf.

»Da ist irgendwas im Gange«, sagte er aufgeregt und hielt sein Handy hoch.

»Was?«

»Schau dir das an. Ich war gerade auf dem Instagram-Account dieser Juni. Du weißt schon, die mit den Slips. Sie sendet gerade live, ich hab eher aus Spaß da reingeklickt, aber guck mal …«

Anna nahm sein Handy entgegen.

»Kann man den Ton lauter stellen? Ich kann nicht verstehen, was sie sagt.«

Juni filmte sich selbst im Gehen. Sie lächelte selbstbewusst in die Kamera.

»Wir tun dies hier und heute, um euch mitzuteilen, dass es nicht okay ist, Leute auszunutzen und zu bedrohen – insbesondere Kinder. Und wir sind Kinder. Ich bin sechzehn, meine Freundin hier ist …«

Sie drehte die Kamera so, dass ein weiteres Mädchen ein paar Meter hinter ihr ins Bild kam.

»Sie ist gerade mal *fucking* fünfzehn. *Honest mistake*, würde der eine oder andere jetzt vielleicht sagen, aber das ist Bullshit. Diese Kotzbrocken wissen genau, dass wir minderjährig sind. Trotzdem finden sie, dass wir zu ihren ekligen Partys kommen und uns dort von ihnen anmachen lassen sollen. Und das machen wir jetzt auch. Allerdings werden wir die ganze Zeit live von dort senden. Jetzt werden diese Widerlinge enttarnt. Bleibt dran, wenn ihr diese Mistkerle sehen wollt.«

Anna sprang von ihrem Stuhl auf.

»*Scheiße!* Sag jetzt nicht, dass sich alles gerade wiederholt!«

»Was – wiederholt?« Aram klang verschreckt.

»Wo zur Hölle steckt Märta?«

Märta, die sie hatte rufen hören, kam ins Zimmer geeilt.

»Das Hotel! Wie kommen wir so schnell wie möglich zu diesem Hotel? Da ist wieder eine Party geplant. Ein paar Mädchen aus der Futurica sind auf dem Weg dorthin!«

Märta stammelte vor sich hin.

»Ich … Was? Also, ich fürchte, die einzige Möglichkeit ist, dass wir übers Eis fahren. Ich glaube nicht, dass die Straße dorthin geräumt wurde.«

»Wir fahren! Sofort!«

Erst als Anna auf dem Beifahrersitz in Märtas Auto saß, dämmerte ihr, dass sie in der Eile Arams Handy mitgenommen hatte. Aber das würde er ihr wohl verzeihen.

Juni hatte die Übertragung pausiert, aber angekündigt, gleich damit weiterzumachen. Wie nah am Hotel waren diese Mädchen? Ihnen auf dem Weg dorthin zuvorzukommen war wohl unmöglich. Anna versuchte, Juni zu erreichen, doch die ging nicht ran.

»Ist ja auch Arams Nummer. Vielleicht nimmt sie

bei unbekannten Nummern nicht ab?«, unkte Märta. »Schick ihr stattdessen eine Nachricht.«

Juni, geht nicht in das Hotel! Ruf mich sofort unter dieser Nummer an! Anna Glad, Polizei.

»Hoffentlich sieht sie das …«

»Wenn sie wieder anfängt zu senden, kannst du ja zusätzlich kommentieren.«

»Und wie funktioniert das?«

»Einfach ins Kommentarfeld schreiben. Allerdings sieht das dann natürlich so aus, als hätte Aram etwas geschrieben, es sei denn, du loggst dich erst aus.«

»Aber ich hab doch kein eigenes Instagram-Konto! Fahr jetzt, los!«

Emma war so außer Atem, dass ihr Hals brannte, aber das war ihr jetzt völlig gleichgültig. Sie war in jedem Fall froh, dass sie die bescheuerten lila Winterstiefel angezogen hatte. In Stoffschuhen hätte sie niemals übers Eis laufen können. Außerdem schien es Juni, Minea und Lukas egal zu sein, was sie für Schuhe anhatte.

Juni marschierte stramm vorneweg und sprach die ganze Zeit in ihr Handy, das sie ausgestreckt vor sich hielt. Emma konnte nicht genau hören, was sie sagte.

Neben Emma lief Lukas und sah aus, als wäre er voller Tatendrang.

»Du brauchst nicht dabei zu sein, wenn du nicht willst«, sagte er leise, »schließlich dürfte das hier für einigen Aufruhr sorgen.«

»Aber ich will dabei sein«, erwiderte sie.

Und so war es wirklich. Nicht weil sie persönlich von alledem betroffen wäre, was Juni gleich entschleiern wollte, sondern weil es einfach großartig war, ausnahmsweise bei etwas so Wichtigem dabei sein zu dürfen.

Im Herbst hatten irgendwelche ekligen Kerle Juni und Minea mit anzüglichen Nachrichten bombardiert.

Es hatte angefangen, als Minea es Juni gleichtun und ihre Slips im Internet hatte verkaufen wollen und sich in ihrem Zimmer in der Schule fotografiert hatte. Auch wenn sie ihr Gesicht nie gezeigt hatte, hatte irgendwer das Zimmer wiedererkannt und herausgefunden, wer sie war. Und daraufhin mehr Fotos gefordert. Minea hatte sich den Schlüssel von Emmas Vater stibitzt und sich in der verschlossenen Hütte fotografiert. Und damit war der Stein ins Rollen gekommen. Juni war ebenfalls wiedererkannt worden und hatte noch ekligere Nachrichten als Minea bekommen. Und jetzt wollten diese Widerlinge, dass die Mädchen auf eine Party in dem geschlossenen Hotel am entgegengesetzten Ufer der Bucht kommen sollten.

Es war Junis Idee gewesen, dass sie auf diese Weise zurückschlagen und diese alten Säcke drankriegen sollten, die Juni und Minea hatten bloßstellen wollen. Deshalb hatte Juni auch Ja zu der Einladung gesagt und versprochen, Minea und noch ein paar andere hübsche Mitschülerinnen mitzubringen.

Zumindest war dies die Erklärung, die Emma bekommen hatte. So hatten es die anderen über Wochen hinweg ausgeheckt. Und dann hatten plötzlich doch nicht alle mitgehen wollen.

Aber Emma hatte sich getraut. Sie fühlte sich inzwischen von Kopf bis Fuß wie elektrisiert. Ausnahmsweise tat sie etwas Mutiges.

Sie wussten nicht, wie viele Kerle dort sein würden, deshalb hatte Juni eine ganze Truppe dabeihaben wollen. Ziemlich frech, dass Juni das Ganze live auf Instagram übertragen wollte, aber sie ging davon aus, dass die

Typen ihren Feed nicht sehen würden und dann überrascht wären, wenn sie im nächsten Moment entlarvt würden.

Sie näherten sich allmählich dem Strand.

»Die Übertragung geht gleich weiter, bleibt dran, wenn ihr die Widerlinge sehen wollt«, sagte Juni in Richtung ihres Handys und schickte einen Handkuss hinterher.

Dann drehte sie sich um und verteilte Aufgaben wie eine Art Generälin.

»Also: Minea und ich gehen rein. Wir filmen und senden die ganze Zeit, okay? Ihr anderen haltet euch im Hintergrund, aber wenn etwas passieren sollte oder die Übertragung zu lange abbricht, ruft ihr die Polizei und kommt nach. Allerdings nicht zu früh! Wir müssen erst dafür sorgen, dass die Typen irgendwas sagen, was sie entlarvt, kapiert?«

Emma nickte nachdrücklich. Lukas und sie würden an einer anderen Stelle an Land gehen und sich irgendwo verstecken, wo sie das Hotel einsehen könnten. Lukas würde ebenfalls filmen, und im Nachhinein würden sie ein schönes Gesamtpaket zusammenschneiden, mit Bildbeweisen aus unterschiedlichen Perspektiven. Und dann das Ganze auf YouTube hochladen. Lukas war super in solchen Sachen. Dieser Film würde viral gehen, ganz sicher. Teenager, die ihre Erpresser vorführten.

Das Display von Emmas Handy war nicht wahnsinnig gut, trotzdem würde sie versuchen, Junis Übertragung im Blick zu behalten, während Lukas filmte, und entscheiden, ob Juni und Minea Hilfe benötigten.

Lukas hatte einige Abende zuvor die Umgebung des Hotels in Augenschein genommen und hatte schon eine Idee, wo sie sich auf die Lauer legen könnten. Emma lief ihm hinterher einen Hang hinauf. Es lag ziemlich viel

Schnee, allerdings war der so hart, dass sie gut vorankamen, ohne in einem fort einzusinken.

In den Hotelfenstern über ihnen brannte Licht. Dort würde die seltsame Party stattfinden.

»Da drüben«, flüsterte Lukas. »Wenn wir unter diese Kiefer kriechen, können wir dort durchs Fenster sehen, ohne dass sie uns entdecken.«

Emma nickte und folgte ihm. Perfekt.

»Gut, und jetzt behalt die Übertragung im Blick, und ich versuche, eine gute Kameraeinstellung zu finden.«

Emma starrte auf ihr Display hinab. Juni hatte inzwischen die Kamera umgedreht, so dass zu sehen war, was vor ihr passierte. Sie waren immer noch draußen, liefen aber jetzt auf den Eingang zu. Drei Schneescooter standen vor den Eingangstüren. Anscheinend waren die Typen so hergekommen.

»Dann klopfen wir doch mal an«, sagte Juni.

Minea machte einen Schritt vor und klopfte an die Glastür.

»Huhu, jemand zu Hause?«, rief Juni beschwingt. »Ah, da kommt einer.«

Emma zitterte vor Aufregung. Jemand näherte sich der Tür, allerdings konnte sie ihn nicht erkennen.

»Na, sieh einer an, willkommen! Werdet ihr noch mehr?«, fragte eine Männerstimme.

»Nein, nur wir zwei«, antwortete Juni.

»Aber schön, schön«, sagte der Mann. »Kommt rein, kommt rein. Darf ich euch gleich was zu trinken anbieten?«

»Gern eine Cola«, sagte Minea ebenso fröhlich wie zuvor Juni.

»Ach, nur Limo? Aber klar, lässt sich machen. Es gibt auch noch andere Sachen, ihr müsst nur was sagen.«

Sie hatten das Hotel betreten, und kurz war es dunkel, doch dann betraten sie einen Bereich, in dem Licht brannte.

»Dass sie gar nicht bemerken, dass Juni filmt!«, flüsterte Emma.

»Sie hat ihr Handy ständig in der Hand, deshalb sieht das wahrscheinlich nicht komisch aus«, flüsterte Lukas zurück. »Warte, jetzt kann ich sie sehen!«

Emma blickte von ihrem Display auf und durchs Fenster in das Hotel. Juni und Minea hatten den Raum betreten, den sie von draußen einsehen konnten. Juni hielt sich das Handy vor die rechte Brust, während sie sich mit links auf leicht kokette Art die Haare zurechtzupfte.

»Kommt denn sonst noch jemand in unserem Alter auf diese Party?«, fragte Minea.

Vereinzelt war Gelächter zu hören.

»Oh, da sieht's leider schlecht aus. Aber es wird trotzdem nett. Hier habt ihr eure Drinks, Mädels – zwei Colas, bitte schön.«

Emma reckte den Hals, um auch die Männer sehen zu können. Zu wievielt waren sie? Zu dritt? Nein, zu viert, da stand noch einer.

»O Gott«, keuchte sie dann, als einer der Männer sich umdrehte und sie sein Gesicht sehen konnte.

Den kannte sie! Oder besser: Mama und Papa kannten ihn! Nur kam sie nicht auf den Namen. Und wer waren die anderen? Da war einer, den sie noch nie gesehen hatte, und ein anderer, der mit dem Rücken zum Fenster dasaß. Sie starrte erneut auf das Display ihres Handys.

»*Der* ist das!«, quiekte sie.

»Wer?«

Lukas hatte sich flach auf die Erde gelegt und filmte durchs Fenster.

»Der Typ, der auch Bürgermeister werden will, wie meine Mutter – Jimmy Sowieso!«

»Glückwunsch an deine Mutter. Damit werden ihre Chancen deutlich steigen.«

Mit einem Mal war Emma angst und bange. Wie unfassbar naiv sie gewesen war! Sie hatte keine Sekunde lang darüber nachgedacht, dass diese Widerlinge, die Juni und Minea auf ihre liederliche Party eingeladen hatten, Leute sein könnten, die sie kannte. Sie war davon ausgegangen, dass es sich um eklige alte Typen handelte, die anderswo herkamen. Die vielleicht herumliefen, mit Leuten ihr Schindluder trieben, ganz allgemein unausstehlich waren, aber dann weiterzogen. Sie hätte sich nie träumen lassen, dass es Männer aus ihrer Stadt sein würden. Wie unglaublich dumm von ihr. Was würde Mama sagen, wenn sie hiervon erfuhr?

»Was wird das denn jetzt für eine Party?«, fragte Juni in Richtung ihres Handys.

»Erst mal lernen wir uns ein bisschen besser kennen. Trinken ein wenig und machen es uns gemütlich.«

Anscheinend beschloss Juni jetzt, einen Gang höher zu schalten.

»Ihr geht wohl davon aus, dass Minea und ich mit euch Sex haben würden?«

Wieder Gelächter.

»Ach, jetzt greifen wir mal den Ereignissen nicht vor!«

Die Replik war von Jimmy gekommen.

»Aber ihr wisst, dass wir minderjährig sind, oder? Ich bin sechzehn und sie fünfzehn.«

»Liebes, das musst du wirklich nicht so betonen. Setzt euch doch endlich und macht es euch bequem.«

»Hör mal, meine Cola schmeckt komisch. Was ist denn da drin?«

»Na ja, ich hab euch gleich angemerkt, dass ihr ein bisschen nervös seid, und dachte, ich gebe euch was zur Entspannung. Ihr könnt natürlich auch eine normale Limo haben, wenn ihr wollt. Soll ich welche holen? Und dann, finde ich, sollten wir Musik anmachen. Fühlt sich doch ansonsten nach einer lahmen Party an, wenn wir nur stumm herumsitzen und Limo trinken. Und jetzt zieht mal eure Jacken aus, Mädels. Man sieht ja kaum, wie ihr ausseht, wenn ihr solche Schlafsäcke anhabt!«

Emma hörte ein Brummen von hinten.

»Da kommt noch jemand!«

Übers Eis näherte sich ein weiterer Schneescooter, fuhr den Hang zum Hotel hoch und parkte. Zwei Männer stiegen ab.

»Da kommen weitere Gäste«, hörten sie Jimmys Stimme aus dem Handylautsprecher. »Gehst du, Hasse, und machst ihnen auf?«

Richtig, Hasse hieß der Mann, an dessen Namen sich Emma nicht hatte erinnern können. Er stand auf und verschwand in Richtung Eingangstür außer Sicht. Kurze Zeit später war wieder Jimmy zu hören, der die Gäste begrüßte, diesmal auf Englisch.

»*Welcome! Come on in! Good to see you again.* Ihr kennt euch ja alle, oder? *Have you met Hasse? Excellent. Keke is around here somewhere.* Und hier, das sind Juni und Minea.«

Juni hatte sich umgedreht und die Kamera in Richtung Tür gerichtet. Zwei große Männer standen im Eingangsbereich.

»O Gott«, entfleuchte es Juni.

Inzwischen klang sie kein bisschen frech mehr, sondern nur noch verängstigt. Und Emma wusste genau, warum. In dem Raum befand sich inzwischen ein ganzer Trupp erwachsener Männer zusammen mit zwei jungen Mädchen, deren einziges Back-up zwei Teenager waren, die draußen unter einem Baum lagen. Mit so vielen Männern hatte Juni ganz bestimmt nicht gerechnet.

»Fuck«, murmelte Lukas, der anscheinend den gleichen Gedanken gehabt hatte. »Sollten wir die Polizei rufen?«

Emma kauerte wie versteinert da und sah abwechselnd auf ihr Handydisplay und durchs Fenster.

Im selben Moment trat einer der großen Männer auf Juni zu und streckte die Hand aus.

»You must be Jimmy's daughter? I can see a certain resemblance.«

Er sprach Englisch mit Akzent. Emma war schlecht darin, so etwas einzuordnen, aber Amerikaner oder Engländer war er jedenfalls nicht. Vielleicht Deutscher oder so?

Juni nahm ihr Telefon in die andere Hand, so dass sie dem großen Mann die Hand schütteln konnte. Im Hintergrund hörten sie Jimmy lachen.

»Meine Tochter? Nee, nee, ich hab keine Kinder, zum Glück! Diese Mädchen sind unsere Gäste.«

»Guests?«, wiederholte der Mann und beäugte Juni kurz. *»How old are you, sweetheart?«*

»Sixteen«, antwortete Juni leise.

»Thought so. Well, Jimmy ...«

Der Mann richtete sich zu seiner vollen Größe auf. Er sah riesig aus – sowohl auf dem Display als auch durch die Fensterscheibe. Emma hielt den Atem an. Dann fuhr der Mann auf Englisch fort: »Ich weiß nicht recht, zu welcher Art Party wir hier eingeladen sind, aber ich finde, ihr solltet jetzt heimgehen, Mädels. Schafft ihr das selbst, oder soll ich jemanden anrufen? Gut. Und ich glaube, für uns ist es auch an der Zeit, zurück in die Hauptstadt zu fahren.«

»Aber … Aber …«, protestierte Jimmy Kjellin.

»Ernsthaft. Junge Mädchen in einem geschlossenen Hotel! Ich weiß ja nicht, wie Sie sonst Geschäfte machen, aber bei so einer Veranstaltung wollen wir nicht dabei sein. *Run along now, girls.*«

Die vier Jugendlichen kamen Anna und Märta auf dem Eis zwischen Stockudden und dem Hotel entgegen. Auf der Fahrt hinunter zum Strand hatte Anna verzweifelt – und vergebens – versucht, einen Schneescooter zu organisieren, mit dem sie schneller über das Eis kämen (Märtas Auto hatte sich zu gefährlich angefühlt). Am Ende hatten sie auf Stockudden geparkt und waren zu Fuß losgelaufen.

»Bleibt stehen!«, rief Anna streng.

Juni Möller und Emma Kling erkannte sie sofort wieder. Im Schlepptau hatten die beiden einen Jungen, den sie nie zuvor gesehen hatte, sowie das Mädchen, das in Junis Übertragung zu sehen gewesen war.

»Ihr hattet verdammtes Glück, ist euch das eigentlich klar?«, fragte Anna.

Juni nickte. Sie sah verstört aus.

»Das hätte schlimm ausgehen können. Ist euch das bewusst?«

Anna war drauf und dran, damit herauszuplatzen, dass womöglich auch Boel Westmans Mörder in dem Hotel gewesen war, aber die Jugendlichen sahen auch so schon hinreichend eingeschüchtert aus.

»Haben Sie die Übertragung gesehen?«, fragte Juni.

Anna nickte.

»Beim nächsten Mal redest du direkt mit der Polizei, Juni!«

»Aber hätten Sie denn irgendwas unternommen?«

Anna seufzte. Die Frage war nicht von der Hand zu weisen.

»Geht jetzt auf direktem Wege zurück zur Schule. Zwei unserer Kollegen warten dort auf euch. Wir unterhalten uns später.«

»Schnappen Sie sich diese Männer?«, hakte Juni ein wenig hoffnungsvoller nach. »Ich kann die Übertragung abspeichern, dann haben Sie Beweismaterial.«

»Wir reden später weiter, Juni. Geht jetzt zur Schule!«

»Ich weiß nicht, ob man das auf der Übertragung gehört hat, aber da war noch jemand in dem Hotel«, rief Juni ihnen nach. »Der war gerade auf der Toilette. Ich hab gehört, wie die Spülung gerauscht hat. Sie waren insgesamt zu siebt.«

Anna und Märta hatten gerade ein paar Dutzend Meter geschafft, als sie hörten, wie Juni erneut schrill das Wort ergriff.

»Okay, wir sind wieder zurück auf Sendung. Hinter mir seht ihr zwei Polizistinnen, die auf dem Weg zu diesem Freak-Fest sind. *Mission accomplished*, könnte man sagen …«

Isabella Elo legte ihr Handy beiseite und starrte eine Weile reglos in die Dunkelheit.

Dann rumpelte es an der Eingangstür. Das war bestimmt Juni, die zurückkam.

»Bin gleich wieder da, muss nur mein Ladegerät holen!«, rief sie jemandem draußen zu.

Dann wurde es wieder still.

Es dauerte eine Weile, ehe Isabella die Kraft hatte, das Handy wieder zur Hand zu nehmen. Junis Mitschnitte waren immer noch abrufbar. Sie würde nur durch die einzelnen Posts scrollen müssen, um den einen, wesentlichen aufzurufen und sich zu vergewissern, dass sie sich nicht getäuscht hatte.

Und ja. Da war der Schneescooter. Dort hing die Jacke. Und da, auf dem Tisch, nur ein paar Meter von Junis Kameralinse entfernt, lag auch sein Handy. Und gegen Ende war auch der Name klar und deutlich zu hören. *»Keke is around here somewhere.«*

Er war in dem Clip nicht zu sehen, aber er war dort gewesen, eindeutig.

Sie schloss die Augen. Der Hass brannte so sehr in ihr, dass es schier wehtat, die Augen offen zu halten.

Liebe Elli, bitte entschuldige, dass ich in dein Lieblingsbuch schreibe. Ich versuche, so wenig wie möglich aufzudrücken, damit du alles ausradieren kannst, wenn du willst, aber mir fällt keine Alternative ein. Mir ist jetzt klar, dass ich nie mehr nach Hause komme. Was da bei dieser Party angefangen hat, ist nur noch schlimmer geworden. BITTE sag Nina und den anderen, dass sie sich keine Vorwürfe machen dürfen! Sie konnten ja nicht ahnen, was dort passieren würde. Allerdings glaube ich, dass Keke es wusste. Ich glaube, sie haben Keke und seine Kumpels nur vorgeschickt, damit wir dorthin kommen würden. Bitte sag Nina Bescheid, falls sie noch mit Keke zusammen ist. Und wenn es irgendwie geht, sag meiner Mutter, dass es mir leidtut, dass ich so schrecklich zu ihr war, und dass sie nichts falsch gemacht hat. Richte bitte allen aus, dass ich sie von Herzen gernhabe.

Ich will noch eine Liste mit denen schreiben, die mein Leben zerstört haben. Wenn du kannst, gib sie weiter, damit diese Leute mit anderen nicht das Gleiche machen.

Du bist die Beste, Elli. Danke, dass du da warst. Danke, dass du es versucht hast.

S.

11
DER UNS DIES LICHT VERHEISST

Samstag, 16. Dezember

Anna hatte ihr Auto noch immer nicht abholen können. Es stand nach wie vor unten am Strand, an der Stelle, von der sie zwei Tage zuvor aufs Eis hinausgelaufen war, um Alma Westman zu suchen. Sie hoffte zumindest, dass es noch dort stand. Märta und sie waren erneut daran vorbeigefahren, als sie – diesmal zu zweit – übers Eis gelaufen waren, um vier Teenagern bei einem irrsinnigen Vorhaben Einhalt zu gebieten, aber da hatte Anna nicht mal ansatzweise daran gedacht, nach ihrem Wagen Ausschau zu halten.

Na ja. Dieser Arbeitstag würde hoffentlich nicht wieder so ereignisreich werden. Da würde sie später – sobald die Vernehmungen abgeschlossen wären – hoffentlich dazu kommen, ihren Wagen endlich abzuholen.

Doch fürs Erste konnte sie nur zum Revier laufen. Sie wohnte zwar nicht allzu weit entfernt, aber in der Fußgängerzone wimmelte es nur so von Leuten, und Anna musste ständig jemandem ausweichen.

Aber klar, es war nicht einmal mehr eine Woche bis Weihnachten, deshalb die Menschenmassen. Anna selbst hatte sich über Weihnachtsgeschenke und solche Sachen noch gar keine Gedanken gemacht. Sie wusste immer noch nicht, wie und wo sie Weihnachten verbringen würde. Ihr Vater hatte eine weitere SMS geschrieben, doch sie hatte seine Einladung erneut ausgeschlagen. Ein bisschen traurig wäre es schon, an Heiligabend allein zu Hause in ihrer ungeputzten Wohnung zu sitzen, andererseits war die letzte Woche so chaotisch gewesen, dass ein bisschen Weihnachtsfrieden jetzt genau das Richtige für sie wäre.

Aber irgendetwas sollte sie ihrer Mutter und ihrem Vater besorgen, zumindest um des lieben Friedens willen. Es würde das Übliche werden – eine hübsche Grußkarte und ein paar Kinokarten, so etwas konnte man gut in die Post stecken. Linda war da schon schwieriger: Ihre beste Freundin besorgte stets so schöne Sachen für Anna, die deren Geschenke kaum je wettmachen konnte. Linda aber würde sie erst nach Neujahr wiedersehen, ein bisschen Galgenfrist hatte sie also noch.

Rolf und Max waren wenigstens leicht – Pralinen funktionierten da immer. Sollte sie auch für Märta etwas besorgen? Vielleicht eine Flasche Weißwein? So etwas wüsste sie sicher zu schätzen. Immerhin hatte Märta ihr einige Tage zuvor das Leben gerettet. Anna beschloss, ihr im Alko-Geschäft aus dem zweitobersten Regal ein Fläschchen zu besorgen.

Aber damit hätte sie alle beisammen, oder?

An sich fühlte es sich ganz behaglich an, sich durch den Weihnachtstrubel zu schieben und über Geschenke nachzudenken. Es war eine willkommene Abwechslung von den grässlichen Dingen, die Anna in letzter Zeit durch den Kopf gegangen waren.

Am Vorabend war es zudem spät geworden. Es hatte

eine Zeit lang gedauert, ehe die Verstärkung am Tagungshotel eingetroffen war und Anna und Märta die Männer aufs Revier bringen lassen konnten.

Die beiden Schweizer Geschäftsleute waren extrem irritiert und ungehalten gewesen, aber das war nur verständlich. Junis Livesendung hatte sie mehr oder minder von jedem Verdacht reingewaschen, aber auch sie hatten eine Aussage machen müssen, ehe sie wieder hatten gehen dürfen. Anna hatte so das Gefühl, dass sie Jimmy Kjellin bei dessen anstehenden Hafen- und Hotelprojekten nicht mehr allzu sehr behilflich wären.

Jimmy Kjellin selbst hatte sich geweigert, auch nur ein Wort zu sagen, und hatte auf seinen Anwalt warten wollen. Er war Anna auf der Stelle unsympathisch gewesen. Auf Märta hatte er hinabgeblickt und nach Kommissar Ståhlman und Rolf Månsson gefragt. Während sie noch im Hotel gewartet hatten, hatte er sich sogar ein Glas Wein eingegossen, sich auf einem Sessel zurückgelehnt und gänzlich ungerührt dreingeblickt – nur dass das wahrscheinlich geschauspielert war. Er saß mächtig in der Tinte, und das war ihm sicher auch klar.

Zwei der anderen, Mikael Mäkinen und Rainer Biström, hatten gezittert wie Espenlaub, sofort alle Schuld auf Jimmy Kjellin geschoben und behauptet, sie hätten nicht gewusst, dass Minderjährige zu der Party kommen sollten. Zudem waren sie ordentlich angetrunken gewesen, so dass sie alsbald ein zweites Mal verhört werden müssten.

Hans Moberg hatte dichtgemacht und geschwiegen wie ein Grab. Auf das Verhör mit ihm freute sich Anna fast am meisten. Hatte er die Geschichte wieder aufleben lassen wollen? Eine Party im Tagungshotel, bei der minderjährige Mädchen von Stockudden für die Unterhaltung sorgen sollten? Hatte er in den vergangenen dreißig Jahren noch mehr solcher Feste organisiert oder nur diese zwei? Und war er derjenige, der das Ganze eingefädelt hatte, oder hatte er nur die Kommunikation mit den Mädchen übernommen? Irgendwie hatte Anna das Gefühl, er war nur der Handlanger. Aber wenn Moberg der Lakai war, wer war dann der König?

Juni hatte behauptet, es habe sich noch ein weiterer Mann im Hotel aufgehalten, doch diesen siebten hatten sie dort nicht mehr angetroffen. Vielleicht hatte Juni sich aber auch getäuscht.

Anna hatte nicht selbst mit Juni, Minea, Emma und Lukas reden können, doch laut Märta waren die Jugendlichen mehr als kooperativ gewesen. Die Polizei würde Hans Mobergs Nachrichten an Minea und Juni von ihnen bekommen und auch alles weitere Material, das sie in den vergangenen Monaten zusammengetragen hatten. Anna hoffte, dass Märta gleich bei der ersten Vernehmung so viel hatte notieren können wie nur möglich, denn es wären gewiss noch andere als nur die Polizei an dem Material interessiert.

Die Medien beispielsweise hatten sofort reagiert: Junis Liveübertragung hatte anscheinend eine viel größere Reichweite gehabt, als sie es sich ausgemalt hatte, und dass ein respektierter Lokalpolitiker in so eine Geschichte verwickelt war, war natürlich Zündstoff. Anna war froh, dass sie derzeit nicht ihre eigene Telefonnummer benutzen konnte und Annette Käld sich mit der Presse herumschlagen durfte. Sie hoffte nur, dass die Hauptkommissarin überdies daran gedacht hatte, dass Juni und Minea samt ihren Familien Schützenhilfe für potenzielle Aufeinandertreffen mit Journalisten bekämen. Immerhin mussten sie damit rechnen, dass um die Mädchen ein ordentlicher Aufruhr entstand. Einige glaubten sicher, dass ihre Liveübertragung von jener Party eine Art Heldentat gewesen war, aber bestimmt nicht alle, und da wäre es wichtig, eine Strategie bei der Hand zu haben, ehe man auf eventuelle Journalistenfragen antwortete.

Sieh an. Und schon war sie mit dem Kopf wieder bei der Arbeit. Aber egal, sie stand ohnehin vor der Eingangstür.

Im Revier war es überraschend ruhig, allerdings hing immer noch der Glögg-Geruch vom Vortag in der Luft. In ihrem Dienstzimmer riss Anna das Fenster auf, um kurz zu lüften. Sie würde massenhaft Notizen ins Reine schreiben müssen, und am besten legte sie gleich damit los. Sie würde mit ihrem Gespräch mit Ingrid Hägg, Mikaela Numminen und Hanna Hemming anfangen.

Sie hatte kaum eine gute halbe Stunde konzentriert vor sich hingearbeitet, als Annette Käld ihr Büro betrat und sich auf den Sessel fallen ließ.

»Gott, ich bin jetzt schon heiser! Hab seit sechs Uhr morgens telefoniert!«

Sie setzte sich auf dem Sessel zurecht.

»Gute Arbeit, Anna. Wirklich.«

»Das mit der Livesendung haben wir Aram zu verdanken.«

»Aber du und Märta, ihr wusstet sofort, was das zu bedeuten hatte. Ich musste mich nicht annähernd so vehement gegen die Presse verteidigen, nachdem die Polizei sofort vor Ort war. Das ist euer Verdienst.«

Anna nickte und lächelte schüchtern. Schön zu hören, dass die Hauptkommissarin sie wieder lobte. Zumindest für den Moment.

»Weißt du, wo Märta steckt?«, fragte Anna.

»Sie ist zu Juni Möller nach Hause gefahren, um dort die Stellung zu halten. Bei der Familie klingelt das Telefon genauso durchgehend wie hier, da ist es nur gut, dass Märta vor Ort ist.«

Anna nickte. Kluger Schachzug.

»Wo sollen wir Kjellin und seine Kumpane vernehmen? Sobald sie ausgenüchtert sind, versteht sich.«

Annette stand wieder auf.

»Die Vernehmungen übernimmt jemand anderes, Anna. Du und Märta, ihr habt in den letzten Wochen nonstop gearbeitet. Ich will, dass ihr beide mit dem Fall Boel Westman weitermacht. Die Jimmy-Kjellin-Sache wird so groß, dass wir Hilfe von außerhalb brauchen.«

»Aber«, protestierte Anna, »das hängt doch alles zusammen! Boel, ihre früheren Klassenkameradinnen, Sofia Virta, Vater und Sohn Kjellin und ihr Hotel ...«

»Ich weiß«, sagte Annette. »Es ist trotzdem zu viel. Wir müssen einander eben gut updaten, damit die Zusammenhänge allen klar sind.«

»Interne Kommunikation war zuletzt aber nicht gerade die Stärke dieser Abteilung«, murmelte Anna säuerlich.

»Das sehe ich genauso. Aber da bessern wir uns, alle miteinander. Verdammter Mist, jetzt ruft diese anstrengende Marjatta von der Abendzeitung schon wieder an ...«

Mit dem Handy am Ohr verließ sie Annas Zimmer.

Es dauerte kurz, ehe Anna sich wieder auf ihre Protokolle konzentrieren konnte. Sie war gleichermaßen erleichtert und enttäuscht. Teils wollte sie wirklich in die Ermittlung im Fall der sogenannten »Party« von Jimmy Kjellin mit eingebunden werden; andererseits war sie nach den Ereignissen der letzten Wochen tatsächlich angeschlagen. Die Ärztin aus dem Krankenhaus hatte sie für ein paar Tage krankschreiben wollen, und wahrscheinlich wäre das gar keine blöde Idee gewesen. Und wie gesagt – was genau mit Boel Westman passiert war, war ja tatsächlich immer noch unklar. Es war jetzt wichtig, diesen Teil ihrer Ermittlung nicht aus den Augen zu verlieren.

Der gelangweilte Typ, der an den Wochenenden Pamela am Empfang vertrat, steckte den Kopf zur Tür herein. Getreu seiner üblichen Art ließ er sowohl ein »Hey« als auch ein »Entschuldigung« aus und leitete sein Anliegen mit einem lang gezogenen »Äääääh« ein.

»Sie haben Besuch. Eine Beatrice Borg. Kann die reinkommen?«

»Ja, klar.«

Die Leiterin des Björnåsen kam in einem weihnachtsroten Mantel mit Kapuze in Annas Büro getippelt. Irgendwie sah sie in diesem Aufzug aus wie ein in die Jahre gekommenes Rotkäppchen.

»Ach, wie gut, dass Sie heute hier sind! Ich hab schon befürchtet, ich würde Sie schon wieder an Ihrem freien Wochenende stören.«

»Keine Sorge, ich bin im Dienst. Wie geht es Alma Westman?«

»Sie ist gestern aus dem Krankenhaus zurück ins Heim gebracht worden und scheint sich wieder beruhigt zu haben. Zum Glück haben Sie sie noch rechtzeitig gefunden.«

»Ja, allerdings war es knapp.«

»Sie hat heute Morgen davon geredet, dass sie Sofia gerettet hätte, indem sie sie aus dem Meer gezogen hat. Sie klang sehr zufrieden.«

»Ach ja? *Mich* hat sie rausgezogen. Mit ein wenig Hilfe vonseiten meiner Kollegin.«

»O weh! Aber das hier, das wollte ich Ihnen zeigen …«

Beatrice wühlte in ihrer Handtasche, nahm ein zerfleddertes Buch heraus und legte es vor Anna auf den Schreibtisch.

Hexenjagd. Auf dem Umschlag war die Illustration eines düster dreinblickenden Mannes abgebildet, der eine hübsche Blondine mit einem weiten Ausschnitt im Arm hielt.

»Äh … ja?«

»Also«, hob Beatrice an, »dass ich nicht früher daran gedacht habe, Ihnen das hier zu geben! Das Buch lag ebenfalls im Schließfach, wissen Sie …«

»In Almas Bankschließfach?«

»Ja, genau. Im selben Fach wie der Umschlag mit Ihrem Namen. Das Buch lag auf dem Umschlag, wenn ich mich recht entsinne. Aber mir ist jetzt erst die Idee gekommen, dass Boel vielleicht gewollt haben könnte, dass Sie es ebenfalls bekommen. Erst dachte ich bloß, vielleicht ist es wertvoll, weil es doch im Schließfach lag, aber womöglich sehen Sie es sich einfach selbst an. Da sind nämlich Notizen drin.«

Anna bedankte sich bei der Heimleiterin, die ihr ein schönes Weihnachtsfest wünschte und wieder ging.

Sie nahm das Buch hoch und drehte es um. Es kam ihr vage bekannt vor, auch wenn sie sich sicher war, dass sie es nie gelesen hatte. Aber klar, natürlich! Es gehörte zur selben Serie, die Boel in ihrer Wohnung in der Schule gehabt hatte!

Beim ersten Durchblättern konnte sie keine Notizen ausmachen, doch als sie eine Doppelseite aufschlug, entdeckte sie entlang dem Innenfalz helle Bleistiftbuchstaben, die kaum mehr zu entziffern waren. Anna stemmte sich mitsamt dem Buch aufs Fensterbrett, um möglichst viel Licht zu haben.

Liebe Elli, stand da.

»Emma, wärst du so gut und kommst mal kurz her?«

Emma Kling schluckte. Sie sah zu Doris, die besorgt zu ihr hochblickte. Der Dackel ahnte anscheinend, dass Emma gleich ein Donnerwetter bevorstand.

Ihre Eltern saßen am Küchentisch und machten ernste Gesichter.

Emma biss sich auf die Lippe. Wie sollte sie es ihnen erklären? Dass sie der Ansicht gewesen war, es wäre wichtig, Juni und Minea zu helfen? Dass sie erstmals seit Langem Leute getroffen hatte, die sich fast wie Freunde anfühlten? Dass sie nie wieder an ihre Schule zurückkehren wollte?

Sie holte tief Luft.

»Das mit dem Hotel tut mir leid«, sagte sie.

Mama blickte verwirrt auf.

»Hotel? Ach, Liebling, ja, das war gefährlich und dumm von dir. Darüber reden wir auch noch, da hast du recht, aber das ist nicht der Grund, warum …«

»Nein«, fiel Papa ihr ins Wort, »ich will dir etwas sagen. Und ich bin derjenige, der sich entschuldigen muss.«

Emma setzte sich verunsichert zu ihnen.

»Also, es ist folgendermaßen … Deine Mutter und ich … Oder vielmehr ich … Ich hab mich verliebt.«

Emma sah ihn verdattert an. Dann ihre Mutter und erneut ihren Vater.

»Wie bitte?«

»Aber wir mögen dich beide wahnsinnig gern. Das ist dir hoffentlich klar?«, fragte Mama.

Ihre Stimmen klangen komisch, als wäre Emma wieder fünf Jahre alt. Hatten sie das hier einstudiert? Irgendwie wirkte es fast so.

»Und in wen hast du dich verliebt?«, fragte Emma.

Dabei wollte sie die Antwort eigentlich gar nicht hören. Ihr Vater war genau wie all diese ekligen Männer. Und mit einem Mal kam ihr ein schrecklicher Gedanke.

»Ist es … Ist es eine deiner Schülerinnen?«

Er zuckte zusammen.

»Also bitte, Emma! Natürlich nicht! Meine Schülerinnen sind doch kaum älter als du. Nein, es … also …«

Er stammelte kurz vor sich hin, schluckte und sah ihr dann ins Gesicht.

»Es ist Johannes.«

»Johannes? Der Musiklehrer?«

Ihr Vater nickte.

»Ich habe vor, bei ihm einzuziehen. Aber wir beide, wir treffen uns weiter, sooft du nur willst.«

Emma ertrug es nicht, noch mehr zu hören. Sie sprang von ihrem Stuhl auf.

»Ich muss raus. Doris muss pinkeln.«

»Aber Liebes …«

Emma scheuchte den Dackel so eilig vor sich her, dass sie ihn fast mit dem Fuß erwischte. Doris knurrte beleidigt.

»Entschuldigung«, raunzte Emma den Hund an.

Sie stapfte so schnell durch den Schnee, dass Doris ihr mehrmals hinterherkläffen musste, weil sie in den Schneemassen feststeckte.

»Komm endlich, verdammt!«, blaffte Emma und wirbelte herum.

Doch als sie sah, dass das arme, tollpatschige Tier verzweifelt die Schnauze emporreckte, hatte sie ein so schlechtes Gewissen, dass ihr fast die Tränen kamen. Doris war ihre einzige Freundin und ihr Trost, seit Boel gestorben war.

»Na, dann komm, Würstchen, ich helfe dir«, sagte Emma ein wenig sanfter.

Drüben in den Schülerunterkünften brannte nirgends Licht. Zumindest waren Juni und Minea nicht da. Ihre Eltern hatten die beiden am Vorabend nach Hause geholt.

Diese Isabella aus dem Musikzweig, die sonst immer in ihrem Zimmer saß, schien ebenfalls ausgeflogen zu sein. Und sobald Emma das Wort »Musikzweig« durch den Kopf schoss, musste sie erneut an Johannes und an ihren Vater denken. Das Ganze war einfach nur entsetzlich – und lächerlich! War er deshalb in letzter Zeit so häufig weg gewesen? Hatte er da immer mit Johannes rumgemacht? Bei dem Gedanken wurde ihr ganz anders.

Im oberen Stockwerk, wo der Musikraum und das Klassenzimmer der Zehnten lagen, brannte Licht, wahrscheinlich im Computerraum. Wer konnte das sein?

Unter anderen Umständen wäre Emma zu feige gewesen, um nachsehen zu gehen, doch inzwischen hatte sie fast das Gefühl, als sei ihr alles egal – und wenn es ein Axtmörder wäre, ein Gespenst oder irgendein Pornotyp, der dort lauerte. Emma war viel zu wütend, um verängstigt zu sein. Und neugierig war sie eben auch.

Die Tür zum Gebäude war unverschlossen. Doris japste ordentlich, als sie die Treppe hinaufwieselte.

In der Tür zum Aufenthaltsraum war ein Glaseinsatz, und Emma spähte hindurch. Und dort saß weder ein Axtmörder noch ein alter Widerling, sondern Lukas. Sie klopfte kurz an und schob die Tür auf.

»Hey.«

Lukas zuckte zusammen, sah dann aber erleichtert aus.

»Hey! Komm rüber, schau dir das an.«

Es prickelte in Emmas Brust. Es kam nicht oft vor, dass jemand in ihrem Alter froh wirkte, sie zu sehen. In der Schule war sie für die anderen entweder Luft, oder aber sie bekam irgendeine Gemeinheit zu hören. Sie ging auf Lukas zu, der einen Stuhl für sie näher zog.

»Ich bin fast fertig. Fehlen nur noch ein paar Zeilen am Schluss.«

»Ist das der Film über Juni, Minea und diese Mistkerle?«

»Japp. Er ist nur neun Minuten lang. Willst du ihn sehen? Oh, übrigens kriegst du noch die Schlüssel deines Vaters zurück. Die brauchen wir ja nicht mehr.«

Er drückte ihr den Schlüsselbund in die Hand und klickte dann auf Start.

Emma starrte den Bildschirm an, während Lukas Emma anstarrte, als wolle er ihre Gedanken lesen und könne ihre Reaktion kaum erwarten. Es war ihr unangenehm und ein herrliches Gefühl gleichermaßen.

»Guter Film«, sagte Emma nach einer Weile. »Du hast das echt drauf!«

»Findest du? Danke!«

»Da war ein Tippfehler.«

»Wo?«

»Da, geh mal ein Stück zurück. *Am 13. Dezember bekommt Juni die letzte Nchricht von Hans Moberg* – da fehlt ein A.«

»Shit. Gut, dass du das gesehen hast. Sag, wenn noch irgendwas falsch ist.«

Sie sahen sich den Film bis zu Ende an. Er war wirklich phantastisch. Und gruselig. Emma spürte, wie ihr gleichzeitig mulmig war und warm wurde. Eine komische Mischung.

»Wow«, sagte sie schließlich.

»Ich finde, er ist jetzt fertig. Wir laden ihn auf YouTube hoch und sehen, was passiert.«

Lukas klickte und tippte eine Weile auf seiner Tastatur herum. Dann nahm er plötzlich Emmas Hand und legte sie auf die Mouse. Seine eigene Hand ließ er auf ihrer liegen. Emma hoffte inständig, dass er nicht gemerkt hatte, wie sehr sie zusammengezuckt war, als er sie berührt hatte.

»Komm, wir stellen ihn gemeinsam online«, sagte Lukas. »Ich zähle bis drei, und dann klicken wir. Eins, zwei, drei!«

Sie klickten gemeinsam auf »Hochladen«.

»Wohooo!«, rief er. »Jetzt ist er draußen. Und was machen wir jetzt?«

Emma dachte kurz nach.

»Ich glaube, ich will eine Zigarette rauchen. Hättest du eine für mich?«

Er lachte.

»Sicher? Und was sagen deine Eltern dazu?«

»Ist mir vollkommen egal.«

Erland Elo klopfte seine Schuhe an der Fußmatte ab.

»Hallo?«

»Hey, Papa«, hörte er Isabellas Stimme aus der Tiefe des Hauses.

Schau einer an, auf einmal war es für sie in Ordnung, zu Hause zu sein. Er hätte den Abend lieber allein verbracht. Es war ein grässlicher Tag gewesen, er hatte sich genötigt gesehen, die Füße stillzuhalten und gleichzeitig diskret nachzuforschen, was die Polizei inzwischen wusste.

Konnte er sich auf Jimmy und die anderen verlassen? Würden sie ausplaudern, dass er ebenfalls im Hotel gewesen war, oder würden sie die Klappe halten? Keiner von ihnen war ans Telefon gegangen, als er angerufen hatte.

Die ganze Sache war bescheuert gewesen – dabei war Kjellin sich seiner Sache so sicher gewesen! Die Mädchen seien mit im Boot, hatte er behauptet und seinen Kumpels Fotos gezeigt, die sie ihm angeblich via Hasse hatten zukommen lassen und auf denen sie leicht bekleidet gewesen waren.

Die Mädels heutzutage wussten anscheinend, worauf es ankam, nicht wie damals, in den 1980er Jahren, als man erst an den Drinks hatte herumdoktern müssen, um eine Party in Gang zu bringen. Damals hatte Erland den Lockvogel gespielt, weil er so gut ausgesehen hatte, und Jimmys Vater und dessen Kumpane waren dankbar gewesen. Die Praktikumsplätze und guten Zeugnisse, die Erland zum Dank für seinen Einsatz als junger Romeo bekommen hatte, hatten sich für ihn ausgezahlt. Außerdem hatte er sichergestellt, dass er die Hübscheste für sich behalten hatte. Damals hätte ja keiner ahnen können, zu welchem Alptraum sich das alles entwickeln würde. Na ja, inzwischen waren es andere Zeiten. Für ein hübsches junges Ding sei es heutzutage ganz normal, dass es sich ein kleines Taschengeld als Escort verdiene, hatte Jimmy behauptet. In seiner Zeit in den USA hatte er sogar verschiedene Agenturen beehrt, und es war nie ein Problem gewesen. Die Mädels hatten Schlange gestanden, gewusst, was von ihnen erwartet wurde, ihr Geld bekommen, sich bedankt und waren wieder verschwunden.

Hier in der Kleinstadt musste man sich natürlich mit dem begnügen, was vorhanden war. Und diese Schweizer hätten sie glatt in der Tasche gehabt, sobald sie ihnen hätten beweisen können, dass man selbst hier in der Stadt eine anständige Party schmeißen konnte, da war Jimmy sich sicher gewesen.

Erland war nur dank einer schlechten Pizza Frutti di Mare mit einem blauen Auge davongekommen. Sobald sie am Hotel angekommen waren und jeder ein Glas Rotwein in der Hand gehabt hatte, hatte es in seinem Gedärm angefangen zu rumoren. Er hatte aufs Klo rennen müssen und dort einige Zeit verbringen dürfen. Und dann hatte er sich durch den Hinterausgang nach draußen stehlen können, kaum dass die Polizei angekommen war. Er hatte einen Riesenumweg laufen müssen, um auf dem Rückweg übers Eis nicht entdeckt zu werden, aber es war ihm gelungen – auch wenn er sich dabei mächtig verkühlt hatte, verdammt.

Aber es gab einiges, worüber er dringend würde nachdenken müssen. Das Debakel vom Vorabend war nur ein Teil des Problems. Er hatte sich beispielsweise die ganze Zeit schon davor gedrückt, über diese hysterische Fotolehrerin nachzudenken. Der vergangene Monat war ein einziges Durcheinander gewesen, das er nur hatte durchstehen können, indem er dauerhaft seinen Alkoholpegel gehalten hatte. Sein Plan war eigentlich, ein paar Fingerbreit Whisky zu trinken und sich irgendwas Dramatisches, Klassisches anzuhören. Nicht dass er viel von Klassik verstand, aber wenn man »dramatisch« und »klassisch« bei Spotify eingab, käme bestimmt etwas Gutes dabei heraus.

»Hast du schon gegessen, Kleines?«, rief er und versuchte, so normal wie nur möglich zu klingen.

»Ja. Da stand Lasagne im Kühlschrank, die hab ich aufgegessen. Sorry!«

»Ah ja.« Betreten starrte Erland in den leeren Kühlschrank. Ausgerechnet jetzt, da sein Appetit sich zurückmeldete.

Seine Tochter tauchte mit einem Unschuldslächeln in der Küche auf.

»Ich hab nicht nachgedacht. Soll ich dir was bestellen? Pizza vielleicht?«

Nein, bloß keine Pizza! Erland dachte kurz nach. Der Nepalese hatte normalerweise einen zügigen Lieferdienst.

»Das wäre sehr nett von dir. Und ich hätte gern Nepalesisch. Das Übliche. Danke fürs Kümmern!«

Lamm in sahniger Kokosnusssoße, sein Lieblingsgericht von der Karte. Wenn man es schaffte, sich in diese kleine Bude zu quetschen, bekam man es in einer kleinen Kupferschale. Die Plastikschale, in der es einem nach Hause geliefert wurde, war etwas weniger exotisch, aber heute würde er nicht mehr nach draußen gehen können.

»Ich kümmere mich darum«, sagte Isabella und klickte sich auf dem Laptop auf der Küchenbank routiniert durchs Internet.

Erland sah ihr müde zu. Sie war wirklich ein hübsches Ding, fast gruselig, wie ähnlich sie ihrer Mutter sah. Speziell in ihrem Lucia-Gewand. Er hatte wirklich gehofft, Isabella darin in der Zeitung zu sehen.

Zum Glück hatte sie ansonsten nicht allzu viele Eigenschaften ihrer Mutter geerbt. Das Mädchen war gut erzogen, ehrgeizig und nicht auf den Kopf gefallen. Und sie war gleich alt, allenfalls etwas älter als die Mädchen aus dem Hotel, trotzdem war da ein Unterschied. Isabella und diese zwei dick geschminkten Flittchen hatten nicht mehr als das Alter gemein.

»Bist du gar nicht mehr sauer auf deinen Vater?«, fragte er vorsichtig.

»Hm?«

»Das mit der Lucia-Prozession – ich hatte wirklich vor, zu kommen. Das weißt du doch, oder? Leider ist mir bei der Arbeit etwas dazwischengekommen.«

»Jaja. Dein Essen kommt in einer Viertelstunde, steht in der Bestätigung.«

Er entspannte sich.

»Danke, Liebes. Hast du heute noch etwas vor?«

»Ja, Lucia bei einem Weihnachtsbasar der Feuerwehr. Ich muss in einer Viertelstunde los. Schlafe in der Schule.«

»Ah. Nett.«

Perfekt. Dann würde er den Abend ja doch allein verbringen.

Erland goss sich den ersten Whisky ein, während er auf sein Essen wartete, und blätterte durch ein paar Werbesendungen. War das normal heutzutage, dass der Schlussverkauf schon vor Weihnachten anfing? Mit Weihnachtsgeschenken hatte er sich schon seit Jahren nicht mehr befasst, Isabella freute sich ohnehin am meisten über einen Umschlag mit Geld und kaufte sich selbst etwas Schönes.

»Bin dann mal weg, Papa!«

Im selben Moment klingelte es an der Tür. Das Essen war da.

Erland bezahlte den Lieferboten und stieß mit der verführerisch duftenden Tüte in der Hand auf dem Rückweg in die Küche fast mit seiner Tochter zusammen.

»Vorsicht, Kleines!«

»Tschüss dann. Hab einen schönen Abend!«

Gut, dass sie nicht mehr sauer auf ihn war. Erland hatte selten ein schlechtes Gewissen, aber in letzter Zeit hatte er viel um die Ohren gehabt, und er hätte das Durcheinander mit seiner Tochter wirklich besser handhaben können. Kein Wunder, dass sie rebellierte, indem sie diese Popstar-Allüren an den Tag legte und sich in der Schule verkroch …

Trotzdem würde er ihr ein bisschen Schliff beibringen. Wenn nur dieses Elend mit Kjellins missglückter Party aus der Welt wäre, würde er wieder mehr Zeit dafür haben. Vielleicht wäre es sogar gut, wenn Kjellin in der Klemme säße? Dann hätte er gar keine andere Wahl mehr, als Erland noch mehr Verantwortung für das Hotel zu übertragen …

Er schaufelte das nepalesische Gericht regelrecht in sich hinein. Nachdem er gestern so effizient seinen Magen geleert hatte, hatte er inzwischen einen Bärenhunger. Er hatte sieben, acht große Bissen des Lammauflaufs gegessen, als die ersten Beschwerden einsetzten.

Verdammte Scheiße! Cashewkerne! Dieser verdammte Stümper, der seine eigenen Zutaten nicht im Griff hatte.

Erland hatte immer schon eine Nussallergie gehabt, aber es war nicht das erste Mal, dass er Beschwerden bekam, und er wusste genau, was er tun musste. Das Wichtigste war jetzt, nicht in Panik zu geraten. Ruhig stand er auf, obwohl er bereits spürte, dass ihm die Atemwege zuschwollen. Im Küchenschrank lag eine Adrenalinspritze.

Das Jucken in den Handflächen hatte gerade begonnen, als Erland den Schrank aufzog. Doch da war keine Spritze.

Schlagartig kam ihm der kalte Schweiß, und ihm wurde schwindlig. Erland hörte seinen eigenen röchelnden Atem, als er in Richtung Bad taumelte, wo eine zweite Spritze lag. Aber auch die war verschwunden.

Jetzt schlug die Angst vollends zu. Er musste die 112 wählen. Das Telefon hatte er auf dem Küchentisch liegen lassen … Aber es war nicht mehr da! Er stürzte auf den Laptop zu, mit dem Isabella sein Essen bestellt hatte. Mit dem konnte man doch sicher auch irgendwie telefonieren? Aber da stand, dass die Internetverbindung abgebrochen war.

Inzwischen fühlte es sich an, als hätte sich ein Bienenschwarm in Erlands Mund niedergelassen. Er hörte ein seltsames Fiepsen – das konnte nur sein Atem sein. Er schwankte in Richtung Haustür. Irgendein Nachbar musste doch zu Hause sein und würde ihn retten.

Die Tür ging nicht auf.

Der Alarm! Und plötzlich fiel alles zusammen.

Diese kleine Hure! Sie hatte die Alarmanlage angestellt, als sie gegangen war. Das teure System, das aus dem Haus ein verdammtes Fort Knox machte, sobald man es anschaltete, und das nur entsichert werden konnte, indem man die Zentrale anrief und den Code durchgab. Und er hatte kein Telefon. Die Alternative wäre, einen kleinen Plastiksender an die Dose an der Wand zu halten. Mit letzter Kraft streckte er sich nach dem Schlüsselschrank an der Wand aus, war aber dann nicht im Geringsten verwundert.

Natürlich hing der Sender nicht mehr da. Er lag wahrscheinlich im selben Versteck wie die Spritzen und sein Telefon.

Erland Elo hatte sich selbst immer als Kämpfernatur betrachtet. Aber das stimmte nicht.

Er hatte bereits aufgegeben, noch bevor er im Flur zusammenbrach.

Es war fast acht Uhr, bis es Anna endlich gelungen war, den kompletten Bleistifttext zu entziffern, den die Person mit der Signatur S an den Falz des Taschenbuchs geschrieben hatte.

Sie speicherte ihre Abschrift ab und schickte sie an Annette und Märta. Es war jetzt wesentlich, dass derjenige, der Jimmy Kjellin vernahm, auch Sofia Virtas Brief kannte.

In dem Buch hatte Anna auch die Namensliste gefunden. Es waren alles in allem zwölf Namen: Ärzte, Sozialarbeiter, Pfleger, Jungs in Sofias Alter und Erwachsene, die sie im Stich gelassen, missbraucht und verletzt hatten. Ein Teil dieser Männer lag wahrscheinlich schon unter der Erde, aber andere lebten noch, nicht zuletzt Hasse Moberg, der auf Stockudden gearbeitet hatte, als Sofia dort »betreut« worden war. Er schien eine Schlüsselrolle eingenommen zu haben, auch wenn er laut Sofias Aufzeichnungen nicht derjenige war, der sich an ihr vergangen hatte.

Moberg war zuvor schon vernommen worden, weigerte sich aber nach wie vor, etwas zu sagen. Doch zu Sofias dreißig Jahre alter Zeugenaussage würde er Stellung beziehen müssen. Anna hoffte, dass der Kollege, den Annette dafür auserkoren hatte, sich nicht mit Ausflüchten zufriedengeben würde.

Die Befragungen mit Ingrid Hägg, Hanna Hemming und Mikaela Numminen waren protokolliert, Sofias Brief aus Boels Buch ebenfalls. Kurz überlegte Anna, Märta anzurufen und die jüngsten Entwicklungen zu besprechen, doch dann beschloss sie, es bleiben zu lassen. Es war schon spät. Die Ermittlung im Fall Boel Westman musste bis morgen warten. Anna wollte nach Hause.

Erst als sie aus dem Gebäude trat, fiel ihr wieder ein, dass sie auch heute ihr Auto nicht abgeholt hatte, und sie wollte nicht mehr runter zum Strand laufen.

Sie spazierte abermals durch die winterliche, mittlerweile menschenleere Innenstadt. Es war Samstagabend. Die meisten saßen bestimmt zu Hause und hatten es sich mit Süßigkeiten und Chips vor dem Fernseher gemütlich gemacht.

O verdammt. Süßigkeiten und Chips. Die wären jetzt toll. Der kleine Supermarkt am Bahnhof hatte vielleicht noch offen. Sie bog an der nächsten Ecke ab und schlug einen Umweg ein.

Der Laden war noch auf. Anna schnappte sich einen blauen Einkaufskorb und warf großzügig gleich zwei Sorten Chips, einen Becher Sauerrahm und eine große Flasche Limo hinein. Kurz überlegte sie, ob sie die Light-Version kaufen sollte, aber dann wollte sie sich etwas gönnen. Zucker, Fett, Salz – es war nur einmal im Jahr Weihnachten.

Fehlten nur noch die Süßigkeiten. Dann würde sie den ungesunden Fraß nach Hause bringen, sich etwas Bequemes anziehen (mit Gummizug um die Taille) und es sich auf dem Sofa mit dem *Bachelor* gemütlich machen. Herrlich!

Sobald sie in den Gang mit den Süßigkeiten einbog, entdeckte sie sie. Zum Glück hatten sie nicht in ihre Richtung gesehen, so dass Anna jäh stehen bleiben, zurückweichen und sich hinter dem Katzenfutter verstecken konnte.

Dass sie einander in dieser kleinen Stadt so lange nicht begegnet waren, war ohnehin ein Wunder.

Måns sah gut aus, das musste sie zugeben. Allem Anschein nach hatte er abgenommen und sich eine schicke

Frisur zugelegt. Er trug eine dunkelgraue Winterjacke, die sie nicht kannte. Doch das Kleidsamste an ihm war eindeutig sein strahlendes Gesicht. Er sah so entspannt, glücklich und verliebt aus, dass es sich für Anna wie ein Schlag in den Magen anfühlte.

Die Frau neben Måns lachte herzlich, während sie eine Tüte mit Süßigkeiten befüllte. Sie war jünger als Anna und Måns, vielleicht Mitte zwanzig. Jugendlicher Pagenschnitt, schicke Brille. Und ein unübersehbarer Babybauch.

Anna ließ ihren Einkaufskorb auf dem Stapel mit Katzenstreu stehen und ergriff die Flucht.

Es klingelte an der Tür, und die Lichterkönigin hielt inne.

»Soll ich aufmachen?«, fragte Ingrid.

»O ja, bitte.«

Ingrid lächelte und zwinkerte ihr zu.

»Sie ist ein toughes Mädchen und ganz bestimmt nicht auf den Kopf gefallen. Beruhige dich.«

Sollte sie aufstehen? Sollte sie sie umarmen? Es war so unendlich lange her, seit sie sich zuletzt im selben Raum aufgehalten hatten. Fast sieben Jahre. Es war wirklich verrückt. Heimliche Chats und Videoanrufe waren einfach nicht dasselbe. Es fühlte sich verängstigend und ehrfurchtsvoll an, dass sie sich gleich von Angesicht zu Angesicht gegenüberstehen sollten. Sie wollte es nicht vermasseln.

Sie hörte ihre Stimmen draußen im Flur und machte sich auf alles gefasst. Verdammt, sie würde losheulen, sie würde es nicht verhindern können.

Das Mädchen betrat Ingrids kleines Wohnzimmer. Wortlos musterten sie einander. Sie waren gleich groß, gleich schlank, hatten das gleiche blonde Haar, auch wenn das des Mädchens ein bisschen glänzender war. Dann war es womöglich doch wahr, was Ingrid gesagt hatte: dass sie aussahen wie ein und dieselbe Person, nur unterschiedlich alt.

»Hallo, Mama«, flüsterte Isabella Elo.

»Hallo, Süße«, flüsterte Nina Elo, geborene Svensson.

Donnerstag, 21. Dezember

Anna Glad war selten richtig krank. Schlimmstenfalls hatte sie mal Magenprobleme, die schnell wieder vorbeigingen, oder einen leichten Schnupfen. Krankgeschrieben war sie in den letzten Jahren kaum mehr als ein, zwei vereinzelte Tage gewesen.

Diese Grippe jedoch streckte sie vollends nieder. Sie hatte sich in der Nacht angeschlichen, nachdem sie Måns und seine schwangere Freundin im Supermarkt gesehen hatte, und Anna hatte die absurdesten Fieberträume gehabt. Am darauffolgenden Morgen hatte das Fieberthermometer fast vierzig Grad angezeigt. Sie hatte es gerade noch so geschafft, Annette Käld zu schreiben, dass sie heute daheimbleiben müsse. Dann war sie wieder im Fiebernebel versunken.

Erst sage und schreibe vier Tage später schaffte sie es wieder aus ihrem Bett.

Ihre Wohnung sah schlimm aus. Sie hatte in ihrem benebelten Zustand alles in sich hineingestopft, was sie im Vorratsschrank gefunden hatte: Knäckebrot, Thunfisch aus der Dose, sogar Mandelsplitter. Überall lagen leere Verpackungen und Brösel herum, aber darum konnte sie sich noch nicht kümmern. Sie schlurfte ins Bad und stieg aus den Klamotten, die sie tagelang nicht gewechselt hatte. Womöglich war es ein Segen, dass ihre Nase immer noch verstopft war, weil sie mutmaßte, dass sie alles andere als nach Hyazinthen und frischen Pfefferkuchen roch.

Sie duschte ausgiebig und seifte sich die Haare, das Gesicht und den ganzen Körper mit verschiedenen duftigen Produkten ein. Sie hatte immer noch riesige blaue Flecken an den Beinen, vermutlich von ihrem Sturz durchs Eis und von der Rettungsaktion. Die blauen Flecken taten nicht wahnsinnig weh, sahen aber grässlich aus. Ihre Fingernägel waren ebenfalls in einem erbärmlichen Zustand, aber auch die mussten warten. Immerhin hatte die Dusche ihren Zweck erfüllt, Anna fühlte sich schon wesentlich lebendiger.

Der Akku war leer, und sie hängte ihr Handy ans Ladegerät und wartete darauf, dass es wieder zum Leben erwachte. Es fühlte sich merkwürdig an, für so viele Tage komplett von der Außenwelt abgeschnitten gewesen zu sein. Sie würde die Zeitung von draußen hereinholen müssen, um sich zu vergewissern, dass wirklich schon Donnerstag war. So war es also, als Single krank zu sein. Keiner passte auf einen auf, niemand kümmerte sich darum, dass man irgendwas aß oder trank. Es war deprimierend.

Dann fiel ihr siedend heiß wieder ein: Rolf! Die OP!

Das Handy fuhr so langsam hoch, dass Anna nervös drumherum tänzelte, während sie wartete. Dann tippte sie den PIN-Code ein und zu guter Letzt Max' Nummer.

»Wie ist es gelaufen?«, stieß sie hervor, kaum dass er ranging.

»Wer ist denn da?«, fragte Max verwirrt.

»Ich bin's! Anna! Ach, richtig – das hier ist nur eine vorübergehende Nummer. Wie geht es Rolf?«

»Anna, wie gut, dass du wieder auf den Beinen bist! Wir haben uns schon Sorgen gemacht. Rolf geht es gut. Oder so gut es einem eben gehen kann nach einem so großen Eingriff. Wir sind immer noch im Krankenhaus.«

»Ich komme vorbei«, keuchte Anna, obwohl ihr im selben Moment klar war, dass ein Krankenhausbesuch mit Fieber keine allzu gute Idee wäre.

»Ach was. Wir sehen uns später, das ist sicher besser. Rolf schläft gerade, aber er freut sich bestimmt, wenn ich ihm erzähle, dass du angerufen hast.«

»Richte ihm von mir das Beste aus, was man nur ausrichten kann. Und er soll mich anrufen, wenn er kann.«

Nachdem sie aufgelegt hatte, atmete Anna tief aus. Was für eine Erleichterung, dass die OP glattgelaufen war. Und was für eine schlechte Freundin sie war, dass sie die Sache fast vergessen hätte!

Im nächsten Moment stieg ihr Puls abermals an. Boel Westman! Die Ermittlung! Sie hatte Märta im Stich gelassen, als sie Ende der Woche zusammengeklappt war. Wie war es dort wohl gelaufen?

Sie wählte die Nummer ihrer Kollegin.

»Hey, Anna!«, meldete sich Märta fröhlich. »Guten Morgen!«

»Wie läuft's?«

»Ach, ganz gut eigentlich. Wie geht es dir? Bist du wieder fit?«

»Ist wohl besser, wenn ich noch ein, zwei Tage zu Hause bleibe, fürchte ich.«

»Okay. Ich könnte kurz bei dir vorbeikommen, wenn du das schaffst, und kann dich updaten. Brauchst du irgendwas vom Supermarkt?«

Anna bat die Kollegin um ein paar Grundnahrungsmittel, weil inzwischen selbst die letzten Mandelsplitter aufgegessen waren. Während sie auf Märta wartete, rief sie ihre E-Mails und Nachrichten ab.

Sie war fast gerührt zu sehen, wie viele sich um sie Sorgen gemacht hatten. Und das waren nur diejenigen, die ihre vorübergehende Nummer gehabt hatten.

Märta und Annette hatten mehrere Nachrichten geschrieben, Linda gleich doppelt so viele, und Anna beeilte sich, ein knappes *Bin noch am Leben (zumindest auf einem guten Weg), wir sprechen später!* zu tippen.

Und dann Felix. Er hatte gleich zwei SMS geschickt. *Hab gehört, du bist krank, melde dich, wenn ich irgendwie helfen kann.* Und einen Tag später: *Hey, Anna, hoffe, dir geht es besser. Wäre schön, wenn wir uns wieder treffen könnten, sobald du wieder auf den Beinen bist.*

Sie lehnte sich auf dem Sofa zurück und seufzte.

Felix Brinkmann. Attraktiv, nett, charmant, lustig … aber nein. Irgendetwas fehlte. Sie hatte ein leicht schlechtes Gewissen, weil sie kurz ernsthaft darüber nachgedacht hatte, ob er etwas mit dem Mord an Boel Westman zu tun haben könnte. Aber das konnte sie inzwischen ausschließen.

Felix war in jeder Hinsicht perfekt. Sie kam einfach nicht darauf, was ihr an ihm fehlte. Warum konnte sie die Gelegenheit nicht beim Schopf packen, eine nette Nachricht zurückschreiben und einem Treffen zustimmen, sobald sie wieder dazu in der Lage wäre?

Und dann kam sie darauf.

Sie wollte Felix Brinkmann nicht. Nicht auf diese Art. So war es einfach, und sie hätte es nicht genauer erklären können.

Früher oder später würde sie es ihm sagen müssen,

aber das musste warten. Anna spürte, dass sie erst das Fieber loswerden musste, ehe sie sich solchen Gesprächsthemen stellen konnte.

Es klingelte an der Tür, und Anna ließ Märta herein, die zwei große Einkaufstüten hereinschleppte.

»Ach du Schande! Hier muss dringend mal gelüftet werden«, stellte die Kollegin fest und verzog das Gesicht.

Anna riss ein Fenster auf und fing an, die Sachen, die Märta für sie eingekauft hatte, in den Vorratsschrank zu stellen. Märta schien eine merkwürdige Auffassung von Grundnahrungsmitteln zu haben: Quinoa, schwarze Bohnen, Avocado, Roggenbrot, Mandelmilch ... Anna hatte mit Toast, Aufschnitt und irgendeinem gesüßten Joghurt gerechnet, aber eine kleine Gesundheitskur wäre womöglich gar nicht verkehrt. Eine Packung Kaffee lag ebenfalls in einer der Tüten, und das war das Wichtigste. Sie setzte augenblicklich eine Kanne auf.

»Okay, Kommissarin Hansson. Was habe ich alles verpasst?«

Märta setzte sich auf einen Küchenstuhl und seufzte tief auf.

»Tja, wo soll ich anfangen? Ich glaube, mit Arams Entdeckung.«

»Mit Arams Entdeckung?«

»O ja. Er hat in Boels Inbox spannende Sachen gefunden. Nachrichten, die jemand löschen wollte, bestimmt dieselbe Person, die ihr Handy geklaut hat. Aber Aram – dieser Supernerd de luxe – hat alles wiederherstellen können.«

»Gott, mach's nicht so spannend!«, sagte Anna ungeduldig.

»Also. Boel Westman hatte Beweise zusammengetragen. Deshalb war ihr auch so sehr daran gelegen, die alten Freundinnen aus der Einrichtung wieder zusammenzutrommeln. Es dürfte angefangen haben mit den Aufzeichnungen in diesem Buch, das du bekommen hast – *Hexenjagd*. Sofia hatte bestimmt gehofft, dass Boel es schneller wiederbekomme, aber es hat fast dreißig Jahre gedauert, bis es zu ihrer Besitzerin zurückfand. Sofia Virtas Mutter war gestorben, und wer immer sich um den Nachlass gekümmert hat, hat das Buch gefunden und an Boel geschickt, deren Name vorn auf der ersten Seite stand.«

»Richtig«, sagte Anna und befüllte zwei Kaffeebecher, »wahrscheinlich hat Boel da erst richtig verstanden, was Sofia in der Einrichtung und auf diesem Fest hatte durchmachen müssen. Hat sie vielleicht deshalb beschlossen, zurück in die Stadt zu ziehen?«

»Das nehme ich an. Gleichzeitig wurde bekannt, dass Jimmy Kjellin aus dem Ausland zurückkehren würde. Wir wissen es nicht ganz genau, aber ich vermute mal, dass Boel mehrere gute Gründe hatte, in diese Gegend zurückzuziehen. Sie bekam die Stelle an der Schule und die Mutter einen Pflegeplatz in Björnåsen.«

»Aber was waren das denn jetzt für E-Mails, die Aram wiederherstellen konnte?«

»Sie hat Hasse Moberg geschrieben. Er arbeitete ja in der Einrichtung, als Boel dort war, wie du weißt. Und Boel hat versucht, ihm ein Geständnis abzuringen, dass er an den Missetaten an Sofia beteiligt war. Sonst wollte sie zur Polizei gehen – zu dir, um genau zu sein, denn in ihrer ersten E-Mail hat sie noch Rolf genannt, später nur noch dich.«

»Dann war es Hasse Moberg, der sie ermordet hat?«

»Warte, ich bin noch nicht fertig. Wir haben zwei Augenzeugen.«

Anna verschüttete fast ihren Kaffee.

»Für den Mord?«

»Nein, so pikant ist es nun doch nicht. Aber du weißt schon, diese Party am Unabhängigkeitstag …«

»Bei Jimmy Kjellin?«

»Genau. Ståhlman und ich … Nein, hauptsächlich ich. Ich habe mit allen gesprochen, die eingeladen waren. Diese Leute sind dort allem Anschein nach zurück in Jane Austens Zeit gereist: Die Herren ziehen sich in einen Raum zurück, die Damen in einen anderen. Das bestätigen sowohl Åsa Kling, Jimmy Kjellins Frau Lena und sämtliche anderen Damen. Die Frauen tranken im Esszimmer Wein, während die Herren nach draußen gingen und Zigarren rauchten.«

Anna stöhnte laut auf.

»Herr im Himmel, in welcher Zeit leben wir denn?«

»Nur dass einer der Herren sich heimlich davonmachte. Anders Kling.«

»Åsas Mann? Hat *er* Boel ermordet? Aber warum?«

»*Warte*, Anna! Er ist einer der Zeugen, okay? Es verhält sich nämlich so, dass er ein Verhältnis hat mit … Hör mal, fühlst du dich immer noch fiebrig?«

»Jetzt erzähl schon, verdammt!«

»Okay. Er hat ein Verhältnis mit Johannes Widén, dem Musiklehrer. Dem Popstar, Musiklehrer, dem Mann, dem Mythos, der Legende.«

»Wie bitte? Moment mal …«

»Ein ernsthaftes Verhältnis, sollte ich vielleicht hinzufügen. Das war nicht nur ein kleines Affärchen. Åsa und Anders lassen sich scheiden. Aber ja – es war also folgendermaßen: Anders schlich von dieser Feier weg, um Johannes zu treffen. Sie trafen sich etwa auf halber Strecke zwischen Schule und den Kjellins. Sie wollten beide nicht ins Detail gehen, über irgendetwas haben sie sich wohl gestritten. Anders traute sich anscheinend nicht, mit Åsa Schluss zu machen, und Johannes war verletzt – das Übliche.«

»Aber was hat das alles mit Boel zu tun?«

»Richtig. Boel sei auf dem Weg zur Badestelle an ihnen vorbeigekommen, haben sie erzählt. Sie haben sie beide gesehen, und Boel hat ihrerseits beide gesehen, und weil sie gut mit Åsa Kling befreundet war, wurde Anders natürlich nervös und wollte sofort zur Party zurückkehren. Schon im nächsten Moment beobachten Anders Kling und Johannes Widén drei Männer, die hinunter zur Timmerviken spazierten. Auf demselben Weg, den nur eine Minute zuvor Boel Westman genommen hatte.«

»Warum haben sie das denn nicht früher erzählt?«

»Weil sie glaubten, dass Boels Tod ein Unfall gewesen wäre, denn das war schließlich unsere offizielle Version. Erst jetzt, da die Wahrheit nach und nach ans Licht kommt, hat es Kling und Widén gedämmert, dass die drei Spaziergänger für uns interessant sein könnten. Aber ja: Drei Männer waren um exakt dieselbe Zeit, zu der Boel Westman ertrunken ist, nicht bei der Feier. Und dreimal darfst du raten, um wen es sich dabei handelt.«

»Hasse Moberg, Jimmy Kjellin und … Wer war der Dritte?«

»Erland Elo. Weiß nicht, ob du über den schon gestolpert bist: hiesiger Unternehmer, Sandkastenfreund von Jimmy Kjellin. Nur dass wir ihn nicht mehr festnehmen können, weil er tot ist.«

»Was?«, krächzte Anna.

»Ziemlich fiese Art zu sterben: eine schwere allergische Reaktion auf ein Take-away-Essen. Die Haushälterin hat ihn tags darauf gefunden. Er hatte wohl online etwas Falsches angeklickt, und in dem nepalesischen Lokal sind sie völlig erschüttert, aber sie haben bloß geliefert, was er zuvor selbst bestellt hatte, das haben wir überprüft. Und da sieht man mal wieder: Großkotzig zu wohnen ist nicht immer toll. In seiner Not hat er anscheinend im falschen Schrank nach seinen EpiPens gesucht. Er hatte mehrere davon, nur lagen sie nicht dort, wo er sie vermutet hat. Ein Handy hatte er auch, aber das lag im Regal im Wohnzimmer. Er hatte anscheinend vergessen, wo er es hingeworfen hat. Ziemlich tragisch.«

»Du liebe Güte! Aber es wäre umso tragischer, hätte er nicht Boel Westman ermordet.«

»Das stimmt, sehe ich genauso. Allerdings hatte er eine Tochter, und für die ist es natürlich schlimm. Isabella.«

Anna zuckte zusammen.

»Aber die kennen wir doch! Das war die Lucia!«

»Richtig. Einzelkind. Und die Sache ist die ... Erland Elo hatte das alleinige Sorgerecht für die Tochter. Er hatte angegeben, seine Frau Nina habe einen schlechten Einfluss auf die Kleine, weil sie Suchtprobleme habe und deshalb auf Abstand bleiben solle. Das hat er so durchgeboxt. Er hatte das alleinige Sorgerecht und die Mutter seit 2011 ein Besuchsverbot ... Ich kann dir ansehen, dass du gerade nachrechnest. Sag, was du denkst.«

»Nina Elo. Nina Svensson. Lucia 1988«, sagte Anna. »Sie ist Isabellas Mutter.«

»Bravo. Mutter und Tochter waren beide Lucia.«

»So hängt das alles zusammen. Ist ja unfassbar.«

»Kann man so sagen. Aber hör mal, ich muss langsam los, mein Flug geht bald, und ich habe noch nicht gepackt.«

»Wo fliegst du denn hin?«

»Nach Thailand. Eine Freundin und ich haben unverhofft Last-Minute-Tickets gekriegt. Normalerweise ist vor Weihnachten ja alles ausgebucht. Über die Feiertage liegen die Leute gern irgendwo in der Ferne am Strand.«

»Bestimmt hat Kaj-Eric Svartström seine Thailandreise storniert. Ich meine, er wird wohl noch ein bisschen länger Bürgermeister bleiben müssen, oder? Jetzt, da Jimmy Kjellin nicht mehr antritt und Åsa Kling womöglich ebenso wenig. Oder schafft sie gleichzeitig eine Scheidung?«

»Das habe ich mich auch gefragt«, lachte Märta. »Bestimmt mache ich jetzt Svartströms Renteneintrittsreise!«

»Guten Flug! Und sei vorsichtig mit dem Golfschläger.«

Märta zog ihre Jacke an und wollte gerade die Tür aufmachen, als sie sich schelmisch lächelnd noch einmal umdrehte.

»Ah, richtig. Eins hätte ich fast vergessen! Ståhlman. Er ist befördert worden.«

Anna klappte die Kinnlade hinunter.

»Befördert? Dieser Idiot?«

»O ja. Er ist von einem Headhunter kontaktiert worden und fängt mit sofortiger Wirkung als Chef für … Wie heißt das gleich wieder? Irgend so eine Entwicklungsabteilung, die sich um die Archivierung von noch nicht digitalisiertem Beweismaterial kümmert.«

»*Da* brauchen sie Chefs?«

»Na klar. Nur dass er keine Angestellten hat. Und auch keine größere Budgetverantwortung. Aber es steht Chef an seiner Tür, und er hat irgendwo in Vantaa ein größeres Büro als bei uns. Du ahnst nicht, wie stolz er ist.«

»Wow«, sagte Anna. »Das hat Annette echt gut eingefädelt.«

Sonntag, 24. Dezember

»Vorsicht, hier ist es glatt, halt dich an mir fest!«

Rolf hatte große Lust, Max zu bitten, mit dem Getue aufzuhören. Er fühlte sich, als würde er in Watte gepackt. Gleichzeitig wusste er, dass es bloß Liebe und Fürsorge waren, deshalb ließ er es seinem Partner durchgehen. Außerdem war es tatsächlich recht anstrengend, sich vom Beifahrersitz zu hieven, und Max' Arm kam ihm gut zupass.

»Danke, du schöner, starker Mann«, sagte Rolf und versuchte, halbwegs fröhlich und scherzhaft zu klingen.

Doch richtig froh war ihm nicht zumute. Er fühlte sich niedergeschlagen – was gleichzeitig kindisch von ihm war, die OP war schließlich glattgegangen. Es würde einige Zeit dauern, bis er zu Hause ohne Hilfe auskäme, aber den Ärzten zufolge sah alles gut aus. Er war sogar dafür gelobt worden, dass er in so guter körperlicher Verfassung war. Das werde die Genesung erleichtern. Deshalb hatten sie letztlich auch entschieden, dass er über die Weihnachtsfeiertage nach Hause gehen durfte, sofern jemand da wäre, der auf ihn aufpasste. Und das würde Max nun tun. Er hatte während der Fahrt tatsächlich öfter zu Rolf als auf die Straße geschaut, und Rolf hatte sich genötigt gesehen, ihn darauf aufmerksam zu machen.

»Du weißt schon, dass ich Leute kenne, die dir dafür den Führerschein abnehmen würden?«, hatte er gescherzt.

Rolf hatte allen Grund, froh zu sein.

Und doch …

Es war Heiligabend, verdammt. Der schönste Tag im ganzen Jahr. Und er hatte rein gar nichts vorbereiten können. Er hatte keinen Weihnachtsschnaps angesetzt wie sonst, wenn er Koskenkorva mit Vogelbeeren und Sternanis würzte. Er hatte keine Sahnebonbons kochen können. Er hatte keinen einzigen Hering eingelegt. Nichts hatte er fertiggebracht, und jetzt war es für all das zu spät.

Rolf hatte nie verstanden, wie jemand den Weihnachtstrubel stressig finden konnte, für ihn war all das die reinste Therapie. Max hatte oft gewitzelt, dass Rolf seine Weihnachtsvorbereitungen als TV-Reality-Programm verkaufen könnte.

»Du bist so viel hübscher als dieser Ernst aus dem Fernsehen! Der Weihnachtspolizist – nett, praktisch veranlagt und obendrein einen Hauch Gefahr, hmm!«

Inzwischen standen sie vor Rolfs Reihenhaus. Kaum Dekoration, und der Kühlschrank war leer. Kein Weihnachtsbaum, kein Enkel, den er würde verwöhnen können.

Jetzt reiß dich zusammen, dachte Rolf und war schlagartig sauer auf sich selbst. Immerhin bist du am Leben, Max ist hier bei dir, und wir können immer noch ein paar Kerzen anzünden, Jussi Björling hören und einen Nudelauflauf aus dem Tiefkühlfach auftauen.

Der elektrische Kerzenleuchter im Küchenfenster verbreitete einen orangefarbenen Schein über die Schneewehen. Der hatte doch hoffentlich nicht die ganze Zeit gebrannt, während Rolf im Krankenhaus gewesen war?

Er selbst achtete immer gewissenhaft darauf, ihn auszuschalten, wenn er das Haus verließ. Max schloss auf und zwinkerte Rolf zu, als er die Tür aufschob.

»Willkommen zu Hause. Und fröhliche Weihnachten!«

Von drinnen strahlte ihm Licht entgegen, und es roch nach Essen (Truthahn? Gratin?), und eine Sopranstimme sang die letzten Verse von »O come, all ye faithful« im Radio.

»Was …?« Mehr bekam Rolf nicht heraus.

Was in aller Welt ging hier vor? Wie hatte Max das hinbekommen? Er war doch die ganze Zeit bei Rolf im Krankenhaus gewesen, und die übrige Familie war zu Elvira nach Hause gefahren, die Hunderte Kilometer entfernt wohnte! Rolf hatte versucht, mit seiner Tochter zu sprechen, aber im Hintergrund war es so hoch hergegangen, dass sie nach ein paar Minuten hatten auflegen müssen.

Verdattert schälte sich Rolf aus seiner Jacke, streifte die Schuhe ab und betrat den Flur.

Im Wohnzimmer stand Anna Glad und trug eine verspritzte Schürze.

»Hallo, Rolf! Äh … Überraschung! Fröhliche Weihnachten, meine ich. Mir ist mit der Rotweinsoße ein kleines Malheur passiert, aber alles andere hab ich im Griff, glaube ich.«

Der Esstisch war mit roten Servietten und Kerzen gedeckt, der Weihnachtsstern im Fenster zum Hof blinkte, so gut wie jeder Zentimeter Oberfläche war mit Blumen zugestellt, und hinter Anna funkelte ein …

»Ein Weihnachtsbaum!«, platzte es aus Rolf heraus.

Anna machte einen Schritt zur Seite, damit er den Baum begutachten konnte.

»War der Letzte, den sie auf dem Markt hatten. Ist nicht ganz symmetrisch, aber er hat Charakter, finde ich.«

»Wie hast du denn die Deko gefunden?«

»Ich bin in die Garage gegangen und hab nach einer Kiste mit der Aufschrift ›Weihnachtsdeko‹ gesucht. War nicht ganz leicht, aber man ist schließlich nicht umsonst Meisterdetektivin.«

Rolf schritt langsam auf den Weihnachtsbaum zu. Ja, er war mickrig und schief, aber spielte das denn eine Rolle? Er entdeckte die Wolltrolle, die seine Töchter als Kinder gebastelt hatten, den Goldstern aus seinem Elternhaus, die Kugeln von NK, die so teuer gewesen waren, dass seine Ex-Frau ihn dafür ausgeschimpft hatte.

»Wisst ihr was? Das ist der schönste Weihnachtsbaum, den ich je gesehen habe«, murmelte er ergriffen.

Anna hatte sich neben Max gestellt, der ihr den Arm um die Schultern gelegt hatte. Sie lächelte gequält. Rolf sah sie gerührt an.

»Aber Liebes, hast du das alles organisiert? Die du Weihnachten selbst nicht leiden kannst?«

»Gott, nein, es haben noch andere mit angepackt. Ich hab bloß den Tisch gedeckt und die Heizung hochgedreht. Aram und seine Jungs haben gebacken, Annette hat Aufläufe vorbereitet, und da drüben steht noch ein himmelhoher Stapel mit Pralinenschachteln – und dieses unfassbare Blumenmeer stammt auch von zig Leuten, die dir Grüße schicken wollen.«

»Riecht es gerade ein bisschen verbrannt?«, fragte Max und schnüffelte.

»AAAAH!«, kreischte Anna und verschwand in der Küche.

Rolf hörte die Ofenklappe aufschlagen und dann Annas Stimme.

»Alles okay! Das kann man wegkratzen!«

Mit Max' Hilfe zog Rolf sich schnell um. Es wäre sein erstes Weihnachtsfest in einem ungebügelten Hemd. Die tannengrüne Weihnachtskrawatte mit den kleinen Stechpalmenzweigen legte er trotzdem an.

Anna flitzte zwischen Esszimmer und Küche hin und her und tischte das Essen auf, Max schob Rolf an seinen Platz, drückte ihm einen Becher mit Glögg in die Hand und holte sein iPad. Darauf tippte er kurz herum, und dann rief er in Richtung Display: »So, jetzt sind wir daheim. Habt ihr Position bezogen? Gut!«

Rolf nahm mit der freien Hand verwirrt das Gerät entgegen und keuchte auf, als seine Familie ihm entgegengrinste. Alle drei Töchter, Elviras Mann, Mia, Mias Schwester und deren Partner und ganz zuhinterst eine etwas verkniffene kleine Gestalt in einem Wichtelkostüm.

»Mensch, hallo, Leo!«, rief Rolf begeistert.

»Und was solltest du sagen, wenn Opa dran ist?«, fragte Elvira den Kleinen aufmunternd.

»Kacka!«, krähte Leo geschäftig.

»Aha, hast Kacka gemacht«, erwiderte Rolf. »Und hast du Spaß?«

»Alle essen nur und essen und essen und essen, und es gibt immer noch keine Geschenke«, maulte Leo.

»Aber das geht doch nicht! Trotzdem freue ich mich sehr, dich zu sehen. Was für ein tolles Kostüm du anhast!«

»Das juckt. Am Popo.«

Elvira beugte sich über die Kamera.

»Wir dachten, wir kommen am zweiten Weihnachtsfeiertag bei dir vorbei, wenn du uns erträgst. Aber bereite bloß nichts vor, wir bringen alles mit.«

»Klingt phantastisch!«

Sie beendeten das Videotelefonat mit eifrigem Winken in die kleine Kamera. Anschließend ließ Rolf sich bereitwillig an den Esstisch führen.

»Anna Glad, du hast dich selbst übertroffen!« Er hob sein Glas zu einem Toast.

»Ich weiß. Na ja, okay, viel war dazu nicht nötig, aber anscheinend habe ich doch eine *domestic goddess* in mir! Wer hätte das gedacht?«

»Ich jedenfalls nicht!«, rief Max und lachte vergnügt, als Anna ihm einen finsteren Blick zuwarf.

»Aber jetzt essen wir.«

Im selben Moment klingelte es an der Tür.

»Kommt der Weihnachtsmann jetzt etwa auch?«, fragte Rolf.

»Nein, das ist ... Gott, ich hoffe, du findest das jetzt nicht albern, Rolf, aber ich hab noch jemanden eingeladen. Ich dachte, wir, die wir nicht wissen, wo wir sonst mit uns hinsollten, könnten uns ja vielleicht zusammentun.«

Sie verschwand auf dem Flur und kam mit einem sehr großen, blonden Mann zurück.

»Du liebe Güte«, murmelte Max.

»Felix Brinkmann! Wir haben uns ewig nicht gesehen!«, rief Rolf verwundert.

Ehrlich gesagt war Felix die letzte Person, mit der er bei einem gemeinsamen Weihnachtsessen gerechnet hätte, und soweit Rolf wusste, hatte Felix Frau, Kinder und eine Villa am Strand. Nein, richtig. Sie hatten sich getrennt, fiel ihm wieder ein.

»Fröhliche Weihnachten, Rolf«, sagte Felix und stellte sich dann höflich Max vor.

»Felix' Kinder feiern in diesem Jahr mit seiner Ex«, erklärte Anna eilig.

»Ja, aber das ist doch wunderbar – setz dich zu uns!«

Interessiert musterte Rolf den unverhofften Gast. Und mit seinem aufmerksamen Blick entging ihm auch nicht, wie Felix Anna ansah. Selbst wenn Anna ihrerseits ungerührt wirkte – und schon im nächsten Moment von Neuem aufsprang, um einen Löffel für die Cranberrysoße zu holen.

Rolf und Max wechselten einen vielsagenden Blick. Später am Abend hätten sie einiges zu besprechen.

Anna war total aufgedreht. Sie konnte sich nicht erinnern, wann sie zuletzt einen Heiligabend mit echter Weihnachtsstimmung erlebt hatte. Was ihr aber am wichtigsten war: Rolf hatte angesichts ihres improvisierten Essens hocherfreut gewirkt. Allerdings sah er gegen neun Uhr bereits recht erschöpft aus, so dass Anna und Felix beschlossen, sich zu verabschieden.

»Sicher, dass du kein Taxi rufen willst?«, fragte Anna.

Felix Brinkmann lachte.

»So etwas sagt man auch nur, wenn man in der Großstadt aufgewachsen ist. Hier draußen gibt es nicht wahnsinnig viele Taxis. Außerdem wäre ein kleiner Spaziergang doch ganz schön.«

Da musste sie ihm recht geben. Das Weihnachtsessen lag ihr schwer im Magen, und Anna stellte fest, dass sie sich sogar auf ein bisschen Bewegung freute.

»Danke für den schönen Abend, Felix«, hob sie zu einer Verabschiedung an.

»Ach, komm! Ich begleite dich noch nach Hause. Ist doch netter, ein Stück in Gesellschaft zu gehen.«

Gemeinsam spazierten sie durch die stille Stadt. Mit all den Sternen und Kerzen in den Fenstern war es unglaublich stimmungsvoll, hier und da wehte Weihnachtsmusik zu ihnen her, leises Murmeln, Gelächter. Anna war sich natürlich im Klaren darüber, dass die Idylle nur eine Fassade war und dass ausgerechnet im Schein der Weihnachtsbeleuchtung oft grässliche Gewalttaten verübt wurden, sobald manche Leute zu viel getrunken hatten. Doch im Augenblick wollte sie darüber nicht nachdenken. Es war ein phantastischer Heiligabend gewesen. Ein wenig schräg, eher unkonventionell, aber sehr gemütlich.

Sie war froh, dass sie Felix mit eingeladen hatte. Es hatte sich komischerweise ganz natürlich angefühlt, nachdem sie ihr leicht anstrengendes Gespräch geführt hatten. Sie hatte sich genau zurechtgelegt, was sie hatte sagen wollen, und sie hatte mit sich gerungen, doch am Ende hatte sie es herausgebracht. Sie hatte ihm gesagt, dass er ein toller Mensch sei und dass sie weiterhin mit ihm zusammenarbeiten und befreundet sein wolle, aber nichts weiter. Und er hatte es halbwegs gut aufgenommen.

»Trotzdem werde ich jedes Mal, wenn wieder jemand hier in der Stadt ertrinkt, auf Teufel komm raus mit dir flirten, damit musst du jetzt einfach leben«, hatte er gesagt.

Und sie hatte erwidert, dass sie das hoffentlich ertragen würde. Doch dann war das Gespräch auf Weihnachten gekommen, und wie sich gezeigt hatte, hatte er auch keine Pläne. Und da hatte sie spontan vorgeschlagen, dass er doch mit zu Rolf kommen solle. Es hatte ein bisschen Überredungskunst bedurft, aber am Ende hatte er Ja gesagt.

Und jetzt schlenderten sie durch die Stadt und schwiegen. Kein Flirten – und es fühlte sich gut an.

»Da bin ich schon«, sagte sie schließlich, als sie vor ihrer Haustür standen. »Fröhliche Weihnachten, Felix Brinkmann.«

»Fröhliche Weihnachten, Anna Glad«, erwiderte er, breitete die Arme aus und zog sie an sich.

Sie erwiderte die Umarmung und stellte zu ihrer Zufriedenheit fest, dass es nicht kribbelte, obwohl sie seinen muskulösen Oberkörper spürte. Sie ließ einen Moment eher von ihm ab als umgekehrt. Dann winkte sie ihm zum Abschied zu, und er schlenderte weiter in Richtung seiner großen Weißbetonvilla am Strand.

Irgendwo ging eine Autotür auf und schlug wieder zu. Anna kramte ihre Schlüssel aus der Tasche.

»Hey, Anna«, sagte jemand unvermittelt.

Sie erschrak so sehr, dass sie den Schlüsselbund fallen ließ, der mit einem dumpfen Geräusch im Schnee landete. Nach dieser Stimme hatte sie sich gesehnt. Sie traute sich kaum, sich umzudrehen, tat es dann aber schließlich doch.

Und da stand er. In einem dunkelblauen Mantel und grauen Schal. Das dichte braune Haar wollte sich wie üblich nicht recht zu einer Frisur bändigen lassen. Eine Haarsträhne stand senkrecht vom Kopf ab.

Tomas.

»Ha… Hallo«, flüsterte sie. »Was machst du denn hier?«

Er lächelte. Allerdings war sein Lächeln nicht so breit und warm wie sonst. Er wirkte irgendwie geknickt. Anna war während ihres Spaziergangs warm geworden, doch schlagartig war ihr eiskalt. Was war hier los?

»Ja, da bin ich, war aber womöglich dumm von mir.«

»Wie meinst du das?«

»Na ja, mein Flug war verspätet. Und als ich endlich gelandet war, hab ich mich sofort ins Auto gesetzt und bin hierhergefahren statt nach Hause zu mir. Ich habe versucht, dich von unterwegs anzurufen, weil ich nicht einfach so unangemeldet vor deiner Tür stehen wollte, aber die Nummer hat nicht funktioniert.«

Ach du Schande.

»Oje, tut mir leid, Tomas, mein Handy ist kaputt gegangen, als ich vergangene Woche ins Meer gefallen bin. Ich habe gerade eine Ersatznummer.«

»Okay. Du hast auch nicht auf Chat-Nachrichten reagiert …«

»Ich hab auf dem Ersatzhandy die App nicht installiert. Hast du mir geschrieben?«

Er lächelte schief.

»Mehrmals. Okay, ständig. So oft, dass ich mich gerade ein bisschen schäme. Wirkt bestimmt ziemlich verzweifelt, wenn du irgendwann alle auf einmal abrufst … Aber – Moment! Du bist ins Meer gefallen? Das muss doch eiskalt gewesen sein!«

»Ach … Wartest du schon lange?«

»Vielleicht eine halbe Stunde. Anna, ich wollte wirklich nicht ungelegen kommen. Wir haben uns ja auch nie auf irgendwelche Spielregeln geeinigt, und …«

»Äh …« Sie war verwirrt.

»Ich meine nur, ich hab kein Recht darauf, sauer zu sein, wenn du andere triffst. Fühlt sich trotzdem irgendwie doof an, das kannst du vielleicht verstehen.«

Und endlich ging Anna ein Licht auf. Sie zeigte in Richtung der Straßenecke, hinter der Felix ein paar Minuten zuvor verschwunden war.

»Du meinst Felix Brinkmann?«

»Ach, der war das? Der dieses Foto von dir geschossen hat?«

Anna musste sich zusammenreißen, um nicht laut zu lachen.

Dann hatte Tomas also in Kanada gesessen, sich ihr

neues Facebook-Profilbild angesehen und sich daran festgebissen, dass sie im Scherz Felix als Fotografen angegeben hatte. Und Felix hatte natürlich unterdessen freche Kommentare daruntergeschrieben. Die hatte Tomas bestimmt auch gesehen.

Hatte er sich Felix' Profil angesehen, so wie sie sich das von Francesca angesehen hatte? Wie kindisch konnten zwei erwachsene Menschen bitte schön sein?

Sie atmete tief durch.

»Ja, das war Felix Brinkmann. Toller Mann, ein echter Pfundskerl. Aber nicht für mich. Ich will einen anderen.«

Es dauerte einen Moment, doch dann wanderten Tomas' Mundwinkel nach oben.

»Du willst einen anderen? Und wer ist der Glückliche?«

»Ein echter Dummkopf, wenn er weiter hier draußen stehen und Trübsal blasen will, wo wir doch rein ins Warme gehen und versuchen könnten zu überlegen, wo wir bei unserem letzten Treffen aufgehört haben«, sagte Anna.

Sie beugte sich vor, hob ihren Schlüsselbund auf und öffnete die Tür. Doch noch ehe sie eintreten konnte, schlangen sich von hinten zwei Arme um sie. Sie spürte seinen Körper an ihrem Rücken und seinen warmen Atem an ihrem Hals, als er in ihre Haare murmelte: »Ich hab dich wie verrückt vermisst, Glad.«

EPILOG

Freitag, 26. Januar

Anna versuchte, so lautlos wie nur möglich durch die schweren Kirchentüren zu schlüpfen, trotzdem knarzten sie leicht, und bei dem Geräusch drehte sich ein wütender alter Mann ganz hinten um und sah sie finster an.

Die Kirche war nur halb voll, der Gottesdienst in den letzten Zügen.

Der Sarg war weiß, und darauf lag ein Blumengesteck in Orange- und Blautönen. Farben, die Anna sofort mit Boels Landschaftsfotografien assoziierte. Da hatte jemand mitgedacht. Anna huschte in die Bankreihe gegenüber derjenigen mit dem alten Sauertopf.

Dann stand Isabella Elo auf und sang mit fester Stimme Cohens »Hallelujah«. Ein beeindruckender Auftritt, wenn man bedachte, dass sie gerade erst wenige Wochen zuvor ihren Vater verloren hatte. Mehrere Trauergäste schnieften vernehmlich.

Dann war der Trauergottesdienst vorbei, und der Sarg sollte hinausgetragen werden. Die Gemeinde stand auf. Anna konnte nicht genau sehen, was vorn am Altar passierte, und reckte den Hals. Im selben Moment glitt eine immer noch sonnengebräunte Märta Hansson auf den Platz neben ihr.

»Wo kommst du denn her?«, wisperte Anna.

»Hab ein paar Reihen weiter gesessen und gesehen, wie du hereingeschlichen kamst. Guck dir das an. Ist doch fast makaber, oder? Aber auch echt speziell.«

Es dauerte einen Moment, ehe Anna begriff, was die Kollegin gemeint hatte. Doch dann sah auch sie es.

Da kamen sie. Das Lucia-Gefolge. Alle in weiße Hemdblusen und schwarze Hosen gekleidet.

Ingrid Hägg und Nina Elo, geborene Svensson.

Hanna Hemming und Mikaela Numminen.

»Wer ist das da rechts?«, flüsterte Anna.

»Carina Sandberg, das fünfte Mädchen. Sie haben sie zu guter Letzt erreicht.«

Die sechste Sargträgerin war Åsa Kling. Es war das erste Mal überhaupt, dass Anna erlebte, dass ein Sarg nur von Frauen getragen wurde. Es war ein erhebender Anblick, und die Wirkung war so umso stärker. Das Lucia-Gefolge, das eine aus den eigenen Reihen in einem Sarg hinaustrug – ein erloschenes Licht, wenn man es poetisch ausdrücken wollte – und sie zur letzten Ruhe bettete.

»Ich hab eine Gänsehaut«, murmelte Anna.

»Ich auch.«

Eine milde lächelnde Alma Westman ging an Beatrice Borgs Arm hinter dem Sarg her. Dann kam Emma Kling Hand in Hand mit einem großen Jungen, dessen dunkles Haar sein Gesicht teils verdeckte. Emma sah verändert aus, dachte Anna. Sie schien während des Gottesdiensts geweint zu haben, trotzdem ging sie aufrechter und sah erwachsener aus. Es war fast, als wäre sie um Jahre gealtert, seit Anna sie zuletzt draußen auf dem Eis zwischen Hotel und Schule gesehen hatte. Ja, richtig, und der Junge war derselbe, der dort draußen dabei gewesen war, wie sie jetzt erst erkannte. Hinter den beiden folgten Juni, Minea und eine lange Reihe weiterer Jugendlicher, vermutlich Boels Schülerinnen und Schüler.

Anna und Märta setzten sich wieder und warteten, bis die Kirche leer war.

»Was ist eigentlich aus Nina und Isabella Elo geworden? Bekommt die Mutter das Sorgerecht, jetzt, da der Vater gestorben ist?«

»Ja, das hat sich geklärt, wie Pamela zu berichten wusste. Nina Elo zieht hierher zurück und wohnt dann mit Isabella zusammen. Und laut Pamela macht Isabella in der nächsten *Idol*-Staffel mit.«

»Aha.« Mehr wusste Anna darauf nicht zu erwidern.

Als sie die Kirche verließen, war der Leichenwagen bereits in Richtung des neuen Friedhofs außerhalb der Stadt abgefahren. Rolf stand ein Stück abseits der Treppe und zupfte seine schwarze Wolljacke zurecht. Er sah gesund aus, stellte Anna zufrieden fest. Die Ärzte waren begeistert, wie schnell er sich von seiner OP erholte. Als sein Blick an Anna und Märta hängen blieb, hob er lächelnd die Hand.

»Haben die Kommissarinnen schon Pläne fürs Mittagessen, oder könnten sie sich vorstellen, mit einem Rentner bei einem kleinen Snack ein bisschen zu plaudern?«

»Ich weiß nicht«, sagte Anna. »Ich fürchte, ich habe mir irgendwas eingefangen. Mir ist ein bisschen mulmig.«

»Ach, hab gar nicht mitbekommen, dass etwas herumgeht.« Märta machte einen Schritt von ihr weg. »Du, die gerade die Grippe hinter dir hast. Das wäre ja unfair, wenn es dich schon wieder erwischt hätte!«

»Keine Ahnung, wer mich angesteckt hat«, erwiderte Anna. »Aber mir ist die ganze Zeit leicht übel. Echt unangenehm.«

»Na, solange du wie ich letzte Woche deine Tage hattest, musst du dich ja nicht auf eine Überraschung gefasst machen. Entschuldige, Rolf, war das zu intim? Ist nur so, dass sich Annas und mein Zyklus angeglichen haben, das scheint ein ganz übliches Phänomen zu sein unter Frauen, die viel Zeit miteinander verbringen.«

Rolf winkte ab.

»Ich habe drei Töchter großgezogen, in meiner Welt ist die Menstruation ungefähr so peinlich wie eine Saftschorle. Aber ein bisschen blass siehst du wirklich aus, Anna. Vielleicht bist du tatsächlich ein bisschen angeschlagen?«

»Ja«, murmelte Anna, »ich fahre besser heim und lege mich hin.«

Sie traute sich nicht, die anderen anzusehen, sondern winkte bloß fahrig und stapfte in Richtung Ausgang. Ja, sie würde nach Hause fahren und sich ausruhen. Aber erst würde sie noch einen Zwischenstopp in der Apotheke einlegen. Und wenn sie es nicht aushalten würde, bis sie zu Hause wäre, gäbe es dort vielleicht auch gleich eine Toilette, damit sie die Antwort sofort erhielte?

Sie warf einen verzweifelten Blick auf die moderne Jesus-Skulptur, die den Schaukasten am Eingang zierte. Unter seiner Dornenkrone sah er ausgemergelt aus.

»Verflixt und zugenäht, war das denn wirklich nötig?«

Ausgerechnet jetzt?

NACHWORT

Wie immer möchte ich meiner Familie für ihre Unterstützung, Ermutigung und Geduld danken.

Danke an das finnische Zentrum für Kunstförderung, das es mir ermöglicht hat, dieses Buch zu schreiben.

Danke, Haapsalu, Puerto de Mogán und Suvisaari, drei Orte, an denen Wunder geschehen.

Danke an Myrika und das ganze Team bei Schildts & Söderströms und bei Kustantamo S&S, die so hart dafür arbeiten, dass aus meinem Geschreibsel etwas Funktionierendes, Ganzes wird!

Dieses Buch ist allen gewidmet, die wissen, wie es ist, die Letzte in einer Lucia-Prozession zu sein – mit ein bisschen zurechtgezupftem Lametta in den Haaren oder einem dummen spitzen Hütchen auf dem Kopf. Weiter vorn sieht man das Kerzenlicht der Lucia, und die verzauberten Gesichter der Zuschauer sind orangegelb erleuchtet, aber bis man selbst an ihnen vorbeikommt, haben sie sich bereits umgedreht und sehen der Lucia hinterher. Wir, die wir ganz hinten gehen, müssen das »Mm-mm-mm, mm-mm-mm-mm« am Ende der Verse im Lucia-Lied singen, und vorn auf der Bühne kann es passieren, dass wir hinter dem Vorhang verschwinden, weil Lucia und die hübschesten Mädchen in der Mitte so viel Platz einnehmen.

Aber auch aus uns wird am Ende etwas.